魔天记

MO TIAN JI ⟨1⟩

宗门灵徒

忘语 著

南京大学出版社

图书在版编目（ＣＩＰ）数据

魔天记. 1, 宗门灵徒 / 忘语著. -- 南京 ： 南京大
学出版社，2014.3
ISBN 978-7-305-10643-9

Ⅰ．①魔… Ⅱ．①忘… Ⅲ．①长篇小说－中国－当代
Ⅳ．①I247.5

中国版本图书馆CIP数据核字(2014)第037878号

出版发行　南京大学出版社
社　　址　南京市汉口路22号　　　**邮　　编**　210093
网　　址　http://www.NjupCo.com
出 版 人　左　健

书　　名　魔天记 1 宗门灵徒
著　　者　忘语
责任编辑　蔡冬青
特约编辑　奈何天　木　非
印　　刷　北京北方印刷厂
开　　本　710×1000　1/16　印张17　　字数310千
版　　次　2014年3月第1版　2014年3月第2次印刷
ISBN 978-7-305-10643-9
定　　价　25.00元

发行热线　025-83594756　83686452
电子邮箱　Press@NjupCo.com
　　　　　　　Sales@NjupCo.com　（市场部）

一名在无数凶徒中长大的亡命少年。

一个人与魔并立的时代。

一个可以役使厉鬼、妖灵的大千世界……

目录

~壹~
亡命少年

大玄国，滁州郡白水城附近的一片偏僻密林中，一个瘦弱的身影背靠粗大树干，双腿大敞而坐。

这身影的主人，是一位十三四岁模样的少年。

他五官普通，但脸色异常苍白，一身粗布衣衫有几分肥大，不太合身，身边随意摆放着一把明晃晃的钢剑，

剑柄上有些黑色血污。

少年的一侧肩头，被一根看不出颜色的布带缠绕了数圈，有点点血迹隐约渗透而出。

少年眼皮闭合，身体倚着树干一动不动，仿佛正在小睡之中。

忽然间一阵轻微的"沙沙"声从密林中传出，飞快向少年所在位置靠近。

少年一下睁目翻身而起，脚尖同时熟练地往旁边一点。

"砰"的一声。

那柄钢剑腾空而起，稳稳地落在手掌中。

少年往声音方向望了一眼，毫不犹豫地一个跳跃，向相反方向纵身而走，几个跳动间，没入身后密林中不见了踪影。

一会儿工夫后，一队身穿厚厚黑甲的武士，一组组地从林中走了出来。

这些甲士只有二十余人，但人人身材高大，神情彪悍，明显都是久经沙场的虎狼之士。

他们刚走出林间，当即在一声低喝中，笔直地站在原处不动了。

与此同时，一名面容坚毅的年轻甲士急忙上前几步，在少年原先休息的地方蹲了下来，用手在附近泥土表面飞快翻弄了一番后，立刻站起身来。

"王军尉，逃犯刚走没有多久，若是现在马上追赶的话，说不定还有机会追上。"这名甲士向唯一一名没有带黑盔的光头巨汉回禀道。

其他人虽然身材也比较高大，但和这接近两丈高的巨汉相比，仍明显矮了一大截，犹如孩童站在成人面前。

"不用了。这一次，我们在几城布下了天罗地网，这小子纵然再狡猾，也插翅难飞。在那边，司徒军尉早等候多时了。我们只要保持体力慢慢过去就行了。"巨汉哼了一声，往少年逃走方向凝望了一眼，说道。

"军尉大人，这人可是州郡的重犯，若是抓住了可是大功一件，真就这般让给了司徒军尉他们？"甲士闻言一怔，有几分迟疑。

"大功？这也要看司徒那老小子是否有这能耐了。我们赶得慢一些，说不定正好能坐收渔翁之利。"巨汉抬手一摸光头，面无表情地言道。

"大人这话是什么意思。司徒大人那边人手比我们还要多一些，就算那小子懂些技击之法，又怎可能真在那边坚持太久？"年轻甲士有些惊讶。

"余信，你待在我这边也不短了，平常也颇有几分勇武之力。但若你一人被县衙捕快围攻，一次最多能面对几人还能安然脱身？"巨汉没有直接回答年轻甲士所问，反而大有深意地问了一句。

"只是普通捕快的话，属下应对七八名绝无问题的，但一旦超出十人，就有性命之忧了。"年轻甲士闻言一愣，仍小心地回道。

"七八名！嘿嘿，自从通缉令发出，死在这小子手中的捕快数量，就已经远超此数十倍了。"巨汉嘿嘿一笑后，板着脸说道。

"这怎么可能！那些县衙捕快也都是受过专门训练之人，纵然无法和我们黑虎卫相比，但也不是一般人可以轻易击杀的。"年轻甲士失声道，脸上满是难以置信的表情。

"他是从凶岛逃出来的，纵然年龄小了一些，能做到这些，倒也不算太离谱。凶岛那地方，原本就是专门关押各种穷凶极恶之人的地方。岛上囚徒也大都身怀绝技，不容小瞧的。"巨汉则冷冷地说道。

"什么,是凶岛逃犯!"年轻甲士倒吸了一口凉气,但马上想起了什么,急忙又问道:"属下也听说了凶岛一夜间沉没的事情,但听说所有囚徒都和此岛一同沉入海底了,怎么还有人从中逃出来?那可是赫赫有名的死海,据说除了特制的乌木舟,其他船根本无法在海面上漂浮的。"

"这个我也不清楚,只知道除了这小子外,还有十几人同样逃出了死海。要不是其中一人无意中被擒下,拷问出了这些消息,恐怕朝廷到现在还不知道此事。更不会出动我等这些常驻附近的黑虎卫了。不管怎么说,现在追的小子应该是那些逃犯中最弱的一名,虽然故布迷阵地拖延了大半个月时间,但只要被我正面遇上,也只有死路一条的。"巨汉摇摇头后,又一拍身后背的一杆黑色长枪,自信地说道。

"这是自然的。谁不知道大人的勇武足可以排进滁州全郡前百。"年轻甲士面露敬意地说道。

"少拍马屁了!我们也该上路了,走,出发!"巨汉一摆蒲扇般的大手,不客气地说道。

年轻甲士答应一声,回到了其他甲士中间。

整支队伍顿时再次行动了起来,甲士一个接一个地转眼没入林木中不见了踪影。

一盏茶工夫后,他们再次走出密林,当大家来到在一小片空旷的草地旁时,眼前的一幕顿时让所有人惊呆了。

原本绿油油的草地,赫然大半被鲜血染红了。

很多黑衣甲士东倒西歪地躺了一地。

他们脸上大都有恐惧之色,仿佛曾经看到了什么不可思议的景象一般。

"一共三十人,司徒军尉的手下,好像全都在此了。但是司徒大人本人并未在其中。"

那名叫余信的年轻甲士,脸色发白地再次走出队列,到巨汉面前回禀道,神色隐约带有几分不安。

巨汉脸色阴沉,听完之后,目光朝草地另一边望了过去,接着身形一动,大步流星地走了过去。

其他甲士见此,毫不犹豫地紧跟了过去,但是人人面露小心,做出警戒姿态。

巨汉身形接连晃动,片刻间就出现在了一棵高大树木前,目光往树下一扫后,脸色异常难看起来。

只见一名面容枯黄的黑甲中年人挂在树干之上。

附近地面上,一口淡银色长刀斜插在泥土之中。

中年人两手死死抓住钢剑剑身，十指全破，双目直瞪正前方，早已气息全无。

……

柳鸣正在密林中飞快跳跃而行，只觉浑身上下酸痛无比，连手中提着的战利品——另外一口银色长刃，都有几分沉重起来。

他先前虽然用自己苦练了五六年的"剑法"一口气击杀了很多敌人，但这些甲士的凶悍程度也远超其预料。

哪怕他用游走之法将所有甲士杀光，那为首的军尉仍然不死不休地紧追不放。

他不得不用一种从岛上学来的激发肉体潜力之秘技，弄到旧伤复发才勉强将其斩杀掉。

如此做的后果，却让他还未成年的身体透支过多，已经有些不堪重负了。

柳鸣想到这里，不禁往肩头一侧扫了一眼。

只见那原本缠成数层的布条，已经被鲜血彻底浸透了，同时一股股钻心的剧痛正折磨着他。

即便他的坚韧性子支撑着自己，仍有几分吃不消。

黑虎卫不愧为大玄国的精锐地方力量，远不是先前遇到的普通捕快可比的。

现在的他，只希望先前的杀戮能够让其他黑虎卫有了忌惮之心，不敢再对他紧追不放。

只要再过一两天，他上一次施展"闭息术"的后遗症就可消除了，到时就可再次跳入附近河中逃之夭夭了。

他年龄不大，但着实在凶岛上学到了几种罕见的偏门功法秘技。

若不是此，纵然当年在岛上有人庇护，但以他一幼童之身怎能在那种人吃人的地方存活了七八年之久。

柳鸣一想到这里，眼前顿时浮现一张满是疤痕的大汉脸孔，虽然面容看似凶恶异常，却让其心中为之一热。

柳鸣忽然脸色一变，原本向前跳出的身子猛地一扭，身躯竟瞬间蜷缩成一团，向另一侧横飞出去。

与此同时，前方"嗖嗖"之声大起。

十几只半尺长弩矢，当即从前方密林中暴射而出，接连闪动后，紧擦少年身体一掠而过，狠狠地钉在了后面一棵灰白色树干上。

弩矢通体森寒，明显都是精钢打造而成，大半弩杆都直接没入树中，并发出低鸣声，微微颤抖不停。

"谁？"少年一个翻滚落在了附近一处灌木中，将银色长刃往身前一横，神色冰冷地冲前方密林低喝一声。

"身手不错，怪不得在黑虎卫围剿下还能蹦跶这么久。不过现在遇到了我们夫妇二人，你只有死路一条了。"一个尖尖的女声从前方传出，一棵巨树后人影一动，走出一男一女两人来。

女的三十来岁的样子，身材肥硕，披着赤红衣衫，头上戴一朵艳红巨花，面容粗俗丑陋，手中提着一柄一人高的巨大狼牙棒。

旁边男子四十岁左右，身穿蓝色绸袍，面容普通，腰间插着一柄黄色木鞘短剑，手中举着一柄三尺长巨弩，上面弩匣空空如也，显然就是刚才对柳鸣发起攻击的利器。

"你们不是黑虎卫？"柳鸣眼盯着二人，深吸一口气问道。

在凶岛独自生活了这么长时间，让他学会了在动手之前，先想尽办法找出对方的弱点所在。

这番开口，既是询问试探，也是一种拖延时间的手段。

实际上在目光闪动间，柳鸣脑中已经飞快转动了起来。

"女的，双臂粗大，脚步沉重，明显是力大体壮之辈，可能在身法上略逊一些，但以其手中兵器的分量来看，自己绝不应该去沾上分毫的。男的十指白皙，目光阴沉，多半会什么特殊功夫，对其一定要打起十二分的小心……"

对面二人自然不知道，瘦弱少年短短时间内，心中就闪过这般多的念头，但面对这年少对手，第一次都露出几分颇感兴趣的表情。

男子一手往腰间一抓，重新拿出一个装满钢矢的弩匣子往巨弩上装去，同时口中冰冷说道："柳阳宗，瞻南郡阳元城人，七年前身犯欺君不敬大罪，被捕抓入南兰郡大牢，后病死狱中。其子柳鸣因为年幼免去一死，但被判在滁州死海凶岛囚困终生。但一个月前，凶岛因不明缘由沉入海底，岛上大部分囚犯一同葬入海底，只有柳鸣等十一人趁机逃出死海。现刑部发出银级追杀令加以追捕，生死不限。这些，没有说错吧？"

男子话音刚落，旁边红衣丑妇也发出尖利的笑声："小子，这个人是在七天前死在我夫妇手中的，看看可是你那些同伴中人？"

少年目光往妇人所指之处一扫，当即心中一沉，低叫了一声"铁头"。

"既然你认得此人，看来是没错了。小子，你乖乖束手就擒，我夫妇二人还可放你一马，拿回去关押说不定还能保住一条小命。否则一旦动起手来，肯定是杀无赦。"蓝袍男子将

弩匣熟练地重新换好后，往身前一横，说道。

"两位对我了解得如此清楚，是刑部供奉吧，不知是什么等级的供奉？但拿这种话来哄骗我，难道真欺我年幼，对大玄律令不通不成！以我先前斩杀的捕快和黑虎卫之多，恐怕就是皇子大臣亲自作保，我也要受千刀万剐之刑。"少年眨了眨眼睛，对蓝袍男子的话根本不信。

蓝袍男子听到这番回答，哼了一声，没有开口否认什么。

旁边的红衣丑妇，却咯咯一笑，又说道："想不到小兄弟年纪不大，竟对大玄律令了解得这般多。凶岛之人果然不凡，年纪再小也不能当成一般人看待的。我夫妇的确是刑部的专属银鳞供奉，小兄弟以后到了黄泉之下，可不要怪我夫妇以大欺小了。夫君，动手吧！"

丑妇说到最后，神色骤然一冷，将手中狼牙棒一挥，就化为一股狂风直扑少年而去。

看似肥大的身躯，竟然异常敏捷，手中挥动的巨大兵器，更是仿佛无物般轻巧。

另一边的蓝袍男子闻言，则心有灵犀般地将手中巨弩一抬，手腕一抖后，十几根弩矢就化为点点寒光向少年两侧激射出去。

少年若想向左右躲避，必定难躲弩矢攻击，若是留在灌木中，就一定要面对丑妇正面攻击。

这二人不愧为夫妇，一出手就配合得天衣无缝。

柳鸣见此情景，脸色一变，猛吸一口气，两手同时一握，银刃一挥，化为一道雷霆般寒光直劈丑妇头颅而去。

他竟对那巨大狼牙棒不管不顾，完全一副搏命打法。

丑妇瞳孔一缩，虽然知道对方并非真心同归于尽，但也不敢真的去赌命一次，只能无奈地身形微微一顿，手中狼牙棒往回一挥，就改变方向，砸向了银色长刃。

柳鸣手腕一抖，银色长刃就一个模糊重新缩回，并未让巨大狼牙棒碰撞上，反而往左右各自狠狠一劈而出。

"当当"两声脆响后，有两根突然转向，扎向柳鸣的钢矢，顿时被一磕而飞。

"这小子！"远处蓝袍男子见到此幕，心中忍不住暗骂一声，手掌往腰间一抓，又开始填装起匣弩矢来。

刚才他那招暗中操纵弩矢转向的特殊攻击秘技，可是解决过不少强敌的，没想到竟会在这少年身上失灵了。

丑妇也大感意外，但哼了一声后，就狂舞挥动手中狼牙棒和少年打在一起。

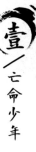

　　她每一次挥动手中兵器，都带起一股狂风，整个人大阔大开，仿佛化为一头人形猛兽一般，看起来实在是威不可挡。

　　与她相反，对面少年手中兵刃却根本不和狼牙棒碰撞分毫，只是化为一道银光围着丑妇上下游走不已。

　　他虽然大处下风，但每一次都攻击到丑妇必置之地，让其每每不得不放缓攻势而加以自救。

　　如此情形下，丑妇纵然勇武远在少年之上，却也只能气得破口大骂不已。

　　但柳鸣对此根本视若无睹，只是绷紧脸孔继续围着丑妇来回跳动不已。

　　此刻的他，看似轻松，但实际上已再次动用秘技将肉体最后一份力量也释放了出来，否则，光是对方狼牙棒带起的阵阵狂风，就足以将其瘦弱的身体卷得东倒西歪，更别提什么攻击了。

　　远处蓝袍男子见此情形，心中更加讶然。

　　丑妇的厉害，他再清楚不过了。

　　就算夫妇平常切磋，他也不敢做出这种正面缠斗举动，而这名不过十几岁的少年，竟然做到了。

　　难道对方是从娘胎中就开始练习技击之术不成？

　　据他所知，一些豪门贵族中的嫡系子弟的确从小就开始修炼某些强体秘技，并不停在各种药浴中捶打身体和服用其他一些灵药，但厉害程度恐怕也不过如此。

　　幸亏对方年纪不大，气力明显不足，若是再等三四年的话，就算和自己夫妇硬碰硬，恐怕也能安然脱身的。

　　现在，他却没有这种机会了。

　　蓝袍男子想到这里，心中杀机更盛，一手将巨弩一托而起，另一只手则一把将腰间木鞘中的短剑拔了出来。

　　这短剑颜色灰白，轻飘飘的毫无分量，竟然是一柄骨剑。

　　男子身形一动，无声无息地向战团一刺而去。

　　柳鸣目光微微一瞥，就看见了蓝袍男子如同毒蛇般的动作，原本绷紧的心为之一沉。

　　这些刑部供奉应对一个就已经十分勉强，若是两人齐上的话，恐怕真要命丧此处了。

　　看来不再拼命一次是不行了。

　　他思量到这儿，心中再无任何迟疑，面对狂舞而下的巨狼牙棒，竟然身形一定，不再

躲闪，持刃的手臂一抬，猛喝一声"穿喉"。

少年看似瘦弱的手臂，顿时青筋毕露，粗大了一圈有余。

那口银色长刃在一股怪力所用下，化为一道银芒直奔丑妇而去，速度之快远超以前数倍。

那丑妇目睹此景，吓了一大跳，想要再收回狼牙棒抵挡，却已经来不及了。

她惊怒交加，干脆心中一横，两手猛然一松，狼牙棒竟脱手向少年胸前狠狠撞去。

她想，在同样同归于尽招数下，对方十有八九也会后撤保命的。

但柳鸣眼角只是略一抽搐，手中动作不变，胸膛猛吸一口气，接着腰肢再一扭，身体胸膛就一下变得扁平无比。

"呼"的一声！

巨大狼牙棒从少年胸前一擦而过，并留下数道深深血槽，鲜血当即从中飞溅而出。

但柳鸣脸色根本不变，仿佛受此重创之人根本不是自己，反而手腕猛一抖，银芒一闪，从妇人脖颈处洞穿而过。

妇人一声大叫，两手紧抓咽喉仰天倒下，肥硕身躯在地面不停抽搐。

这一切都是快如闪电般发生的！

蓝袍男子到了近前处，才看清楚这一切，当即大惊，一声怒吼，手中巨弩一摆，再有十几根寒芒激射而来，同时手中骨剑竟冲少年这边虚空一刺。

正想再冲上去对妇人补上一剑的柳鸣，当即只觉危险之极的感觉一下涌上心间，顿时下意识地肩头猛然一偏……

血光一现，某种无形的犀利东西竟从少年面颊一擦而过，凭空斩掉一缕鬓发。

"符器，你是炼气士！"柳鸣身形一个翻转，轻巧落在远处，定睛一看对面男子手中之物时，顿时失声。

只见蓝袍男子手中的短剑上，赫然浮现出数条诡异的扭曲光纹，并闪动着淡淡白光。

"小子，你竟敢伤我夫人！你这次死定了。"男子脸庞在手中短剑亮光照映下，显得有些微微扭曲，另一只手将巨弩一抛，飞快从怀中取出一枚血红色丹药抛入口中。

显然刚才那一招远超常理的攻击，他是不会随便施展的。

柳鸣见此情形，大叫一声"看暗器"，单手一扬，一团白乎乎的东西当即向地上还在抽搐不动的丑妇激射而去，同时单足一踩地，整个人弩箭般冲入了一侧密林中。

男子见此先是一怔，随之大怒，但也不能真不管躺在地上的丑妇只追少年去，只能无

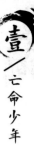

奈将身形一晃，一下挡在了前方，同时手腕一动，用骨剑冲飞来的东西虚空一刺。

"轰"的一声，那团白乎乎的东西被一道无形刺芒凭空击中，一下子意外地爆裂开来。

一团灰白色粉末迎头一洒而开，覆盖了附近数丈内的一切。

蓝袍男子见此一凛，哪敢让这粉末真的及身，猛然将骨剑往身前一横，另一只手往身前虚空一按后，口吐"元壁"二字。

刹那间，骨剑微微一亮，一层无形气浪从上面一卷而出，将附近粉末全都扫开。

接着男子飞快一低身，用手指从附近地面上沾了一点粉末，往鼻下稍微嗅了一嗅，顿时变得暴跳如雷。

"竟然只是普通面灰。臭小子，我一定要将你碎尸万段。"

蓝袍男子大骂几声后，又看了看丑妇的情形。

只见她双手紧抓脖子，气息早已若有若无，眼看根本无法救治了。

"夫人放心，我这就拿那小子的狗命，一定不会让你一人上路的。"

蓝袍男子咬牙切齿地说了一句，再次站起身来，将手中骨剑握紧，口喊一声"轻身"，就轻风般朝少年逃走的方向飞身追去。

这一次动作之快竟和先前大相径庭，仿佛鬼魅一般。

他虽然体内元力不多，但借助刚才服用的那一枚'气血丹'，起码一顿饭工夫内可以再多施展几次炼气士手段，用来追杀一名凡夫俗子绝对绰绰有余。

……

柳鸣在林中拼命跳跃奔跑着，感到自己的双腿一点点沉重起来，同时胸前火辣异常，几道血槽因为剧烈运动而流血不止。

至于他肩头旧伤，此刻更是彻底发作，让小半边身子都凝滞不灵起来。

柳鸣却丝毫没有停下来包扎的意思，只是认定某个方向撒腿狂奔不已。

眼前一下豁然开朗，少年竟冲出了密林，出现在一片空旷之地上。

在空地不远的尽头处，赫然是一条数十丈宽广的巨河，河水滔滔，不时带起一阵阵白浪向下游处狂卷而去。

柳鸣见此，心中一喜，但忽然感到两眼微微一黑，脚步一个踉跄，差点就直接摔倒在了地上。

他心中一惊，急忙牙齿狠狠一咬舌尖，一丝血腥味道顿时充满了口腔，这才能保持神志清醒，重新站稳了脚步。

但就这时，忽然从身后密林中传出蓝袍男子怨毒至极的声音："小子，你往哪逃！"

话音刚落，后面风声一起，蓝袍男子从一棵巨树后一闪而出，并一跃丈许地直奔少年飞扑而出。

柳鸣回头一望，心中为之一凛，顿时将手中银刃猛然往后狠狠一投，再次提起双足向河边狂奔而去。

蓝袍男子手中骨剑只是一挥，就将射来银刃击飞出去，身躯丝毫没有停顿，仍向少年追来。

一前一后，两人转眼间就追出了十几丈远。

柳鸣几个跳动后，眼见终于跑到了河边，当即纵身一跃，就要投入滚滚河水中。

后面蓝袍男子还差数丈才能追上少年，目睹此景，自然大不甘心，猛然将体内元力全部调动而起，往骨剑中狂注而入。

刹那间，骨剑白芒刺目！

男子则一声低喝，冲远处一斩，一道几乎淡若不见的剑影从剑身上激射而出，一闪之后就诡异地出现在了少年背后，并一扎而入。

"噗"的一声！

柳鸣的身躯重重摔入河水中，被白浪一卷之下，就此消失得无影无踪。

蓝袍男子这才两个起落追到河边，看着眼前滚滚河水，眉头皱起。

他虽然相信在符器全力一击下，对方掉入湍急河水中绝无生还之理，但没有亲眼所见，总是有些放心不下。

但他并不擅长水性，而以这河水迅猛程度，就算下去，人也早不知被冲到了何处。

男子低声嘟哝了一句，低头往手中骨剑看了一眼。

只见这件符器此刻光芒全无，彻底恢复了原先的平淡模样。

蓝袍男子在原地滞留了片刻，并未见少年从附近水面浮出，也只能无奈地离开了。

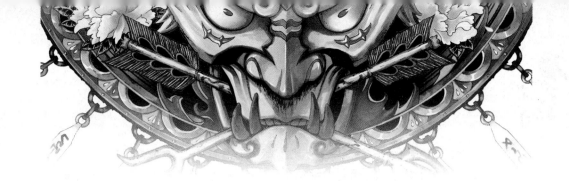

~贰~

炼气士

三日后，滁州奉云两郡交界的一条不起眼的小河边上，一高一矮两名黄衫男子，正呆呆地望着身前地上一具锦袍尸体，相对无言。

稍远些的草丛中，还另有七八具身穿灰色劲装的尸体，横七竖八躺成一片。

"怎么办，少主竟然这般容易地死掉了，我二人要如何回去给家主交待？"说话的是一名身材瘦小、身后背剑的男子，脸庞瘦削，生有一对三角眼，让人一看就十分凶恶，此刻还满脸愁容地向同伴问道。

"谷老三，你问我，我问谁去？谁知道这位'少主'这般白痴，身为一名低阶炼气士，竟被一名劫道小贼轻易近身，还一刀直接毙命。你我纵然有家主赐下的灵药，也根本无法救回的。"另一名身材高大的男子，四方面孔上也是一副十分懊恼的表情。

"关老大，他再怎么白痴，也是家主义子，并且还是不惜族中大批资源才购得一个名额，指定要送到上门去的人。如今半路上突然挂掉，你我回去怎么面对家主！恐怕一顿天煞棍是免不了了。"谷老三叹了一口气说道，脸上竟隐约透出一股惧怕之意。

"哼，要真是一顿天煞棍就可以混过去，你我反要烧高香了。"关老大脸上肌肉颤抖了一下后，说出一句让谷老三一愣的话来。

"关老大，这话什么意思。你我可是货真价实的中阶炼气士，家主纵然十分疼爱这位

义子，难道还真能因为此事要我们性命不成？"谷老三看着胖子，瞪大了眼珠。

"你真以为这小子只是家主义子这般简单？这位'少主'虽然具有灵脉，但性情暴虐，丝毫不讨人喜欢，出身也离家主一系颇远，怎会凭空被家主看中收为义子，还这般宠爱！告诉你实话吧，这位'少主'其实是家主在外面的私生子，义子只是找个名义将其重新收回膝下而已。"关老大冷笑一声后，说出了一番让谷老三目瞪口呆的话。

"什么，'少主'竟真是家主的亲生骨肉？关老大，这事你是如何知道的？"瘦子有些结巴起来。

"算了，到现在也无需瞒你了。你也知道我和大夫人的贴身丫鬟玲儿关系不错吧。有一次她为自己主子鸣不平，失口说出来的，这还能有假吗？"关老大叹息说道。

"原来如此。我说蛮鬼宗纵然在大玄国几家上门中排名靠后些，但开灵仪式的名额何等珍贵，白家怎会让一名外人凭空占去？要知道一旦开灵成功，就是真正的上门灵徒了，那可是一步登天了。若是机缘巧合更进一步，成为灵师，就算当今皇上见了，恐怕也要恭恭敬敬相待的。"谷老三恍然大悟。

"灵徒哪是这般好当的！不但得是具有灵脉的炼气士，而且年龄还不能超过十五岁才有资格参加开灵仪式。往年参加开灵仪式的世家子弟有多少真能通过的，又有多少当场死在仪式上的就算能够侥幸不死，开灵不成功的话，也必须作为普通炼气士留在上门服苦役二十年。家主这一次将私生子送过去，恐怕也有赌一把的想法。白家虽有不少拥有灵脉的子弟，但送到其他几家上门参加开灵仪式的大都失败了，能活着留在上门服苦役的也不过寥寥几人而已。只有嫣小姐真的开灵成功，成为了天月宗灵徒，不过小姐毕竟是女儿之身，总会有嫁人的一天，家主自然还是想亲生儿子能成为上门灵徒，这样，白家炼气世家的地位，在今后数十年才能真的无后顾之忧。"关老大颇不以为然地说道。

"看来家主对这位少主是抱了极大的希望。可越是如此，我二人岂不是回去后越没有活命的希望。不如就此逃出大玄国，不再回白家了。以你我的中阶炼气士身份，在哪里还不是都能混个逍遥自在。"谷老三眼珠飞快转动几下，一咬牙说道。

"哼，逃出大玄国？你真将家主每年赐下的养心丹当做灵丹妙药了？想想当年背叛白家的那几个人的下场吧。况且，我一家老小全都留在白家。我走了，他们又怎可能活命。没记错的话，你去年新娶的美娇娘，在年初也已经怀孕了。据那张神医说，十有八九还是一名男胎吧？"关老大哼了一声，神色阴沉地回道。

"这个……"谷老三一听这话，如冷水浇头，顿时站在原地无语了。

"实在不行的话，我这边倒有一个死中求活的办法，但能保住性命的几率也不超过两成，还要散尽你我这些年的所有家当才行。"关老大目光闪动了一会儿后，才说出这一番话来。

"散尽家财，还只有两成保命机会？"谷老三一听这话，面容彻底苦了下来。

"哼，若不是我在大夫人那边有些关系，这点活命机会都没有的。你若不愿意，我也不会勉强的。"关老大淡淡地说道。

"关老大误会了，小弟怎会不答应？只要能保住性命，一些身外之物又算得了什么。"谷老三闻言吓了一跳，急忙赔笑着说道。

"明白这个道理就好！事不宜迟，在此事传回家中之前，你我必须先悄悄回白家，好快些打点好一切。"关老大神色这才一缓。

这一次，谷老三自然连连点头称是，再也不敢表现任何不情愿的神色。

于是，二人在新坟前又商量了两句后，关老大当即从怀中掏出一兽皮制作的青色手套，往手上一套，一声大喝。待青色手套浮现一层刺目白光，便向身前地面上狠狠砸去。

"轰"的一声巨响。

无数杂草泥土四溅飞射，一个三尺深土坑当即在二人面前显现而出。

谷老三身形一动，围着土坑绕了一大圈，呼呼几脚将其他尸体全都踢了进去。

等他走到少年身前时，略微犹豫了一下，手臂往后一抓，就将背后长剑从鞘中直接拽了出来。

一根手指只是往剑上一抹，一缕青光从上面一散而开。

谷老三手腕一抖。

就在这时，原本站在旁边的关老大，在耳朵一动后，忽然脸色大变一转首，冲河边方向低喝一声："是谁，胆敢鬼鬼祟祟地偷听我二人说话！"

话音刚落，关老大当即手臂一动，拳头上亮光一闪，一个无形气团声势惊人地破空射出。

一声闷响！

十几丈外一片草丛中气劲狂卷，一个瘦弱身影从中滚动而出，就此趴伏在地上一动不动了。

关老大见状，几步走了过去，飞起一脚，将瘦弱身影再踢了一个翻滚，让其面朝上躺卧起来。

赫然是一名双目紧闭的少年，只是衣服破烂，浑身湿淋淋的，一副昏迷不醒的样子。

"难道是从河那边跑过来的，看样子不用我动手，应该也活不了多久。"关老大低首打量了新出现的少年两眼，确定对方一点威胁没有后，才松了一口气。

"既然这样，快点将他解决了吧，刚才所说之事现在可一点都不能泄露出去。"谷老三在大坑旁也放松了下来，毫不迟疑地说道。

"这个不用你说，我也知道的。咦，这小子的相貌……"关老大没有好气地回了一句，手臂一抖，带着手套的拳头再次有青光亮起，但当目光朝湿淋淋少年脸上扫过时，忽然面露一丝讶然之色了。

"怎么回事，相貌怎样？"谷老三目睹此景，自然奇怪起来。

"你过来看看就知道了！"关老大将拳头重新收了回来，反而神色古怪地冲谷老三一招手。

谷老三见此，心中自然越发奇怪了，也没多想，就将手中长剑一下插回背后，几步走了过来。

"这小子是什么人，怎么和少主长得那般相像？"等瘦子一看清楚湿淋淋少年的模样后，也一下惊讶道。

"足有六七分的相似，只是脸色苍白了一些，眉毛浓了许多，脸上还多了几道疤痕，皮肤看起来也粗糙了一些，和少主娇生惯养的样子可不太一样的。"关老大长吐了一口气，说道。

"天下容貌相似的人也太多了，这里碰见一个也不是太稀奇的事情。再说现在少主都已经死了，这小子长的再像又有何屁用？况且少主还是一名灵脉者，若不是出了意外，最差也能成为和我等一般的炼气士。"谷老三回过神来后，摇摇头说道。

"不过，若是这小子也真有灵脉的话，我倒是有一个更好的保命办法。但世间哪有这般凑巧的事情。对炼气世家来说，凭借血脉之力，灵脉者还容易诞生一点。但对普通人来说，数千人中能找到一个灵脉者就不错了。再说一般人家就算知道自己拥有灵脉，没有修炼之法和足够资源，又哪能修成炼气士。你我不也是当初被检验出灵脉后，一狠心直接投靠了白家为仆，才能修成现在的境界吗？"关老大不知想到了什么，有些叹息道。

"的确如此啊，就算是那些上门自己培养的灵脉弟子，也是千挑万选，必须资质心性无一不出众者才可能真花费资源从小加以培养。说起来，我们世家子弟比起这些真正的上门弟子来说，还是远远无法相提并论的。"谷老三倒没有多想什么。

"现在说这些有什么用，我们还是先保住自己一条小命才是最要紧的。看在这小子这

般年轻份上，这次我让他死个痛快吧。"关老大不再多说什么，手臂一动，拳头上当即再次闪动起淡淡青光。

一旁的谷老三，自然丝毫不会加以阻拦的。

只见他手臂一动，闪动着青光的拳头就无声无息地击在了少年丹田处。

此一攻击动用的是符器的阴柔之力，虽然看似声势全无，威能也远不是先前的攻击可比的，但也足以将少年五脏全都震得碎裂，瞬间就取走性命的。

谷老三见此，不再看什么结果，转身就要回到坑边去，继续处理"少主"的事情。

但就这时，他身后又一下传来惊呼的声音：

"不可能，这小子竟然修有元力，真是一名灵脉者。"关老大的声音微微有些发颤起来。

谷老三闻言一惊，急忙再次转身望去。

只见关老大托着戴着手套的拳头，但表面散发的光芒已然荡然无存。

而昏迷不醒的少年腹部，则多出一团几乎淡若不见的白色光晕，在若隐若现中随时都可能溃散的样子。

"元力护体，这小子竟真是一名灵脉者，好像还有不浅的元力基础。"谷老三难以置信起来。

"哈哈，这一次真是天无绝人之路了。谷老三，不用现在回白家了，有了这小子，我们这次就可以性命无忧了。"关老大呆呆地看着地上的昏迷少年，忽然扬首大笑起来，神色隐约有些痴狂的样子。

"关老大，这话什么意思？这小子有灵脉，我们怎么就能保住性命了？"谷老三眨了眨眼睛，有一丝糊涂。

"家主为什么要取我等的性命？"关老大笑声一止，立刻反问了一句。

"自然是因为少主在我们的护卫下送了性命！"谷老三一头雾水了。

"嘿嘿，可少主如今不正在这里吗！"关老大用手指一点身前昏迷的少年，冷笑一声，回道。

"什么？你的意思是……"谷老三倒也不笨，立刻醒悟了过来，脸色却比刚才还白了三分。

"不错，我们就施展李代桃僵之策，带这小子去那蛮鬼宗，到时将其往上门使者处一丢，就可以大摇大摆地回到白家，说人已经送到了。家主只要收到上门那边的回复，自然不会怀疑分毫的。如此一来，我们反而有功无过了。"关老大冷静异常地说道。

"这样真能行？这小子和少主长得并非全像的，万一露出了马脚怎么办？更何况，他来历不明，怎会轻易答应此事？"谷老三脸色变化不定，喃喃地说道。

"哼，你怕什么？这小子只要一进了上门，白家人再想见他的话，起码也是数年后的事情了。更何况，以开灵仪式的恐怖程度，这小子在未受过专门训练的情况下，十有八九会直接毙命的。如此一来，我等就后顾无忧了。至于他的样子，你忘了自己未成为炼气士前，是靠什么吃饭的。也不用全像少主，只要多几分相似就行了。毕竟上门那里也只有少主一年前的影像，现在有些变化也是正常的事情。"关老大胸有成竹地说道。

"可他要是真通过开灵仪式，成为了上门灵徒，怎么办？"谷老三仍有几分迟疑。

"成为灵徒？你莫非还没有睡醒？往年开灵仪式中，世家弟子有几人能成为灵徒的？况且这次回去后，我们就会想尽一切办法解了那养心丹的毒，然后瞅个机会就彻底脱离白家了。就算这小子真没有死掉，再折腾出什么事情来，和我们又有何关系？我二人只要先解决掉眼前的杀身大祸，其他一切自然都好说了。至于说服这小子，这对你我来说更是一件轻而易举的事情，等会儿我们就这样做……"关老大说了几句话后，附到了谷老三耳边，低声说了一些什么。

"你说得的确有理，好，此事就这般定了。等应付过眼前大难后，我和你一同离开白家。"谷老三小眼一阵闪动后，终于也下定了决心。

"哈哈，这就对了。你我兄弟二人也算相识多年了，若没有把握，此等事情我怎会去做。你先将少主尸体处理下，但其衣服符器等所有东西都要留下，我来救治这小子。看他这样子，我若再不相救的话，恐怕真要一命呜呼了，这也要损耗我不少元气。"关老大拍拍谷老三肩头，面露笑容说道。

谷老三点下头，大步走向了土坑边。

关老大则三下五除二地将少年身上的衣衫全都去了个干净，顿时露出胸前肩头腹部等惊人的伤口，以及密密麻麻的疤痕。

即使关老大见多识广，也不禁倒吸了一口凉气，但两手却不迟疑地飞快往少年伤口附近拍打了起来，开始只是一声声，随之就爆竹般地连成了一片。

少年身躯片刻就通体变得赤红一片，但身上原本就有的一些淡淡水肿却也随之飞快地消失。

忽然关老大手中动作一停，一手往怀中一探，竟取出一个黄木匣。

数根手指往木匣上轻轻一敲，盖子顿时"嘎嘣"一声自行弹开，露出了十几根大小不

一的纤细银针。

两根手指往匣中一抹，就有一根银针被熟练的一夹而起。

关老大面色有几分凝重，手臂只是一动，顿时，一片模糊银芒往少年身上各处连刺而出……

柳鸣不知自己什么时候解除的"闭息术"，但是觉得自己的头颅好像裂开般的疼痛难当，浑身上下也没有一寸地方不异常灼热，但不知何时，各处地方又一下变得清凉无比，让他差点忍不住叫出声来，但在一种无法抵挡的深深疲惫下，又很快沉沉睡去。

在沉睡中，一幕幕景象在其脑海深处不停变化着，其中既有一对面部不清的中年夫妇身影，更有一些奇形怪状的鬼怪脸孔，全都围着他不停地说着什么。

那对中年夫妇给他一种异常亲切的感觉。

少年想努力听清楚对方说些什么，但在其他嚷嚷声下却根本办不到，情急之下，想用手将其他鬼脸推开，但浑身上下却一丝力气也没有，不由得心急如焚。

就这样不知过了多久后，柳鸣感到一股热流在体内来回滚动，缓缓苏醒了过来。

他刚一睁眼，立刻就看到了近在咫尺的一张四方的中年男子脸孔。

此男子一见其醒来，立刻毫不客气地低喝道：

"什么都不要想，赶紧运功，否则前面那么多功夫就全白费了。"柳鸣一听这话，心中一凛，不及多想，立刻心中默念口诀，开始引导体内这股热流往腹部徐徐流去。

这时，关老大才长松了一口气，将放在少年胸口的一只手掌收回，站起身来冷眼观看柳鸣的一举一动。

不知过了多久，少年异常苍白的脸孔上终于有了一丝血色，并再次睁开双目，望了过来。

"多谢前辈相救之恩，否则小子可能真要一命呜呼了。"柳鸣站起身来，微微一躬身，低声说道。

虽然他不知眼前之人是何来历，但既然出手相救，自然让其心中十分感激。

此刻他也看清了自己所处的地方，是离河边不算远的一处洼地，而自己身上已经被换上一件崭新的锦袍，几处伤口也都已经包扎了起来，并有丝丝的清凉之意，显然也都用了上等药膏。

而最让他担心的闭息术后遗症，也在对方相助调理过一番后，将原本早就应该爆发的内伤全都硬生生地压制住了。

不过虽然对方手法异常高明，但现在体内情形实在太糟糕了，伤势再次发作应该只是

迟早的事情。

他在凶岛上从一些囚徒身上学来的偏门秘技纵然对敌时十分有用，但也十分霸道，几乎可以说是伤人伤己的东西。

若不是从乾叔身上另学来了一套吐纳之法，让身体恢复能力远超普通人，也绝不敢如此频繁催动这些秘技的。

他自认之所以没在河中伤势发作而毙命，这套无名吐纳之法应该起了很大的作用。

关老大一见少年这般镇定，心中倒是一愣，但面上反而一笑，回道：

"没什么，关某等人救你也是举手之劳的事情。"

"怎么，这里并非前辈一人？"柳鸣有些意外地问道。

"我有个同伴去处理一下其他事情，很快就会回来了。看小兄弟样子，也是好几天没进食了，先吃点东西再说其他的。"关老大面上堆满了笑容。

接着他走了几步，再一躬身，不知从哪里掏出一个花布包裹来，一打开后，里面竟放满了各种精致的点心，并一股脑儿地全拿到了少年面前。

柳鸣的确早已饿坏了，谢过一声后，就不客气地接了过来，两只手左右开弓地往嘴里狂塞起来。

转眼间，七八个拳头大小的点心就全都进了少年的腹中，他的动作这才放慢了一些。

"小兄弟不用急，若是不够的话，关某这边还有。对了，小哥贵姓，为何负这般重伤出现在这里。"关老大笑呵呵地问道。

"晚辈姓杨名元，是从商之人，原本是和叔父带着一批贵重货品到另一地方准备与人交易，没想到在半路上遇到一群劫匪，结果我跳入河中逃生，而叔父他还不知生死。"柳鸣略一沉吟后，就报了一个假名，脸上也恰到好处地现出一丝悲伤之意。

在凶岛的时候，柳鸣曾经专门跟一个赫赫有名的骗子学过一些控制情绪和面目肌肉的小技巧，因此作出这样一番表情实在是轻而易举的。

现在他已经被刑部通缉，报出真名自然是自找麻烦的事情。

"原来是碰上了劫匪，杨小兄弟要节哀了。最近世道的确有些不太平，不过这些匪徒竟然光天化日之下干出劫杀良民的事情，实在是胆大包天。回去后，我就让老爷给附近官府递张名帖，一定督促衙役将这伙匪徒抓捕归案。"一听是劫匪，关老大顿时有几分怒意地说道，此话倒是出自真心。

要不是他们护送的少主也是被劫匪杀害了，二人又怎会落到现在这般下场？

"若真能如此，晚辈代叔父在天之灵，多谢贵家主大恩了！"柳鸣神色看似凝重地说道。

"这是小事，不算什么。但我观小哥浑身伤势，似乎是与人激烈争斗所致，并且还动用了几种激发潜力之技，否则关某救治的时候，也不至于这般难以下手。"关老大看似不经意地又问了一句。

"晚辈和家叔都曾经习过一些技击之术和一些偏门秘技，所以和那伙匪徒先是大战了一场，只是寡不敌众才跳河逃命的。"柳鸣不假思索地回道。

"杨小兄弟，你太谦虚了吧。你明明身具灵脉，已是修炼出一定元力的炼气士，怎能说自己只懂得些技击之法呢？那逼你跳河之人，恐怕也不是一般的劫匪吧？"关老大听到这里，露出了似笑非笑的神色。

"灵脉是什么？炼气士，晚辈倒是听人说过一些的。"柳鸣闻言，倒是真的一怔。

"小兄弟，你难道不知道炼气士就是灵脉者，但只是灵脉者中的最低等吗？你若不是的话，又从何处得到修炼之法，并修出这般一身不浅的元力？"关老大望着少年，双目一下微眯了起来。

"晚辈的确不知道什么'元力'，不过在小的时候无意中得到一套无名吐纳之法，有强身健体之效，这些年一直在修炼的。难道这就是关大叔口中的元力修炼之法！"柳鸣目光闪动几下后，才露出恍然之色说道。

"原来如此，这倒是有可能的。元力修炼之法虽然一向被各大炼气世家掌控，但是低阶修炼口诀也有一些流落在外的。可惜啊，要是小兄弟还懂得其他炼气士手段，并再有一件符器傍身的话，区区一些劫匪又能奈何你分毫。"关老大显然也没有深究此事的打算，摇头晃脑地说道。

"前辈刚才用来给小的疗伤的莫非就是元力。这样说来，关前辈也是一名炼气士！"柳鸣脸上看似平静地说道，心中却一阵汹涌翻滚起来。

在逃亡途中遇到炼气士，原本就是一件意外的事情，现在竟然又碰到了一名，这可真是远远出乎预料的事情。

而有关炼气士的传闻，他早就从凶岛上诸多凶徒口中听说了不知多少遍了。

在他们口中，这些炼气士在大玄国非常少，平常和普通人接触也不多，但人人都具有不可思议的本事，要么可以身轻如燕地踏草而行，要么可以直接施展隔空伤人，更厉害些的，似乎还能够让身体变得力大无穷，兼刀枪不入，水火不侵，足可做到千人难敌的地步。

而辨认他们的唯一标志，就是他们施展特殊手段时，一般手中大都会持有式样怪异的

符器，并在发动时会散发出各种各样的光芒异像。

当然也有些凶人说，一些最厉害的炼气士也能够不用符器直接空手施展的。

故而柳鸣当初一见到那蓝袍男子竟然拥有符器后，立刻拔腿而逃。

要不是如此的话，恐怕他早就丧命对方的诡异攻击之下了。

而现在对方竟然说他也有什么灵脉，也是一名炼气士，这怎不让其震惊。

瞬间，他就想到了乾叔曾经传授的那套无名口诀。

"嘿嘿，关某的确是一名中阶炼气士！否则又怎能一眼就看出小兄弟具有灵脉。"关老大自然不会提自己原本打算随手杀掉少年的事情，面上满是笑容地说道。

"晚辈也没想到，自己也是一名炼气士。"柳鸣喃喃说道，神色间隐约有些恍然。

"小兄弟，你可知道炼气士只是灵脉者中的最低存在，以你的年纪若能开启灵海的话，甚至可以拜入上门，成为一名灵徒的。"关老大见此情形，忽露出一丝诡异地说道。

"灵徒？上门？"柳鸣眉头一皱，这两个名词自然也是头一次听说。

关老大微微一笑，正想再解释什么的时候，远处草丛中脚步声一响，一个瘦小之人提着一个大包裹走了过来。

"谷老弟快些过来，见见这位杨兄弟，他竟然没有真正炼气士的指点，完全靠自己修炼成的元力。"关老大一见谷老三身影，当即冲其招了一下手，并大有深意地说道。

"竟有这种事情，那可真是太好了。"谷老三几步走了过来，一听这话，当即掩不住面上喜意。

"晚辈见过谷前辈！"柳鸣不敢怠慢，躬身微微一礼。

"呵呵，小兄弟不必多礼了。关大哥，我要买的东西，全都买齐了。这也多亏我懂得轻身之术，换做其他人的话，来回这般一趟怕要耽搁大半天时间的。"谷老三连连摆手，将手中包裹冲关老大一晃后，有几分得意地说道。

"我就知道如此，才会让你亲自去买的。对了，这里不是谈话之地，找一僻静之地再好好聊聊如何。"关老大点点头说道。

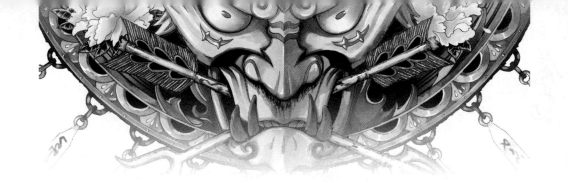

~叁~

控元之术

　　柳鸣和谷老三当然没有反对，于是三人将东西略一收拾后，当即朝河的相反方向走了过去。

　　在经过附近一座堆满新土的土包时，柳鸣目光若有若无地扫了一眼。

　　一般人无法发现什么异常，但是这少年却闻到一股血腥味道，虽然若有似无，但却瞒不过他。

　　柳鸣心中一凛，心知里面所埋东西绝对和关老大二人有关，他们多半不是什么和善之辈，但对自己这般和颜悦色，恐怕另有什么名堂在其中。

　　一个时辰后，天色开始黯淡下来，三人出现在一座废弃的土庙中，并升起了一堆柴火用来驱赶寒气。

　　谷老三更是将路上随手打到的一只野兔直接架到了火堆上烧烤起来。

　　三人围着火堆坐成一团，不久后，一股让人食欲大开的烤肉香气一散而开……

　　"所谓的灵徒，是指那些经过开灵仪式成功开启灵海成功的灵脉者，因为灵脉者年龄一旦过了十五岁，灵脉就会固化，就再也没有开启灵海的可能，所以开灵仪式有严格的年龄限制。而只有开启了灵海的人，才有可能将元力转化为法力，才能施展和催动法术灵器，成为真正传闻中的仙人。上门就是专门培养灵徒的宗门，世俗人根本不会知道，在各国更

是拥有超然的地位。有些势力极大的上门，甚至有一言决定所在国家朝廷替换的莫大威势。"关老大对眼前烤肉视若不见，反而侃侃而谈，给柳鸣揭开了一个神秘世界的大门。

"能决定朝廷替换？朝廷掌握着一国军队，怎会答应这种事情？"柳鸣倒吸了一口凉气，忍不住反问道。

"嘿嘿，这自然是实力决定一切。那些上门中人可和我们这些炼气士不同。炼气士即使修炼得再厉害，面对大军，也顶多不过是多杀一些人，仍是死路一条。而那些灵徒灵师却拥有催使天雷烈焰和召唤鬼物傀儡等不可思议的本事，再加上还能上天入地，再多的军队也根本困不住他们。反而皇室和那些高官大臣，只要被上门中人盯上，却只能是死路一条。"谷老三嘿嘿一声说道。

"但想成为灵徒就必须经过上门的开灵仪式，而每一场仪式都会消耗上门积攒多年的珍稀灵药，故而除了上门本身培养的灵脉弟子可以免费参加外，那些炼气世家子弟若想加入，都必须向上门另外缴纳一笔惊人费用才能换取相关名额。不久，就正好是大玄国一家上门举行开灵仪式的日子。

"原来如此！"柳鸣双目闪过一丝若有所思的神色，却没接口什么。

谷老三见此，却有些坐不住了，眼珠转了一转后，忽然用诱惑的口气说道：

"小兄弟，你可想也成为上门中人，一旦成为灵徒的话，不但可以拥有飞天遁地的实力，而且还能寿元大增，足可活到二百余岁。"

"晚辈原先只是一名普通人，才知道自己是一名灵脉炼气士，怎敢奢望此种事情。再说，小的也从来不信天上掉馅饼的事情！"大出谷老三意外，少年听了却摇摇头说道。

这话，让谷老三一时无语。

关老大见同伴如此心急模样，狠狠瞪了其一眼，略一沉吟后，才冲少年说道：

"小兄弟应该也看出一些了吧。实不相瞒，我二人救你的确是另有目的，但这对你的确也是一场天大机缘。你若是错过了，恐怕此生真要在懊悔中度过了。小兄弟可想要听上一听？"

"既然二位前辈都如此说了，那晚辈就先洗耳恭听。"柳鸣脸上看不出什么表情，口中却缓缓答应下来。

"事情是这样的，我二人都是炼气世家白家的仆从，这次奉命送少主白聪天去参加蛮鬼宗今年举行的开灵仪式……"关老大也是聪明之人，知道柳鸣已经对他们有所怀疑，当即不再有丝毫隐瞒地将事情经过和二人面临的杀身大祸缘由，全都一五一十地讲了出来。

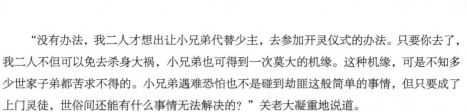

　　"没有办法，我二人才想出让小兄弟代替少主，去参加开灵仪式的办法。只要你去了，我二人不但可以免去杀身大祸，小兄弟也可得到一次莫大的机缘。这种机缘，可是不知多少世家子弟都苦求不得的。小兄弟遇难恐怕也不是碰到劫匪这般简单的事情，但只要成了上门灵徒，世俗间还能有什么事情无法解决的？"关老大凝重地说道。

　　柳鸣听到这里，神色微微一动。

　　"这开灵仪式应该十分危险吧，若是没有成功通过，又会怎么样？"

　　"想要得到莫大机缘，自然要承担一定的风险，我相信小兄弟一定能通过的，就算真通不过也没事，不过是要在上门滞留一些年头，服些苦役罢了。"关老大面不改色，但却回答得十分漂亮。

　　少年眉头微微一皱。

　　他知道对方肯定没有说实话，但也知道就算追问也无用。

　　最主要的是，他的确对能参加开灵仪式之事动心了。

　　在凶岛这么多年，少年早就知道一件事，只要实力足够强大，就能做到自己想做的任何事情。

　　而他心中一直埋藏的数件心事，更是需要足够强大的力量才有可能实现。

　　更何况就算他想不同意，面前这两名中阶炼气士恐怕也绝不会答应的。

　　毕竟对方将这般隐秘之事都如实托出，他不配合的下场，恐怕只有一个死字才能帮他们守住秘密的。

　　柳鸣心中翻来覆去地想了数遍后，终于心中有了决定：

　　"好，晚辈可以答应此事。不过话也挑明一些，此事肯定万分危险，我帮这一次忙，就算报答了两位前辈的救命大恩了。另外要我去那蛮鬼宗，还希望两位前辈再答应两个条件。"

　　"只要小兄弟愿意替代少主去参加开灵仪式，就算再多条件，我二人也答应了。"谷老三闻言，顿时大喜过望地说道。

　　关老大略一犹豫后，也点了点头。

　　"二位前辈知道，晚辈虽然体内有元力，但对炼气士其他功法根本不懂，所以希望二位能在路上传授给在下几种保命的手段。第二个条件，晚辈希望得到这位少主的符器。其身为少主，所用符器应该不会太差吧？这样晚辈在蛮鬼宗万一遇到什么事情，也能应付一二。"柳鸣不客气地一一提出。

"第一个条件好说，就算小兄弟不说，我二人也会倾囊传授所学的。至于第二个，那件符器威力极大，恐怕不是你这样的初学者可以轻易掌控住的。"谷老三露出了迟疑之色。

"晚辈愿意尝试一下。"柳鸣丝毫没有退让的意思。

"这个……"

"好，那件符器给你。"一旁的关老大，一咬牙，直接开口同意了。

谷老三闻言，虽然仍露出不舍之色，但最终还是没有再多说什么。

"好，那就说定了，此后我会极力配合二位前辈的。不知贵少主叫什么，以后一段时间我就要用此名了。"柳鸣点下头，追问了一句。

"少主名叫白聪天，这些就是其生前所用物品，小兄弟先拿好了。"谷老三手臂一动，将身边带的巨大包裹打开，从中拿出一个小一号的白包裹来。

柳鸣将此包裹接过来，当即打开，往里面看了一眼。

只见里面赫然放着数件干净的换洗衣服，还有几件小饰物，以及一只非常显眼的黄色铜环。

这铜环式样古朴，表面印着一道道淡银色花纹，给人一种异常沉重的感觉。

柳鸣忍不住一手把铜环抓了起来，结果脸上换上了惊愕万分的神情。

这铜环轻飘飘的，仿佛一丝重量都没有。

"这就是那位白少主的符器？"柳鸣将铜环拿在手中仔细把玩了一会儿，才问了一句。

"不错。虎咬环可是一件罕见的攻守兼具的上品符器，就算在白家也能排进前十之列的。"谷老三望着铜环，口中解释着，脸上还流露出一丝不舍之色。

"不过小兄弟要想催动它，恐怕还要先学会最简单的控元之术才行。这法诀，我兄弟会在路上一点点地加以传授，绝对让你尽快能够催动此环。"关老大则如此说道。

"晚辈就多谢两位前辈了。"柳鸣有一丝兴奋地说道，当即将铜环往右腕上一套，从中感受到一丝清凉之意。

"很好，但你现在容颜还有些不妥，需要稍作一些改变，以免被上门使者看出破绽来。"关老大点点头后，又看了一眼柳鸣，说道。

"要如何改变？"柳鸣一听这话，眉头一皱。

虽然他相貌普通，但也不想被人在面孔上动什么大手脚。

"呵呵，小兄弟放心！我们绝不会真破坏你原来的容貌，只是稍微在头发肤色上改变一二而已。在这一点上，谷老三是专家，交给他就行了。"关老大似乎看出了少年的担心，

笑着解释了两句。

"如此的话，那就没有问题了。谷前辈，就麻烦您了。"柳鸣心中一松，也就同意了。

"嘿嘿，这是小事一桩。我当年还没有成为炼气士前，可曾经有'百面人'的称号。"谷老三嘿嘿一笑回道。

接着他一转身，又从身后大包裹中掏出一些瓶瓶罐罐的东西和几把异常锋利的小刀、剪子，再冲少年一招手。

柳鸣略一迟疑，也就起身走了过去。

半个时辰后，柳鸣面前多出一面亮晶晶的铜镜，将面容照映得清晰万分。

"眉毛比眼前淡了一些，原本有些参差不齐的鬓角被修得整整齐齐，同时额上多了一根银色头带，让人凭空多出一分儒雅之气来。但最大的改变还是……"

柳鸣将两手一抬而起，原本还算健康的手掌，赫然变得异常白皙，给人一种养尊处优的感觉。

"这瓶洗肤液，你先拿着，每天晚上用其擦洗身子一遍。我会在路上多给你配上几瓶，这样等快到了蛮鬼宗山门的时候，肤色应该就会定型一段时间。等以后肤色再渐渐褪掉恢复的话，也不会有人注意到的。这些年虽然没有再动用过易容之术，看来我的技术倒是没有退步太多。"谷老三单手托着铜镜，得意洋洋地说道。

关老大在旁边上下打量了少年一番，也露出了满意的表情。

这时候的柳鸣，比起原来更加酷似白家少主了一两分。只要不是白家少主的相熟之人，应该看不出破绽。

柳鸣虽然没见过白家少主是什么模样，但见关老大二人的满意表情，也就清楚自己的改装应该算是成功的，心中也微微一松。

现在他和这两人算是绑在了一起，如果无法蒙混过关的话，自己恐怕也小命难保。

"呵呵，从现在开始，你就是我二人的少主了，千万不要再称呼什么前辈，叫我二人'关大''谷三'即可，以免到时露出了什么马脚。"关老大神色一正说道。

"我知道了。"柳鸣略一沉吟，也就凝重地回道。

……

一日后，一叶浅黄色小舟沿着河道顺流而下，直往下游飞驰而去。

在小舟上，谷老三一边两手掌着船舵，一边不时地往船舱中扫上两眼。

在那里，柳鸣正在关老大指点下，掐诀盘膝而坐。

在他身前一张低矮的小桌上，那枚虎咬环则静静摆放在那里。

忽然柳鸣一声低喝，手臂一抬，一根手指冲铜环一点而去。

"噗"的一声。

铜环只是在小桌上微微一颤，就再也没有任何动静了。

柳鸣见此，眉头一皱而起。

"不错，这般短时间就已经能让体内元力和虎咬环产生一丝感应了，看来你在操控符器上还是颇有天赋的。"一旁的中年男子，抚掌露出满意之色。

"不是说，我只有两个月的时间来修炼法诀吗？"柳鸣缓缓地问道。

"少主不知道，虎咬环身为上品符器，原本就不是那般容易操控的。据我所知，白家应该另有一套专门针对此符器的操控元力秘诀。现在我等只用普通操控法诀，自然效果要差了不少的。不过以你的天赋，两个月时间也足够初步掌握住此符器了。"关老大解释道。

"既然'关大'你说无碍，那应该真没事了。不过在掌握虎咬环后，我还要学习几种攻击防御手段，恐怕同样要花不少时间的。"柳鸣眨了眨眼睛，如此回道。

"少主不用担心此事。只要能掌握控元之术和符器的感应联系，到了一定程度，其他手段的施展只是个熟练问题而已，到时一点就会的。"关老大不假思索地回道。

"原来如此，那我这些天就一心专门修炼控元之术了。对了，蛮鬼宗到底是一个什么样的上门，关大应该知道一些吧。"柳鸣点下头，又像想起什么似的突然问道。

"少主想知道蛮鬼宗的事情，这可有些难办了。此宗虽然在大玄国几家上门中排名靠后，但单论神秘程度的话，却绝对是排在第一无疑的，并没有太多传闻流传出来的。"关老大听了后，脸上露出一丝为难的表情。

"哦，这是何故？"少年有些诧异了。

"因为蛮鬼宗是一家以役使鬼物而出名的宗门。只听说山门是修在了常人无法生存的恐怖地方，常年都被阴气笼罩，而修炼这家宗门功法的灵徒灵师，可以拥有感应黄泉之气的本事，并能召唤降服相应鬼物用来对敌。不过也正因为如此，其他世家子弟选取此上门开灵仪式的并不算多，只要有条件的，大都去了其他几家宗门。当然这只是相对而言的。其他的相关消息，关某就真不知道了。"关老大想了一想回道。

"役使鬼物，听起来的确十分邪门。不过除了蛮鬼宗外，大玄国其他几家宗门是……"柳鸣喃喃几声后，又好奇地问道。

"其他几家我倒是更清楚一些。大玄国除了蛮鬼宗外，还有天月宗、血河殿、九窍山、

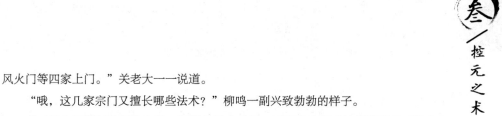

风火门等四家上门。"关老大一一说道。

"哦，这几家宗门又擅长哪些法术？"柳鸣一副兴致勃勃的样子。

"天月宗是擅长飞剑的宗门，据说其门中弟子，可驱使飞剑直接斩杀强敌于数十丈，血河殿却是……"

关老大对这些上门的事情没有隐瞒的意思，一五一十地给少年详细讲述起来。

……

半个月后，一辆被四匹骏马拉着的乌黑马车，沿着一条遍布黄土的官道，向前飞驰着。

在马车前面的车夫位置上，谷老三神色平静地端坐在那里一动不动。

在车厢之内，柳鸣仍然盘膝而坐，双目紧闭，两手自然分开放在膝盖之上，并轻轻地一呼一吸，极有规律。套在其手腕上的那枚铜环，则随着少年的呼吸微微地闪动不定。仿佛两者之间，正在遥相呼应。

关老大坐在车厢另一角处，看着眼前一幕，微微点了点头。

说实话，在他心目中，少年资质顶多算是中等，但旅途中练习元力掌控之刻苦，却让其有几分骇然了。柳鸣除了必要的睡觉时间外，几乎时时刻刻都在催动着体内元力，感应着和虎咬环间的那一丝联系。甚至在吃饭说话的时候，都能隐约看到其手腕上铜环闪动着淡淡的黄光。

要知道，这种修炼简直枯燥无味至极，对心神集中更有非常高的要求。

一般炼气士就算再有毅力，也顶多一天能坚持此修炼数个时辰而已，再长时间的话，心神就必定因为疲倦而再也无法集中，根本是再做无用功而已。

二人好奇之下，自然问了柳鸣是如何做到的。

结果少年一句淡淡的天生能够一心二用，就让他们哑口无言了。

他们现在总算知道，柳鸣为何在没有名师指点的情况下，年纪轻轻也能修炼出这般不俗的元力了。

一个多月后，一个十几丈高的小土包上，关老大、谷老三都凝神望着前方。

在他们所望方向数丈远处，柳鸣在闭目运气，并将套着虎咬环的手臂高高举起。忽然，他一睁眼，手腕微微一抖，口吐"元盾"二字。

刹那间，手腕上铜环发出一阵嗡鸣之声，黄光一亮后，一面直径尺许的圆形小盾从中浮现而出，并紧贴手臂之上。此盾黄蒙蒙一片，赫然完全是元力凝聚而成。

"终于成了！虽然只是最简单的元力防御之术，但足以说明你是初步掌握了虎咬环这

件上品符器。原本以为少主要两个月才能做到此步的，没想到这般短时间就已经可以了。"关老大长吐一口气，面上仍难掩一分吃惊之色。

"这也多亏二位一路上精心教导，才能如此的。现在我有了此符器护身，总算对参加开灵仪式，多了一分信心。"柳鸣则笑眯眯地说道，手臂再一抖，圆形光盾一散而灭。

"少主既然控元术已经初步掌握，下面也可以用符器学习其他一些保命的手段了。不过想短时间精通的话，最好还是不要贪多的好。我建议先只学两三种，毕竟我等学习的都是最普通法诀，等进了上门后，肯定有更好的催动符器法门任你挑选的。"关老大建议道。

"行，那除了一种攻击法门外，剩下的两种就以保命为主了，就选元壁术和轻身术吧。"柳鸣显然对此也早有考虑，毫不犹豫地回道。

"行。攻击法门倒不用挑选的，每一种式样符器的攻击几乎都是固定的，只是将体内元力集中起来，再利用符器放出去而已。像我的拳套类符器，发出的攻击就是元力气团。谷老三的刀剑类符器，则是元力凝聚而成的剑芒刃光等攻击。至于少主的虎咬环，算是比较少见的类型，我也没有亲眼见识过的。但威力绝对不小。回头，我将几种法诀告诉你，你可以自行慢慢研究。有什么不懂的，我二人可以随时给你解答一二的。"关老大解释了两句。

"与人争斗时，无论想利用符器施展哪一种手段迎敌，都要计算好自己能够施展的次数。我们炼气士不能和那些真正的灵徒灵师相比，体内元力十分有限，每一次动用符器，都是一种巨大消耗。特别像少主你这样的初级炼气士，恐怕在一场争斗中催动符器三四次，元力就消耗一空了。而没有了元力的炼气士，只是比普通人略强一些而已。少主要谨记了！"谷老三也用点醒的口气说道。

"如此说来的话，我们炼气士并不需要第二件符器了，并非是拥有的符器越多越好。"柳鸣有几分意外了。

"一般来说是如此的。毕竟中低级炼气士的元力有限，就算有再多符器也没有太大作用。但是对那些高阶顶阶炼气士来说，则又不同了。他们的元力深厚，手中若是有几件不同类型的符器，在对敌时自然能够灵活使用多种手段克敌制胜。不过他无论想施展哪一种手段，也只能同时催动一件符器而已。听说那些上门的灵徒灵师，似乎有手段打破这种限制。但太具体的，就不是我和谷三这种普通炼气士所能知道的。"关老大神色凝重地说道。

"多谢二位指点，我总算明白一些了，以后也一定会注意这些的。"柳鸣一拱手，神色肃然地说道。

　　两个月后，一座黑黝黝巨山的崎岖山道上，柳鸣三人正在一点点地向上行走着。

　　这条山道惊险异常，两侧都是深不见底的悬崖峭壁，并且非常狭窄，一次只能通过一人，而且一阶阶石梯上因为常年无人行走，上面遍布黑绿青苔，让山道变得滑腻无比。

　　要不是三人都是炼气士，身手灵活远超他人，恐怕早不知摔了多少跤，掉入悬崖下生死未知了。

　　但就是这样，关老大和谷老三也都走得兢兢战战，没有多久就汗流浃背起来。

　　倒是走在两人中间的少年，自始至终脸色平静，似乎对眼前所遇惊险全都视若不见。

　　关老大二人惊讶之下，不禁暗暗有几分钦佩其胆量了。

　　而对柳鸣来说，比起当年他在凶岛的那些九死一生的遭遇，这点危险根本不值一提。

　　三人足足走了两个时辰后，终于来到巨山顶部。

　　经过一番仔细打量后，三人都有些傻眼了。

　　山顶虽然足有数亩大的一片平地，但空旷旷的哪有任何人影存在？

　　"关大，你们没有找错地方吧。这里就是上门指定的接引地点？"柳鸣眉头一皱，问了一句。

　　"少主，此事如此重大，我怎可能记错地方，也许使者还没有到吧。"关老大擦了擦额上的热汗，苦笑道。

　　"距离上门所说的最后期限，还有多长时间？"柳鸣想了一想，又问道。

　　"还有两天吧。"这一次是谷老三接口道。

　　"既然还有时间，就在这里等等再说吧。"柳鸣朝山顶四面扫了一眼后，就下定决心说道。

　　此刻的他，显然已经彻底进入到了白家少主的角色中去了。

　　关老大和谷老三自然不会反对地应声答应。

　　于是几人找了一块干净的山石，在上面打坐休息起来。

　　时间一点点地过去，没有多久太阳就高高挂起，到了正午时分。

　　就在这时，忽然山顶另一个方向传来了脚步声，正在打坐的柳鸣三人均都精神一振，急忙望了过去。

　　只见另一条通往山顶的山道出口处，人影一晃，一下走上来五个人。

　　有两名大汉，一名老者，一名中年妇人，以及他簇拥的一名紫衣少女。

　　两名大汉彪悍异常，身披锦衣，腰间挎刀。

老者身穿青色长袍，相貌清瘦，双目微眯，留着一副山羊胡子。

妇人容颜普通，但皮肤略比常人白净一些，一身绿色仆妇打扮。

而那紫衣少女，看似只有十一二岁的年纪，生得极其可爱，珠玉般的脸蛋上，生有两只乌黑大眼，转动之间，不时现出一丝古怪精灵的神色来。

这五人一见山顶上已经有人，也为之一怔，但仔细打量了柳鸣三人几眼后，那名老者淡淡地说了一句什么话。

于是四人簇拥着少女走到了山顶另一边，也找了几块山石坐下休息起来，隐有和柳鸣三人遥遥相对的意思。

柳鸣看到此幕，心中有一丝疑惑，不禁转首用询问眼光看向了关老大二人。

"少主不用担心，他们不是蛮鬼宗之人，应是其他世家子弟来此等候接引使者。嘿嘿，看来我们并没有找错地方。"关老大反低声一笑，说道。

"原来如此，这么说应该还会有人来了。"柳鸣露出若有所思的表情。

"这个不好说，要看附近区域有哪些世家，是否舍得能拿出相应资源购买开灵仪式的名额了。"关老大回道。

柳鸣点点头，不再问下去了，双目一闭，重新入定起来。

此刻的他，看似在休息，实际上体内元力正沿着某种特殊规律在不停运走着，并引着手腕上的虎咬环一直微微地闪动不定。

这一切，幸亏全都被长长袍袖遮挡住了，外人倒看不出什么来。

但没过多久，对面一名面色微黄的锦袍大汉，忽然站起身来，直接向柳鸣三人走了过来。

关老大和谷老三见此，目光一闪，面露警惕之色地看向了来人。

柳鸣也有所察觉地睁开了双目。

"在下广陵城牧家客卿铁云，奉我明珠小姐之命，向三位问好。不知三位是……"锦衣大汉并没有走得太近，离柳鸣三人七八丈远处就停了下来，两手一抱，客气地问道。

"原来是大名鼎鼎的牧家，在下玉木城白家客关大，这是我家少主白聪天。"关老大神色一凛，急忙起身还礼，说道。

"原来是白家公子，这真是太好了。你我两家可有不小的交情，要不要贵少主一同过去坐坐。"锦衣大汉先是一愣，但马上反应过来，脸上满是笑容。

"嗯，我家公子身体稍有些不适，就不过去打扰明珠小姐了。"关老大迟疑了一下后，婉拒道。

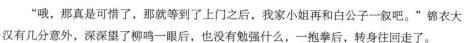
"哦，那真是可惜了，那就等到了上门之后，我家小姐再和白公子一叙吧。"锦衣大汉有几分意外，深深望了柳鸣一眼后，也没有勉强什么，一抱拳后，转身往回走了。

"广陵牧家是什么来头，很有名吗？"等到锦衣大汉远去后，柳鸣才开口问道。

"何止是有名！白家是大玄国真正的一流炼气世家。牧家和白家看似差不多，但真正是底蕴相差极大。估计三四个白家才能和牧家相当吧。听说光牧家拜在其他上门下的灵徒，就有四名之多。"谷老三在旁边十分忌惮地说道。

"原来如此，但他口中的两家交好又是怎么一回事，不会被他们看出什么破绽吧。"柳鸣继续追问道。

"这个应该不会。上一代家主的时候，白家的确和牧家交往过一段时间，但现在家主掌家后，不知什么缘由，两家就很少来往了。牧家人顶多是听说过你的名字，却绝对没有见过你本人的。"关老大十分肯定地回道。一旁的谷老三，也连连点头。

柳鸣见此情形，心中的担心自然放了下来。

与此同时，对面的牧家人中，那名叫牧明珠的紫衣少女，刚听完锦衣大汉的回复，脸上露出一丝诧异的神色来。

"铁叔，他们竟然是白家的人。这还真是凑巧得很！白聪天这个名字我好像听父亲说过一次的，但没有什么太深的印象。三叔公，你知道这位白家少主吗？"少女俏皮一转，向旁边的清瘦老者问道。

"白聪天。嗯，白家的确有这么一位少主，应该是白家家主的私生子，后来借用义子身份又收到膝下的。"清瘦老者闻言，微微一笑回道。

他竟随口就说出了一直被白家家主极力隐瞒的秘密。

"哼，当年白家家主就对不起我姑姑，现在做出这等事情来，倒也不是太奇怪的。不过这位白家家主对这私生子还真是看重，竟然会说服家老们将他送来参加这次的开灵仪式。"少女一撇嘴，带有一丝不屑地说道。

"不管白家家主如何，既然将这位少主送过来，估计也是作孤注一掷的打算。据我所知，白家这些年实力衰退不少，再拿出这般一大笔资源可算伤筋劳骨的事情了。这也没办法，白家下一代中除了那个白焉儿还算资质不错成为了灵徒，其他白家弟子可都没有通过开灵仪式，甚至活下来的都没有几个。这个白聪天应该寄附了白家不少希望吧。"老者淡淡地说道。

"白家会选择排名最低的蛮鬼宗，多半也是看在此宗开灵仪式收取资源最少的份上。

我要不是因为云姨也在蛮鬼宗中，可不会来参加这一次的开灵仪式。蛮鬼宗整天和鬼物打交道，我可不太喜欢。"牧明珠小嘴一撅，有几分不乐意的样子。

"哼，给你这丫头说过多少次了，开灵仪式是危险之极的事情。虽然你从小在修炼上表现不错，但没经过开灵仪式检验前，都不能肯定灵脉资质到底如何。你云姨应该会在这一次仪式上担任一个职务，到时自然对你照应一二，虽然不能对你冲击灵海有什么帮助，但起码在危急关头，总能出手保住你一条性命的。否则，我们牧家又不缺这点资源，让你上天月宗等几家上门也不是不可的。"青袍老者脸色一沉说道。

"是，珠儿知道错了。"一见老者发怒，紫衣少女立刻小脸耷拉了下来，不敢再多说什么。

"虽然白家和我们牧家因为你姑姑的事情，闹得一度关系紧张。但比起其他世家，总算还有一些交情，并且逢年过节，两家表面上的礼节也未曾真正断过。这位白聪天既然被白家家主这般看重，应该修炼资质还不错，在开灵仪式前不妨拉拢他一二。万一他真能开灵成功，牧家和白家也不是不能再恢复往日交情的。你姑姑的事情虽然有些遗憾，但也是多年前的事情了，我们世家不能被个人感情所左右，还是要以家族利益为主。"青袍老者不慌不忙地继续说教道。

牧明珠纵然心中一百个不乐意，但表面上也只能小鸡啄米般的连连点头。

这位三叔公身为顶级炼气士，在白家可是有仅次于家主的地位，她除非真成了上门灵徒，否则哪敢顶撞分毫。

不过也因为这位叔公的说教，让这位白家千金心对白聪天下意识地有了一分厌恶之心。

远处打坐的柳鸣，自然对这一切根本不知，仍只在默默地修炼控元术。

纵然他从小就有一心二用的天赋，但修炼时间还是太短了一些，想要在此上面更进一步，也不是一件简单的事情。

就这般，两波人在互不打扰的情况下，在山顶一待就是一日一夜之久，期间仅是各自取出些干粮，匆匆吃了些东西。

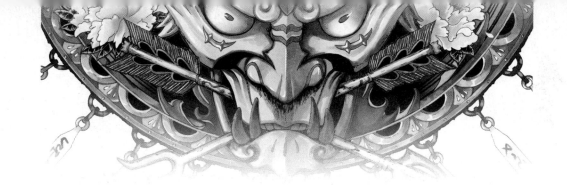

~肆~

接引使者

等第二天午时的时候，从牧家等人上来的那条山道上，又有两人走了上来。

却只是一老一少两人而已。

老人一身灰色长袍，满脸皱纹，手中拿着一杆长长的旱烟袋。

年少的，却是一个年龄和柳鸣相似的高大少年，穿着一件崭新的蓝色衣衫，皮肤微黑，面容有些憨厚。

少年一见山顶已经有这般多人，就为之一愣。

灰袍老者见此情形，却不感意外，招呼少年一声，就在山顶另找了一个地方坐了下来。

"他们也是炼气世家之人？"柳鸣见到此幕，忍不住问了一句。

"看样子不是，应该是散修。"关老大打量老少二人后，凝重地说道。

"哦，不是说开灵仪式名额只有炼气世家子弟才能得到吗？"柳鸣感到有些奇怪。

"不是世家才能得到，而是一般情形下，只有炼气世家才有足够财力买下开灵名额的。但若散修炼气士也能拿出同样多的资源，上门自然也不会拒绝的。但这种事情一般很少出现的，不过一旦出现，上门绝对会对参加开灵的散修弟子十分重视。他们通过开灵仪式的几率，甚至还在上门自己培养的灵脉弟子之上。"关老大低声说道，似乎真对那一老一少极为看重的模样。

"哦，这是为何？"柳鸣有几分不解。

"嘿嘿，对炼气世家来说，购买一个名额也许要是伤筋动骨。但对散修来说，却可能是数代人甚至十几代人的积累都要消耗一空，若不是子弟的确资质十分惊人，对通过开灵仪式起码有三四分把握，绝不会拿来一赌的。"这一次，却是谷老三嘿嘿一声回道。

"这般说来，对方起码觉得有三分之一把握能成为灵徒了。"柳鸣听了，心中暗惊，不禁转首又看了那名高大少年一眼，却实在看不出有何异常之处。

"散修子弟参加开灵仪式，每年都有，但为数绝不会太多的。没想到少主正好和其中一人在同一接引地点。若有可能的话，不妨和此人好好结交一下，说不定会对少主以后有一定好处的。"关老大迟疑了一下后，这般冲柳鸣说道。

"我知道如何去做了。"柳鸣再深深看了高大少年一眼，就不再说话了。

另一边牧家中的三叔公，自然也一眼看出一老一少的散修身份，吃惊之下，同样叮嘱紫衣少女一番，但一时间没有派人去招呼什么。

于是在一种怪异气氛中，三伙人井水不犯河水地就这般在山顶处等了下去。

当又一日一夜过去，天色刚一微微放亮的时候，远处天边突然传来了阵阵的嗡嗡声，开始还很轻微，转眼间就变得震耳欲聋起来。

正在山顶上休息的三伙人，当即全都一惊，站起身来，扬首向声音传来之处一望而去。

只见在远处的天空中，不知何时多出了一片黑色乌云，并发出惊人声响，向这边徐徐飞来。

"是接引使者到了。以后我二人就不能和你在一起了，有关白家和一般炼气士应该知道的事情，都已经尽数告诉你了。千万别露馅了！只要能过接引使者这一关，就一切无恙了。"关老大当即低声冲柳鸣叮嘱道。

即使以他的心机深沉，眼见接引使者到来，心中也不禁有一丝紧张之意。

一旁的谷老三，也是目光闪动不定。

不过二人也不是一般之人，等那块黑云真飞近了山顶的时候，脸上就再也看不出任何的异常了。

当乌云似慢实快的飞到山顶正上空的时候，嗡嗡声骤然间戛然而止，一个冷冷的男子的声音从云上传了出来：

"下面参加本宗开灵仪式之人，带着本宗的接引牌走上来吧。本使者验证完之后，还要去其他地方履行接引职责。"

话音刚落，乌云下方云雾翻滚，忽然一道长长云梯从天而降，直接铺到了山顶中心处。

"接引牌？"柳鸣听了，微微一怔，尚未来得及询问什么，关老大却已经掏出一物塞进了其手中，带着笑容说道："少主多加小心，将此牌直接交给上门使者大人就行了。"

柳鸣心念转动了几下，没有再多说什么头，抓紧手中之物走向了云梯。

另外两处的牧明珠和高大少年，也同样有些紧张地走了过来。

片刻后，三人就几乎同时走到了云梯处，脚步一顿后，互相打量了几眼。

"快些上来，耽误了时辰，本座就直接取消你们的开灵资格。"乌云上的男子有些不耐烦了。

这一下，牧明珠和高大少年吓了一跳，不敢再耽搁，急忙冲上了云梯，一前一后地向乌云上走去。

柳鸣笑了一笑后，同样提足踩了上去。

云梯看似雾气缭绕，但双足一踩上去，却自有一股力量托起人身，让人有一种走在实地上的感觉。

柳鸣心中暗暗称奇，却不敢走得太慢，跟着前面二人往高空走去。

片刻工夫后，最前面的牧明珠就先到了黑云下方，看着面前滚滚的黑气，一咬牙后，就钻了进去。

后面的高大少年犹豫了一下，也壮起胆子，走了进去，只是动作明显比先前僵硬了几分。

在后面目睹过二人动作的柳鸣，却不再有什么迟疑，身形一动，就直接没入了黑云中。

在黑云一接触身体的瞬间，他只觉身上微微一寒，眼前再一亮后，就豁然到了一个四四方方的巨大平台边上。

整个平台足有亩许大小，白森森的颜色，边缘处还竖着十几尊凸鼓的怪异雕像，并被一层乳白光幕全都罩在其下。

平台中，三三两两的站立着数以百计的少男少女，都在用好奇的目光打量着新出现的三人。

柳鸣心念一动，一抬首向上面望去。

只见上面七八丈高处，另有一小块灰白色云团静静悬浮着，上面赫然盘坐着一名身穿皂衣的中年男子。

此人面带一些麻子，但两眼精光闪动，冷冷地望着三人。

"只有你们三个吗，那就将接引令牌拿出来，再报上姓名，我来验证一下你们的身份。"

"是，灵师大人。晚辈是广陵牧家的牧明珠，这是我的接引牌，请大人查看。"牧明珠闻言，急忙将手中一块黝黑发亮的铁牌双手捧起。

"哦，你是牧师姐的族人！不过，我可不是灵师，只是一名灵徒而已。灵师真颜岂是连灵海都未开启的凡人能轻易见到的。"皂衣男子口中这般说着，冰冷面容却松缓了一些，冲下方一招手。

"嗖"的一声。

紫衣少女手中铁牌一下冲天射去，稳稳落在了男子手中。

随后这位接引使者单手掐诀，一根手指泛起点点黑光，冲铁牌一点而去。

"噗"的一声，铁牌微微一颤后，从表面喷出一小片白蒙蒙光幕。

在光幕中，另外一名紫衣少女影像若隐若现，除了服饰打扮略有不同外，五官神态神似无比，只是年龄看起来更小一分。

"嗯，是你不错。你可以站到那边去了。"皂衣男子只是扫了一眼，就点点头说道。

牧明珠闻言，十分高兴地称是，走向了平台中心处。

"晚……晚辈高冲，拜见使者大人！"那名高大少年也从怀中掏出了同样一块铁牌，高高捧起后，有些紧张地说道。

"高冲……你就是这次开灵仪式中的三名散修弟子之一。不错，说不定你会成为我的同门师弟，看一看你的接引牌吧。"难得皂衣男子脸上竟挤出来一丝笑容，并和气万分地说道。

他同样单手一招，掐诀施法一番。

高冲自然毫无问题地也过关了。

"白家白聪天，请大人查验接引牌！"柳鸣深吸一口气，也将手中之物捧起。

他此刻心中有些紧张，但面上看不出丝毫的异常。

这一次，皂衣男子漫不经心地扫了柳鸣一眼，就一言不发地将令牌也摄了过去。

当同样白光从令牌上一卷而出后，另一个'白聪天'赫然栩栩如生地映现而出。

柳鸣目光往影像上一扫后，心中微微一跳。

影像中的'白聪天'，和他足有八九分的相似，但当时穿着一件白色衣衫，并且神态中隐约透出一丝的骄横，这点和其颇有些不同。"

"咦？"皂衣男子打量了影像中的'白聪天'两眼，再看了看下面的柳鸣一眼，面上现出一丝诧异来。

柳鸣心中一沉，手腕上的铜环不觉微微闪动了几下，但最终还是站在原地未动一下。

"嗯，才仅仅一年，改变倒是不少。看来这一年来，没有少为开灵做准备吧，以前那些浮躁之气倒是改掉了不少。"皂衣男子缓缓地说道。

柳鸣听到这话，心中大松一口气，急忙躬身回道："晚辈自知资质一般，也只有在心性上多下些苦功，好能争取一线开灵之机。"

"嘿嘿，开启灵海可不是肯下苦功就能通过的事情，算了，现在跟你们说这些话根本无用，以后自然会知道是怎么一回事了。你们全找个地方坐好，我马上就要赶往下一个地点了。"皂衣男子先嘿嘿一声说了两句，再不愿多说，吩咐下来。

其他少男少女闻言，纷纷就地盘坐了下来。

柳鸣三人见此，也在平台上找了一处地方坐了下来。

不知是否因为同一接引地点上来的缘故，三人竟下意识的没有分开，而结伙般地自行坐在了一起。

但三人面面相觑，谁也没有首先开口。

就在这时，空中皂衣男子却单手一个翻转取出一块灰白色圆盘，身形再一晃后，就一下飞天而起，直接没入高空光幕中不见了。

下一刻，四周那些雕像在一阵嗡嗡声中泛起团团柔光，再一声巨响后，平台就带着一股巨大惯性向某个方向一冲而出。

不少没有坐稳的少男少女全被摔得东倒西歪。

柳鸣前面的紫衣少女一个不提防，也娇躯一扭就要仰天摔倒，幸亏旁边的高大少年眼疾手快，猛然一动，一把抓住了少女的手臂，将其稳稳地拉了回来。

"多谢高大哥！"牧明珠重新坐稳后，脸上现出一丝红晕，冲高大少年说了一声。

"没……没什么，只是举手之劳。"高冲见少女对其称谢，却有几分手足无措的样子。

紫衣少女冲高大少年报以一笑后，却转首冲柳鸣狠狠瞪了一眼。

柳鸣则露出似笑非笑的神色来。

他自始至终都稳稳坐着，明显也能出手拉少女一把，却根本没有出手的意思。

如此一来，自然让牧明珠对其印象更差了一分。

不过这时，柳鸣却将目光从二人身上挪开，看向了离他不远的一座灰白色雕像上。

雕像形象非常奇特，似猴非猴，似蝠非蝠，仿佛一只猴子身上凭空长出一对蝠翅一般，

显得十分狰狞凶恶，让人看了不觉心中发寒。

"哼，小世家就是小世家，竟然连夜游鬼这种最普通的鬼物都没有见过。"牧明珠见此情形，撇了一下嘴，用一种讥讽的口气说道。

"哦，牧小姐知道这是什么东西？"柳鸣顿时有了兴趣，回首问道。

一旁的高大少年，也瞪大了双眼。

牧明珠原本不想再和柳鸣多说什么，但是一见高大少年的神情，再一想起自己三叔公交代的话语，当即心意一转换上了笑容："既然高大哥也想知道，那小妹就献丑了。夜游鬼又叫鬼夜叉，是百鬼夜行图上最常见的一百零八鬼物之一，除了可以飞行外，实际上却并无多大能力……"牧明珠不愧为牧家千金，虽然还不是蛮鬼宗弟子，却对鬼物了解颇多，不但将夜游鬼特点说得一清二楚，甚至附近其他几尊鬼物雕像的来历，也都能说出一二，引得附近其他少男少女也不禁闻声望了过来。

"哼，这等低阶鬼卒类鬼物有什么好了解的。等我们真能进入上门之后，起码也要驯服一头鬼将级厉鬼，才算不枉学习驱鬼之术。"一名身材高挑，留着一头褐色长发的少年，忽然冷笑一声道。

"你口气倒是不小。据我所知，就算蛮鬼宗灵徒中，大半也不过只能驱使一些卒级鬼物，只有少数弟子，才能驱使一两只悍级鬼物而已。而鬼将级的凶鬼，就连灵师大人们，恐怕也没有几人能够驱使的。"牧明珠看了褐发少年一眼，不客气地说道。

"别人做不到，不代表我雷震做不到。"褐发少年闻言，傲然一笑说道。

"雷震？你是雷家弟子！"牧明珠一听对方姓名，脸色顿时一变。

旁边其他少男少女听了褐发少年的名字后，也倒吸了一口凉气，纷纷现出一丝畏惧之色。

若说白家算是地方上的一流世家，雷家却是在整个大玄国足以排进前三的庞然大物，弟子在各大上门成为灵徒以数十计算，甚至传说雷家在上门还有灵师等阶的存在。

"就算你是雷家弟子，这般大话还是等你过了开灵仪式再说吧。"牧明珠心中暗暗吃惊，但出于内心的骄傲，表面上仍不愿毁了自家颜面。

但这一次，雷震却根本不再多说什么，望了一眼少女旁边的高大少年后，就嘿嘿一笑转身离开了。

从始至终，他都没有看二人旁的柳鸣。

柳鸣坐在地上未动，对眼前一切视若无睹。

在凶岛上，所有人都巴不得自己越不起眼越好，因为只有这样才能活得更长久一些。

一些自视实力过人，在岛上想出风头的新来的家伙，大都活不过一年。

虽然外界和凶岛上不一样，柳鸣也没有改变自己的意思。

这时，牧明珠和高冲明显亲近了一分，二人交谈热烈，并不时传出一两声轻笑，有意无意地把柳鸣排斥在了二人之外。

柳鸣也根本不在乎二人做什么，在再次集中心神后，就在原地继续打坐修炼了起来。

剩下的七八天，巨大平台几乎每隔半日光景，就会在一处地方停顿，从下面少则三四人，多则十几人地接引上来一些少男少女。

当平台足足挤满了三四百人，几乎再也无法容纳下去的时候，皂衣男子才终于不再接引新人，驾驭黑云往来处飞射而回。

半个月后，巨大黑云在飞过数片连绵山岭后，终于来到了一片黑黝黝的密林上空，并直往深处疾驰而去。

向前一口气深入百余里后，前方忽然出现了十几座连绵起伏的巨型山脉。

另一侧天空中也传来了轰隆隆的声音，另有一团黑色巨云往同一山脉处飞驰而来。

片刻后，两团黑云就一前一后地接在了山脉处，并在其中一座山峰的山脚旁徐徐落下。

"下去吧，本宗山门所在到了。"

当平台刚稳稳地落在平地上时，笼罩其上的黑云和光幕顿时全都一散而尽，蓦然出现在众人上空的皂衣男子当即吩咐一声说道。

众多少男少女大喜之下，纷纷从平台上一跳而下。

柳鸣却在平台边缘处驻足，双目一眯先向四周仔细打量了一番。

只见平台所落之处，赫然是一片绿油油草地，离草地不远的地方，是一片稀稀疏疏的树林，里面隐约可见一栋栋排列整齐的石屋。

柳鸣看了石屋几眼，目光又扫向了草地另一边。

只见离他们数十丈远处，另有一座平台，也有许多少男少女从中走出来。

"下去吧，你要待在这里到什么时候。"柳鸣身后传出一丝不耐烦的声音，回首一看，正是皂衣男子脸色微沉地催促着。

这时平台上之人已经走了十之八九，就他驻足不动，的确有些惹眼了。

柳鸣微一低首告罪一声，就也跟着前面人群走了下去，这时才扬首向不远处的巨峰望了一眼。

只见此山峰奇高无比，下半部分密密麻麻修建着一座座类型不同的建筑，一条粗大山道更是仿佛一条盘起的巨蟒，蜿蜒盘绕，直通山峰之上。

山峰上半部分笔直入云，被一片白色云雾遮挡，无法看清楚任何东西。

更有一团团灰云从上半截山峰中一冲而下，上面大都坐着一个或几个服饰打扮各异之人，有老有少，有男有女，但只是飞得颇高，无法看清楚他们的面容。

这些人显然都是和皂衣男子一样的蛮鬼宗灵徒，在经过草地上空时，有人向下好奇地打量了两眼，有人却根本不看一眼，从高空中直接驾云而过，引得下方少男少女均兴奋地加以议论。

有些人甚至不由自主地幻想起自己成为灵徒后的神仙生活。

这时候，皂衣男子也走出了石台，看到下方众人乱糟糟的样子，毫不客气地训示道："这里是蛮鬼宗，可不是你们自己家。所有人都闭嘴，排好队跟过来。"

这位接引使者一说完，大步向通向石屋群的一条小路走去，数百名少男少女在一阵混乱后，倒也勉强排成数队跟了过去。

另一边的石台上，却有一名身披白色斗篷的女子驾云飞出，同样带着另外一批少男少女沿着另一条小路走进了树林中。

一会儿工夫后，两支队伍就在树林中一个交叉口处碰到了一起。

几乎不用人吩咐，两支队伍非常自然地融合在一起，并很快走出了树林，来到了一排排石屋前的一个空旷之处。

这时，已经有十几名身穿统一绿色服饰的男女，恭敬地站在那里等候着了。

"人都已经带到了，你们将他们分开安排一下吧。离开灵仪式还有半个月的时间，在此期间他们可以在翠坪坡附近转转，但决不可真离开此处，违者立刻取消参加开灵仪式的资格。"皂衣男子望了望这十几名男女后，冷冷吩咐道。

"是！张师兄，旬师姐放心，我等一定会将事情办得很稳妥的。"其中一名相貌凶恶的大汉，上前一步恭顺地回道。

"嗯，方熊师弟做事情，我还是颇放心的。那我和师妹就前去执事堂交令去了。"皂衣男子点点头，神色稍缓，说道。

随后他和那名披着白色斗篷的女子，口中念念有词地一掐诀，足下各生出一朵灰云一托而起，一颤后向上山峰飞去了。

"好了，你们这些小家伙也听到了，以后就要暂住这里半个月之久。在此期间不得离开树林一步，万一被我发现有谁不听话，擅自跑出去的话，第一次是受蟒鞭之刑十下，第二次三十，第三次就直接取消开灵资格。"叫方熊的大汉等皂衣男子离开后，立刻将躬着的身子一下站直，冲在场的数百少男少女不客气地说道。

"什么，刚才使者大人不是说可以在附近转转的吗，怎么成了不能离开树林了？而且我们来这里是参加开灵仪式的，可不是坐牢的。"一听这话，当即就有人不服地嚷嚷起来。

"小子，你说什么！"大汉脸色一沉，单手冲前方虚空一抓，当即最前面的一名看似壮实的少年顿时在一股无形巨力一吸之下，直接被扯出人群，并面朝下地摔了个鼻青脸肿。

这名少年再站起来的时候，手中一下多出一柄半尺长短刀，两眼冒火地望着对面的大汉，却自知与对方实力天壤之别，不敢真的再扑过去了。

"实话告诉你们，我们这些人在十几年前也和你们一样，也是参加开灵仪式的弟子，只是没有成功才留在这里服苦役的。你们别看现在有七八百人的样子，但实际上能成为灵徒的有十人就算不错了。而且在开灵仪式上，起码还要有三分之二的人会遭反噬，毙命而亡，剩下的人才能成为和我们一般的外门弟子。所以说，全都给本大爷收起你们的少爷小姐脾气，若是胆敢不听话，我们可不会手下留情。而张师兄临走前说的，也不过是一句场面话而已。这翠坪坡面积这般广大，哪能真让这么多人四处乱闯、我们总共才这么多人手，上哪去一一照看过来。另外说一句，我们这些人修为最低的也是高级炼气士，我更是顶级炼气士，若有人不服气的话，尽管来找我切磋一二。只要能打得过，你们想做什么，本大爷都不会说出半个'不'字。"方熊看着一群少男少女，面露狰狞之色。

少男少女们听了这话，原先的兴奋顿时不翼而飞，一些性子懦弱之人，甚至直接流露出害怕畏惧的表情。

对方竟然是顶级炼气士，这让一干不过是低级炼气士的少男少女，哪还敢再和对方争执什么。

柳鸣听到对方前面的恐吓之言，脸上丝毫没有表情，但听到"顶级炼气士"的时候，心中倒是微微一惊。

这位方熊年纪也不过三十来岁的样子，就能拥有这般惊人的实力，看来纵然自己成不了灵徒，只要能活着留在这蛮鬼宗，仍有可能获得所需的强大实力。

这次开灵仪式，他一定要活着通过。

"现在听好了，马上要分配屋子，被念到名字的都站出来。"方熊见自己寥寥几句，

就震住了眼前少男少女，露出了满意之色。

当然其中也有一些大有背景之人仍是然满不在乎的模样！

但这对大汉来说也没关系。

只要大多数人服从其管束就行了。

这些特殊身份的少年少女，他们也不会真去招惹的。

毕竟就是抛开他们身后势力不说，他们通过开灵仪式的几率，也比其他人要高得多。

这时候，一名三十多岁的女子已经从外门弟子中走了出来，一翻手亮出一本淡黄色书薄，开始不紧不慢地点起名来。

不一会儿工夫，就有上百人被一一点出，被此女带着往石屋群走去。

就这样，每一名外门弟子都点出一批少男少女带走，转眼间场中就只剩下了最后一批，大概七八十人左右。

柳鸣、高冲、牧明珠、雷震等人全都在其中。

"不用再点了，你们全跟我来吧，我来亲自安排你们。"方熊扫了剩下之人一眼，一摆手，非常果断地说道。

其他几名外门弟子见此，全都一副无所谓的神色，自行的一散离开了。

而剩下的少男少女一听这凶神恶煞大汉要亲自来安排他们，倒是有近半脸色一下白了几分。

方熊却对此不管不问，转身向某一方向的石屋群走了过去。

"嘿嘿"一声冷笑，一名少年蓦然大步走出人群，竟率先跟了过去。

正是雷震这位雷家子弟。

其他人见此，这才敢硬着头皮一窝蜂跟过去。

柳鸣则不慌不忙地走在其中，丝毫不起眼。

眼见一干少男少女走远后，附近一棵大树后淡淡波动一下，竟现出并肩站立的两道人影。

一人面孔微黄，身穿儒袍，头插一根黄色木簪，双手倒背，一人却披头散发，赤着双足，腰间挂着一个巨大的赤红色葫芦。

"师弟觉得如何，这一批世家子弟中能有好苗子吗？"身穿儒袍之人望着远处的少男少女，忽然问了同伴一句。

"哼，圭师兄不是明知故问吗？没经过开灵仪式，现在怎能看出什么来？往年各个分支不是在仪式后才开始选人的吗？这一次师兄为何这般早就来看这些世家子弟了。就是想提前，也应该从本门培养的灵脉弟子中挑选啊！"披发男子有一张笑眯眯的圆胖脸孔，一听这话嘟囔了一句。

"你又不是不知道本分支的情况，那些被判断拥有九灵脉以上的弟子，早就被其他分支下手预定好了，我们怎能抢得过。要想真挑选几个好苗子，只能从这些世家弟子中找上一找了。另外听说这一次还有散修弟子参加，仔细观察一下，说不定还能有所收获。"儒生缓缓说道。

"师兄纵然说的大有道理，但是这点时间又能看出些什么来，等到开灵仪式结果一出来，恐怕那些山头又会一窝蜂地争抢起来。"披发男子眉头一皱说道。

"哼，我们已经不和他们争抢本门培养的灵脉弟子了，若是这些世家子弟也要来争的，那就别怪为兄不客气了。本分支虽然没落多年，但也不容被人骑到头上的。"儒袍男子脸色一沉回道。

"既然师兄打定主意了，小弟和钟师妹自然一定会支持的。我们这一支就只剩下我们三个灵师，自然要共同进退的。"披发男子思量了一下，终于下定决心说道。

但是他一说完这话，突然脸色一变，一阵剧烈咳嗽紧随而来，急忙将腰间朱红葫芦摘下，塞子一拔，扬首往口中灌了几口翠绿色液体。

一股浓浓的酒香从中传出，竟然是某种不知名的烈酒。

几口烈酒下肚后，披发男子脸色才好看了几分。

"朱师弟，没事吧！你体内寒气可是多年顽疾了，光用药酒来应对的话，是治标不治本的。"儒生见此，露出一丝担心之色。

"圭师兄放心，我只要及时饮用这三阳酒，就能控制寒疾的发作，不用太过挂心的。"披发男子一笑回道，似乎真对自己的寒疾很放心。

"都怪为兄，当年明知你刚进阶灵师，应该让师弟多巩固一下境界，再让你去那梦魇崖。否则，说不定不会落下这寒疾的。"儒生痛惜地说道。

"这不怪师兄，当年是我主动要求去的。毕竟师兄当时也在修炼关头，无法离开宗门半步，而钟师妹却已经危在旦夕了，根本无法耽搁时间的。"披发男子摇摇头说道。

"等这次开灵仪式后，我再去求师叔一次，一定要再多讨要几颗纯阳丹来。此丹虽然不能治愈寒疾，但起码也可以缓和一下你的痛苦。"儒生凝重地说道。

"算了，师叔现在正在闭生死关，前几次打扰已经让其他几座山头大有意见了，若是

再去的话，就真有把柄落在他们手中了。"披发男子苦笑了起来。

"你不用管此事了。若他们真要找来，自有我来应对的。"儒生却冷哼一声说道。

披发男子犹豫了一下，终于没有再说什么。

随之这二人在树后又交谈了几句后，就在一股淡淡雾气中再次消失了。

这时，众少男少女走到一排明显新建的石屋前时，在大汉随手一指下，就被纷纷安排了进去。

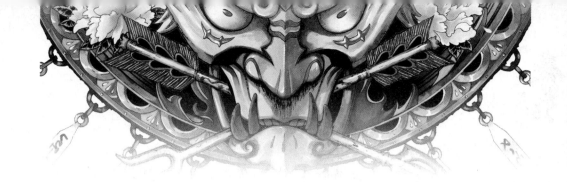

~伍~

开灵（上）

当柳鸣推开尤带丝丝新木香的大门时，一个长宽不过三四丈的房间出现在了眼前。

一张青木桌，一把同样材质的木椅，一张丈许长的灰白石床，上面铺着一层薄薄的棉布被褥，此外就再无任何东西了。

见到这一切，柳鸣非但没有露出失望的表情，反而轻叹了一声后，几步走到石床上，就此了坐了下来。

石屋中的简陋摆设，让他不觉回想起在凶岛上的艰难生活，心神不禁一阵恍惚。

不知过了多久后，他才重新回过神来，略一思量后，就开始仔细检查石屋中各个角落和所有家具摆设，真的只是些普通之物，并无任何异常，真正放松地躺到了石床上，开始默默回想起一些事情来。

当年，他因为父亲之罪而被官府直接拿下送到凶岛的事情，虽然相隔多年，却仍然记得许多细节。

当时事发时，家中除了他和父亲外，就只有几名仆人而已。

他的母亲，从其懂事之时就未曾见过，听言是早年在生他时，因为难产离开人世的。

至于其他亲戚朋友，更是从未听父亲谈过。

但他从其他人口中隐约听说，当年父亲带着还是婴儿的他，是从很远的地方搬迁过来

的。原来是居住在哪里的，谁也不知道。

其父对他非常严格，从刚一懂事的时候，就开始教其认字读书，并让其背诵一些古卷典籍。

就在其父被捕的前几天晚上，他突然让当初不过数岁的柳鸣，去拼命记某个极其隐秘之处，直到那处位置被背得滚瓜烂熟，并反复叮嘱不得告诉第三人后，才算罢休。

而几天后，其父就被涌进门内的衙差拿下了，他则直接被送到了凶岛上。

大概那些衙差，也根本没想过从一个几岁大的童子口中得到什么有用的消息吧。

不过他一想到现在仍然铭记在心的那个隐秘之处，就不禁一阵苦笑。

小时候的他，还不知道那个地名意味着什么，现在却清楚那里对如今的他来说，和龙潭虎穴也差不了多少。

若没有足够的实力去闯那里，简直和自杀是差不了多少的。

当年父亲那般郑重地让其记下那个隐秘之处，肯定是隐含了十分重大的秘密，并且十有八九和父亲被抓死在狱中有着直接关系。

而那幕后使者竟然能用"大不敬"的罪名，直接致其父于死地，肯定也是大有势力之人，一般探查手段恐怕根本无用，甚至可能会打草惊蛇，给自己引来杀身大祸。

但杀父之仇岂能不报？

柳鸣想到这里，眼中闪过一丝这个年纪不该有的阴沉之色。

若此前他还为此一筹莫展过，但现在，只要能成为灵徒，或者活着通过开灵仪式，等实力大进后再进入那里，应该就不是难事了。

不过一想到皂衣男子所说世家子弟通过开灵的恐怖比例，即使他一向对自己有些自信，也不禁心中微微一沉。

有关开灵仪式的具体过程，他自然也在途中详细询问过关老大二人。

可惜二人只是白家的高阶仆人，对这知道得还真不多，只知道通过这仪式可以用外力将灵脉者体内未固化的灵脉强化显现出来，并借助仪式力量在体内凝聚出灵徒和炼气士最大区别的灵海来。

只有拥有了灵海后，灵徒才可以将元力一点点转化为真正的法力，修炼元力的速度也和以前有天壤之别，根本不是普通炼气士能够想象的。

而灵海这东西神秘万分，关老大二人对此是一点不知的，这让柳鸣有些无奈。

算了，他能做的也就是加紧修炼一下控元之术。

虽然不知道此术熟练一些能否对开灵仪式有帮助，但现在能做的事情也只有这个了。

而自己拥有那种能力，时间虽然所剩不多，应该还会有些效果的。

柳鸣一想到自己的特殊天赋，嘴角不禁一翘，露出一丝笑意来。

这一能力可不是他先天就拥有的，而是当年经历家中剧变，又以幼童之身在凶岛上亲眼目睹一连串血腥事情后，大病了一场，才突然发现自己莫名其妙地有了这种古怪天赋。

这种能力，让他可以将自己的意识硬生生地一分为二，在同一时间能够各指挥身体的一半。

而他这种能力和传闻中的那些"一心二用"天赋还大大的不同。

他一分为二后的两半精神，只要经过一定的锻炼，竟还能分别渐渐壮大，并且还能够让一半意识活动，另一半处于休眠状态。

而通常说的"一心二用"，却根本不会出现上面两种情形。

在他发现了异常，并小心翼翼地向凶岛上的其他人询问，外加看了岛上不多的一些相关典籍后，才在数年后终于肯定自己这种能力，应该是在"一心二用"上又有一种变异强化。

至于这种变异到底是什么，是否拥有什么后患，这就不是柳鸣能够知道的了。

而拥有天赋后，他自然不会加以浪费，经过这些年的锻炼后，让精神力有了惊人的涨幅，几乎是正常人的一倍以上。

要不是如此，他当初在众多捕快和黑虎卫的追杀下，也不可能坚持那般长久了。

先前他也没有在关老大和谷老三面前展现此天赋的全部能力，可以让半边精神轮流休息，可不是一加一这般简单的事情。

在凶岛上的时候，只要他愿意，甚至可以连续五六天日夜不停地修炼钻研某种秘技，然后只要饱饱睡上一觉，精神就可以恢复如初了。

就是说，他修炼的时间几乎是普通人的数倍以上。

这也是他如此小的年纪，就能在凶岛上掌握那么多偏门秘技的根本原因。

柳鸣回想到这里，双目微微合上了片刻，就一下坐起身来，深吸一口气在石床上修炼起来了。

对他来说，休息实在是一件奢侈的事情。

于是在接下来的十几天里，柳鸣除了特定的吃饭时间，几乎不踏出自己的石屋一步，日夜不停地修炼控元之术。

原本催动起来还有些晦涩的虎咬环，在其苦苦修炼之下，短短十几天内就比先前更加得手应心了。

在这期间，其他少男少女，有些和柳鸣一般留在石屋闭门不出，有些却在树林内四下闲逛，还有些则称兄道弟地聚集一起，天天不知在热谈什么事情。

而方熊等一干外门弟子，对此却视若不见，只要不走出树林范围，任凭一干少男少女自由活动。

就这样，开灵仪式举行的这一天，终于到了。

正在石屋中盘坐的柳鸣，忽然听到皂衣男子的声音："所有人都出来，开灵仪式就在今天举行，我会带你们到举行仪式的汇灵台。"

其声音不大，却在石屋中回荡不已，让柳鸣听得清清楚楚。

柳鸣深吸一口气，当即走下石床，推门走了出去。

只见无数少男少女一窝蜂地向来时的那条小路走去，而透过林木间缝隙，隐约可以看到两座灰白色平台还静静地躺在草地之上。

皂衣男子张师兄和披着白色斗篷的旬师姐二人，各站在一朵灰云中悬浮在两座平台上方。

而方熊等十几名外门弟子，则恭敬地在附近束手而立，哪有丝毫在柳鸣等人面前时的凶恶样子。

一干少男少女见此情形，也不觉肃然了几分，全都放慢了脚步，有序地进入到平台中。

当最后一人也进入后，皂衣男子目光向下方一扫，发现人数并没有缺少，就点下头一个翻手，亮出一个圆盘来，单手掐诀，口中念动法诀。

圆盘当即放出淡淡灵光！

"噗"的一声，平台表面密密麻麻的灵纹一亮而起，同是一层白色光幕浮现而出，将整个平台全笼罩在其下。

而平台四周那些鬼物雕像，为之一颤，纷纷张口喷出一股股浓浓黑气。

这些黑气在滚滚卷动之下，顷刻间就化为黑云将平台和光幕全都罩了进去。

"嗡嗡"声一响后，两座平台慢慢地腾空而起，徐徐向不远处的巨峰飞去。

柳鸣站在一座雕像附近，淡淡地看着其表面闪动的丝丝灵光，仿佛正在思量着什么。

而离他不远的地方，赫然是正在低声交谈的牧明珠和高冲二人。

才仅仅十几天没见，这一对少男少女就变得更加亲密自然起来。

而在平台中心处，雷震傲然地站在那里，附近则有意无意地簇拥了三十几名世家子弟。

其他地方，也或七八人或十来人的以某个人为中心聚集一起。

这些天内，这些少男少女还真自发形成了不少小团体。

看来不少人自问通过开灵仪式几率不大，把希望寄附在其他有希望成为灵徒之人的身上了。这样万一他们成为蛮鬼宗外门弟子，以后也能找到靠山。

这些世家子弟如此行事，大概是来之前族中长辈就提前嘱咐好的，甚至连依附目标恐怕都先给圈定了好几个。

否则也不会这般快地抱成一团。

高冲牧明珠周围赫然也有五六名其他少男少女，高大少年比起十几天前，脸上明显多出了一分自信之色。

看来也有不少人看中这位散修弟子的前途。

而牧明珠和高冲二人，自从上了平台，对柳鸣这位当初从同一传送地点传送来的同伴，并未有招呼的意思。

柳鸣更不会主动与人说话，只是单独拿冷眼旁观一切。

平台被黑云包裹，柳鸣等人自然无法看到外面的一切，但仅仅一顿饭工夫，足下微微一颤后，光幕内就又响起了皂衣男子的声音：

"汇灵台已经到了，你们可以下去了。"

话音刚落，外面黑云就一滚，溃散而开，同时光幕一闪消失。

柳鸣抬首向平台外一扫，不禁倒吸了一口凉气。

只见他们赫然身处一座巨大的广场之中，但广场边缘处是一圈圈的环形高台，上面坐满了密密麻麻的人，数量之多足有四五千的样子，并隐约传来熙攘之声。

这些人中，只有一小部分是真正的灵徒，其他人则是跟在这些灵徒身边的蛮鬼宗外门弟子，仿佛随从一般。

环形高台中有一截明显比其他地方高出许多，上面有七八名被各色光晕包裹的淡淡人影。

他们并肩站在那里，并低声交谈着什么。

广场中心处，则有上百名身披绿袍的蛮鬼宗外门弟子，一个个一手捧钵一手执笔，在地面上绘制着一道道蜿蜒扭曲的粗大银纹。

在他们上空，则有七八个驾云的灵徒，在来回飞动地一一纠正和检查着什么。

这些灵纹互相交汇，从上面看，隐约形成一个巨大的银色图案。

这图案中无数粗大银纹交织、重叠，隐约又形成许多古怪的银色文字，让人多看一会儿，就有头晕目眩之感。

柳鸣只是盯着图案中一些怪文看了几眼，就不敢多看，急忙收回了目光。

一干少男少女被催促着纷纷走下了平台，有些手足无措地站在银色图案边缘处。

就在这时，忽然天空中轰隆隆一响，又有第三块黑云从天而降。

当黑云一散而开后，从第三块平台上整齐走出了身穿外门弟子服饰的另一批少男少女来。

这些少男少女和柳鸣等世家子弟不同，人人神色冷静，身上还隐隐带有一种说不出的阴冷气息，一走下平台，立刻就无声地排成数列。

柳鸣这边的世家子弟人群，顿时一阵骚动。

这时候任谁也都知道，对面这一批人显然就是蛮鬼宗自己培养的灵脉弟子。

如果说世家子弟中每百人才可能有一人成为灵徒，那上门自己精心培养的灵脉弟子，则几乎十个人中就有一人能够成功开启灵海的。

其成功几率，几乎是世家子弟的十倍以上。

这就难怪上门每次举行开灵仪式的时候，只是将那些炼气世家当做冤大头狠宰一刀，而对他们推荐的子弟并未放在心上。

柳鸣看着对面的少男少女，瞳孔不禁一缩。

光这些蛮鬼宗灵脉弟子的冷静，就不是一般世家子弟可比的，对方身上传来的熟悉气息，仿佛人人都经受过什么特殊修炼，见过不少血腥场面吧。

这时候，广场中心处的银色图案终于绘制完毕，那些外门弟子立刻自动退出了广场。

但几名蛮鬼宗灵徒仍然留在原地，并从身上取出一些拳头大的清澈晶石，纷纷安装在了图案各个关键部位早就准备好的凹槽中，足有近百块的样子。

这些灵徒安装完后，又居高临下地再次一一检查起来。

这时，最高的那截高台上，一个散发淡红色光影的人影，忽然轻笑一声开口了：

"诸位师弟师妹，听说这一批灵脉弟子培养得不错，其中着实出了几个不错的好苗子。似乎楚师弟和林师妹还为其中一人争吵了许久，不知可是真的？"

"掌门师兄，你可要为师妹做主！那名弟子可是我先发现的，楚师兄竟然不讲规矩，后来硬插一脚，引诱威胁他进入他们一支。"一个白光中的苗条身影，一听这话，当即有些嗔怒地说道。

那首先说话的红光中人影，竟就是蛮鬼宗的当今门主。

"林师妹，你这话可不对了。这批弟子中一共才有那么几个好苗子，就算一支分上一名也不够的，你们鬼舞一支既然已经圈定好了一个好苗子，珈蓝这孩子就让给我们阴煞一脉吧。"附近另外一名被绿光霞包裹的高大人影，则呵呵一笑说道，似乎一点也不动怒。

"哼，我们蛮鬼宗八支，只有我们这一支才最适合女子修炼功法，你们抢去珈蓝，岂不是糟蹋了良才，不利于本宗的发扬壮大。"林师妹听到这话，不客气地反驳道，并顺手给对方扣了一顶大帽子。

"这个不用林师妹操心，我会让冰师妹亲自收她为徒的。嘿嘿，冰师妹修炼的功法同样适合女子修炼，绝不会耽误这孩子的修行。"楚师弟则嘿嘿一声说道。

"你……"

"算了，不用争了。此事还要等这弟子真开启了灵海再说，就算拥有再惊人的灵体，若是灵海没有开启，也终究无用。"蛮鬼宗门主却一摆手打断道。

一听掌门师兄这般说，楚师弟和林师妹倒也不好继续争论下去，只能不再说什么。

"对了，圭师弟，你们九婴一支可有选好的弟子了？若是下手迟的话，又要空手而归了。"蛮鬼宗门主一转首，冲高台边缘处的某个灰光中包裹人影问道。

"多谢掌门提醒。这一次灵脉弟子中的几名具有灵体的弟子，我们一支是万万争抢不过的，这次就在世家弟子中随便挑选几个吧。"灰白光中人影闻言，微微一躬身回道。

听声音，正是当初在翠坪坡树林中曾出现一次的儒生。

"世家子弟？难道这一次世家弟子中也有什么好苗子出现了，不知圭师兄看中的是哪几个，让我们几个也看上一看吧。"那位楚师弟闻言轻咦了一声，似乎有几分感兴趣地问道。

"师兄我也是没有办法，才会去世家弟子中挑选的，又哪有什么真太好的苗子。"圭师兄淡淡地回道。

"呵呵，圭师兄一向有'鬼算'的名头，我们几个可不太信此话。圭师兄到底看中了哪几个世家子弟，难道说出来后，还怕我等去争抢不成？"林师弟轻笑一声，说道。

"既然林师弟这般说了，圭某说出来也无妨。我也相信几位师弟再爱才如命，也不至于连世家弟子也和我们九婴一支争抢的，否则岂不一点脸皮都不要了。"儒生略一沉吟后，就用一种讥讽口气说道。

这话一出口，楚师弟等人都不禁大感尴尬。

虽然九婴一脉没落多时，但对方这般直接地说出来，自然让他们还是有一种被人打脸的感觉。

"圭师弟放心，你尽管将看中的弟子说出来，他们若真和你争抢的话，自然有我来做主。这次世家弟子中无论出现什么样的良才，都先仅你们一脉挑选。"蛮鬼宗门主似乎也觉得有些愧对九婴一支，当即声音肃然地说道。

"多谢掌门师兄！"儒生闻言一喜，冲蛮鬼宗门主一拱手道谢。

其他人见此，皆面面相觑。

"其实，这一次外门弟子中，圭某也是矮子中拔将军，只是看中了几名略有潜力的弟子而已，能不能真能通过开灵仪式，还是另外的事情，绝无法和林师妹他们争抢的本门灵脉弟子可比。其中的三名散修弟子，我和朱师弟都已经接触过了，初步判断，那名叫高冲的弟子，应该有不小几率是九灵脉，而另外一名叫于诚的散修弟子，却拥有一定的灵目天赋，可以修炼我们一脉的鬼鸠之术，有望让鸠目之术在本门重见天日。最后一名散修弟子，资质平平了，不过他幼年时曾经吞食过一根腐毒灵草，体内元力天生就能腐蚀奇毒，若能通过开灵仪式，也许另有惊喜也说不定。至于其他的世家弟子，也接触了几名，却只有一名叫雷震的雷家弟子值得关注了。此弟子也有一定几率是九灵脉，相信雷家的那种特殊血脉之力，应该也继承了不少。"

儒生将自己的判断一一说了出来，听得楚师弟等人都有些怦然心动了，但是蛮鬼宗门主有话在先，让他们倒不好开口再说什么。

"圭师兄，雷震这小子是我的亲侄，恐怕不能交给你们九婴门下，师弟打算亲自来调教他的。"一名始终没有说话的人影，忽然用低沉的声音说道。

"我也猜到你会这般说的，所以我对雷震只是观察了一下，并未真的出面加以接触。"儒生闻言丝毫不觉奇怪，反而面露惋惜之色，轻叹了一口气。

"多谢圭师兄体谅！"类师弟微微有些歉意地说道。

"这般说，圭师弟打算将三名指定名额都用在了这三名散修弟子身上了。"那名楚师弟却忍不住插口说道。

"的确如此。怎么，师弟难道打算改变主意，将先前选中的灵脉弟子和本脉选中的对换一下不成？"儒生淡笑一声说道。

"哈哈，既然是师兄先看中的，师弟我就不夺人所爱了。"楚师弟打了个哈欠，急忙

应付了过去。

虽然高冲等三名散修弟子不错，但和他们看中的那几名弟子相比，资质明显还差了一筹，怎肯加以交换？

"好，这三名散修弟子只要能通过开灵，就归九婴一脉了。我也希望九婴一脉能够重振雄风，这样只有我们八支同心协力，才能让整个蛮鬼宗门更加强大。"蛮鬼宗门主见此，也声音一缓地说道。

其他人听见这话，有的微微点头，有的却无动于衷。

蛮鬼宗门主眉头一皱，还想再说些什么时，一名灵徒弟子已经驾一朵灰云从广场处飞了过来，并远远就躬身说道：

"回禀掌门，汇灵大阵已经准备完毕，随时可以开启了。"

"既然准备妥当了，那就开启吧。"蛮鬼宗门主闻言，不假思索地说道。

"是，掌门！"这名弟子躬身领命，一转身向来处飞了回去。

同一时间，柳鸣夹在众多世家弟子中，正朝对面蛮鬼宗灵脉弟子中的一名少女打量个不停。

其实何止是他一人，早有无数目光在少女身上扫视不已。

甚至蛮鬼宗弟子中也有不少人，每隔一会儿就会偷偷望少女几眼。

这名蛮鬼宗少女容貌实在太惊人了。

看似不过十三四岁的年纪，却生得琼鼻杏口，肌肤赛雪，一头乌黑秀发直披肩头，晶眸闪动间，更有一种说不出的诱惑之力在其中，一举一动给人一种心跳加速的惊艳之感。

少女似乎对被人注视早就习惯了，任凭如此多目光落在自己身上，却仍然面带微笑，丝毫不以为意。

柳鸣看了少女好一会儿后，才猛然一咬舌尖，将目光从其脸孔上勉强收回，同时暗叫一声"好厉害"。

这莫非就是传说中的媚体天成！此女这般年龄已经如此让人无法自拔了，若是再大上几岁的话，岂不是更加祸国殃民？

但让他暗觉诡异的是，对方应该早在对面队伍，为何先前谁都没有发现其存在，怎么过了一会儿后，才忽然出现一名这般妖魅至极的少女。

更让他有些发寒的是，不光是那些少男偷望此女，甚至还有一些少女看向此女的目光，竟隐约也带有一丝倾慕之色。

此女实在邪门得很，还是远远避开的好。

柳鸣心中迅速就有了决定。

其他人可没有柳鸣这般好的定力，一开始还大都偷偷摸摸地望过去，等发现少女根本不在意，顿时胆子一大，目光纷纷变得有些放肆起来。

不知过了多久，少女终于黛眉皱了一皱，明眸朝世家弟子这边淡淡一扫而来。

所有接触其目光的少年，纷纷面红耳赤地低下头去，但也有像雷震那般的几名自视甚高的少年，反而用更加炙热的目光迎了过去。

当少女目光经过柳鸣身上，发现其并未像其他人一般看向自己，而是在望向广场的中法阵时，目光微微一顿，似乎有一分意外，但马上就不在意地一扫而过。

"轰隆"一声巨响！

一道乳白色光柱突然从银色法阵中冲天而起，一直通向看不见尽头的虚空中。

广场中镶嵌的那些清澈晶石，也全亮起了刺目白光，同时整座法阵也开始发出低沉的声音，一道道银色灵纹忽暗忽明地闪亮而起。

几乎同一时间，柳鸣忽然觉得四周空气一凝，似乎附近虚空中一下多出了些什么东西。

他略一迟疑后，稍稍吸了一口气，就顿时感到一股清新之感贯彻全身，让精神都为之一振。

这一切，终于将那些还沉迷在蛮鬼宗少女妖魅之力中的少男少女给惊醒了，纷纷露出吃惊之色地看向广场上的银色法阵。

同一时间，巨大高台上，蛮鬼宗门主看到巨大法阵被启动后，当即冲其他人一声吩咐。

"雷师弟，就按照原先商量的，仪式就由你来主持了，其他师弟加以配合。开灵仪式事关本宗后继大事，几位师弟千万马虎不得。"

"是。"儒生等人闻言，均都心中一凛地躬身称是。

众多少男少女，顿时看到站在高台上的那几名明显身份非同小可的身影，突然大都腾空而起，身下空空无物地直接向广场中心处御风般飞来。

这让世家子弟一阵骚动。

对面的蛮鬼宗灵脉弟子，在这几道身影一飞近时，却突然同时半跪地上，异口同声的说道：

"参见诸位师叔！"

"你们起来吧。一会儿听我们吩咐，一批批进入汇灵大阵中。嘿嘿，进入其中，生死自负。而灵海一启，就此仙凡两隔！现在再问一次，是否还有人不愿冒险，愿意退出的？"一个人影用低沉声音说道，正是先前在台上很少说话的雷师弟。

而听了这话，无论是蛮鬼宗自己的弟子，还是那些世家弟子均都无人开口。

到了此时，自然不可能有谁真蠢到再退缩的地步。

"好，很好！"雷师弟在高空中连说两个好字后，就扬首不再说话了。

柳鸣在下方人群中，用好奇的目光打量着高空中的几人。

现在的他，纵然用尽了全力也根本无法看清光晕包裹着这些人影中的真容，不禁心中有几分郁闷。

但当他再无意识地扫向蛮鬼宗灵脉弟子队伍时，那名妖魅女子竟然不存在了，甚至连她原先应该所在的位置，自己竟然也都记得不甚清楚了。

柳鸣也算是胆大之极，但见此景也不禁背后一寒，大有一种白日见鬼的感觉。

世家弟子这边似乎也有人发现了妖魅少女不在的事情，顿时又是一阵骚动，不少人脸上都露出难以置信的表情。

高台上，蛮鬼宗掌门见此，目光在蛮鬼宗灵脉弟子队伍中一名面容略微清秀些的少女身上一扫而过后，忽然一笑地冲旁边留了下来没有去主持法阵的林师妹说道：

"珈蓝的梦魇之体果然惊人，还没有开启灵海就拥有这般惊人的效果，等成为灵徒后，还不知道会发挥多大威能。"

"哼，要不是如此，我怎会和楚师兄这般争抢这孩子。可惜啊，此灵体纵然稀有，但是也让灵体主人修炼十分艰难。而梦魇之体在面对修为境界明显高于自己的对手时，是发挥不出太大优势的。"林师妹哼了一声后，有些不甘地说道。

"梦魇之体在群战和应对修为差不多的对手时，却具有不可思议的威能，从这点上说，只要这孩子能够成功开启灵海，哪怕修炼再慢，本宗就算用灵药堆也要将其修为硬生生提升上去的。"蛮鬼宗门主毅然说道。

"是啊，这孩子对本宗的未来的确极为重要，说不定就是本宗和其他几家争锋的最大筹码之一。不过这一次的世家弟子中，除了那名叫雷震的小子还有些看头，其他人还是如同以往，不堪入目。就算有几个歪瓜裂枣勉强成为灵徒，恐怕也大都是三灵脉这样的最低资质灵徒，此生根本没有希望进阶灵师。若是那三名散修弟子都无法冲击灵海成功，从其他世家弟子又找不到其他满意的苗子，恐怕圭师兄还是会失望而归的。"林师妹先点点头后，又忽然话题一转说道。

　　"从惯例来看，散修弟子起码有三分之一的几率可以成为灵徒，圭师弟应该不会运气这般差，说不定这三名弟子还都可能开灵成功的，至于你说的其他世家弟子不堪造就之说，我却有一点不同意。"蛮鬼宗门主沉吟了一下后，摇摇头说道。

　　"什么，难道小妹看走了眼，那些世家弟子中还有其他的良才？不对，就算我没有看出来，圭师兄怎可能也看走眼？"林师妹闻言，又是一怔。

　　"别人我不知道，但这小子应该颇有些意思。"蛮鬼宗门主微微一笑，突然一根手指虚空往身前一划一个圆圈，当即圈中淡淡青光一闪，竟幻化成一面清澈如水的光镜，里面浮现一名身穿锦袍的少年。

　　少年正抬首看着空中的一干灵师，目光微微闪动不已，赫然正是柳鸣。

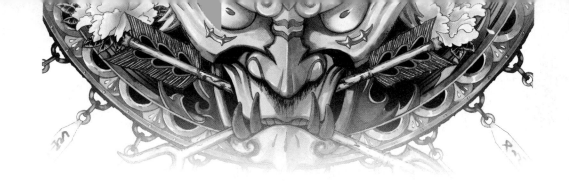

~陆~

开灵（下）

　　"这个小家伙？看起来似乎没有什么特殊，难道他具有传闻中的那些隐灵体不成！"林师妹看着光境中柳鸣好一会儿，才缓缓问道。

　　"他是不是隐灵体我不知道，但这小家伙精神之力应该比一般人强大得多。"蛮鬼宗门主不慌不忙地说道。

　　"哦，掌门师兄如何知道的？"林师妹闻言，自然好奇起来。

　　"很简单，刚才珈蓝那孩子梦魇之体无意外泄的时候，只有这小家伙是一直未受丝毫影响，并且还能控制自己不再去看珈蓝这丫头。啧啧，单这自控之力就足可称赞一句了。"蛮鬼宗门主微微一笑，回道。

　　"原来如此。这么说，这小家伙还真值得期待一下了。"林师妹有些恍然了。

　　……

　　柳鸣自然不知道，自己因为那名妖魅少女的事情，竟然莫名入了两位灵师的眼。

　　现在的他，正聚精会神地感受着广场中法阵激发后四周虚空中的各种异常之处。

　　他略一运行无名法诀，体内元力就受刺激般地比以前运转快了近半之多，再稍一抬下手臂，又能清楚感应到一股若有若无的凝滞，虽然微弱得几乎淡若游丝，但的的确确是存在的。

　　柳鸣脸上一丝惊讶之色闪过，望向银色法阵的目光中多起了一丝期待之色。

在法阵外就能感受到这种惊人变化了，等进入到里面，相信效果绝对更加惊人。

"时辰已到，灌输灵液！"雷姓灵师蓦然一声吩咐。

话音刚落，四周高台顿时飞出数十名驾云灵徒来。

这些蛮鬼宗灵徒，全都穿着统一的黑色长袍，手中各自捧着一个淡绿色瓷瓶，顷刻间就来到了法阵边缘处，同时将瓶盖打开，再一手闪动灵光往瓶底处一拍。

"噗""噗"之声大响！

一股股乳白色灵液从瓶口中一喷而出，化为数十条白线激射到法阵正上空处，然后化为白蒙蒙的光点在高空中悬浮不落。

"本宗弟子立刻进入法阵！"空中的"雷师弟"，又一声厉喝。

蛮鬼宗的灵脉弟子闻言，最前面一排人立刻往法阵中狂奔而去，并且各自选定了一个位置盘膝坐下。

"够了。"

但等阵中人数刚到百名时，空中一名灵师低喝一声，大袖冲下方一抖。

后面还想进入的蛮鬼宗弟子，立刻感到法阵边上凭空多出一堵透明气墙一般，纷纷被一弹而回。

这些弟子心中一凛后，当即驻足，在外面等候起来。

而柳鸣这些世家弟子在没有吩咐下，更是只能大眼瞪小眼地站在原地不敢动。

他们心中倒也没有什么怨气，这开灵仪式原本就是蛮鬼宗主要针对自己弟子的，自己这些人被放到最后面，倒也没什么可抱怨的。

有些人甚至反而想借此机会，看看蛮鬼宗弟子是如何冲击灵海的。

虽然他们都从家中长辈那里不知听说了多少遍了，但和自己亲眼目睹整个过程可是两码事，说不定看了之后能有所收获，让自己开灵时能够多上一分把握。

柳鸣更是不可能放弃这唯一能提前了解开灵仪式的机会，盯着法阵中心的几个特定目标，眼也不眨一下了。

这时，空中数名灵师一见法阵中弟子全都盘膝坐好后，当即人影一阵晃动，竟各自站在法阵上方的几个特定位置处开始各自掐诀，口中念念有词，同时身上全都涌现出一种恐怖的灵压气息。

法阵外弟子稍一接触这些气息后，均都一惊，后退了，有几名心性不堪的世家弟子，甚至脸色一白直接瘫到了地上。

　　而法阵中那些盘坐在地上的弟子却似乎受到了某种保护，对这恐怖威压视若无睹，丝毫不受影响的样子，有些弟子甚至还好奇地偷偷打量着空中灵师的一举一动。

　　雷姓灵师在法诀催动下，身上气息越来越强大，并将一条手臂抬起，缓缓伸出了一根手指。

　　一声闷哼后，一滴银白色液体状东西从指尖处一弹而出，直接飞入前方那些灵液所化的白色光点中。

　　突然，惊人的一幕出现了。

　　附近密密麻麻的白色光点在一颤后，忽然通灵般地向银色液体激射而来，并飞快融合一体。

　　转眼间，一个一人高的乳白色巨型光团，就无声地在高空中形成。

　　"去。"雷姓灵师遥遥用手冲那白色光团一点。

　　当即，巨大光团在遥控下，向下流星般坠落而去，一声闷响后，准确无误地砸中了下方一名盘坐的蛮鬼宗弟子身上。

　　这名灵脉弟子是一名十三四岁的少年，面容颇为英俊，但在白色光团方一及身的瞬间，就"噗通"一声被压在了地上躺成一个"大"字形。

　　仿佛这白色光团具有奇重无比的力量一般。

　　更诡异的事情，白色光团在将少年压住后，并未立刻消失，反而在雷姓灵师控制下，一阵微微闪动后，将少年徐徐包裹进了其中。

　　最中心处的那一滴银色灵液，更是一闪之后，就诡异地没入少年体内不见了踪影。

　　地上少年深吸一口气，忽然发出一声低吼，硬生生地从地上缓缓爬起，并神情狰狞地一点点重新盘膝坐好，然后紧闭双目默默运起功来。

　　同样一幕，也在其他地方上演着。

　　其他灵师同样从体内挤出一滴滴银色液体，然后化为一颗颗巨大光团从天而落，将下方灵脉弟子全一一罩在其内。

　　大部分灵脉弟子都和开始的少年一般，直接被压在地上无法动弹，只有几个身材特别高大的少年能坐稳身子承受这股巨压，看着光团一点点将身躯吞没进去。

　　几名灵师看到这几人这般模样，都暗暗点下头，并不知出于什么目的，各自记下了这几名弟子的位置相貌。

　　这些灵师施法动作算是极快，一盏茶工夫后，就凝聚出了百余滴银白色液体，让法阵

中每一名弟子都已经身处光团包裹之中。

这时，雷姓灵师往袖中一摸，掏出了一件青光蒙蒙的令牌，并二话不说冲下方光阵一晃。

一声闷响！

一道拇指粗细的青色光柱从令牌正面激射而下，并一闪即逝地没入法阵正中心的一颗晶石之上。

"轰"的一声！

此晶石一闪之后，法阵各处白光一闪，又有数道乳白光柱冲天而起。

空中剩余的那些白色光点，在一阵模糊后，竟化为朦朦胧胧的灵雨，飘舞而下。

即使身处法阵之外，柳鸣仍能感受到四周虚空中一下又起的变化，双目不禁微微一眯。

这时候，雷姓灵师却在法阵上空沉声开口了：

"我们几个已经借助汇灵大阵威力，将阵中天地元气调整至最大浓稠程度，同时又耗费自己体内一滴液化真元作用你等身上，让你们有冲击灵海的最大优势。现在你们要做的，就是借助外力辅助，催动体内元力，一口气在丹田中凝聚出自己的灵海，期间自然痛苦无比，犹如千刀万剐一般。不过下面是生是死，是仙是凡，就全看你们自己了。下面我自会用真言之力，给你们指引整个开灵过程！"

雷姓灵师一说完这话，就神色肃然地冲其他灵师一打招呼，自顾自地从袖中取出一本金灿灿的书卷，往身前一抛而出。

金色书卷迎风一晃之后，竟化为一片金色的光幕浮现在虚空之中。

光幕中，一个个米粒大小的银色古文若隐若现，闪闪发光。

雷姓灵师当即单手一掐诀，体表光晕一下撕裂而开，显露出自己真容来。

这是一名满脸虬须的大汉，一身紫袍，膀大腰圆，往那一站就给人一种威风凛凛的感觉。

雷姓灵师盯着金色光幕上的文字，手中法诀一变，嘴巴张合，开始念动什么。

柳鸣却惊讶地发现，自己竟然什么都没有听到，目光往附近其他世家弟子脸上望去。

发现他们也大都一脸愕然。

显然并非只有自己一人如此。

但等他目光往法阵中望去时，却发现这些蛮鬼宗灵脉弟子在虬须大汉开口的瞬间，脸上就纷纷现出了痛苦的神色，有些人的脸孔甚至马上就开始扭曲起来，同时包裹他们的白色光团也一个个地狂闪不已。

灵师手段果然玄妙无比，所说的真言竟然可以只针对某一范围，让法阵外的地方丝毫

不受影响。

柳鸣对灵师们的法术，不禁大为期待起来。

和他们相比，炼气士虽然也能借助符器，施展一些小手段，但根本不能相提并论。

"砰""砰"两声闷响传来。

两名盘坐在发阵中的少年，在脸孔一阵抽搐后，包裹身躯的白光一闪而灭，直接倒在了地面上。

看到如此一幕，一些胆小的世家子弟当即失声，其他人也不禁脸色一白。

尚未进入蛮鬼宗的灵脉弟子目睹此景，也不禁露出一丝不安的神色。

但空中大汉等灵师，还有法阵外一干灵徒，对此却视若无睹。

当柳鸣目光刚从那两位身上一扫而过的时候，第三名蛮鬼宗弟子一下站起身来，两手狂舞几下后，也立马毙命。

"哼，真是没用。不过才刚刚开始，竟然就有人无法承受反噬之力了。下一次本宗再选拔灵脉弟子时，看来应该再严格一些才行。"高台上的蛮鬼宗门主，见此情形，似乎不太高兴，哼了一声说道。

"掌门师兄，没经过开灵仪式前，我们也只能判断一些弟子的大概资质，其中有些失误也是难免的事情。刚才那名毙命的弟子，原本还是我颇为看重的一名候选弟子，其在以前修炼中表现得还颇为不俗。"林师妹在一旁苦笑着说道。

"不管怎么说，本宗在每一名灵脉弟子身上都投入了大量资源，在选拔弟子上再严格一些，总是没有错的。"蛮鬼宗门主却无动于衷地说道。

"是，下一批灵脉弟子选拔，师妹一定和几位师兄再多多商量一下，争取挑选出更出色的弟子来。"林师妹只能这般回道。

蛮鬼宗门主闻言，这才神色一缓点了点头，继续看着远处仪式中的一干弟子。

法阵中，一时间再没出现当场毙命的情形，但随着时间的流逝，一些人体外的白色光团中，开始凝聚出一道道白絮般的光芒，并且拼命往众弟子肌肤中钻去。

这些弟子脸上表情一下抽搐起来，不少人身躯颤抖之下，两眼如同充血般的变得通红无比，并且隐约现出疯狂之色来。

几声闷响传来后，又有几个人倒在了血泊之中。

柳鸣见到此种情形，眼角不禁微微一跳。

这时，阵中灵雨开始渐渐停下来，一些人身上的白色光团也比先前缩小了不少，甚至

有的还直接露出部分肢体来。

一名灵师见此情形，二话不说地大手一摆。

法阵外一干灵徒，当即一催手中长瓶，又是一道道灵液化为白线一喷而出。

法阵中无数白色光点再次浮现而出，并自行往下方一干弟子身上飞去，包裹他们的光团顷刻间就重新弥补如初。

雾蒙蒙的灵雨也从天而降！

……

一名盘坐在法阵中的少年，突然脸上痛苦之色尽数消失，取而代之的是一种舒泰无比的神色。

他蓦然一张口，扬首发出一声清鸣之声，同时体内一阵爆竹般的脆响声传出，体表浮现出一道道晶莹洁白的光带，一条，两条，三条……直到浮现第六条后，才一下戛然而止。

这名蛮鬼宗少年先有些茫然，但低首看了一下缠绕在自己身上的六条光带后，一下狂喜之极地大叫起来："我开启灵海成功了，我是六灵脉，我也是灵徒了。"

"叫什么叫，还有他人未成功呢。你在里面继续巩固一下灵海，等出去之后，可不会再有这么好的条件供你挥霍。"一名灵师见此情形，当即一声低喝。

这名蛮鬼宗弟子这才清醒过来，急忙称是，再次盘膝坐下，继续吐纳巩固起来。

当法阵中第一名灵徒出现后不久，第二名第三名灵徒也随之接着出现，但在此期间，又有人承受不了反噬之力，再次倒毙而亡。

半个时辰后，当第九名灵徒出现之后，已经毙命的灵脉弟子也有四分之一之多，剩下之人虽然还在苦苦坚持，但是明显再无丝毫效果了。

空中一直无声催动真言的雷姓大汉见此情形，顿时将嘴巴一合，冷冷地宣布道："时间已到，剩下还没有开灵成功的弟子，将会成为本宗外门弟子。现在所有人离开大阵，换第二批弟子进来。"

雷姓大汉话音刚落，正在运转的法阵一下戛然而止，里面蛮鬼宗弟子身上的光团顿时泡影般地纷纷溃散破灭。

还在冲击着灵海的弟子们的剧痛，一下子消失了。

但等他们明白过来是怎么一回事后，顿时变得垂头丧气起来。

在上门中，外门弟子和灵徒的地位可是天壤之别，不管他们此前表现多优秀，从此也只能成为蛮鬼宗最低等的存在了。

原本以前和他们地位差不多的那九名开启灵海成功的弟子，则就此成为人上之人，不但以后能进一步得到宗门的精心培养，可以修炼飞天遁地的不可思议的法术，甚至连寿元都可以比他们外增几倍。

这时，法阵中的血迹被不知从何处跑过来的数十名外门弟子收拾得一干二净，连地面都用清水接连冲洗数遍，连一滴血迹都未在法阵中留下。

第二批蛮鬼宗灵脉弟子在雷姓灵师一声令下后，也蜂拥进了法阵中盘膝坐下。

同样的一幕，随之又上演了。

只不过这一次对着金色光幕中之银文念诀之人，却换成了另外一名灵师。

雷姓大汉则落在下方法阵外地面上，开始闭目调息起来。

显然刚才近一个时辰的不停动用真言之力，对灵师也是一种不小的消耗，他们不得不轮流休息一下。

一次的开灵过程，大约近一个时辰的时间。

剩下的三批蛮鬼宗灵脉弟子，在三个时辰后也很快完成了开灵仪式。

第一批弟子中，灵脉开启最高的也不过是六灵脉。

第二批中则一下出现了十二名灵徒，其中两人是九灵脉灵徒。

第三批中只有八人开启灵海成功，但其中三人是九灵脉。

第四批弟子中，灵徒数量则一下出现十五名之多，其中九灵脉弟子，却只有一人了。

当高台上的蛮鬼宗掌门，看到那名叫珈蓝的清秀少女，也开启灵脉成功，并且还呈现出六灵脉异象后，不禁大松了一口气。

虽然六灵脉资质在一般灵徒中，只能算是中等资质，但只要宗门全力支持，培养成灵师境界也并非是没有希望的事情。

至于其他的灵师，此刻却心中各异起来。

有自己选中的弟子顺利成为灵徒的，自然心中暗自高兴之极。有选中弟子没有开启灵海成功，甚至还当场反噬毙命的，自然十分郁闷。

那些空缺的名额，只能从其他灵徒中再挑选了。

至于剩下的世家弟子虽多，但能成为灵徒的寥寥无几，除了圭姓儒生外，其他人也不会再多报什么希望。

当雷姓大汉一声令下后，终于轮到了柳鸣等一干世家弟子了。

第一批世家弟子进入大阵一个时辰后，看到结果的柳鸣等人脸色都难看之极。

这一百名世家弟子，没有一人开启灵海成功，并且当场毙命人数几乎占了总数的三分之二有余。

剩下的不多三十来人，行尸走肉般地从法阵中走了出来后，世家弟子中竟然一时间无人再进入法阵之中。

"你们若是不愿进去，也好！本宗还能省去一大笔资源，但你们将全被贬到外门去。"雷姓大汉见此情形，并未催促，只是冷笑一声说道。

修炼界原本就是一个弱肉强食的世界，他可不会对这些世家弟子有丝毫的怜悯之心。

"哼，到了这时还有何可退缩的。我来吧！"世家弟子中一人，哼了一声，率先走了出来。

赫然是雷震这名雷家子弟。

空中雷姓大汉一见此子，倒是微微一怔，但马上一笑，不再多说什么。

一见有人带头了，剩下的少男少女一阵骚动，终于也有一些胆大的跟了出去。

柳鸣目光微闪几下后，忽然轻吸一口气，竟然也走出了人群。

柳鸣自顾自地走到法阵某个角落处，神色平静地盘膝坐下。

他已经看出雷姓灵师等人经过前面几次的开灵仪式，神态中隐约有了一丝疲倦。

而整座汇灵大阵安装的那些硕大晶石，闪动的光芒也不如开始时那般刺目了。

虽然不知道灵师在正常情况下可以用真言辅助几次，也不知那些晶石中能量耗尽时对法阵中弟子会有什么影响，但他也绝不想成为最后一批人。

况且他经过前面几次观察，该看的东西都已经看到了，就算继续滞留到后面也并无任何益处了，自然不如加入头几批，先冲击灵海了。

其他世家弟子能想通这一点的，相信也不在少数，但在目睹先前恐怖的毙命概率后，却让他们下意识地都有些退缩了。

不过纵然如此，仍然很快凑够了百余人。

让柳鸣有些意外的是，高冲和牧明珠二人竟然也在里面，他不禁扫了二人一眼。

牧明珠脸色不太好看，美目隐带一丝恐惧，显然先前的一幕给其刺激不小。

倒是旁边的高大少年，虽然脸色也有些发白，但神情明显比旁边少女镇定多了。

"开始。"雷姓大汉一见凑足了人数，立刻一声令下，顿时整座大阵在嗡嗡声中被激发而起，同时数十道灵液往法阵中一喷，雾蒙蒙的灵雨再次一飘而起。

"轰"的一声后，一颗巨大光团就从天而降，并稳稳地砸在了柳鸣身上。

柳鸣当即只觉双肩重若万斤，胸口一热，身躯无法支撑，被压到了地面上。

少年这时顾不得其他人，只看到自己被白光包裹进去，并且片刻之后，背后一凉，似乎有什么东西直接渗入体内，并飞快往丹田处滚动而去。

看过其他人的开灵过程，柳鸣心中倒也不慌，知道这是灵师们的真元进入自己体内，当即两手一撑地面，就想让身躯撑起。

但是任凭两膀用力，身体却压在地上无法起身分毫。

柳鸣有一丝骇然了。

他先前虽然看其他人起身困难无比，但也没有想到真艰难到如此地步。

他并非是那种天生神力之人，后天也没有在此方面多加训练什么，若是如此的话，光靠普通手段起身恐怕不太容易。

柳鸣想到这里，呼吸变得有些急促，深深吐纳了几口气后，两臂猛然在一声低喝中粗大了一圈有余，再次往地面上狠狠一按后，身体终于缓缓地离地而起。

他竟然顷刻间动用了体力激发秘技，让双臂力量暂时提升数倍以上，将身体一点点重新坐直。

在此过程中，少年甚至能听到自己体内骨骼传出的嘎嘣脆响声，浑身肌肤在重压下甚至有些微微发红起来。

一小会儿后，柳鸣终于端正坐好后，才有工夫打量了其他人几眼，结果心中一阵苦笑。

他绝不是最先起身之人，其他世家弟子早有不少人重新坐好，其中甚至还包括了牧明珠这般娇弱的女子。

其他世家弟子显然和那些蛮鬼宗弟子一般，在这方面都做过专门训练，或者掌握了和他类似的激发体力的秘技。

不过当他看了雷震一眼的时候，目光不禁微微一顿。

看此人在白光中一副云淡风轻的样子，身上衣衫都没有丝毫的皱褶痕迹留下，似乎根本未曾被光团中的重力奈何一样。

柳鸣心中暗自猜测的时候，法阵上空回荡起一股晦涩的法诀声，开始这声音仿佛从极远处传来，但是顷刻后，就雷鸣般地在耳边轰响不已。

刹那间，他就觉得自己浑身沸腾了起来，体内各处原本静静不动的元力一下在经脉中疯狂运转而起，一圈圈地越来越快，越来越猛。

虽然早有预料，柳鸣还是觉得身体一下变得炙热起来，同时体内各处经脉在天地元力不顾后果的冲撞下，更是传来撕裂般的阵阵剧痛，仿佛有无数锋利小刀在不停切割着，并

且一次比一次猛烈，一次比一次狂暴。

柳鸣双目发亮，脸上竟没有流露出太多的痛苦之色。

在凶岛上，他为了学习那些偏门秘技，不知承受过多少生不如死的折磨，况且这些秘技施展后的后遗症，本身就带有剧烈的痛苦。

岛上数以千次的秘技修炼过程，让柳鸣的身体对痛苦这种感觉的承受远非一般人可以想象，甚至可以说到了有些麻木的程度。

此刻的他，轻易地排除掉痛苦对心神的干扰，全心用控元之术配合真言之力指引，将体内狂暴元力一丝丝地往丹田处强行汇聚而去。

其他世家弟子可无法像柳鸣这般能忍受痛苦，甚至十几名意志薄弱之人，在痛苦难当之下，当即心神失守，体内元力一下彻底失控，全都往头颅处涌去。

几个小周天的狂冲之后，这些人纷纷倒下，随着时间流逝，还不停有其他的世家子弟加入死亡行列。

转眼间半个时辰过去了，法阵中只有小半数人还能稳稳坐在地面上。

这时，雷震忽然扬首发出一声长啸，随之体表一根根晶莹光带浮现而出，竟一下现出九根之多，并且每根光带表面隐约有丝丝电光闪动不已。

他竟然如此早的就开启灵海成功，还一下现出九条灵脉。

"果然是属灵脉中的雷灵脉，而且还是九灵脉。"高台上的蛮鬼宗掌门，看清楚雷震体表显现的灵脉异像，一下变得惊喜交加起来。

"本宗这次可是捡到宝了，光是雷灵脉或者九灵脉都不是太稀奇，但是两者若叠加在一起，对本宗价值之大恐怕并不逊色珈蓝那孩子的梦魇之体。我说雷师兄一系这次争抢灵脉弟子不是太主动，原来早就看好了自己这个亲侄。有了此子的话，可胜过其他弟子千百倍。"林师妹喃喃地说道，看向雷震的目光也变得有几分火热。

"雷师弟本身也是雷灵脉，由他来教导这孩子的话，倒也十分适宜。"蛮鬼宗掌门笑着回道。

林师妹听了，暗叫一声可惜。知道在有血脉关系的前提下，其他分支无论如何无法将雷震争抢过来。

"这也幸亏有雷师弟在我们蛮鬼宗，否则此子还不一定会送进本宗来的。以此子的资质，若是出现在其他几宗相信同样大受重视。"林师妹似乎想开了，又笑了一笑说道。

"的确，特别是那风火门，原本就以雷系功法闻名诸宗，若是能得到此子恐怕会视若至宝了。"蛮鬼宗掌门嘿嘿一声说道。

"不过有此子开启灵脉成功，剩下的人中也就只有那叫高冲的散修弟子值得期待一下。对了，掌门师兄所说的那名精神强大的小家伙，也在这批人中，不知能否冲击灵海成功。"这时候雷震已经再次盘膝坐下，林师妹目光在远处法阵中其他人身上一扫后，缓缓说道。

"成不成，也就小半时辰的事情了，到时你我自然知道结果的。"蛮鬼宗掌门语气重新平静了下来。

但就在他话音刚落的瞬间，忽然法阵中传出了轰隆隆的巨响，接着一股异样波动从中一卷而出，整个广场都开始微微颤抖起来。

"怎么回事，出了何事？"林师妹吓了一跳。

而蛮鬼宗门主见此情形，呆了几下，随之怔怔地望向法阵所在，一语不发。

就在这时，阵中某名盘坐弟子，蓦然身上一颤，从地上徐徐腾空升起，同时身上白光滴溜溜一转，浮现出一道光环。

"这个是……难道真是那东西出现了……"蛮鬼宗门主一见此景，再也无法保持镇定了，身形一动，竟毫不犹豫地腾空向法阵所在激射而去。

这时，那名自行腾空的弟子身上白光再一凝后，又开始凝结出第二道光环出来。

"地灵脉，这是地灵脉现世的天象。这怎么可能……"林师妹娇躯一颤后，也终于醒悟过来，失声喊道，但马上体表霞光一卷，匆匆忙忙地飞离了高台。

法阵上空，雷姓大汉、楚师弟等几名灵师，见到这种情形，自然同样明白出现了何等事情，几乎全都激动异常地一下飞到那名弟子附近，睁开眼睛看着其体表光环一道接一道的浮现而出，并在心中默默计算着数量。

此刻，在空中对这金色光幕念诵真言的，正好是那名圭姓儒生，一见此幕，心中震惊可想而知了，但可惜口中真言还未念完，只能无奈地继续留在原处无法动弹，但是目光却同样火热地落在空中结环的少年弟子身上了。

这名弟子身材高大，面目憨厚，赫然正是高冲这名散修弟子。

而同一时刻，盘坐在法阵另一角落处的柳鸣，在根本无人注视情况下，体内丹田处充斥的数缕银白色光丝，在某种强大精神力的准确控制下，以令人难以置信的频率，正在互相交织穿插，并渐渐融合一体，隐约形成一颗银白色丝球。

但这时，包括蛮鬼宗掌门在内的所有灵师，全都眼也不眨地盯着悬浮空中不落的高大少年，哪还有人会分心在其他弟子身上。

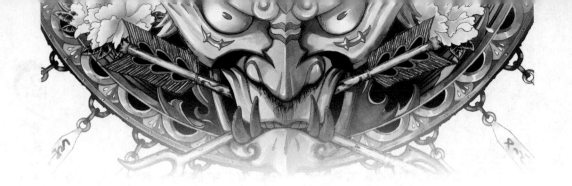

～柒～
地灵脉与牧云仙

"噗"的一声，第十二道光环也在高冲体外凝结而成的，其一下睁开双目，并不由自主地扬首长啸起来。

啸声凝厚奇长，足足数十息后，才渐渐平息下来。

"啊，我这是……"高冲这才发现自己身处半空之中，当即大惊身躯一沉，往地面坠落而下。

"孩子，不用害怕！"就在这时，高冲耳边却响起了一个苍老的声音。

"砰"的一声。

少年身子在一股巨力一托后，又稳稳地停在了空中，接着身前人影一晃，多出一名身穿麻衣的黄发老者，满脸笑容地上下打量其不停。

听刚才声音，正是那名蛮鬼宗掌门，只是不知何时显露出了真容。

几乎同一时间，旁边风声又起，雷姓大汉、林师妹、楚师弟等几名灵师身影也同样闪现而出，但一见蛮鬼宗掌门抢先一步后，不禁面面相觑了起来。

"掌门师兄，此子是……"楚师弟犹豫了一下，就想张口说些什么。

"你们现在不用说什么，开灵仪式还未完成，等所有弟子开灵完成后，再来商谈这孩子的事情。先回去继续看护法阵，否则门规伺候！"蛮鬼宗掌门一摆手，用不容置疑的口气厉声说道。

其他人互望了几眼，纵然满心不情愿，但在这位掌门义正词严的话语下，也只能口中称是地飞回原来的位置。

但大半人目光还时刻盯着高冲这位弟子不放。

而高大少年这才明白眼前老者竟然就是蛮鬼宗掌门，急忙大惊地就要大礼参拜。

"不用多礼了！你既然已经凝结成地灵根，此地法阵和这点灵药对你没有太大的作用了，先跟老夫到那边去，我还有话要问你一二。"蛮鬼宗掌门一抬手阻止了少年下拜，慈祥地说道。

高冲虽然有些摸不着头脑，但在受宠若惊之下，自然不会说半个"不"字。

于是老者一把抓住少年手臂，当即向高台飞了回去。

林师妹见此，二话不说地也跟了回去。

剩下的楚师弟等人不禁心中暗暗叫苦不迭。

那还在法阵上方念动真言不停的圭姓儒生，见此情形，更是十分焦急。

按照约定，这位散修弟子可是应该归他们九婴一支的，可看自己这位掌门师兄的意思，明显是要反悔了。

这怎不让他心急如焚，恨不得仪式时间马上耗尽，好能追上去好好质问蛮鬼宗掌门一番。

而岂止是他，此刻其他几名灵师也都恨不得法阵中的弟子全都一下死个精光，好不用再硬耗下去。

要知道，他们在这里多待片刻，那边蛮鬼宗掌门就可能多一分把握地将那位地灵脉少年说服，直接收归自己门下去。

这种拥有十二灵脉的天资之才，可是大玄国百年才能一见的，上一次蛮鬼宗拥有此等资质的弟子，还是数百年前的事情了

至于比地灵脉更加惊人的拥有十五灵脉的天灵脉资质弟子，蛮鬼宗从开宗以来就从未有过。

只有现在大玄国几大宗门中实力最强的天月宗，在千余年前才曾经出过一个这般奇才。

也就是这名天灵脉弟子的出现，才给天月宗一下奠定了以后千年力压其他诸宗的基础。

地灵脉虽然比天灵脉要远远不如，但只要能成长起来，让蛮鬼宗地位更进一步，还是十分有希望的事情。

在此种情形下，包括楚师弟等人在内的各支灵师，自然极力想将这地灵脉弟子收入本脉中，好让本分支以后能够成为宗内势力第一的存在。

随着时间一点点过去，距离仪式结束不久了，法阵中的世家弟子还有人不断身亡，一时间却无人能够再开启灵海成功。

圭姓儒生，楚师弟等人对此根本不放在心上，目光频繁往高台那边扫去了。

只见高台上，也不知蛮鬼宗掌门给高大少年说了些什么，让其小鸡啄米般的不停点头。

见到这一幕，法阵中的楚师弟等几名灵师，脸色都有些发青了。

就在这时，忽然法阵中又一声长啸传出，只见盘坐地上的柳鸣，体表白光一闪，开始有一道道白色光带凝聚而出，并在方一显现的时候，一阵狂舞不定，将四周虚空都抽打得嗡嗡作响。

这等异像，终于引起了几名灵师的注意，有些诧异地望了过去。

这凝脉声势有些怪异，难道是又出现什么良才不成？

但未等这几名灵师心咒稍有些期待，柳鸣身上光带一凝聚出第三条时，就骤然白光一敛的停止下来，竟然只是形成了三灵脉而已。

楚师弟、雷姓大汉见此情形，心中大失所望，立刻不再多看柳鸣一下，仍转首望向高台所在。

圭姓儒生眉头微微一皱，摇了摇头，也不再关注柳鸣。

但此刻的柳鸣，脸上却满是惊喜交加的神色。

这时的他，体内一团银色光球正在徐徐转动不停，在深吸一口气后，似乎浑身肌肤一个激灵，仿佛每一根汗毛都能从外界吸纳进丝丝的清凉。

他虽然只是形成了三灵脉，但开启了自己的灵海，成为了一名灵徒，却是货真价实的事情。

实际上要不是他在最后凝聚灵海的关键时刻，突然灵机一动将强大精神力一分二，一半继续操控元力往丹田处聚拢补充，一半精神却将丹田处丝丝元力，编制东西般地交织穿插一起，让它们变得凝成一团，而不用担心散乱开来，最后能不能形成灵海，还真是不一定的事情。

这也幸亏他最近勤修控元之术，外加精神力足够强大并可以一分为二，换做另外一名灵脉弟子，肯定是做不到的。

就在柳鸣心中狂喜的时候，耳边轰鸣不断的真言声一下戛然而止了，接着空中人影一晃，雷姓大汉一个模糊到了法阵正上方，并面无表情地宣布道："时间到了。未开启灵海的弟子全都离开这里，自会有人带你们离开广场，而开启灵海成功的弟子，先到一边休息等待，回头和我们一同去祖师堂。"

话音刚落，法阵一声嗡鸣，停止了运行。

楚师弟儒生等几名灵师二话不说，立刻破空而走，向高台方向激射而去。

雷姓大汉见此情形，翻了一下白眼，匆匆吩咐几句后，也跟着飞了过去。

柳鸣见此情形，深深望了高台方向一眼，抬步向法阵外走去。不过当经过一名有些失魂落魄的少女时，脚步微微一顿。

这名少女，赫然正是牧明珠。

此女虽然没有在仪式中毙命而亡，但也没有成功开启灵海，以其高傲的性子，心中这种失落可想而知了。

这时，法阵外灵徒中，一名面容和牧明珠有几分相似的美貌少妇，却走了过来，将少女一把搂在怀中后，轻声地安慰了起来。

紫衣少女终于再也忍不住心中的悲痛，当即大哭起来。

说到底，此女也不过是一个十一二岁的小女孩，在经受这般大打击后，再也无法控制自己的情绪了。

柳鸣摇了摇头，身形一动，就要从二女身旁走过。

但就在这时，那名美貌少妇却忽然出声叫住了少年，并面带一丝笑容地问起话来。

"你是白贤侄吧，牧云仙当年曾经与令尊见过数面。这一次贤侄能够成为灵徒真是可喜可贺的事情，若是不嫌弃的话，不妨有机会到我那里坐坐，我给贤侄介绍几名好友认识一下。"

"原来是家父旧交，等小侄抽出时间后，一定过去拜见。"柳鸣心念飞快一转，就双手一抱拳地客气回道。

"呵呵，那我就静候佳音了。对了，贤侄已经成为灵徒，以后和我就是同门师姐弟的关系，不用那般客气，不嫌弃的话，称我一声云姐就行了。"牧云仙闻言，嫣然一笑，眉宇间隐约浮现一丝不易察觉的狐媚。

柳鸣却视若无睹，称一声"是"后，就从容地离开了。

"云姨，这白家小子只不过是三灵脉而已，此生根本不可能成为灵师的，也值得你拉拢吗？"牧明珠见此情形，终于停止了哭泣，两眼微红地低声问道。

"明珠，你知道什么。灵师哪有这般好近，你看本宗灵徒弟子上千之多，但灵师却不过三十余人，就知道那是多么可望而不可即的事情了。就算是九灵脉之体，也不过是平常修炼速度比我这样的六灵脉快上一些，进阶灵师希望多那么一两分而已。况且要在宗中立足也不是简单事情，哪怕这小子能够为云姨的小团体多增加一丝力量，我也要拉拢一二的。起码，这没有什么坏处。"牧云仙却摇摇头后，用低不可闻的声音回道。

"云姨，难道你在上门内处境真的不太好，我要不要……"

"放心，我的事情你不用操心，你纵然没有成为灵徒，但只要有云姨在，就绝不会让你受太大委屈的。这里不是说话的地方，先下去吧，有关宗门内情形和一些忌讳，我会另找机会和你细说的。"少妇开口打断了少女话语，神色严肃地说道。

牧明珠心中一凛，自然连连点头，跟着少妇走出了法阵。

这时，柳鸣已经来到了一干刚刚开启灵海的蛮鬼宗灵徒中间，并随意在一名面目有几分清秀的少女身旁坐了下来。

这名少女转首看了一眼，看清其面容后，目中一丝异色一闪，但马上就面无表情地回过头去。

柳鸣虽然心中有些奇怪，但也没放在心上，目光往高台远远扫了一眼。

只见在那边，一干灵师围着高大少年，似乎在说着什么，不过因为相隔太远，自然根本无法听到谈话内容，只能隐约感觉那边气氛有些紧张的样子。

同一时间，其他环形高台上，也有不少小团体在纷纷议论着。

"司马师兄，我们以后的日子恐怕不会太好过了。嘿嘿，这一届竟然会同时出现三大天才弟子，梦魇之体、九灵雷脉、外加百年才能一见的地灵脉，这些师弟恐怕在师叔师伯眼中要远远超过我们这些人了。"一名身穿青色长袍，背插数杆骨枪的高瘦青年，正笑着冲身旁另一名浑身散发丝丝寒气的阴沉男子说道。

"哼，就算天资再好又怎样了？当初的赵师兄、蓝师姐他们，哪一个都是资质远在我等之上，但现在又身在何处了？本宗虽然对天资过人弟子一向重视，但更推崇弟子间的自由竞争和弱肉强食，否则一年一次的小比，三年一次的大比和那生死试炼，你以为是说着玩的。这三位师弟师妹纵然天资过人，也得等到多修炼几年后，才能对我们构成威胁。再说，就算担心他们抢了自己在宗内的位置，恐怕还轮不到你我，阳师兄、钱师姐他们更该为此事头痛。"阴沉男子双目细长，冷笑一声回道。

"哈哈，这倒也是。他们一向霸占了十大核心子弟的位置，现在后面突然多出这般多厉害的师弟师妹，真要有些坐立不安了。"高瘦青年听了后，也轻笑了起来。

同一时间，环形高台上另一边处，两名在一群女性外门弟子簇拥下的女子也在讨论着相关话题。

"地灵脉，真没想到会在本宗出现。翠儿，看来你以后遇到强敌了。以前宗内单问修炼速度之快，可非你的灵髓之体莫属了。短短三年时间，就让你从一名低阶灵徒修炼到了高阶灵徒。而地灵脉拥有十二灵脉，在吸纳天地元力和转化法力速度上同样是一般弟子数倍以上，甚至比你还可能更快上一分的。更何况，地灵脉在冲击灵师境界时，可比灵髓之体要容易得多了。"稍微年长一些的黄衫女子，轻叹一声，冲另一名不过十五六岁的绿衫少女说道。

"地灵脉就很了不起吗？我倒不信我的灵髓之体真不如对方修炼快。大不了，我以后少玩一些，在修炼上多用心一些就是了。"绿衫少女扎着满头小辫，生着一张娃娃脸孔，闻言一伸舌头说道，显得十分可爱。

"我就知道你这丫头先前修炼并没有用尽全力，以后你搬到我住处去，我要亲自监督你修炼。"蓝衫女子瓜子脸孔，生得颇为秀丽，闻言一喜，说道。

"钱师姐，不要吧……"绿衫少女小脸一下苦了起来。

后面站着的其他外门女弟子见此，不禁心中暗暗发笑起来。

……

"几位，你们怎么看这位地灵脉小师弟？"一名身穿金装的大汉，将目光从高台上一收而回后，不慌不忙地向身边几名同伴问道。

站在其旁边之人，都是一些年龄较大的三四十岁左右的灵徒，甚至其中还有一名白发苍苍的老者。

"吴师兄这话好奇怪，我等都已经过了争抢核心弟子的年龄，冲击灵师的希望也近似渺茫，这位小师弟就算资质惊人，和我们又有什么干系？"另一名三十岁左右面目黝黑的壮汉，有些奇怪地反问道。

"这可不一定。封师兄，你怎么看呢？"金装大汉摇摇头，转首向那白发老者问了一句。

"吴师弟，有什么话就直接说出来吧，我们这几个也算认识很久了，不用拐弯抹角的。"白发老者则面无表情地回道。

其他几人闻言，也都露出了疑惑的神色。

"既然师兄这般说了，那小弟也就开门见山了。我打算带领我们几个去投靠这位高师弟去。"金装大汉哈哈一笑后，就不再隐瞒，坦然说道。

"什么，投靠这刚成为灵徒的小子？"当即就有人失声尖叫。

"不错。诸位有没有想过，我等这些灵徒弟子，因为年龄的缘故无法竞争核心弟子的位置，平常宗内所发放修炼资源比先前大大减少了不知多少倍，平常只能靠拼命完成执事堂任务积攒一些贡献点来换取一点点资源继续修炼。在此种情况下，你们觉得我们以后真有冲击灵师的机会吗。据我所知，其他上门那些超过三十还能成为灵师的，无一不是耗费了海量资源，外加冲击时有其他灵师亲自出手相助，才能侥幸地进入灵师境界。"金装大汉缓缓说道。

"哦，吴师弟的意思是，我们赌这地灵脉小子一定能成为灵师，然后现在投靠，换取'对方以后成就灵师再对我们出手相助'。"白发老者目光微微一闪后，就明白金装大汉话里的意思了。

"封师兄明鉴，我的确是此意。虽然宗内严加规定，我等这些老弟子不得参与新弟子间争斗，但规定是死的，人是活的。若是一些间接的帮助，我想这位小师弟应该也不会拒绝的。而且此种事情，以前不是没有人做过的。"金装大汉胸有成竹地回道。

"嗯，这倒是一个办法。"一明白大汉意思，其他人不禁大为心动起来。

按照现在的情形，单靠他们自己的力量妄想冲击灵海境界，肯定是不可能的事情，但若换做有一名灵师相助的话，就凭空多出那么一线希望来。

"此事你们去做吧，我就不参与了。"白发老者在沉吟了一会儿后，缓缓摇头说道。

"封师兄，这是为何？"吴师弟大感意外起来。

"几位师弟还算年轻，我却在那一次和百足鬼的争斗中，为了保命动用了禁术，已经损失了大半精元，甚至连面貌都变得这般苍老了，就算有灵师相助，也再无丝毫进阶灵师的可能了。所以，我几天前已经向执事堂申请离开宗门建立自己的世家了。嘿嘿，师兄我就算不能成为灵师，但也总不能让自己血脉就此断绝吧。"白发老者苦笑一声后，解释了一番。

其他人听了这话，神色都为之一黯。

……

蛮鬼宗一座山头的隐秘密室中，充斥着滚滚的黑气，其中隐约一道人影正悬浮其中闭目打坐。

忽然密室大门上某个隐秘小孔被迅速冲开，并飞快从外投进一张纸条来。

"这群家伙，不是说过，没有要紧事不准打扰我修炼吗！"黑影见此情形，有些恼怒起来，但仍然单手一招，将那纸条凭空抓到了手中，低头飞快扫了两眼。

"什么，这一届不光有珈蓝那丫头的梦魇之体，竟然还有九灵雷脉，和传闻中的地灵脉出现！哈哈，这真妙极了。阳某正觉得所谓宗内大比甚是无趣，看来以后几年可以期待一下了。"黑影看完之后，竟不怒反喜，狂笑起来。

笑声震得整个密室嗡嗡作响，黑气更是在一阵剧烈翻滚中散开，隐约可以看到一个数丈高的巨大骨架，笔直站立在黑影之后。

……

柳鸣在法阵外冷眼观看，只见世家弟子受到柳鸣等都成为灵徒的激励，第三批人数竟然没有花费太长时间就凑齐了。

而高台那边也终于将事情告一段落，雷姓大汉，圭姓儒生等几名灵师，都脸色有几分阴沉地飞了回来。

片刻后，法阵嗡嗡再次一响，开灵仪式再次开始。

半日后，当天色有些昏暗的时候，最后一批世家弟子幸存者拖着沉重的脚步，有些麻木地走出了法阵。

八批世家弟子中，竟然仅仅有六人成功开启了灵海，并且大都是和柳鸣一样的三灵脉。

其他两名散修弟子，也只有其中一名红发少年成为了灵徒。

不过在场灵师大都对这结果不太在意，匆匆宣布开灵仪式彻底结束，除了其中一人留下，其他人就又向高台飞去，显然刚才对高冲的讨论，还没有真正的结果。

而留下的这名灵师，徐徐降落在一干新近灵徒面前后，体表散发光晕，一散而灭，显露出了真容，原来是一名四十来岁的妇人，一身粗布，姿色平平，神色冰冷异常。

"我是你们李师叔，都跟我走吧，你们先到祖师堂等候，掌门师兄一会儿也会赶过去。"这妇人单独说道，接着单手一掐诀，再一张口，竟喷出一股浓浓黑气。

黑气四下滚滚一凝后，赫然幻化成一片亩许大的凝厚黑云，静静悬浮在那里，犹如平地一般。

妇人二话不说，走上了黑云，其他弟子见此，自然也慌忙跟了上去。

柳鸣站在黑云边上，朝法阵中深深看了一眼，黑云顿时一颤，腾空而起，载着这数十名新进阶的灵徒，直奔远远的另一座巨峰而去。

蛮鬼宗所在山脉有大小山峰十几座之多，但其中大部分都被宗内八个分支占据，唯有其中最大一座山峰并未归哪个支脉所有，而是在上面修建了执事堂、藏经阁、炼丹室等一系列对宗门来说十分重要的建筑，并且日夜都有精选的弟子巡逻守卫。

祖师堂作为蛮鬼宗弟子祭祀前辈祖师的地方，自然也修建在其上。

巨大黑云在山峰半腰处一个平台上一落而下，随后从不远处一座殿堂中飞快跑来数名绿袍弟子，并恭恭敬敬地冲黑云上的妇人行了一礼，说道："参见李师叔，祖师堂内一切都准备好了，就等掌门和诸位师叔了。"

"好，你先带这些新师弟进去吧。一会儿，掌门师兄等就会过来的。"妇人看似随意吩咐了一句。

"是，师叔。"这些绿袍弟子点头称是，然后冲柳鸣等人一声招呼，就带着一干少男少女往远处巨殿走去。

妇人却留在原地未动一下，似乎就打算在外面等候蛮鬼宗掌门等人。

柳鸣夹在人群中，在走进殿堂大门的时候，往上扫了一眼。

上面挂着一个数丈长的银色牌匾，表面写着"祖师堂"三个硕大的金文，隐约有淡淡晶光在上面流转不定。

一进入大门，不少弟子都倒吸了一口凉气。

只见外面看似是依山修建的普通殿堂，里面赫然是一个十几丈高，百亩大小的巨厅。

厅中两侧摆放着数以百计的黑色椅子，巨厅尽头处墙壁上，悬挂着一副丈许长的古画。

在画中有一个一身青衫的道人背影，头上插着一根数寸长的银簪，身后背着一口无鞘长剑，双足各踩着一颗狰狞异常的恶鬼头颅，体外有一层层淡淡黑气缭绕不定，给人一种万分神秘的感觉。

图画下方处，摆放着一张五六丈长的银色供桌，两端各有一盏点燃的长明灯，中间则有十五六个淡金色牌位，上面分别写着一个个黑色的名字。

而供桌前还摆放着一个青铜巨鼎，里面插着数根燃烧了大半的香烛，给人一种肃穆的感觉，那几名绿袍弟子将众弟子带进厅中站好后，就回到门口处束手站立，根本不再理会一干新弟子。

众少男少女见此，不禁面面相觑，但在厅中肃然之气感染下，倒也没有谁窃窃私语，只好也老实站在原处等候着。

柳鸣打量了巨厅四周一遍后，不觉将目光落在了前方悬挂的古画上。

此图竟然这般郑重地悬挂在此位置，里面所画之人十有八九应该是蛮鬼宗开山祖师了，不过只有一个背影，倒是颇为奇怪的事情。

柳鸣的胡思乱想并没有持续多久，一顿饭工夫后，门外传来了脚步声，站在门口的几名绿袍弟子同时躬身，大声说道："拜见掌门和各位师叔！"

"起来吧。"蛮鬼宗掌门淡淡的声音传来后，就从门外走进来了麻衣老者、圭姓儒生、雷姓大汉等一干蛮鬼宗灵师，而高冲赫然是最后一个跟进来之人。

这时所有灵师都撤去了护体灵光，显露出了自己真容。

柳鸣等一干弟子，也急忙见礼。

这一次，蛮鬼宗掌门却没有让众人起身，而是带着其他人先走到供桌前，拿起一根香烛点燃后插在铜鼎内，才转身让一干少男少女起身。

"本掌门黄石，相信你们中大半都已经认识我了，就不再多多介绍了。你们现在既然开启了灵海，只要拜过祖师爷，从此就是本宗真正弟子了。祖师堂供奉的这幅画中的人，就是本宗开山祖师六阴真人，本宗现在八脉分支中的六支都是直接传自祖师爷他老人家的。而下面供奉的牌位，则是本宗历代成就化晶期的前辈，要不是有他们庇护，本宗也不可能一直延续至今。现在你们一个个上前给祖师爷和各位宗内先辈上香，同时报上自己的名字。"蛮鬼宗掌门肃然说道。

"化晶期？难道灵师上面，还有更高层次的存在？"柳鸣头一次听到这字眼，心中不禁微微一动，身为一名半路闯入修炼世界的冒名者，对上门的一切知道得实在太少了。

看其他弟子大都神色如常的样子，多半都应该清楚相关事情的。

就在柳鸣暗自思量的时候，高冲这名地灵脉弟子，已经在蛮鬼宗掌门示意下，率先走到供桌前跪下，并恭敬说道："弟子高冲，今日得幸拜入蛮鬼宗，还望祖师爷和各位先辈加以庇护，此后定会竭尽所能将本宗发扬光大。"

然后高大少年起身，拿起一根香烛点燃后插到了巨鼎中，才退回原来位子。

一见有人开头了，一干少男少女也就一一陆续参拜上香，所说入宗言语也大都和高冲差不多。

等所有弟子都拜完后，蛮鬼宗掌门才再次站到众人前，脸孔一板说道："本宗共有三大戒条，三十六条门规，犯了其中之一，重则毁掉肉身抽出魂魄，轻则封禁法力，打入黑风谷受那风雷之刑。而这些戒条门规的具体内容，过几日自会有人对你们仔细讲述，你们一定要好自为之！"

"是！"一干弟子全心中大凛地应声道。

"另外，本宗共分为鬼舞、阴煞、玄符、九婴、毒灵、炼尸、天机、化血等八支，按照以往的惯例，将会由这八支的师叔对你们轮流进行挑选，你们可有意见？"蛮鬼宗掌门又不慌不忙地问道。

一干弟子自然不会有人真出口反对。

麻衣老者见此情形，十分满意，不动声色地继续说道："既然这样，那就由老夫代表化血一系，就先挑选一名弟子了。高冲，你资质不错，可愿进化血一脉，老夫愿意亲自收你为亲传弟子！"

一说完这话，蛮鬼宗掌门目光就"唰"的一下，落在了高大少年身上。

"高冲愿意拜掌门为师！"高大少年闻言，丝毫犹豫没有地站出人群，冲麻衣老者大礼参拜。

"好，孩子，你起来吧。从此你就是老夫门下第七个亲传弟子，你其他几名师兄师姐，等你跟我回住处后，自会向你介绍的。"蛮鬼宗掌门哈哈大笑起来，并让高大少年起身，跟着自己退回到了一旁。

旁边的圭姓儒生、楚师弟，雷姓大汉等人见此，脸色可都不太好看，但都没有真出言阻止。

"老夫楚奇，是阴煞一脉的山主，珈蓝，你还不过来。"楚师弟紧接着走了出来，冲人群中的一名看似不起眼的清秀少女一招手。

显露出真容的他，赫然是一名三十来岁的儒雅青年，一副风度翩翩的美男子模样。

"什么，她就是拥有梦魇之体的珈蓝！"

"不可能，这丫头我认识，不是名叫素儿吗？"

"笨蛋，她肯定先前用了假名！"

清秀少女旁边的弟子顿时一惊，退让几步，并有许多人惊疑地纷纷议论起来了。

少女对这一切犹若未闻，神色如常地走出人群，对楚奇默默行一礼后，就自行站起来。

楚奇露出满意之色，点下头，也带着少女走到了一旁。

"梦魇之体！"柳鸣盯着少女看了几眼，再一想起先前广场中昙花一现的那名妖魅女子来，心中有几分恍然了。

"雷震，你还等什么，给我过来。"雷姓大汉站在原处未动，却一瞪眼冲人群中的雷震直接喝道。

雷震眼角一挑，似乎有些不太情愿，但还是无奈地走了过去。

就这般，在八支一次挑选一人的情形下，八名最杰出的弟子，很快就全被先挑选了出来。

其中圭姓儒生有些无奈地选取了一名九灵脉弟子，看来这是蛮鬼宗掌门对其让步所做的交换。

对这位九婴脉主来说，要是以前能收下一名九灵脉弟子，自然是值得庆祝的事情，但现在丢掉了一名本该到手的地灵脉弟子，自然是怎么也无法高兴起来了。

而其他几脉，选取的也是剩下的九灵脉弟子。

第二轮的时候，所有分支的挑选，大都只能放在六灵脉弟子和其他一些在某方面有些天赋的弟子上了。

柳鸣身为一名三灵脉灵徒，前面几轮自然不可能选到他。

不过当六灵脉弟子也很快被挑选一空后，终于有人注意到了柳鸣。

那位鬼舞一脉的林师妹，全名叫林彩羽，是一名看似二十来岁的俏丽女子，当其目光扫过柳鸣之时，终于想起了有关蛮鬼宗掌门所说的其精神力比一般人要强大的事情。

她们一支在幻术一道上也颇有建树，正好也需要一些精神力不错的弟子。

于是此女心念一转，就打算再轮到自己的时候，就一定要将柳鸣挑走。

而蛮鬼宗掌门，在得到高冲这名地灵脉弟子后，早就将大半心思放到了此子身上，哪还记得自己当初随口一说的某弟子。

不过下一刻，出乎林师妹预料的事情发生了："嗯，你叫白聪天吧。你可愿意加入我们九婴一脉？"再次轮到圭姓儒生站出来时，其冲柳鸣所在一点，看似非常随意地问道。

"弟子愿意！"柳鸣自然不可能无故拒绝一名灵师，哪怕对方看起来只是随口一说的样子。

"好，你也站在一旁吧。"圭姓儒生轻描淡写地吩咐道。

这时站在其旁边的，除了一开始那叫萧枫的九灵脉弟子外，还有另外一名叫于诚的红发散修弟子。

不过二人表情却截然相反，萧枫一脸郁闷表情，而于诚则善意地冲柳鸣笑了一下。

林彩羽见柳鸣被圭姓儒生先一步点走了，心中不禁迟疑了一下。

要是换成其他几支，她只要开口索要，对方绝也不会因为一个三灵脉弟子而拒绝其要求的，但九婴一脉和其他诸脉关系都谈不上多好，再加上这一次又吃了一个大亏，如自己

再提出置换弟子的要求，很有可能被对方视作挑衅。

"还是算了吧！"

林师妹心中一番衡量后，终于还是轻叹了一口气。

毕竟这位"白聪天"只是一个三灵脉弟子，不值得为其真触怒另一位灵师。

这位鬼舞脉山主终于还是没有开口，轮到她时，只是随意选取了另外一名三灵脉弟子。

转眼间，数十名弟子全都被蛮鬼宗分支瓜分得一干二净，几脉山主带着自己新挑的弟子纷纷离开了祖师堂，回各自所在山头去了。

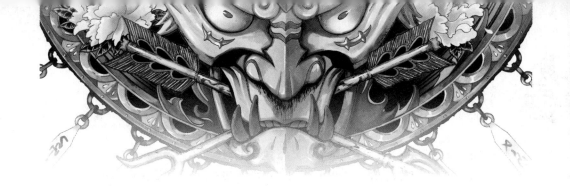

~捌~

执事堂

柳鸣几人在儒生施法下，也被一团灰云托起向群山边缘处的一座山峰一飞而去。

此山峰就是九婴一脉所在的九婴山，但山上建筑显然无法和其他山峰相比，特别是山顶处，远远看去只是寥寥十几座高大建筑的样子。

灰云骤然一散后，柳鸣等几人就落在了某间大殿前的小广场上。

在那里，赫然已有十几名身穿绿袍的九婴一支弟子在等候。

而这些弟子前面，另有一名披头散发，腰间带着一只朱红葫芦的三十来岁男子，一见儒生和柳鸣等人，当即两眼一亮地迎了上来："师兄，怎么样，我可听说这次开灵仪式中出现一名地灵脉的散修弟子，你可带回来了？"

"师弟觉得，这等资质的弟子，掌门一脉会放手给我们吗？不过这次也不错，倒是带回来一名九灵脉弟子。你们几个过来，这是你们朱赤师叔，过来拜见一下。"儒生苦笑一声后，又冲几名新弟子一招手说道。

"拜见朱师叔！"柳鸣等人不敢怠慢，上前恭敬一礼说道。

"不用多礼，起身吧。这般说，那地灵脉弟子被掌门一支要走了，这也是很正常的事情。如此资质的弟子，掌门师兄要是任由其落在我们一支门下，才是奇怪的事情。"朱赤闻言，先一摆手，脸色又沉了下来。

"这里不是说话地方，先到里面再说吧。"儒生没有接口，话题一转说道。

朱赤自然不会反对，当即陪着儒生一同向身后大殿走去，其他弟子自然紧跟其后。

新弟子和九婴原来的弟子，下意识地分成两列，互相打量起来。

柳鸣有些好奇地打量了十几名老弟子一眼。

这些人中男女大约各占一半，大都年纪在十七八和二十来岁左右，年龄最大的一人，是一名神色坚毅的二十七八男子，其身上气息凝厚，给人一种异常稳重的感觉。

此青年似乎也发现柳鸣在打量他，冲其微微一笑。

柳鸣也报以和善地一笑。

其他弟子中，引起他注意的，却是两名女弟子了。

一个鹅卵脸蛋，皮肤白皙，身材高挑，给人一种异常温柔的感觉，另一个黛眉入鬓，双目如水，身材异常丰满。

二女姿容都非常出众，想来无论走到哪里都会吸引不少青年男子的目光。

而柳鸣这边，除了萧枫、于诚、柳鸣三人，另外还有一男一女两名弟子，都是儒生最后随意点出的三灵脉弟子。

就在柳鸣暗自思量的时候，众人已经走进了厅堂中，儒生和朱赤分别在前方坐下，一干弟子则分成两列束手而立。

"石川，他们几个就是你们的新师弟。这是你们石师兄，现在山中一切杂事都交给其打理。"儒生略一沉吟后，就冲那名二十七八的男子一招手，让其站出来，介绍道。

"几位师弟师妹，今后若是在山中有什么需要，可以直接来找我。"石川冲新弟子几人一抱拳，微笑说道。

柳鸣等人不敢怠慢，纷纷躬身回礼。

"本脉除了我和你们朱师叔两名灵师外，还有一名钟师姑，不过如今正在闭关中，你们还无法见到。另外，我和朱师弟精力有限，不可能将你们全都收为亲传弟子，只能先亲自教导萧枫、于诚二人，其他人就只能算作记名弟子了。"儒生目光在柳鸣等人身上一扫而过后，又缓缓说道。

一听这话，柳鸣心中有些郁闷，但面上并未露出异样神情。

其他两名三灵脉少男少女，则真露出失望的神色，但自然不敢多说什么。

"你们也不用担心。无论记名弟子还是亲传弟子，在初期所学的其实都是本宗几种最基础的功法，是不是我们亲自传授并没有太大区别的，主要还是看你们自己的悟性。而你们几个虽然资质稍逊，但只要在修炼上表现出过人的天赋，我和圭师兄同样可以再收为亲传弟子的。你们在修炼上有不懂之处，可以先问你们的师兄师姐。若他们也解答不了，就可找我们了。不过本脉灵师不多，我们三个自己也需要时间闭关修炼，还要经常外出去完成一些宗门指派的任务。若是碰到我们三人都不在山中的情况，本宗有专门设立的慧天堂，每半个月都会有一名灵师专门去那里传授各种自己擅长的秘术功法，并回答听课弟子的一些提问。你们也可去那里，相信一定会大有收获的。"朱赤在一旁补充道。

"好，以后宗内相关事情，你们自会慢慢了解。石川，你先带这三名师弟师妹下去，去执事堂那里领取东西，再给他们安排一下住处，并将宗门规矩和忌讳告知一二。"儒生点下头，吩咐一声说道。

"三位师弟师妹，请！"石川点头称是，冲柳鸣三人客气地说道。

随后，他带着三人向门外走去了。

在走出大门的一瞬间，柳鸣隐约听到身后传来儒生的吩咐声："除了萧枫、于诚外，你们也都下去吧。再过两个月就是小较之日，你们要勤加修炼，多为本脉争光！"

接着，自然是众多弟子齐声答应的声音。

"三位师弟跟我来，我先给你们安排一下住处，然后再去执事堂吧。对了，还不知三位师弟师妹尊姓大名！"石川带着三人走出大门后，就面带笑容地问道。

"石师兄太客气了，小弟白聪天！"

"薛山。"

"万小倩。"柳鸣和其他两名少男少女，不敢怠慢，慌忙回道。

薛山生得颇为壮实，脸孔黑黝黝一片，万小倩虽然谈不上美貌，但是眉宇间颇有一丝女子少有的英气。

"原来是白师弟，薛师弟和万师妹。本支弟子总共才不过数十人，相比其他七支动辄数百的人数，算是比较少的。另外按照门规，年龄超过三十的师兄师姐都不得继续留在山中，必须自己在外面另寻洞府，所以现在山中居住弟子不多，所留下的住处颇多，白师弟你们尽管挑选合适的地方。这也算是我们九婴一脉不多的福利。"石川轻笑说道。

"听师兄口气，莫非挑选住处还有什么讲究不成？"柳鸣一听这话，当即心中一动，问道。

薛山和万小倩闻言，也不禁互望了一眼。

"白师弟果然是聪明人。平常修炼，自然是住处天地元气越浓稠，越有利一些，这些

住处虽然大都修建在此种地方，但其中还是有些细微差异的。并且，根据弟子们选取修炼的功法不同，住处也各有偏爱的。比如说，有人若修炼的是阳刚属性功法，自然想住处修建在白天十二个时辰阳光都能照射到的地方，而选取偏向阴属性功法之人，则想法相反，巴不得住处直接修建在地下，好一天十二个时辰全都远离阳光，这样修炼起来才能事半功倍。"石川随口解释道。

"原来如此！"柳鸣三人都有些恍然了。

"不过三位师弟刚开始修炼，倒不用考虑太多，只要住处元气浓稠一些，修炼速度能稍微快些即可。"石川又说道。

"多谢石师兄指点！"薛山有些感激地回道。

"呵呵，以后就是同门师兄弟，三位师弟师妹不用这般客气的。本支相比其他几支虽然弱了一些，但也因此，本支弟子一向颇为团结，倒没有多少其他分支中那些乱七八糟的闹心事情。你们入了本支，只管安心修炼就行了。好，下面我就直接带你们去空着的居住之地看一下，若是看中了哪处，直接说一声就行了。"石川走到来时的广场上，立即一掐诀，口中念念有词起来。

一朵丈许大灰云，在四人面前徐徐凝聚而出。

石川招呼一声后，就带着柳鸣三人登上灰云，腾空往山下飞去。

柳鸣站在灰云上，感到足下之物软绵绵的，似乎并没有那位李师叔所驱使的黑色巨云凝厚，而且此物在石川驱动下，飞动并不算特别快，除了可以飞得高些外，实际速度也就和自己为进阶灵徒前全力奔跑时差不了多少。

"石师兄，我看宗内各位师兄似乎人人都能腾云驾雾，不知这是什么法术，最快时可以到达什么程度？"柳鸣人终于忍不住问道。

"白师弟，你说的是这腾空术吧。这只是一种非常简单的法术，只要师弟将原本元力稍微转化为法力，就可以施展了。至于其速度嘛，自然是非常慢了。只适合短距离飞行，稍远些的话，最好还是使用其他手段的好。"石川不假思索地回道。

"听师兄口气，飞行之法还有许多种了。"柳鸣双目一亮起来。

"这是当然了，若想飞行，除了腾空之术外，还有其他几种手段。不过这些要么必须借助符箓器物，比如说专门炼制的飞行灵器神行符，要么就是某些功法修炼到某种程度后，方能施展的特有遁术，就像人人都知道的御剑飞行，其实就是剑修特有的一种遁术。不过前者简单一些，只要师弟能修炼到灵徒中期，就有能力激发一些简单符箓了，到了灵徒后期，

则就有能力催动某些威能单一的灵器了。至于后者嘛，现在就不要妄想了，就算宗内那些师叔师伯都没有几人能掌握此种遁术。"石川想了一想后，回道。

"灵器是什么，和符器是一样的东西吗？"柳鸣又问道。

"呵呵，当然不同，两者威能是天壤之别。并且灵器通过祭炼后，可以变化大小，驱使随心，根本无法相提并论。不过这灵器极为稀有，除了师叔师伯那些灵师外，能拥有此等东西的灵徒，是少之又少。本脉除了朱师妹有一件护身灵器外，其他弟子用的还是符器而已。"

"朱师妹？"

"就是朱师叔的独女，先前你在大厅中应该见过了。"

"原来如此，多谢师兄指点。"柳鸣有一丝恍然，心中顿时闪过那名貌美女子的面容。

"石师兄，不知本支入门功法和其他几支是否一样的，可有挑选的余地？圭师叔他们既然无法亲口传授，我等要从何处学得这些修炼法诀？"那叫万小倩的女孩，这时也问了起来。

"师妹想学习基础功法的话，可以到藏经阁免费学习。我们蛮鬼宗共有基础功法十三篇，所有弟子可修炼，没有什么限制。不过既然宗内分为八支，自然每支弟子在基础功法的选择上还是有所侧重的。像我们九婴一脉最有名的黄泉阴魔功，就最好选择地灵功、阴葵功两种入门功法之一为基础，若是修炼了其他功法再选择此功法的话，修炼起来就事倍功半，甚至根本无法修炼到最高境界。而宗内一些大威力秘术修炼，也必须以某功法修炼到一定境界为基础。故而基础功法的选择，从某种意义上说也是十分重要。"这一次，石川神色凝重地回道。

"石师兄，我还有一个问题，我听说……"

石川一边带着三人选择住处，一边随口解答着他们的一些疑问。

转眼间，就将全山十几个适合弟子居住的地方，都跑了一遍。

在这位石师兄建议下，三人都分别选好了自己的住处。

柳鸣所选的地方，是山腰间三间房屋组成一个小庭院，不但位置十分偏远，并且幽静之极。

接着，石川自然就带着一干人向执事堂所在巨峰飞去。

没有多久后，载着众人的灰云，在一座三十丈高的巨塔前落了下来。

"白师弟看好了，此塔共分三层，全归执事堂所有，但各层功能不同。一层是处理宗

内各种杂务，分派弟子例行任务之处，二层是接取发布宗内悬赏任务，自由赚取贡献点和灵石的地方，三层才是执事堂弟子临时休息之地。"

"贡献点！灵石币！"柳鸣一听这话，双目微眯了起来。

在先前的路上，他已经从石川口中得知，宗内普通弟子除了可以免费学习本脉一些普通功法秘术外，一些真正的特殊功法秘术是无法轻易得到传授的，只能通过积攒一定贡献点，到藏经阁直接换取。而这些贡献点，还可用来换取宗内的一些丹药、符箓、材料等各种东西，并且蛮鬼宗内一些对修炼有益的特殊地方，若想使用，也必须消耗贡献点才能进入。

至于灵石却是修炼界最通用之物，据说是将一些蕴含天地元气的晶石裁切成统一大小尺寸后，再当成货币来使用。

先前在开灵仪式上所见的镶嵌在法阵中的那些巨大晶石，应该就是未曾切割开的灵石。

柳鸣虽然第一次听说这两种东西，但马上就意识到它们对自己以后在宗门内立足的重要性，望着巨塔的目光，不禁有些兴奋。

此刻，进出石塔的弟子没有几人，估计是因为天色有些晚的缘故。

石川带着柳鸣三人走进了石塔大门。

石塔一层大概有半亩大小，一个长长的石台后站着一名双目有些浑浊的枯瘦老者，前面稀稀拉拉的站有五六名看似外门弟子之人，恭恭敬敬地听老者说着什么话。

"好了，下去吧。这次任务算你们勉强完成。但下一次还是这般糟糕的话，就要扣掉你们的贡献点。将铭牌拿出来吧。"老者最终不耐烦地说道。

"多谢胡执事！"那几名外门弟子闻言大喜，慌忙从身上各取出一个白色玉牌，放到了石台上。

胡执事也从怀中掏出一个闪动淡金色光芒的短棍，往那几个白色玉牌上各自一点，又飞快收了起来。

几名外门弟子这才满脸笑容地离开了石台。

"胡师兄，我带几名新入门的师弟来领取一下东西。"石川见此，带着三人走了过去，十分客气地冲胡姓老者说道。

"我说是谁，原来是石师弟。这几位就是贵脉新入门的师弟，果然全是一表人才。对了，师弟上次答应我的阴气石，不知可有了。若是有的话，我还是以老价格收购的，有多少要多少。"老者一看清楚石川面容，脸上顿时露出高兴的神色，对柳鸣等三人扫了一眼后，就不再理会了。

"胡师兄，我最近忙于修炼，可没工夫去那阴沙谷。"石川眉头一皱，淡淡地说道。

"哈哈，这没关系。等石师弟以后有时间，一定别忘了帮师兄稍带几块过来。哦，我先帮这三位师弟拿下东西，姓名是……"

胡姓老者闻言脸上有些失望，但片刻间就恢复如常，转首向柳鸣等人问道。

柳鸣三人一一报上了名字，老者核实过无误后，才向身后看似空空如也的青色壁走去。

结果，让柳鸣三人吓了一跳的情景出现了。

胡姓老者身躯在一接触墙壁的瞬间，竟一下泛起白光，直接没入其中不见了踪影。

"白师弟，你们不用大惊小怪，只是最普通的穿物术外加一些简单禁制而已。"石川在旁边笑着解释道。

听到此话，柳鸣三人面上惊色才褪去了一些。

片刻后，当石台后墙壁再次亮起的时候，胡姓老者已经抱着一大堆东西从中走了出来，并往桌上一放。

"每人铭牌一枚，避尘服一套，符剑一把，灵石五枚。另外再提醒一句，新入门弟子，每个月可以到我这里领取灵石五枚，但同样也必须每月完成例行任务一件。否则，一枚灵石也没有。好了，你们三个各滴一滴精血到铭牌上，当着我的面先激发它们。"胡姓老者淡淡地说道。

"铭牌是宗内弟子储存贡献点和代表自己身份之物，本身就是一种特殊符器，一旦滴血激发绑定精魂后，就没有第二个人可以使用此物了。"石川在旁边也解释了一句。

柳鸣虽然听得不太明白，但也知此时不便多问什么，当即将一根手指往嘴巴中一送，咬破了指尖，对准一枚铭牌摇了一摇。

当即一滴鲜红血珠滚落而下，一闪就没入玉牌之中了。

刹那间，铭牌表面一下泛起一层柔和白光，并有十几道古怪银文一闪而逝，再光芒一敛后，就恢复如常了。

柳鸣有些好奇地拿起此物翻转看了几眼。

"白师弟不用多看，等有了法力后，只要稍微注入此物一些，也就明白其具体使用方法了。"石川说道。

柳鸣点点头，将铭牌收好，又飞快抓起一套绿色的弟子衣衫和一柄黄鞘长剑。

一边的薛山和万小倩，也如法炮制了一番。

于是再向胡姓老者称谢一声后，三人跟着石川走出了石塔。

"现在还有些时间，白师弟，你们可要去藏经阁先看上一看。"方一走出大门，石川脚步微微一顿，有些犹豫地问了一句。

"藏经阁，当然一定要去了。"薛山和万小倩闻言，自然大喜地一口答应道。

柳鸣更不可能拒绝。

于是石川不再说话，单手一掐诀，再次凝聚出灰云，载着四人往山上另一处地方飞去。

一盏茶工夫后，几人在一处偏僻之地落下，穿过一片一根根青石柱形成的石林后，眼前出现一座依山修成的阁楼，一半露出山体之外，一半却直接没入山石之中。

阁楼大门上方牌匾上，龙飞凤舞地写着紫红色的"藏经阁"三个大字，大门两侧各有一座两丈高的恶鬼雕像，栩栩如生，浑身黑黝黝一片，仿佛是用精铁铸成一般。

"你们要切记了，藏经阁是本宗重地，除了来时的那一条小路外，没有第二条路可以接近此地。即使偶尔从附近上空飞过，也不得接近藏经阁五百丈之内，否则就可能被当外敌，触犯阁中禁制，被护阁傀儡直接击杀。此前，也并非没有发生过此等事情。"石川凝重异常地说道。

"有这种事情！护阁鬼妖，就是这两个大家伙吗？"万小倩吓了一跳，不禁狂瞅两座狰狞雕像几眼。

"不错，就是它们。不要看它们现在只是死物傀儡，一旦激活之后，几乎拥有接近灵师的恐怖实力，万万不是我等这样的灵徒弟子可以抵挡的，就是驱动起来太耗费灵石了。"石川解释了两句，就带着三人走进了阁楼大门。

柳鸣目光往里面一扫，不禁有一丝意外之色。

只见入门之后，赫然是一个长宽各不过数丈的小房间，里面除了一把空荡荡的椅子外，就再无任何东西了。

石川见此却丝毫不觉奇怪，只是手掌一翻，亮出了自己的铭牌，并对准对面墙壁一晃。

"噗嗤"一声后，从铭牌上喷出一道白光，一闪即逝地没入墙壁中不见了踪影。

接着，石川就带着柳鸣等人静静等候起来，没有任何不耐烦之色。

一会儿工夫后，对面石壁上白光一现，从中走出一名头戴高冠的胖老者来，不停地打着哈欠，一副还未睡醒的样子。

"弟子石川，拜见阮师叔！"石川一见胖老者，却立刻恭恭敬敬地上前行礼。

"哦，原来是九婴的小家伙，怎么这般快就带新入门的师弟来挑选功法了。"胖老者随意扫了一干人一下，就懒洋洋地问道。

"几位师弟想先来看一看阁中有哪些可以修炼的法诀，是否现在就挑选，还要看他们自己了。"石川不假思索地说道。

"行，按照规矩，新入门弟子的确有免费参观阁楼的一次机会，我也会给你们亲自解说各种基础功法的利弊。不过按照规定，一次只能带一人进去的。你们谁先进去？"胖老者倒是丝毫未加为难地说道。

"前辈，晚辈先上吧。"薛山立刻上前一步说道，脸上满是跃跃欲试的期待之色。

"嘿嘿，那你小子就跟我走吧。"胖老者嘿嘿一声后，大袖一抖，顿时一片刺目白光一卷而出。

柳鸣等人不由得闭上了双目，等再睁开双目时，薛山和胖老者赫然都在原地不见了踪影。

"这是……"万小倩不禁花容失色。

"不用担心，阮师叔只是动用阁中法阵之力，将薛师弟直接挪移到了藏经阁内。"石川却不觉奇怪，解释了两句。

万小倩这才放下心来。

柳鸣眉头一皱下，问了一句：

"石师兄，这位阮师叔是否一直都负责看守藏经阁，不知是出自哪一脉的灵师？"

"呵呵，我知道师弟在担心什么，放心吧。藏经阁一直都由阮师叔看守，但他出身比较特殊，并非归属任何一脉的。"石川笑着回道。

"原来这样。"柳鸣轻舒了一口气。

接着，他和万小倩又趁机询问了跟藏经阁相关的一些事情。

这位石师兄也是一一尽心回答了一番。

而一顿饭工夫后，前方墙壁处白光一卷，薛山满脸喜色地跟着胖老者走了出来。

"恭喜薛师弟，看来已经挑选到合适的功法了！"石川目光一闪，面带笑容地说道。

"呵呵，这多亏阮师叔的指点。"薛山连连点头，说道。

"下面换谁了。"胖老者却没有接口，目光往柳鸣和万小倩身上一扫而来。

"万师妹，你先请吧。"柳鸣见此，客气地冲身旁少女说道。

"既然白师兄相让，那师妹就不客气了。"万小倩闻言，倒没有推让地直接上前一步。

"好。"胖老者点下头，再次袖子一抖，白光一卷后，其和万小倩就同样被挪移而走。

"薛师弟，你选择的是哪一篇基础功法？"这时，石川转首冲薛山问道。

　　"就是师兄先前所说的那篇地灵功，阮师叔稍微检查一下我的资质，帮我分析了一番其他功法的优劣，我觉得就此功法最适合我了。"薛山老实地回道。

　　"呵呵，恭喜师弟了。为兄修炼的也是'地灵功'，此功法也许在初期不如某些功法快，但一旦修炼上了正途后，就可一路坦荡，甚少碰到瓶颈的，也是本宗修炼最多的基础功法之一。而且将此法修炼到一定程度后，就可改修本脉的黄泉阴魔功了。"石川笑着说道。

　　"什么，石师兄修炼的也是地灵功？真真太好了。那小弟以后在修炼上有什么不懂之处，还望师兄多加指点了。"薛山大喜地回道。

　　"这是自然之事，师弟在地灵功上有何疑问，尽管来询问就是了。"石川毫不犹豫地说道。

　　薛山听了，大喜地称谢不已。

　　柳鸣在一旁笑眯眯地看着，并未再插口。

　　万小倩进去的时间并不长，几乎只有薛山所花费时间的一半，就在白光中和胖老者一同出现在了屋中。

　　看此女眉宇间的一丝喜色，显然这次也没有空手而归。

　　这一次，未等柳鸣开口想问什么，胖老者就二话不说地用袖子直接冲其一抖而来。

　　柳鸣只觉眼前白光大放，一阵天旋地转，身躯一个趔趄后，就差点无法站稳地坐到地面上。

　　幸亏他反应极快，肩头一晃，腰部一扭，身躯就无骨般地直接站稳住了。

　　"咦，不错。看来你倒是身手敏捷，前面两个小家伙可是在挪移后，根本无法站住了。"柳鸣耳中传来了胖老者一丝讶然的话语来。

　　他这才忙一定神，向四周打量了一眼。

　　只见自己赫然身处一个陌生的大厅中心处，胖老者就站在其旁边丈许远处。

　　整座大厅足有数亩大小，并由一堵堵五彩光墙划分成数个区域，每个区域中，都有一张张独立石台，上面全放着一本本式样各异的皮卷，或一堆堆的竹简等东西，全都被颜色各异的光罩倒扣其下。

　　"弟子在外面，曾经修炼一些凡人的秘技，所以反应较常人快上一些。"柳鸣这才来得及冲胖老者躬身一礼解释道。

　　"你不用对我解释什么，我也只是随口一问。你跟我来，所有基础功法都在这里了。"胖老者一摆手，直接向某片光墙走了过去

柳鸣苦笑一声后，只能老实地走了过去。

"砰"的一声！

在胖老者用自己的铭牌随手往前方虚空一划后，光墙就立刻化为点点灵光，凭空消失了。

二人直接走了进去。

柳鸣双目急忙往此区域一扫后，脸上不禁露出一丝诡异之色来。

"这些就是你们现阶段可以免费学习的基础功法！怎么，你有什么想问的？"胖老者瞥了柳鸣一眼后，不动声色地问道。

"阮师叔，我听石师兄说，本门基础功法只有十三篇而已，但这里看起来可远远不止十三篇。"柳鸣看着眼前数以百计的石台，眼角微微一挑，说道。

"本门功法自然只有十三篇，但本门立宗也有数千年之久，期间自然也搜索了不少流落在外的其他基础功法修炼法门，这有什么可奇怪的。不过老夫建议你们这些新弟子，对那些外门功法最好不要妄自修炼。本门多年如此，只确定了十三篇功法作为入门基础功法，自然是有其道理的。这些外门功法要么没有后续修炼法门，要么修炼特别困难需要特定的修炼条件，大都不适合本宗弟子的。"胖老者懒洋洋地回道。

"多谢师叔指点，不知师叔觉得弟子适合修炼什么样的功法？"柳鸣听完后，有些恍然了，但再看了看近百座石台后，略一沉吟地向胖老者问道。

"你是几灵脉？"胖老者不假思索地问道。

"弟子是三灵脉！"柳鸣恭敬回道。

"三灵脉！好！"胖老者点了一下头，忽然手臂一动，单手虚空一招。

柳鸣顿时感到身躯一紧，一下被某种无形力量束缚得无法动弹了，接着"嗖"的一声，整个人就被拉扯到胖老者近前处。

他心中一惊，但随后就放松了，没有挣扎什么。

结果就见老者口中念念有词，将两只手掌一亮，化为一片虚影，往他身上一阵狂拍而来。

柳鸣只感到这些拍击丝毫分量没有，但是每一击后，都有一股热乎乎的东西直钻肌肤之下，甚至直接渗透骨骼之内，心中不禁一阵骇然。

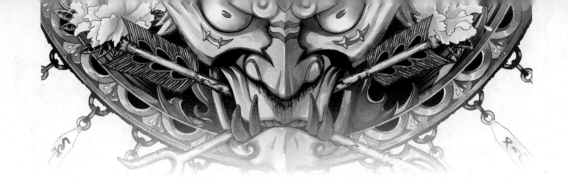

~玖~
炼魂索和通灵诀

"骨缝一般，还有待成长，韧带肌肉柔韧异常，似乎经过一定专门训练，不过有多处拉伤痕迹，你若想解除后患，最好有贡献点后马上换取几瓶疗筋丹服用。各处经脉颇为粗壮，可以承受远超你这个年龄的元力容量。咦，你的灵海有些奇怪，似乎比一般弟子要凝厚得多，可不像是三灵脉弟子能够拥有的。"胖老者一边拍打着柳鸣的身体，一边口中喃喃地说个不停，但说到最后一句话时，突然手中动作一停，脸上现出一丝讶然之色来。

柳鸣趁此机会，身躯一扭，总算脱离了老者的掌控，也有些意外地问道："哦，阮师叔，其他人的灵海和弟子不一样吗？"

"也不是不一样，只是像你这等凝厚灵海，一般只有在九灵脉弟子身上才可能出现的。你真的只是三灵脉弟子，莫非是在戏弄老夫？"胖老者盯着柳鸣，有几分凝重地说道。

"弟子怎敢欺骗师叔，的确是三灵脉。不过弟子在冲击灵海时稍微动了一些小手段，所以灵海才和一般三灵脉弟子有些不同吧。"柳鸣略一沉吟后，才有几分无奈地回道。

"什么小手段，说来听听。"胖老者闻言，有些感兴趣起来。

"在形成灵海时，弟子曾经用精神力将体内元力之丝穿插编织在一起过。"柳鸣略一犹豫后，觉没有什么好隐瞒的，就缓缓回道。

"什么，你的精神力能控制体内元力做到这种事情，这般说你的精神力非常强大了。"

胖老者一听这话，脸上露出吃惊的神色来。

"嗯，弟子的确精神力比一般人强上一些。"柳鸣微点了一下头。

"三灵脉，精神力比一般人强大！啧啧，那一门功法简直就是为你量身打造的。"胖老者似乎想起了什么，上下打量了柳鸣几眼，口中却啧啧称奇了几句。

"哪一门功法？师叔说的难道不是十三篇基础功法之一！"柳鸣一下就听出了对方话里的几分意思，当即就是一怔。

"依照你的资质，我给你两种选择。一种就是十三篇基础功法中的幻阳功、鬼灵诀，但这两种功法不是你们九婴一脉的侧重功法，以后若是再想改换高阶法诀，恐怕颇有些麻烦的。至于十三篇中的其他功法和你资质契合不是太好，若是强行修炼，实在浪费了你的强大精神力，若无意外的话就会和先前两个三灵脉小家伙一般，过个三四十年，也不一定有希望修炼到灵徒后期，甚至很可能此生就直接卡在中期上了。另一种选择，阁内收藏的十三篇外一种基础功法。此功法十分特殊，想要修炼入门的有两个条件，一个是精神力必须远超常人，一个就要求修炼之人灵脉资质必须是三灵脉，你正好符合此条件。"胖老者自顾自地说道。

"既然师叔这般说，晚辈想先看看这三篇法诀再说。"柳鸣听完之后，脸色一阵阴晴不定地说道。

"这自然没有问题。"胖老者单手一掐诀，用手指冲三座石台各自虚空一点。

"砰、砰、砰"三声后，这三座石台上光罩一下尽数破裂而碎，从里面飞出两部皮卷和一堆黑黝黝的竹简来，全都尽数落到了柳鸣身前，并十分诡异地悬浮着。

柳鸣抬手将一部淡黄色皮卷抓到手中，一眼就看到表面写着的"幻阳功"三个紫红色大字，他一掀而开，细看了起来。

但他只看了开篇几页后，就不动声色地将皮卷合上放回，又手臂一动，将另外一块写着银色"鬼灵诀"三字的皮卷抓了过来，同样细看了一番。

这一次，他一直将皮卷翻看到了十几页后，才将此物也放回了原处悬浮着，并略一沉吟后，冲胖老者若有所思地说道：

"这两部功法晚辈都看过了，若是精神力强大话，的确修炼起来都能够事半功倍。不过上面也标注得清楚，幻阳功修炼之后，后面功法似乎就要偏向幻术之道上了，那鬼灵功的后续修炼，则完全偏向驱鬼炼尸之术上了。"

"老夫怎会在这种事情上做出欺瞒之事，那幻阳功实际上是鬼舞一脉侧重的基础功法，

他们一脉原本就是以幻术闻名宗内的。鬼灵功则是炼尸一支的主修基础功法。你们九婴一脉却是以祭炼魔头的魔道功法为主修的，在幻术和役鬼之术上可并不擅长。"胖老者微微一笑说道。

"可我听说，若是积攒够了足够的贡献点，也可以直接在藏经阁换取相关高阶法诀的。"柳鸣又缓缓说道。

"若是有足够的贡献点，的确可以在阁内换取一切高阶法诀，甚至连本宗的三大镇宗秘术也能得到。但你可知道，换取一部高阶法诀的贡献点需要多少吗？不知有多少弟子为了积攒一部高阶功法贡献点数，而一连数年不修炼，只是日夜去做宗门任务，仍然未能达成心愿。你能肯定自己能积攒出这般多贡献点？况且平常修炼所需的丹药、符箓等东西，哪一样能少了贡献点？"胖老者闻言，却用一种讥讽的口气说道。

"多谢师叔指点。晚辈就看看师叔推荐的这最后一部功法吧。"柳鸣眼角一挑，苦笑了两声。

随后他将那一堆黑色竹简也抓到手中，但一斩而开扫了两眼后，却为之一怔起来。

"阮师叔，这是怎么回事？"他讶然地抬首向胖老者询问起来。

这看似有些残破的竹简上虽然写满了密密麻麻的青色文字，但是一个个歪歪扭扭，他竟然一个也不认得。

"嘿嘿，这是上古灵文青冥文，你不认得又有何奇怪。给，这才是老夫翻译过的这部冥骨诀口诀。"胖老者嘿嘿一笑后，才从身上慢腾腾地摸出一本薄薄锦书，并递了过来。

柳鸣有些无语，但还是接过锦书，翻开细看了起来。

胖老者则在一旁若无其事地看着，倒是一副耐心十足的样子。

"这部法功法修炼果然要求三灵脉，精神力也是越强越佳。什么？共分九层，第一层修炼只要一年时间，第二层修炼只要两年时间，第三层只要四年时间，第四层则一般需要八年时间，而且这里好像也只有前四层的修炼法诀。"柳鸣看着看着，脸色一下有些难看了。

"哼，你这小子看清楚了。只要修成第一层，就能进阶灵徒初期，修成第二层就有灵徒中期实力，第三层就直达灵徒后期了。至于若是修成第四层，就可成为像老夫这样的灵师了。至于后面的法诀，等你真能修炼完第四层后，老夫这边自然还有的，你急什么？而且此功法相比本宗基础功法，还有一个最大的优势。"胖老者哼了一声后，两眼一翻地说道。

"优势？"柳鸣抬首起来，有些疑惑了。

"就是这套冥骨诀的修炼，在灵徒阶段，只要按部就班地慢慢修炼，就不会碰到任何瓶颈。不信的话，你翻到最后一页再细看一下。"胖老者不客气地说道。

"有这种事情？"柳鸣一听这话，顿时怦然心动起来，急忙将书页翻到最后，果然看到了一行标注的相关说明。

"怎么样，老夫没有骗你吧？我若是你的话，肯定会选此功法的，别的不说，只要你自身修炼刻苦一些，十几年内就可达到灵徒后期境界，可以尝试冲击灵师境界了。而且就算进阶灵师后，也无需那般麻烦地再改修其他功法，只要继续修炼这冥骨诀就行了。"胖老者摇头晃脑地说道。

"可晚辈听说，宗内一些秘术也必须以相关功法为基础才能施展。晚辈若修炼了这宗外功法，不知可还能修炼宗内的其他秘术了。"柳鸣沉吟了许久后，才又问了一句。

"你还没有修炼这冥骨诀，自然不知道此功法前面几层其实和本宗的鬼灵功是有异曲同工之妙的，甚至连施展起来的异像也是大同小异的。所以按我猜测，凡是鬼灵功能够催动的秘术，这冥骨诀应该同样催动无恙的。"

"猜测应该无恙？"柳鸣听到这话，不禁嘴角抽搐了一下。

"小子，此功法既能保你十几年内到达灵徒后期境界，还无需担心后续的改换功法问题，你已经占了天大的便宜，还想怎样。你这般啰唆，若是不想修炼的话，就算了。把东西给老夫拿回来吧。若不是看你正好符合条件，老夫才懒得拿出来。"胖老者似乎有几分愠怒了，大手冲柳鸣一张，索要锦书起来。

"师叔息怒，晚辈就学这冥骨诀了。"柳鸣见此，吓了一跳，急忙将锦书往怀中一揣。

"算你小子识相。对了，以后你出去的时候，就不要在其他人面前说冥骨诀的事情，就说自己修炼的是鬼灵功就行了。"胖老者见此，这才神色略缓地说道。

"是，师叔！"这次，柳鸣非常干脆地答应下来。

"很好。老夫好人也做到底吧，这里还有两门适合鬼灵功的秘术，你也拿去顺便修炼一下吧。这样的话，与人争斗时就更不会有人会怀疑你修炼的功法了。胖老者见柳鸣这般识趣，露出了满意的神色，又从袖中摸出两本皮卷抛了过去。

"多谢师叔厚爱！"柳鸣接过皮卷之后，躬身称谢。

"根据门规，凡是从藏经阁中所得功法秘术，都必须以天道名义起誓，不得再传给第二人知。否则轻则废去法力，囚禁终生，重则直接斩杀，取走性命。这是本宗的天道契约，你对其立下誓言吧。"胖老者点了点头，又神色一凝地取出一张黑气缭绕的古怪书页，表面遍布血红色文字，看起来神秘万分。

柳鸣见此，略一犹豫后，也就一口答应下来。

"先滴一滴精血上去，然后我说一句，你对着此物跟着念上一句就行了。"胖老者一边说道，一边将手中书页往身前一抛，再口中念念有词地单手一掐诀。

当即，书页一下化为一片黑气悬浮在半空中，并且隐约从中传出阵阵的鬼哭狼嚎之声，还有丝丝的血腥之气从中透出，让人闻之欲呕……

一盏茶工夫后，墙壁处白光一闪，胖老者和柳鸣二人就出现在了石川等人的面前。

"阮师叔，这次有劳您老人家了。"石川见此，当即微笑冲胖老者称谢道。

"老夫既然负责看守藏经阁，给你们这些小辈一些指点也是应该的。好了，既然事情办完了，就全都快快离开吧。老夫还要再睡一会儿。"胖老者露出不耐烦之色，摆摆手，接着体表白光一卷，整个人就凭空在几人面前消失了。

"走吧，阮师叔修炼功法有些古怪，一年时间倒大半都是在睡梦中度过的。"石川对此倒是丝毫不觉意外，带着柳鸣三人退出了阁楼。

这时，外面天色已经昏暗了下来。

于是，石川再次施法凝聚出灰云后，就直接带着几人往九婴山一飞而去了。

在路上闲谈时，柳鸣也知道了万小倩所选的功法，赫然正是九婴一脉侧重的另一种功法阴葵功，心中不禁一阵苦笑。

看来只有自己的遭遇特殊些了，但是祸是福却不好说了。

不过在那种情形下，他也不可能有第二种选择。

那位阮师叔几乎是软硬兼施地要其选择冥骨诀，当时就算拒绝了，多半也会直接触怒对方，师叔还是会另找其他借口让其硬修炼此功法的。

对方可是一名在宗内地位极高的灵师，他只是一名普通弟子，怎可能真不顺从对方的意思。

若是这样的话，他自然不如自己识趣一些的好。

不过，不管对方让其修炼这冥骨诀是何目的，只要此功法真有说的那些好处，对其现在来说自然是一件好事的。

至于以后的事情，则走一步再说一步了。

柳鸣心中如此淡淡想道。

而石川等人询问柳鸣选择的是何功法时，其自然回答的是鬼灵功。

这让石川几人有些意外，追问为何时，他自然将一切缘由全推到了胖老者身上。

说是这位阮师叔看出其精神力较强，修炼鬼灵功更加合适一些。

石川显然也知道精神力强大对修炼鬼灵功有加成效果，虽然有些诧异，但总算表示理解了。

薛山万小倩二人知道缘由后，先是露出了羡慕的表情，但在石川解释了一番柳鸣修炼此功法的弊处后，这两人又有几分无语了。

一边是修炼速度快上一些，但需要考虑后续功法的问题，一边是修炼速度正常，但后续功法应该无忧，这的确是一个不好选择的问题。

"可惜师弟没有拜入炼尸一脉门下，否则就无需这般烦恼了。"石川有些可惜地说道。

"没关系，大不了，我以后多攒些贡献点，再设法换取相关后续功法吧。"柳鸣却胸有成竹地说道。

"也只有此种方法了，只要不是炼尸一脉的独门功法，换取那些普通法诀的话，应该还是有可能的。"石川微点下头说道。

就这样，几人在谈话中回到了九婴山，并被石川一一送回到了住处。

柳鸣回到庭院中后，稍微收拾打扫了一下，终于感到腹中有些饥饿之感，就从身上取出一些备用干粮，食用了一些，就一头倒在了床上。

整整一天的开灵仪式，外加后面的一番忙碌，让他的身心早已疲惫不堪，再也支撑不住，呼呼大睡起来。

这一觉，柳鸣也不知睡了多久，只知道当再次睁开眼睛的时候，窗外太阳已经正当午时了。

他懒洋洋打了个哈欠后，就起床走到了屋外的小院中。

在那里有以前居住弟子自行打的一口水井。

柳鸣用井边木桶随手打了一桶井水上来，用手一捧，喝了两口，顿时感到此水异常甘甜，并有一股清凉之意直沁心扉。

他不禁精神一振，干脆将头直接没入桶中，好好洗了一把脸，才神清气爽地重新走回屋中，在一张黄木桌前坐了下来。

他略一思量后，从怀中将那两本胖老者赠送的两张皮卷掏了出来，放在桌上一一展开，仔细查看起来。

"炼魂索" "通灵诀"

一个是抽取鬼物魂魄，祭炼成索的对敌法术，一个则是可以沟通鬼物，对其加以御使

的法诀。

这两种秘术果然和那鬼灵功十分相配。

柳中一边看着，一边心中思量着。

不过等他一看起皮卷上记载的正式修炼之法后，却不禁眉头一皱。

两种秘术赫然分别需要灵徒初期和中期实力，才能开始修炼。

看来在他没有将那冥骨诀第一二层修成前，是别妄想打这两种秘术的主意了。

柳鸣心中闪过一丝郁闷，只好先开始默默背诵上面的修炼法诀。

以他强大精神外加一心二用的天赋，这自然不是太难的事情。

两个时辰后，他就将口诀彻底印在了脑中，以后只要每隔一段时间回忆背诵一遍，就可确保一字也不会忘记。

柳鸣长吐一口气，将两块皮卷重新收好放入怀中，又将那记载冥骨诀的锦书拿出来，准备好好研究一下。

但就在这时，院落中却忽然传来敲门声，同时薛山大咧咧的声音传了过来："白师兄，你可在里面。我和万师妹一同过来了。"

柳鸣微微一怔，但还是将锦书飞快放回去，起身走出了屋外。

只见小院外虚掩的木门前，赫然站着三个人。

其中两个正是薛山和万小倩，另外一人却是一名四十来岁的马脸男子，头发只有数寸来长，穿着一身外门弟子服饰。

"薛师弟，万师妹，你们怎么来了。另外，这位是……"

柳鸣几步上前，将门一拉而开，有些疑惑地说道。

"呵呵，我来给白师兄介绍一下吧。这是我堂兄薛远海，二十多年前就进入到本宗成为外门弟子。"薛山咧嘴一笑后，就指着身后马脸男子介绍道。

"原来是薛兄，失敬了。"柳鸣微微一怔，但马上反应过来，一拱手说道。

"不敢！只要一成灵徒，我们外门弟子一般都要以师兄相称的，薛某以后在宗内还要倚仗几位的。"薛远海忙还礼，满脸笑容地说道。

"远海堂兄，你可是我兄长，我不可能让你称呼什么师兄的。不过白师兄和薛师妹，你们就随便吧。"薛山在一旁解释道。

"呵呵，既然薛兄是薛师弟的长辈，我和万师妹自然不能造次。这样吧，我和薛师妹还是叫一声薛兄吧。"柳鸣微微一笑地说道。

万小倩也在一旁连连称是。

"既然这样，那薛某就称呼二位一声'万师妹'、'白师弟'了。"薛远海又推辞了几句后，见实在推辞不过，才迟疑了一声答应了下来。

"白师兄，我堂兄也是属于九婴一脉的外门弟子，对山中一切都非常了解。昨天，石师兄虽然给我们讲解了一些宗内的事情，但毕竟时间太短，有些讲得不够详细。所以这一次，小弟找到万师妹和白师兄，一起来听堂兄仔细讲解宗内和山中忌讳的事情。这样的话，我们就能避免犯下一些新人常犯的错误了。"薛山笑嘻嘻地说道。

"师弟真是有心了。薛兄，快快请进吧。"柳鸣听了这话，双目一亮，身子一让，请三人进来。

片刻工夫后，四人到了屋中，并围着桌子分别坐了下来。

一个多时辰后，薛山、万小倩等人神色有些沉重地告辞离开了。

柳鸣面带笑容地将几人送出了院落后，方一回到屋中，脸上的笑意也尽数收敛了起来。

"没想到，亲传弟子和普通弟子待遇居然差别如此大，核心弟子间竞争也是这般激烈，连小命都可能丢掉。看来光是在宗内立足，也不是一件简单的事情。但要想得到充足资源修炼，一个核心弟子名额，一定要争取到。"柳鸣喃喃自语了一声，开始陷入沉思。

"算了，还是先将冥骨诀修炼成第一二层再说。要想竞争核心弟子，起码也要有灵徒中期以上修为，才有那么一丝资格。而有了实力后，在宗内也就能自保无恙了。"半晌后，他又长吐了一口气，似乎想通了什么事情。

不过在正式修炼之前，他还需去九婴山顶领取一些辟谷丹和简单法术的修炼典籍。

据薛远海所说，这些东西都是免费之物，但又都是灵徒初期修炼必不可少的东西。

柳鸣心中有了决定后，当即换上了那件避尘服，离开了住处，沿着一条蜿蜒小路，直奔山顶而去。

一路上，他倒是碰见了一些或背着粗大口袋，或提着大小包裹同样上下山的外门弟子。

这些人一看清楚柳鸣身上的淡绿色避尘服后，均都露出恭敬之色退让两边，让柳鸣先通过后，才敢继续上路。

看来在蛮鬼宗中，灵徒和外门弟子果然地位有天壤之别，根本不可同日而语。

这条直通山顶的小路颇为陡峭，即使以他修炼过一定秘技的身体，从半山腰出发，也足足花费了半个时辰，才真正登上山顶。

柳鸣双足重新踏进山顶广场的一瞬间，心中就下定了决心，等稍微转化了一些法力之

后，第一个要学的就是腾空术。

否则的话，若是去稍微远些的其他山头，一个来回就要花费大半天的时间，实在太不方便了。

柳鸣在广场上一边走一边思量的时候，对面却走来了一对年轻女子。

其中一名身材丰满的女子，看了他一眼后，忽然嫣然一笑，说道："咦，这不是白师弟吗？哦，小师弟，是去外事殿领取东西的吧？"

柳鸣一怔，这才发现对面两名女子，赫然是昨天在九婴老弟子中见过的那一对姿容最出色的女弟子，当即脚步一停，忙一见礼："原来是两位师姐，小弟的确是去外事殿灵领取一些辟谷丹的。"

"嘻嘻，看来白师弟还不知道我二人的姓名，记住了，我是顾眉姗，这是你朱师姐朱怜星。"顾眉姗笑着说道。

旁边高挑的女子听到同伴将自己的名字直接告诉眼前少年，脸不禁微微一红地轻啐了同伴一口，才大方地向柳鸣也打了一声招呼。

"师弟一定铭记两位师姐芳名，绝不敢轻忘的。"柳鸣一本正经地回道。

"好了，白师弟快些去外事堂吧。此殿在那个方向，若是去晚了，说不定就要等到明天才能领到辟谷丹了。"顾眉姗闻言先是一怔，但马上神色如常，又说道。

随之，此女一手拉着朱怜星，一手掐诀地施展起腾空术。

片刻后，二人踩着云直接腾空飞走了。

柳鸣等到二女远去后，才收回目光往顾眉姗所说的方向走了过去。

绕过几座建筑，他就走到了一座悬挂"外事殿"牌匾的殿堂前。

说是殿堂，不过也就是一个大些的厅堂。

柳鸣一走进去的时候，正好看到一名身穿外门弟子服饰的男子，正坐在一张桌子后，低首用一个金光闪闪的算盘，在噼噼啪啪地计算着什么，旁边还放着一个敞开的厚厚账簿。

"啊，是新来的师兄吧，可是来领取辟谷丹的？"这名男子反应极快，一看到柳鸣进来后，当即将手中动作一停，立刻起身满脸笑容地说道。

"不错。听说凡是山中弟子都可在这里免费支取三个月用量的辟谷丹。"柳鸣不假思索地问道。

"是的，请师兄将铭牌拿出来，我记录一下后，就可以领取辟谷丹了。"中年男子不敢怠慢地回道。

"好。"柳鸣不再迟疑地将铭牌从袖中掏出，直接递了过去。

中年男子翻动旁边那个账簿到某一页，接过铭牌往上面轻轻一按。

顿时"白聪天"三个淡银色字，就直接在页面上显现而出。

"原来是白师兄，这就是三个月的辟谷丹，一次服用一颗，就可以三天之内不用吃饭，只喝一点点清水即可。"中年男子忙从身后一个放满了各种杂物的木架上取出了一个巴掌大的灰色布袋，和铭牌一起恭敬地递了回来。

柳鸣接过布袋铭牌，随手松开袋口绳子，往手中微微一倒，从中滚出一颗淡黄色丹药来，散发出一股若有若无的清香。

的确和薛远海对辟谷丹的描述一般无二。

柳鸣点了点头，就将二物重新收好，想了一想，向男子再问道："对了，我要去领取查阅普通法术的典籍，要去什么地方。"

"哦，师兄要去灵法阁的话，只要沿着门口的小路再往前一个拐弯就是了。"中年男子十分仔细地说道。

柳鸣闻言，露出一丝笑容，称谢一声，走出屋子，直奔灵法阁而去了。

……

"一次最多只能借阅三本初阶法术典籍，一本典籍需要一枚灵石。"站在柳鸣面前的一名干瘦的女子，用一种近似刻薄的语气说道。

"师姐，不是说典籍借阅是免费的吗？"柳鸣听了眼前同为灵徒女子的话语后，微微一怔。

"哼，一本典籍一次才要一枚灵石，这和免费有什么区别？你要是手头上真紧张的话，那就一次少借两本，等下月有灵石后再借看也不迟。"干瘦女子哼了一声，不耐烦地说道，丝毫不给柳鸣这位新师弟面子。

"好，那就先借这三本吧。"柳鸣心中有一分怒意，但面上丝毫看不出来，抬手将三本先前挑出的典籍和三枚灵石以及自己的铭牌递了过去。

所谓灵石，赫然就是三块小手指粗细的长方形晶体，裁剪得一般大小，并散发着一层柔和白光。

干瘦女子将三本典籍随手接过看了一眼封面后，就面无表情地说道："腾空术、火炎术、凝水术，一个月内必须交还。"

话音刚落，她就用柳鸣铭牌记录下了身份，将三本典籍一抛而回，三枚灵石自然也瞬

间被此女收了起来。

柳鸣也不愿在此地多停留，一接过铭牌和典籍后，立刻转身走出了阁楼。

不过他才走出大门没多远，迎面又碰见了两人一前一后地也往灵法阁方向走了过去。

前面一人面容端正，正是石川，后面一人却是那名被收为亲传弟子的红发少年于诚。

"咦，白师弟已经挑好典籍了。我带于师弟也来挑几本法术典籍。"石川一见柳鸣，当即一笑，说道。

红发少年也冲柳鸣打了一声招呼。

"师兄，灵法阁借阅典籍的话，还需要灵石吗？"柳鸣满脸笑容的回礼后，看似随意地问了一句。

"怎么，赵师姐又问借阅典籍弟子收起灵石了。真是太不像话了！师弟莫怪，赵师姐是和圭师有些过节，所以有时候行事有些过分，但看在圭师份上，还是不要往心中去了。对了，赵师姐收你多少灵石，我来偿还吧。"石川先是面现一丝怒意，但马上又有些无奈地苦笑一声，并要从身上掏取一些灵石给柳鸣。

"师兄拿我当什么人了。这点灵石，师弟还不放在眼中的。原来赵师姐和圭师是有渊源的，那我就更不会放在心中了。师兄和于师弟先忙，小弟先告辞了。"柳鸣一摆手，就直接告辞离开了。

石川看着柳鸣远去的背影，叹了一口气，带着于诚继续向灵法阁走去了。

等柳鸣返回住处的时候，已经是下午时分了。

他丝毫没有休息之意，而是拎着一桶清水，进入了一间除了一块蒲团再无任何一物的屋内，盘膝坐下。

他伸手一摸，就将放着辟谷丹的小布袋拿了出来，并倒出一颗丹药直接抛入口中。

看似坚硬的辟谷丹，一入口中，立刻化为一股津汁流入腹中。

随之一股暖洋洋之意扩散全身，胃中更是出现微微的饱胀之感。

柳鸣稍一感应之后，顿时大喜。

这辟谷丹如此神效，实在出乎其预料，这样的话，他倒真不用再为吃饭问题烦恼分毫了，只要一心修炼即可了。

想到这里，柳鸣当臂一动，将那本记载着冥骨诀的锦书从怀中摸了出来，就从头细细翻阅起来。

柳鸣虽然此前大半时间都是在凶岛度过的，但是岛上凶徒中着实也有不少饱读诗书之辈，外加其又有"一心二用"的天赋，故而腹中所知学问之多，恐怕并不比外界那些颇负盛名的才子差哪里去。

但就是这样，这篇冥骨诀在他看下一遍之后，只觉句句玄机，字字奥妙，根本不可能短时间就参悟出来。

柳鸣心中暗惊，神色一肃后，用手指一按头颅两侧太阳穴，深吸一口气，动用了一心二用的天赋，整个精神意识一下分成两半，一半继续参悟法诀，另一半则开始陷入沉睡休息之中。

没过多久，柳鸣心神彻底沉入法诀参悟中，对外界一切都不自知了。

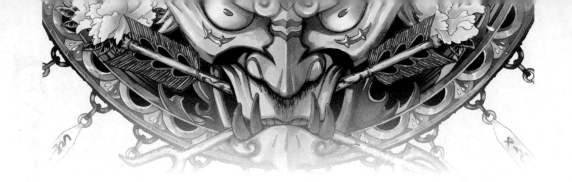

～拾～
宗门任务

不知过了多长时间，当腹中一阵强烈饥饿感传入脑中的时候，柳鸣终于一下清醒了过来，方一站起身来，顿时只觉头颅一沉，两眼一黑，竟差点摔倒在地上。

他脸色大变，慌忙从怀中取出一粒辟谷丹服下，将旁边木桶也一把抓过来，狂饮了几口后，面色才好看了一些。

但这时的柳鸣，仍然感到头痛欲裂，分明是精神消耗太多的迹象。

他先前的参悟，竟然不知不觉地花费了五天五夜时间，要不是腹中饥饿太甚，可能仍然沉浸参悟中而无法自拔。

这冥骨诀真是十分的邪门！

但柳鸣更郁闷的是，这冥骨诀第一层，他参悟出的才不过十之三四而已。

此修炼法诀和他以前学习的炼气士功法大相径庭，有些字句似是而非，实在难以确定其中真意。

如此的话，他要么直接一句句请教他人详加指点，要么翻阅一些修炼心得类相关典籍，自己触类旁通自行领悟了。

不过那位阮师叔警告过，冥骨诀不可能轻易外泄给他人，看来只能走第二条路了。

心中有了主意后，他当即将锦书一收而起，离开了住处，去了一趟山顶的灵法阁。

等他捧着两本厚厚的修炼心得典籍回来的时候，身上仅剩的两块灵石也不见了踪影。

不过柳鸣却面带一丝兴奋之色。

因为这两本修炼心得典籍，赫然是蛮鬼宗的两位灵师级大人物所写的，里面对基础功法一些口诀的注释都十分详细，正好是其所需之物。

他回到住处后，并没有马上开始参悟，而是到卧室一头扎到床上呼呼大睡了起来。

这一睡，就是一天一夜。

柳鸣再次睁开双目的时候，当即走到院中清洗了一把脸，就匆匆进入到修炼用的房间内。

他盘膝坐下，将两本厚厚典籍以及锦书在身前全都一一摊开后，略一犹豫，又从怀中掏出小布袋，倒出数粒辟谷丹夹在了锦书中间两页内。

如此一来的话，他就再也不会出现上次那般差点饿死自己的事情了。

柳鸣深吸一口气后，就一页页翻看厚厚典籍，很快像上次那般地沉浸其中……

半个月后，从房间中忽然传出一阵狂笑声。

柳鸣赫然一下从地上站起身来，扬首发出一阵阵大笑。

此时的他，披头散发，衣衫满是皱纹，甚至身上还隐隐有一股酸臭之气。

难怪柳鸣如此了！

他这十几天来，饿了就吃一粒辟谷丹，渴了就喝一口清水，困了则倒头就睡，根本未曾离开房间一步。

不过也正是如此，他终于将冥骨诀第一层修炼之法彻底参悟了出来，下面只要慢慢修炼即可了。

柳鸣脸上高兴之色一敛，就发现了身上的不妥，当即眉头一皱，提着木桶走出了屋子。

他三下五除二，就将身上衣服扒得一干二净，再用几桶清水从头到脚一浇而下，身上顿时变得清爽起来。

柳鸣晃了晃湿漉漉的头发，把衣服毫不在意地重新穿好，就再次回到了屋中。

其身上的这件避尘服，也不知是何种材料编织而成，这般多天不但不见脏污，就连水直接泼到上面，也会飞快滑落而下，根本不会浸湿分毫。

柳鸣重新坐下后，没有开始修炼冥骨诀，而是将腾空术等三部法术典籍取出，开始默默背诵上面记载的东西。

原先看着还有些晦涩难懂的修炼口诀，在柳鸣现在看来，却流畅无比。

他几乎只花了两个时辰时间，就将这三门法术修炼之法彻底印在了脑中。

柳鸣轻舒一口气，将除了锦书外所有典籍都收好放在了一旁，就双目一闭，两手在膝上各摆出一个古怪手印。

片刻后，他就感到心神一沉，意识一下沉入到自己身体内，并能看到光蒙蒙的体内一切情形。

一条条普通经脉，三根缠绕全身的粗大灵脉，以及丹田处静静不动的拳头大银色灵海。

柳鸣心念微微一动，灵海当即开始徐徐转动起来，并且越来越快。

"噗噗"几声后，有数条白气般的元力从灵海中一冲而出，并沿着数条经脉往全身各处飞快流动起来。

就这般，他终于踏出了冥骨诀修炼的第一步。

三天后，柳鸣仍然盘坐在地上，但是口中念念有词，两手飞快掐动着某种法诀。

只见其身下处浮现出一丝丝灰气，并且越来越多，终于在一盏茶工夫后，凝聚成了一团数尺长的小云团。

"起"柳鸣一见身下云团成形，毫不犹豫地将手中法诀一变。

"砰"的一声，云团竟真托起他往高处徐徐升了起来。

柳鸣目睹此景，脸上露出一丝喜色，但手中所掐法诀不由自主地略微一乱。

"砰"的一声。

柳鸣身体一下从云中洞穿落下，砸落在了地面上。

好在腾空高度不过丈许来高，他除了有些疼痛外，倒也没有任何损伤。

柳鸣并没有露出沮丧表情，反而显露出一丝高兴的神色来。

他刚才只不过第三次尝试施展腾空术，能有这种表现已经是大出自己预料了。

按照心得典籍上的记载，即使最简单的法术，没有数十上百遍的练习也别想真能施展出来。

看来他强大精神力和一心二用的天赋，让其法术修炼之快远超普通弟子。

他以后只要等转化的法力再多一些，对法诀的掌控再熟练一些，真正掌握这腾空术就是轻而易举的事情了。

柳鸣心中这般想着，下面就重新掐诀施法，开始修炼起其他两种法术来。

大半日后，柳鸣静静坐在地上一动不动，忽然单手一掐诀，另一手则往身前掌心一横，五指一分而开。

"噗"的一声，一团鸡蛋大小的红色火焰在手心上熊熊燃烧而起。

柳鸣微微一笑，五指再一合，火焰就凭空而灭。

接着，他又念念有词，两手十指一起在身前划动不停。

一道潮乎乎的白气开始在虚空凝聚而出，等柳鸣双眉一挑一声大喝后，白气顿时一凝而散，显露出一颗拳头大小的清澈水球，晃悠悠地悬浮在空中，随时都能掉落而下的样子。

柳鸣手中法诀一停，伸出一根手指往水球中一点，再往嘴中一放，品尝了一下，才露出满意之色点点头。

……

十来天后的早上，柳鸣盘坐在一块不大的灰云上，在离住处十几丈高的虚空中，飞快地来回飞动着。

他感受着迎面吹来的阵阵清风，脸上有一丝难掩的兴奋表情。

虽然他一向心思坚韧细密，有着远超同龄人的一份成熟，但在此时却和普通少年一般无二的样子。

片刻后，柳鸣感觉体内法力消耗得差不多了，当即一催法诀，将灰云缓缓降落到了下方地面上。

此时的他，虽然还无法维持腾空术太长时间，但用来赶路却已经没有问题了。

至于火炎术、凝水术也同样修炼得颇为熟练。

但可惜这些都是最简单的法术，大半只是给初期灵徒弟子用来熟悉法术用的，想指望它们与人争斗对敌，自然是妄想。

看来下一次再去灵气阁，需要真正挑选两种实用的法术了。

不过一思量到这里，柳鸣顿时想起那位赵师姐认钱不认人的刻薄脸孔，脸上肌肉就不禁跳了一下。

对了，说起灵石！自己来蛮鬼宗也快一个月了，也应该去执事堂领取例行宗门任务了，否则下个月灵石可就一块都没有了。

柳鸣一下想起了此事来，当即忙回到屋中盘膝，慢慢恢复着法力。

好在他现在法力不多，恢复的话倒也用不了多长时间。

半个时辰后，他再次坐在灰云上，直奔执事堂一飞而去了。

这一次，当柳鸣走入执事堂大门后，不禁一脸的愕然之色。

只见一层大厅中挤满了熙熙攘攘的人群，足有五六十人的样子，其中大半都是外门弟

子，但也有七八名身穿内门弟子服饰的人夹在其中。

"请问一下这位师兄，这是什么情况。平常此地也有这般多人吗？"柳鸣眨了眨眼睛，几步走到了门口附近一名二十来岁模样的内门弟子面前，冲其一拱手问道。

"哦，这位师弟是新近入门的。呵呵，今天正好是执事堂一年一次轮换各种宗门任务的时候，自然许多人都赶了一个大早，想挑选一个好些的任务了。但实际上这不过是白费力气而已，那些有油水的任务，大半都早就被人定下了。"这内门弟子生得十分和善，腰间捆着一条墨绿色的粗大腰带，看了柳鸣一眼，不在意地解释了一句。

"原来如此，多谢这位师兄相告。"柳鸣有些恍然了。

"嘿嘿，在下炼尸门的李宗，不知师弟贵姓，是哪一脉的弟子。"这名内门弟子一见柳鸣虽然年纪不大，但这般彬彬有礼的样子，不由得有几分好感，随口问了一句。

"在下白聪天，现拜在九婴一脉门下。"柳鸣也没有隐瞒地坦然相告。

"哦，师弟原来被分到圭师伯他们门下了。九婴一脉一向积弱多年，白师弟以后的日子恐怕不太好过啊。"李宗闻言，却不禁露出一丝同情之色来。

"还好吧，在下觉得几位师兄师姐对师弟都颇为照顾的。"柳鸣不动声色地回了一句。

"嘿嘿，各支内部自然都是和和气气的，但等到了大较试炼的时候，你就知道加入弱支的痛苦了。"李宗却摇摇头说道。

"哦，大较试炼！师弟虽然听人说过，但还真不太清楚具体情形。李师兄能够给小弟说上一说吗？"柳鸣闻言，心中一动。

"这个……好吧，以后师弟总会知道的，我先给你略说一二吧。"李宗略一犹豫后，倒也没有拒绝。

"本宗向来有一年一小比，三年一大较一试炼的说法。其中小比是各支脉自己的事情，只是大概测试一下本支弟子修炼和法术秘术掌握情况，然后根据情况会有长辈颁发一定奖励。这种比试虽然好处不多，但一般情况倒只是一团和气。至于三年一次的大较则完全不同了，是全宗所有灵徒弟子都要参加的真正比试，将会决出全宗一百名核心弟子，并且名字还会铭印在宗内太阴碑上，让所有弟子瞻仰。更重要的是，这些核心弟子在此后三年将会得到宗内的专门培养，名次越靠前，能领取的奖励也越多。当然大较的综合比试结果，还直接决定各支脉今后在宗门内可以占据的资源多少。即使各位灵师大人，对大较比试也会重视万分的。据我所知，九婴一脉在大较比试中一连十几年都一直垫底了。如此一来，你们九婴获得的宗门资源自然一直是最少的，但越如此，也就越难翻身。而且这大较虽然有灵师亲自主持，但是灵徒间的真正争斗是何等凶恶之事，在比试中失手伤人，甚至错手击毙对手的事情，也是常有之事。所以这大较比试是生死不负，也有人称之为'血擂'。"李宗一口气说出了许多话来，听得柳鸣直点头。

"嗯，小比、大较的事情，和小弟知道的差不多。只是那生死试炼又是怎么一回事，这个小弟只听人偶尔提过一下而已。"柳鸣又问道。

"生死试炼，就不是光牵扯到我们蛮鬼宗一宗的事情了，而是大玄国五大宗联手举办的一种试炼，也是确定诸宗间实力，最终决定诸宗在大玄国排名的一种比试。故而此试炼之残酷激烈，远超我等弟子的想象。如果说大较中有人受伤或者毙命，还只是偶尔发生。那么在生死试炼中，诸宗弟子能活着回来的，却往往不足一半，是真正的生死一线。这数百年来，本宗在生死试炼中表现一向不佳，经常排在最后一名。"李宗叹了一口气说道。

"这生死试炼如此凶险，那参加比试的弟子如何选拔的，一般弟子不会愿意主动参加吧？"柳鸣听了之后，不禁倒吸一口凉气。

"嘿嘿，这生死试炼纵然危险无比，但是只要能活着回来，能得到的好处之大，也不是你我能想象的。据我所知，现在各支脉的诸位师叔师伯，其中大半都是当年参加过生死试炼的弟子。故而一般弟子就算想要参加，也没有此资格的。能参加此试炼的，只能是太阴碑上排名前十的核心弟子。而只要能得到前十的位置，任何弟子都会一飞冲天，在剩下的一年时间将得到宗内不惜代价的最好培养，好为整个宗门在大玄国争取更大的好处。"李宗不假思索地回道。

"原来如此，多谢李师兄指点了。"柳鸣听完之后，略一思量，当即诚心地称谢道。

"哈哈，没什么，我也是和小师弟一见极为投缘啊。对了，你一会儿去领宗门例行任务的时候，若是想挑一个好点的任务，不妨到时报我的名字，再暗中送给分派任务的执事一点好处，到时自能如愿的。"李宗哈哈一笑后，又冲其挤了一下眼睛，颇显几分诙谐。

柳鸣笑了一笑，又冲这位李师兄称谢一声，就不再滞留，也加入到了一个长长的队伍中。

这时一层大厅中，不时有人进进出出，队伍倒是前进得非常快，很快就轮到了柳鸣。

眼前是一名身穿执事服饰，但微微秃顶的中年男子。

柳鸣可没有什么灵石贿赂眼前执事，自然不会提李宗的名字，只是将早已准备好的铭牌一交后，老老实实地说道："我是新入门弟子，来领宗门例行任务。"

"哦，原来是新师弟，我看看现在还有什么任务可以做的。"秃顶执事倒是表现得十分和善，接过铭牌后，立刻开始飞快查阅起旁边一本厚厚的书来。

　　"现在适合新弟子的，只有天竹峰的砍柴和南灵谷的种田两项了，不知师弟想选哪一种？"秃顶执事手中动作略一顿后，抬首问了一句。

　　"什么？砍柴、种田？"柳鸣差点以为自己听错了。

　　在他以为，这所谓的宗门任务多半应该是站岗或者巡山之类的任务，怎么会和耳中听到的两种事情联系起来？

　　"我知道师弟有些疑惑，但等接了任务后，到时自然就知道是怎么一回事了。"秃头执事对此却毫不奇怪，反而面露一丝神秘说道。

　　"那就选种田吧。"柳鸣心中仍然满腹疑惑，但也只能强压住地选了其中一种。

　　不管怎么说，他当年在凶岛那种地方也曾经种过半亩杂粮。

　　"种田例行任务，三天内必须完成，否则当失败论的。"

　　秃头执事闻言，将其铭牌一拿而起，在书本上某处一按而下，口中熟练异常地说道。

　　柳鸣接过铭牌后，一头雾水地离开了队伍，才想起自己不知道这所谓的南灵谷是何地方呢。

　　他再想回头去问那执事，却见其前面早已站了另外一名弟子，而整个队伍又排得老长起来，不禁摇了摇头。

　　但等他目光一转，忽然看到李宗仍然留在大门附近未走的时候，双目一亮，直接走了过去。

　　"白师弟，你领了哪一例行任务。可千万别是喂养灵兽，那可是最麻烦的任务了！"李宗一见柳鸣走了过来，当即主动打起招呼来。

　　"李师兄，你还没走，真是太好了。我领的并非是喂养灵兽，而是种田。但是种田所在的南灵谷在何地，小弟还不清楚的。"

　　"种田！嗯，这任务不算多好，但也不算多差。南灵谷嘛，这样吧，我这有一副早年自己绘制的宗内地图，现在留着也没用了，就直接送给小师弟吧。"李宗略一思量，就从身上摸出一张用兽皮绘制的地图来，抛给了柳鸣。

　　"多谢师兄，小弟就不客气了。对了，李师兄。这种田到底是怎么一回事，既然有辟谷丹在，本宗还需要普通食物吗？"柳鸣一接住地图后，心中一喜，称谢一声，又有几分疑惑地问道。

　　"嘿嘿，当年我初入门听到此宗门任务的时候，也和你一般，放心吧，这种田的事情，你一到那地方，自然就明白是怎么一回事了，说不定还能落到一些好处。"李宗闻言，嘿

嘿一笑，竟然也没有直接回答其所问。

柳鸣见此情形，自然不好追问下去，当即冲对方再次称谢一声后，就告辞离开了。

当他一走到门外，掐诀施法凝聚出一小团灰云，施展腾空术，飞天而走了。

按照刚得到的地图上指示，柳鸣驱云一连飞过数座山头，终于在一个不大不小的山谷中落了下来。

在他所落之处前方不远处，赫然是一片片亩许大的四方田地，足有大小百余亩的样子。

一些身穿内门弟子服饰之人，正在这一块块田地上挥动着一柄柄淡银色锄头，仿佛普通农夫般的在忙碌着什么。

柳鸣正看得发怔的时候，忽然身后传来一声轻咳声。

这声音虽然不大，但事先丝毫征兆也没有，当即吓了柳鸣一跳，急忙转首回来。

只见他身后处，不知何时多出了一名皮肤黝黑的老者，身子微躬，手中提着一杆焦黄的旱烟杆，正面无表情地上下打量着他。

"新入门的弟子！"

"是，前辈是？"虽然对方毫不起眼，但不知为何却给柳鸣一种说不出的压抑感，让他不由自主地以晚辈自称起来。

"哼，执事堂的那群家伙怎么尽将你这样的新手送过来，把我这里当成什么地方了。算了，你拿着这东西，和他们一般负责其中一块吧。三天之内必须将你负责的田地给我锄过一遍，入土半尺深，一根杂草都没有。完不成的话，马上给我滚蛋，以后也不要让老夫在这里再见你第二次。"老农冷冰冰地说道，一手往腰间一摸后，竟掏出一杆一人高的银灿灿的锄头，并随手扔到了柳鸣面前。

这一幕，让柳鸣看得目瞪口呆。

"看什么看，还不快去干活？这是储物符，没有灵师以上境界，你也根本无法使用的。"老农不耐烦地再说一句后，就不管不顾地转身而走，结果才几步之后，身下浮现出一团黑云，将其一托往旁边一个密林中一飞而去。

"储物符。"到了这时，柳鸣哪还不知道对方真是一名灵师，当即喃喃几声后，俯身将地上银色锄头拿在手中，不敢怠慢，朝附近一块无人的田地走去。

这块亩许大田地看似不大，里面却长满了尺许高的野草，几乎挤满了每一寸地方。

柳鸣略一活动手脚后，就双手举起锄头，往下狠狠一落而下。

"砰"的一声，地面上火星四溅。

柳鸣只觉双手一热，在一股巨力反弹之下，银锄差点脱手甩出。

天地竟然仿佛精铁般坚硬，银锄根本无法入土分毫。

柳鸣一愣，急忙俯身仔细观察地面，这才发现此地和普通农田不同，里面的泥土竟然是紫红色的。

而那些杂草根系深扎地下，将所有泥土聚拢一起，仿佛浑然一体一般。

他用手指一戳紫红泥土，只觉异常冰冷坚硬。

"小子，别研究了。这可不是普通泥土，而是专门种植灵米的息土，一般方法根本无法锄动的。"附近一名赤裸半身，露出浑身肌肉的金装大汉，远远看见柳鸣举动后，当即哈哈一笑，说道。

"息土。"柳鸣自然第一次听说此名字，当即起身向其他正忙碌的内门弟子望去。

只见附近几块地中弟子，虽然也是一个个狂挥银锄，但一个个落地无声无息，并只能掀起寸许深的薄薄一层泥土，而他们手中的银色锄头，则一个个散发着淡淡白光，明显并非只是锄地这般简单。

"这东西竟然是一件符器。"

柳鸣将目光收回，重新落在了自己手中之物上，才发现锄头表面铭印着一些浅浅灵纹，脸上不禁露出一丝讶然之色来。

"既然是符器，那只有先注入元力试一试了。"柳鸣心念一转，当即体内元力一动，通过两手往银锄中狂注而入。

但一会儿工夫后，他面色就是一变。

任凭他注入多少元力，锄头仍然纹丝变化也没有，仿佛先前全在做无用功一般。

柳鸣眉头一皱，想了一想后，又换上了新近转化而来的法力，往手中之物中徐徐渡入。

结果片刻时间，银锄表面灵纹一亮，浮现出一层柔和白光。

果然如此！

怪不得此地只有内门弟子，没有见到任何一名外门弟子在，要想锄动这息土，竟然必须要动用法力才可。

柳鸣弄明白此事后，不再多想什么，两手一抡，银色锄头再次一落而下。

"噗"的一声。

银锄落在地上，仍然传来一声闷响，但总算将薄薄一层紫红色泥土和部分野草一锄而起。

柳鸣轻吐一口气后，开始闷头狂干起来……

大半日后，柳鸣盘坐在田中静静吐纳着，好一会儿后，才缓缓睁开眼，但扫了一下才刚刚锄过一遍的田地，不禁苦笑了起来。

此息土还真是难耕之极，先前一番锄土，不但法力消耗一空数次了，就连身体手臂都开始酸痛无比。

更让他有些无奈的是，那些刚刚锄过一层的紫红色泥土中，赫然又有一些杂草从地中一冒而出，虽然还非常短小，但想来再锄第二遍泥土的时候，阻力仍然不会小到哪里去。

至于旁边其他的田地中，有几名二十来岁，法力深厚的内门弟子，已经很轻松地完成了锄田，走进密林中向老者交了任务后，就腾空驾云而走了。

至于其他一些十七八岁模样的弟子，也将自己田地锄了有数寸深，看来顶多再有半日也能完成任务了。

柳鸣目睹这一切的时候，只能苦笑不已。

他可不能和这些老弟子相比，以其法力浅薄，三天时间要将地锄半尺深，也只不过刚刚够用而已，哪还有时间多休息。

但让他更有些郁闷的是，这里新弟子好像就他一人。

不过想想这也正常。

这一次开灵仪式成为灵徒的总共也不过数十人而已。每人领取任务的时间不同，宗门任务具体内容也可能大不同。

想凑在一起，还真不是一件简单的事情。

柳鸣思量了一会儿后，一咬牙重新站起身来，走到田地边缘处，手中银锄白光一闪后，再次往田地中一落而下。

……

第二天早上，其他田地都已经被那些老弟子耕种完毕，还留在此地的内门弟子，赫然只有柳鸣一人。

不过等到了中午时分，柳鸣站在田地中心处，望着两条肿起如同红萝卜般的通红手臂后，也只能眉头紧皱了。

此刻的他，两条手臂因为用力过甚，已经如针刺般疼痛，实在无法再继续锄土了。

"不错，新入门弟子中能坚持到这时候的已经不多了。"

他身后处，忽然传出一句淡淡的话语声。

柳鸣一惊，急忙转身，赫然正是那老农般的灵师。

此时，他看向柳鸣的目光颇有几分赞许之色。

"拜见师叔！"柳鸣不敢怠慢，上前见礼。

"你是哪一脉弟子，叫什么名字？"老农问了一句。

"弟子白聪天，九婴门下。"柳鸣老实地回道。

"九婴，那是圭师兄的门下。你是几灵脉，不是亲传弟子吧。"老农上下再打量了他一眼后，又问道。

"晚辈是三灵脉，怎可能是亲传弟子。"柳鸣恭敬地说道。

"三灵脉，资质太低了一些，有些可惜了。否则以你的心性毅力，老夫倒想将你讨要过来，收入门下的。"老农闻言，轻叹一口气说道。

"弟子惭愧，不知师叔是……"柳鸣听了心中一动，不禁问道。

"我姓苏，你叫我一声苏师叔就行了。不过看你现在的样子，想要继续下去也不可能了。我现在传你一套锻体拳吧，只要打上几遍，自可将手臂上淤肿尽数去掉的。"

"多谢苏师叔厚爱。"柳鸣听了，自然大喜。

"你也不用多谢什么，这锻体拳原本就是弟子入门一年后都可修炼的炼体术，我只不过提前传授给你而已。"苏师叔却淡然说道。

接着他身躯一动，摆出一副古怪的架势，开始一式式地打起一套古怪拳术来，同时口中还念动着某种口诀。

柳鸣当年在凶岛上也不知见识过多少秘技，对这种类似秘技的拳术，自然大感兴趣，当即精神一振，运用起一心二用的天赋，会神地开始铭记老农的一招一式和其口中所念口诀。

结果当老农将此拳术只打了第三遍后，柳鸣就全铭记脑中，并当场丝毫不差地也打了一遍。

苏师叔见此，脸上更显一丝惋惜之色，但也不再说什么，转身离开了。

而留在原地的柳鸣，彻底沉浸在此锻体拳中，一口气打了七八遍后，只觉浑身热气腾腾，红肿双臂就此真的恢复如常。

不光如此，他还觉得连精神都比先前更旺盛了一些。

柳鸣大喜，这才发现那位苏师叔已经不在身边，略一思量后，就捡起地上锄头，继续开始锄起田来。

三天后的傍晚时分，当柳鸣将手中锄头一抛，伸展了一下腰肢重新站起的时候，脚下这块田地已经锄完，不但松土半尺来深，更是一根杂草都看不到了。

柳鸣正想进入林中向苏师叔交付任务时，天边却有破空声传来，一团团灰云从天纷纷降落而下。

正是前两天和他一起耕种过的那些老弟子们。

这些内门弟子默不作声地站在田边处，但人人脸上难掩一丝高兴之色。

柳鸣心中纳闷之极，正想要过去询问一二的时候，那位苏师叔也驾云从林中一飞而出，并一口气直接飞到灵田正上空。

只见他一手托着一个金黄色小碗，一手却大袖连连扬动不已，隐约有许多金黄色颗粒从空中洒洒洋洋而下，很均匀地遍布每一块田地中。

柳鸣见云将飞到自己田地时，自然慌忙避开。

片刻后，老农身下灰云一顿，将手中金碗往高空一抛，口中念念有词地冲其一点指后，那东西竟然在金光中化为了水缸般大小。

随后水缸中"咕噜噜"的水声一响，一股股乳白色泉水从中一喷而出，化为点点雨水洒落在下方每一块田地中，持续不停。

柳鸣虽然站在田外，仍然能清晰感应田地中弥漫的浓浓元力气息。

更诡异的是，随着雨水的连绵不绝，下方田地中竟然钻出一株株绿油油的稻谷幼苗来，并以肉眼可见的速度飞快涨大，开始结穗饱满。

一个时辰后，空中雨水戛然而止，这百余亩天地赫然变成金黄色一片，里面长满了半丈高的巨大稻谷。

"老规矩，每人可以去自己田中采摘十个灵穗，然后自行离开吧。"这时从空中传来老农淡淡的吩咐声，然后他就驱云往林中一飞而去了。

田外等候多时的众弟子，在躬身一声称谢后，就一哄而上进入自己的田地，开始挑选一枚枚稻穗，并用各种东西割取起来。

而所有人都十分老实，竟真的只在田地中收取十个稻穗，没有一人敢多取分毫。

"这位师兄，这些灵穗到底有何用处，为何诸位师兄全都这般高兴？"柳鸣看了一会儿，再也忍不住了，几步上前拉住一名取完稻穗正想离开的十七八岁年轻弟子，问道。

"哼，这是灵米，回去煮熟后食用可有不小好处。你自己回去尝一下，自然就知道了。"那名男弟子有些不耐烦，匆匆说了两句后，就驾云离开了。

～拾壹～
修炼初成

柳鸣虽然被对方用看土包子的眼光鄙视了一下，倒也没有生气，反而不再犹豫地进入自己田地中，也挑选了十个最饱满的灵穗，用随身带的那口制式符剑割取了下来。

他接着再从怀中掏出一块黄布，将这些灵穗小心包好后，就冲密林中走去了。

一个时辰后，交付完任务的柳鸣，回到了自己的住处。

他在桌前坐下后，将包裹一打而开，将那些灵穗重新摊开一一仔细查看起来。

这些灵穗每一个都有半尺来长，上面稻粒更是一颗颗足有黄豆大小，不过一个灵穗上也就只有七八粒的样子，外壳全都金光灿灿，仿佛赤金打造成一般。

柳鸣看了一会儿后，抬手从灵穗上掰下一个稻粒，放两手中轻轻一搓。

外壳仿佛纸糊般地纷纷碎裂掉下，露出了里面青莹莹的半透明米粒来，放在鼻下轻轻一嗅，有一股淡淡清香散发出来。

柳鸣心中微喜，不再迟疑地从另一个屋中找了一个小瓦罐，再倒进一些清水后，就将数株灵穗米粒全都去壳放入其中。

他一手将瓦罐一托而起，另一只手却单手掐诀，同时口中念念有词。

"砰"的一声，一团赤红烈焰从手心中一涌而出，包裹着小瓦罐熊熊燃烧起来。

这正是他新学会的火炎术。

不一会儿工夫，瓦罐中就传出浓浓米香，让人闻之胃口大开。

柳鸣将火焰变小一些，再等了片刻后，觉得差不多了，才"噗嗤"一声将法术彻底收了起来，并将变得滚烫的瓦罐飞快放到了桌上，将盖子打开。

一层晶莹如雪的白米饭，立刻香喷喷地出现在眼前。

柳鸣拿出一个早已准备好的木勺，不客气的往瓦罐中舀起，就将里面大半米粒全都掏出，并放到嘴边吃了一口。

看似滚烫的米粒方一入口，立刻一股难以形容的滑腻感觉充斥了整个嘴巴。

接着这些米粒一蠕动，就仿佛活物般地纷纷滚入肚中，其味道之美，实在是他生平未见。

柳鸣忍耐不住，三下五除二地将瓦罐中米饭全都吃了个一干二净。

但下一刻，他立刻感到一股炙热气息从腹中一冲而出，并飞快往四肢一散而开。

"咦，这是……"这股热气分明是精纯之极的天地元气！柳鸣不假思索，立刻在原地盘膝坐下，开始吐纳修炼起来。

一个时辰后，当他再次睁开双目的时候，脸上满是惊喜的神色。

刚才片刻修炼，法力增加之多，赫然顶过他一天的苦修。

这灵米竟有辅助修炼的奇效，实在是太意外的事情了。

怪不得那李宗会说，来种田说不定会有意外的好处。

他若是每天都能食用几次这种灵米的话，修炼速度岂不是可以成倍地加上去。

不过这种想法在柳鸣脑中转了几转，他就立刻摇摇头否认掉了。

不要说这种灵米肯定稀有无比，普通弟子根本无法从宗门得到，单是从腹中传来的这种饱胀感觉就比那辟谷丹还要强烈几分，恐怕就算有充足灵米供应，一个人也只能六七天才食用一次。

如此的话，也就最多可以将修炼速度提升六七分之一而已。

这种提升相比他一心二用的效果来说，可是差太远了。

柳鸣如此一想后，心中的那股兴奋之意不觉淡了几分下来。

他将剩余灵穗收好后，就回到修炼屋中盘膝坐下。

先前近一个月时间，他只不过是借助冥骨诀将体内原有元力全都转化为了法力，故而修炼过程异常顺利，而他现在体内元力已经转化干净，要想继续增加法力，只能单纯地自己一点点苦修了。

柳鸣已经从那两本修炼心得典籍得知，越是高阶的功法秘术口诀，平常练习修炼所耗

心神也就越多，其中大半时间都不得不用在恢复精神力上了。

当然一般来说，随着修为的增进，修炼者的精神力也会慢慢增强的。

所以同样的功法秘术，新入门弟子和那些灵徒中后期弟子修炼起来，速度还是大大不一样的。

但对类似地灵功这等最基础的门中功法，入门弟子修炼个五六个时辰，就不得不停下来休息同样长的时间，才能继续修炼。

柳鸣在动用一心二用天赋修炼冥骨诀的时候，却根本不管这一切，往往在一连五六天日夜不停的修炼后，只要好好睡上一天，就可精神饱满地进入下一轮修炼中去。

他修炼时间之长，几乎是其他弟子的一倍以上。

柳鸣也从那两本修炼心得典籍上得知，真要问实际修炼效果的话，他无法和那些六灵脉弟子、九灵脉弟子相比。

同样花费一个时辰的修炼时间，他三灵脉修炼效果只有六灵脉的一半多，是九灵脉弟子的三分之一而已。

如此一来，纵然柳鸣修炼时间远比其他弟子多，但实际增加法力和修炼速度也不过和六灵脉弟子相等。

这就怪不得那些灵师，都只对六灵脉以上弟子感兴趣，对三灵脉弟子根本不管不问了。

修炼效果悬殊如此之大，换做是他作为一脉山主，也只会将资源集中在六灵脉弟子身上的。

由此也可想像，身具地灵脉的高冲，一旦开始修炼，修为增加之快有多可怕了。

身有十二条灵脉的他，修炼速度将是一般三灵脉弟子的四倍之多。

柳鸣即使有一心二用天赋辅助，也不过只及对方修炼速度的一半而已。

至于一些雷灵脉，风灵脉之类的属性灵脉，在修炼上并没有什么太大作用，但是在施展一些相同属性秘术法术时，却会展现出惊人的增幅威能，故而也非常受宗门的重视。

除此之外，一些修炼者因为血脉或者其他先天原因，也可能天生拥有一些特殊的天赋能力。

这些能力有的可以增加修炼速度，有的可以修炼一些常人无法修炼的秘术功法，有的却拥有一些更稀奇古怪的作用。

这些能力之多，至今还未能被修炼界彻底统计清楚，只是暂时统一被称为"灵体"。

灵体出现的几率，比那些九灵脉和属性灵脉的出现，还要小得多。

但并非所有灵体都对拥有者有用，反倒是已知的大半灵体种类，都是一些无足轻重的能力。

故而这般想来，柳鸣的一心二用天赋，似乎勉强也可归为一种灵体。

不过，他的能力和一般灵体还有些不同，其他灵体可都是从出生时就开始拥有的先天灵体，而他的一心二用天赋，却是因为意外才出现的后天能力。

两者之间到底有没有关系，是不是两码事，柳鸣自己也无法判断。

此刻他在屋中一想到这些事情，自然有一些郁闷，但好在他心志坚毅，也远非常人可比，很快就压下了诸多杂念，运转冥骨诀开始修炼了起来。

……

半年时间一闪而过！

在此期间，柳鸣除了完成例行的宗门任务，还去灵法殿换取了几门实用些的法术外，就未再外出过一步了。

他只是一心苦修冥骨诀，让法力一路飞速狂涨。

这一日，柳鸣正在修炼的时候，忽然身躯一颤，体内传出金属撞击般的轰隆隆闷响声，接着一张口，一股浓浓黑气一喷而出，化为黑色的狂风将其身躯一卷其内。

在狂风之中，隐约有数条黑色触手狂舞不定，但一闪之下，又消失得无影无踪。

一阵清朗的咒语声从风中传出，并在一声低喝后，狂风戛然而止，重新显露出柳鸣站立的身影来。

"这第一层冥骨诀，终于修炼成了。嘿嘿，一年时间？对我来说，半年也就足矣了。"柳鸣抬起双手，看到有丝丝黑气在手指间缠绕不定后，脸上浮现出一丝笑意来。

忽然他一抬手，手腕上虎咬环微微一闪后，一根手指冲不远处墙壁虚空一弹。

"噗"的一声，一道黑色劲风激射而出，将墙壁凭空洞穿出一个小孔来。

柳鸣见此，心中大喜。

这种威力，几乎完全可以和顶阶的炼气士并驾齐驱了，看来他应该真的进入灵徒初期了。

如此一来，他手中的那门秘术炼魂索，也终于可以修炼了。

就在这时，屋外忽然传来了"当——当——"的连绵钟鸣声。

柳鸣一呆，急忙大步走出了屋子，并扬首往山顶处望去。

只见那一声声的钟声，赫然是从九婴山顶传出的，并且一声比一声响亮，一连九下。

"九响连音？难道今天就是九婴山小比的日子！"柳鸣听完钟声后，脸上浮现出一丝讶然之色来。

而就在这时，他看到从山下处接连有一朵朵灰云破空飞来，直奔山顶处而去。

柳鸣见此情形，心中略一犹豫后，当即也掐诀施法，在足下凝聚出一朵灰云腾空而起。

一小会儿工夫后，九婴山顶广场四周赫然聚集了七八十名内门弟子，全都神色肃然地看着中心处的三人。

三人中赫然正是九婴山的圭姓儒生，朱赤以及另外一名三十来岁、满头青丝的貌美道姑。

这时的柳鸣，已经知道儒生全名叫圭如泉，那名貌美的和他们站在一起的，显然就那位一直闭关的钟师姑了。

至于其他内门弟子，除了一干新人和上次见过的那些弟子外，赫然也多出了许多三十岁以上年纪的老弟子。

这些老弟子面孔陌生，但一个个气息凝厚，明显大半修为都不简单。

再等一会儿工夫，又有十几名内门弟子落在广场四周，之后就再无人出现，圭如泉轻咳一声开口了。

"很好，除了那几名因为宗门任务而无法及时赶回的弟子外，我们九婴一脉所有弟子都已经到齐了。这一次也是本脉自几名新师弟入门后的第一次小比。凡是在小比中表现不错的弟子，都会有一定奖励，表现最佳的弟子则会另有额外重奖的。朱师弟，把测试道具都拿出来吧。"

儒生最后几句话，却是对朱赤所说的。

"师兄放心，我早已经准备好了。"披发男子嘿嘿一笑，几步走上前，手中忽然多出几张淡黄色的符箓，两手齐扬。

砰砰之声响起后，一团团白气一卷而开，广场中心处一下凭空多出十几样东西。

柳鸣看到这里，双目一亮，那几张符箓应该就是那位苏师叔提过的储物符吧。

这般多东西都能放进小小符箓中，果然神奇无比！

五个大小不一的黑黝黝铁锁，一个白色的半丈高石碑，以及七八只颜色不一的简陋人偶，有的披着厚甲，有的手中持着一人高的巨大铁剑。

"按照老规矩，比试会分成三组进行。新入门的弟子一组，三十岁以上弟子一组，剩余弟子另算一组。比试内容，则分为力量、法术以及实战三种。朱师弟，你一会儿负责三十岁以上弟子的测试，周师妹则负责三十岁以下的，我来亲自负责新入门弟子的。"圭如泉略微解释了两句后，就这般说道。

朱赤和那位钟师姑自然也不会反对。

三人再略一商量后，决定先从新弟子开始测试，然后是三十岁以下弟子，最后才测试那些三十岁以上的老弟子。

儒生轻咳一声后，又走了出来说道："新弟子站出来吧，让还未曾见过你们的诸位师兄师姐认识一下。我们九婴一脉也许在宗内不算多强，但若论团结同心，却绝不逊其他诸脉分毫。"

听到儒生如此一说，柳鸣等五名新人自然走了出来，并自报姓名一番，向周围其他人躬身一礼。

其他弟子自然也面带笑容地纷纷还礼。

"于诚，你身为亲传弟子，就由你先开始吧。让我看看，你这半年的修炼效果。"儒生扫了柳鸣五人一眼后，终于在红发少年身上一顿说道。

红发少年闻言，自然躬身称是，并走向那五个黑黝黝的铁锁，并最终停在了最小那只面前。

说是最小，他面前黑色铁锁也足有脸盆大小，四五百斤的模样，一般凡人绝无可能晃动分毫的。

起码柳鸣认为，若不是激发潜力，自己恐怕都颇为勉强。

红发少年一声低喝后，两手一把抓住铁锁上手柄处，两臂猛然一用力。

铁锁却只是晃了几晃，未能离地而起。

红发少年脸孔一下红了几分，忽然口中念念有词，体表骤然间一层淡淡黄光笼罩全身，整个人的气息和先前一下截然不同起来。

再一声大喝后，少年手臂上浮现出几条细长的黄闪亮灵纹，竟真颤悠悠将铁锁一举而起了。

"砰"的一声。

片刻间，少年就满脸通红，铁锁被重新扔回到了地上，甚至被砸出一个浅浅的小坑。

"看来你的地灵功已经修成第一层了，否则单凭法力坚持，是无法举起此锁的。还要不要试试第二只？"圭如泉见此情形，微微一笑说道，未对红发少年举起铁锁结果做出任何评价。

广场四周观看的其他内门弟子，也大都只是笑嘻嘻地看着，同样未显露什么意外之色。

"弟子举起这只已经很勉强了，第二只根本不可能举起的。"红发少年深吸几口气，平息了一下有些气喘的胸口，恭敬回道。

"嗯，那你就用最强法术，在十步之外攻击这块用白缃晶炼制成的石碑，以十息内在上面留下痕迹的深浅，来判断你的法术熟练程度和威能大小。"儒生缓缓地说道。

"是，圭师！"于诚答应一声后，当即几步走到了离那块白色石碑十步外的地方，神色肃然地飞快掐起诀来，结果数息之后，其两手间蓦然多出一个巴掌大的青色薄片，并且越来越亮。

少年忽然口中一声大喝"风刃"，单手一扬，薄片当即一闪激射而出。

"噗"的一声闷响，看似光滑的石碑上顿时多出了一个清晰的白痕，有半寸深的样子。

此石碑竟然出奇的坚硬。

而于诚口中继续念念有词，但这一次，其两手间风刃方才凝聚出一点，圭如泉就淡淡说了一声"时间到"。

红发少年只能将未完成的法术一散而开，脸上还有几分不甘心之色。

"嗯，能入碑半寸，看来你在此术上花费了不少时间，已算是真正入门了。只要继续努力，能在十息内发出两次攻击的话，此术就算达到小成境界。不过法术修炼越到后面，越难提高，你要有个心理准备。"儒生扫了石碑一眼后，总算点点头，点了两句。

红发少年口中连连称是。

"前两项测试我只能给你一个中等评价，最后结果如何，还要看你最后的实战如何了。你们是新入门弟子，只要和最低等傀儡一起就行了。"儒生一边说着，一边向那几头人形人偶走去。

他在一只赤手空拳个头最矮的人偶面前停下后，单手往其胸前一个凹槽处一拍，立刻将一颗白色灵石插入，再用一根手指往人偶头部一点，一缕黑气一闪钻入其中。

下一刻，原本静静不动的人偶，目中红光一闪，竟大步走入广场早就画好的一个圆圈中，再次驻足不动起来。

"你和这头注入低阶战魂的傀儡，就在此圆圈中争斗，无论谁走出此圈，都算失败。具体成绩，就看你能在这头傀儡攻击下坚持多久了。"圭如泉双手一背，说道。

红发少年闻言不敢怠慢，单手往腰间一摸，掏出一个数尺长的绿油油短刃，小心翼翼地往圆圈中走去。

他双足方一踏入圆圈中，原本看似笨重的人偶顿时身躯一动，竟仿佛狂风般一扑而来。

红发少年一惊，几乎下意识地将手中短刃对着人偶就虚空一斩而去。

"噗"的一声，一道淡绿色刃芒一卷而出，但斩在人偶上却只是让其身躯微微一凝，就若无其事地继续扑来。

少年顿时有几分心慌起来，急忙向后退去。

他一边继续挥动手中短刃，一边急忙念动风刃口诀，但是慌乱之下，口诀连连出错，竟连一道风刃都没有发出。

片刻后，那人偶已经顶着其符器攻击到了其近前处，一掌将其击飞出了圆圈外。

"实战下等。综合评价，中下。"圭如泉摇摇头，口中却平静地说道。

于诚并未真的受伤，但站起身来后，只能垂头丧气地走回到其他弟子中。

而柳鸣等新弟子见此，不禁面面相觑了。

"下一个，薛山。"儒生毫不客气地念起下一个人的名字。

薛山一咧嘴，但也只能硬着头皮走了出去。

果然三项测试下来，尚未修炼成第一层基础功法的他，根本无法举起任何一只铁锁，法术测试也只能用火弹术勉强在石碑上留下一小片淡淡痕迹。最后实战结果更是不堪，顷刻间就被人偶击飞出了圆圈。

他最后得到的评价，自然只是一个"下等"而已。

下面的万小倩，则稍微好一些。

此女虽然在力量和法术上同样表现不佳，但最后实战时，却先给自己施展了轻身术，外加另外一种风属性法术辅助，竟在人偶攻击下坚持了一盏茶时间，最后得到了一个中下的评价。

"白聪天。"

儒生目光终于落到了柳鸣身上。

柳鸣深吸一口气后，略一催动冥骨诀，当即一层淡淡黑气从体内一卷而后，向那几只铁锁走了过去。

儒生见此，目光微微一凝。

另一边，朱赤原本正和身旁道姑正低声说着什么话，目光一扫，看到柳鸣身上的异像后，也不禁轻咦了一声。

旁边的道姑见此，黛眉一挑，问道："怎么，朱师兄为何吃惊？"

"钟师妹不知，此子只是三灵脉，所修功法也选的并非本脉侧重的鬼灵功。但看他样子，分明是已经将鬼灵功第一层修炼成了，这可有些出人预料。"朱赤缓缓回道。

"有这样的事情，看来此子应该不仅仅是三灵脉这般简单的事情了。"美貌道姑听了这话，望向柳鸣的双目，当即也露出感兴趣的神色。

"是不是真的如此，就看其下面表现了。"朱赤也若有所思地说道。

而这时，远处柳鸣在一声低喝声中，两条手臂骤然将铁锁举过了头顶，并看似轻松地将其一抛而下。

柳鸣此种表现，让广场四周不少弟子都露出意外的神色。

他既然显示出修成第一层基础功法，能将最轻铁锁举起并没有出乎大多数人意外，但这般举重若轻的样子，却实在难得得很。

有些弟子甚至在好奇之下，想想知道这位新师弟，能否能将第二只铁锁举起。

但柳鸣深吸一口气，两条手臂就一下恢复如常，直接走向了石碑处。

咒语声一起，同样的一道青色风刃一闪激射而出，在石碑上留下了一道淡白色的印痕，其表现几乎和红发少年一般无二。

这让原本对其还有些期待的朱赤、道姑等人不禁有些失望。

"前两项测试，一个中上，一个中等。"儒生略一思量后，还是做出了中肯评价。

柳鸣闻言，望了望圆圈中那只人偶，用手摸了摸另一手腕上的虎咬环后，就神色不变地走了过去。

在他双足方一踏入的瞬间，那头人偶立刻恶狠狠地飞扑而来。

但是早有准备的柳鸣，双足只是微微一动，就以一种诡异的角度连连避过了人偶正面攻击，同时手腕再一抖铜环，口吐一声"轻身术"。

虎咬环白光一闪！

柳鸣身躯一下比先前轻了倍许之多，辗转腾挪之间，更见几分灵活。

而那人偶一连十几拳全都落空之后，忽然双臂一展而开，身躯再陀螺般疯狂一转后，一时间幻化出十几条手臂向柳鸣狂击而去。

一时间，四周虚空尽是拳影闪动，所有躲避方向全都被封得死死的。

柳鸣见此，目光一闪，忽然体表黑气一盛，身躯一扭，竟如同无骨蛇般地从不可思议的角度避开了层层拳影，一下欺近到了人偶近前处。

他手臂一动，带着铜环手掌就直接贴到了人偶胸前插放晶石的部位，同时口中低喝一声"虎啸"。

铜环一声嗡鸣，表面竟一下浮现出一颗黄色虎头，一张口，一股白茫茫音波冲击而出。

"轰"的一声，人偶在如此近距离下，被这股音波一冲，当即蹬蹬连退数步，并戛然一声就此停下了一切举动。

原来人偶虽然全身毫发未伤，但是胸前那颗半露其外的灵石，赫然已经化为一堆碎片了。

"哈哈，好，不错。如此短的时间，你就能抓住这头低阶傀儡的弱点所在，真是不容易了。看你身手反应，应该有过不少实战经验吧？"圭如泉见到此幕，抚掌一笑，问道。

"弟子曾经修炼过一些凡人秘技，并且也因此的确有过一些争斗经历。"柳鸣闻言，束手而立，含糊回道。

"很好，最后一项测试，我给你一个上等评价。所以你这次测试综合评价是中上，这次多半能进入额外重奖之列了。"儒生面露笑容，口气十分和善。

"多谢圭师！"柳鸣自然一喜，急忙再次一礼后，才在周围众多讶然目光中走回到了新弟子之中。

"白师兄，你好厉害，竟然能有办法将那头人偶直接击败，真是不可思议。"万小倩一等柳鸣回来，仍有些不能相信。

"是啊，白师兄，你将鬼灵功第一层修炼成了吧？若不是我们和你一起举行的开灵仪式，恐怕都无法相信你是和我们一般的三灵脉。"薛山更用一种羡慕的口气说道。

一旁的红发少年，也用一种复杂目光看向柳鸣。

"没听圭师说吗，我这次只是侥幸找到了人偶的弱点，才能一击得手的。要是换成我第一个上去测试的话，也做不到的。"柳鸣微然一笑回道。

虽然这话听起来有些虚飘，但薛山、于诚等弟子，总算为自己前面的失败找到了一些理由，心中不由得舒坦了一些。

只有万小倩仍盯着柳鸣，半晌后嘴角微微一翘，明显并不相信的样子。

不过这时的柳鸣，自然不会关注少女相信与否，而是将注意力全放在了新弟子中最后一位出场的萧枫身上。

萧枫长得还算英俊，只是鼻子有些塌扁，但就是这样，身为九灵脉弟子的他还未出场，早已被无数人偷偷打量不停了。

他先前虽然站在新弟子中，但傲然根本不和任何人说话，对于诚薛山等人的测试结果，

目中更是带有一丝不屑之色。

只有当他看到柳鸣在测试中一击将人偶击败的一幕，脸上才不禁闪过一丝凝重之色。

而等到圭如泉喊到其名字的时候，他答应了一声，也站了出来。

他几步走到铁锁前的时候，并未在最小的一只前站住，而直接走到了第二只铁锁近前处，略一吸气后，体表突然有丝丝绿芒透体而出，让其仿佛变成一个浅绿色光人一般。

"这是枯木诀，圭师果然将此法传授给他了。看样子，还真将第一层修炼成了。"

在外面观看的众多内门弟子目睹此景，顿时一阵骚动，并有人立刻失声说起来。

虽然同为基础功法，这枯木决修炼之难在十三篇基础功法中也是名列前茅的，没有人亲自指点或者资质不好之人是根本无法修炼入门的。

萧枫脸上一层绿莹莹光霞一闪而过后，双臂一用力，竟真将第二只铁锁慢慢地举过了头顶。

见这般惊人一幕，顿时广场四周议论之声戛然而止。

萧枫将铁锁一抛之后，并未离开，反而在原地直接捅诀施起法来。

"难道他打算……"其他弟子中不少人立刻看出了其打算，纷纷露出了吃惊之色。

片刻后，蓝光一闪，一枚尺许长冰锥在萧枫手中浮现而出，手腕再一抖后，就在远离三十步外的地方冲石碑激射而去。

结果一阵爆裂声后，整个石碑上半截部分全被一层寒霜覆盖，同时一个丈许深的小坑更是直接出现在中心处。

"他竟然修成了冰锥这种法术，真不可思议。他真是在半年前才开始修炼的？"人群中又是一阵轰动。

儒生见到此情形，脸上更是露出了满意的神色，略一点头说道：

"表现不错。我原以为你修炼了木魃决，在法术上应该薄弱一些，但现在看来我倒是多虑了。你的悟性也极好，前两项测试，可以给一个上等评价了。下面的实战，也不要让我失望了。"

萧枫称"是"一声后，单手往怀中一摸，手指上赫然多出一枚淡绿色指环来，并大步向圆圈走去。

"呼哧"一声，重新更换了灵石的人偶，化为一股恶风飞扑而来。

萧枫却不闪不避，只是一声低喝，肌肤表面突然全都变成了绿油油的诡异颜色。

"砰"的一声！

人偶重拳直接击在了萧枫肩头上，但其除了身躯晃了一晃，双足竟然稳稳站在原地未动一下。

不光如此，萧枫更是抓住人偶出手露出破绽的一瞬间，双臂猛然一动，"呼——呼——呼"三拳连环一捣而出。

只听"轰"的一声！

人偶在一阵闷响声中被直接击飞数丈远，落在地上再也无法动弹了。

它胸前灵石赫然在那三击之下，也已经化为了一堆碎片。

"哈哈，很好。枫儿，你能扬长避短，利用枯木决护体，能一击就击败对手，也算是难得。我也给一个上等评价。如此一来，你综合评价就是上等了。"儒生哈哈一笑，口中颇加赞许。

"这都是圭师和朱师叔多加指点的结果，弟子不敢居功。"萧枫闻言虽然心中也极为高兴，但也没忘记躬身一礼，谦虚两句。

"要不是你资质过人，我们纵然多加指点，也不可能有这等结果的。不过，你也不能自满，一会儿多看看其他师兄师姐的手段吧，同样会大有受益的。你现在退下吧。"儒生微笑着说道，随后转身向朱赤和道姑走了过去。

"朱师弟，钟师妹，你们觉得枫儿的表现如何，下一次大较能否有出色表现？"儒生一走到二人跟前，便直接问道。

"枫儿表现还算不错，的确不是其他弟子可以比的，不愧为九灵脉之身，但是下一次大比就指望他能有所发挥，是不是太早了一些？即使他炼得再快，下次大较时他也只能是灵徒中期境界而已。"朱赤先是点点头，又眉头一皱说道。

"我不指望枫儿下次大比就能夺得核心弟子名次，但起码也能让本脉表面上好看一些。要知道我们九婴一脉弟子在近几届大比中表现太糟糕了。不但核心弟子前十都没有我们的，就连略有些潜力的好苗子都没有几个能拿出手的。"圭如泉叹了一口气说道。

"既然师兄是这般想的，那就无所谓了。不过那叫于诚的亲传弟子，表现很普通，恐怕不值得两位师兄花费太多功夫在他上面的。倒是那名叫白聪天的三灵脉弟子，还表现得可圈可点。不过师妹有些疑惑，以他的资质如何能在这般短时间内就修成鬼灵功第一层。难道他也有什么隐灵体不成？"貌美道姑终于开口了。

"隐灵体应该不是。否则，当初开灵过程中应该直接暴露的。不过我听石川说，这名弟子精神力颇为强大，所以藏经阁的阮师兄让其选修鬼灵功。而精神力强大，在修炼鬼灵功上是颇为有利的，也许这就是他能这般快修成第一层功法的原因。"圭如泉缓缓地

说道。

"精神力强大！若是这样的话，倒也说得通。不过他在后续功法上就要颇为麻烦了，难道真要走炼尸一脉的路子不成？"道姑眉头一皱道。

"他既然如此选择，自然要承受此种选择的后果。但我观这白聪天虽然年纪不大，但在实战上很有一套，心性行事也颇为成熟，应该也有自己的打算吧？这样吧，我们也不用多加去管，只要在资源上稍加辅助，说不定会有一个意外之喜。"朱赤沉吟了一会儿后，在一旁如此说道。

"朱师弟之言有理。"儒生赞同。

"那好，回头我亲自接触一下此子吧。"

貌美道姑思量一下，也点头赞同。

三人再商讨了几句后，道姑就走了出去，开始主持三十岁以下弟子的小比。

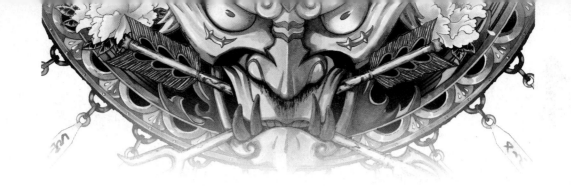

炼魂索

五六个时辰后，柳鸣眼也不眨地看着广场中心处一场声势惊人的实战测试。

只见一名四十来岁的中年弟子，正躲在一面悬浮低空的冰盾后，同时两手掐诀不已。

在他身前处不远，两个庞然大物正砰砰地互相狂击不停。

其中一个赫然是三丈高的巨型持剑人偶，另一个却是一具浓浓黑气缭绕全身的洁白骷髅，两眼绿光闪动，两手还各持一柄锯齿骨刀。

二者全都不躲不避，只是狂风般地挥动手中兵器攻击对方。

片刻间，人偶身上披着的一具黑黝黝甲衣，就已残破不堪了。

骷髅身上更是大半骨架碎裂，甚至连半边脑袋都快被人偶巨剑砍去了。

不过就在这时，躲在冰盾后的中年弟子，却用手指连连冲远处骷髅虚空点指不已，同时口中念念有词。

惊人的一幕出现了。

只见骷髅身上黑气骤然一盛，体表裂缝和被砍去的小半脑袋，竟然以肉眼可见速度飞快弥合重生起来。顷刻间工夫，就变得光滑无比，完整无缺。

"砰——砰——"

骷髅两手骨刀再一阵狂砍而出，就将人偶身上铁甲斩得粉碎，露出了胸前插放的灵石。

此骷髅再一记攻击后，就将灵石击得粉碎。

人偶当即重重摔倒在地上不动了。

中年弟子这才得意地单手一挥，将身前冰盾一散而开，单手一招。

顿时骷髅滴溜溜一转后，身躯飞快缩小，转眼间就化为了巴掌般大小，并被黑气一裹，向中年弟子一飞而去。

"啧啧，辛师兄这具白骨人魔修炼得越发厉害了，似乎已经到了'百骨'的境界，竟然连试炼人偶都不能在其手中坚持多久了。"

"辛师兄也是当年运气大爆，竟然无意中得到一块通灵阴骨，才能炼制出此人魔的。要是我也有这等运气就好了。"

"这又有什么用！这具白骨人魔纵然再厉害，但辛师兄本身修为一直卡在灵徒后期无法再进一步，年纪又过了三十，还不是和我们一般没有多少希望进阶灵师。"

"是啊，也就是因为辛师兄以前过度沉溺炼制这具人魔，才耽误了自身修炼。而且真要争斗起来，只要想办法先困住这具人魔，再拿下主人也就能轻易取胜了。辛师兄自身还是太弱了一点，下次大比多半也无法成为核心弟子。"

"没想到，通灵诀和这白骨人魔配合，会有这般的奇效。不如我等也去修炼一下此秘术。"

"算了吧。本宗基础功法和通灵诀可不太相配。辛师兄当年也是选修了玄阴功，才会修炼此秘术的。"

广场外其他弟子却对此战议论纷纷，竟抱着褒贬不一的态度。

"这就是通灵诀，竟然真能控制驱使鬼物，真是不可思议！"柳鸣却喃喃说道。

虽然他早就听人言，蛮鬼宗弟子可以役鬼驱魔，但眼前却是真正的第一次亲眼目睹，心中震惊可想而知了。

不光是他，其他新弟子也同样看得目瞪口呆，就连萧枫这位九灵脉弟子看到那白骨人魔出现的时候，两眼也有些发直。

这和风刃火弹等普通法术不同，鬼魔等东西在世俗世界可一直都是神秘万分的。

纵然柳鸣等人心中已经有了些准备，但亲眼目睹所带来的冲击仍然远超想象之外。

不过也正因如此，让柳鸣对自己以后也可修炼的通灵诀，越发期待起来。

又过了半天，当一名膀大腰圆的大汉，在一层金光包裹下，一拳将对战人偶砸得粉碎的时候，整个小比测试终于彻底结束了。

其中获得上等评价之人，只有萧枫一人。

中上评价的却有五人之多，其中就包括了柳鸣和那名辛师兄，以及石川这位九婴山众弟子们的大师兄。

至于朱怜星、顾眉姗二女却表现平常。

在施展测试中，柳鸣也未能看到朱怜星动用那件传闻中的灵器。

而根据评价不等，所有参加小比的弟子都得到了不同的奖励。

中等评价以下之人，全都得到了三颗回元丹。

此种丹药只要在法力耗尽的时候服用，就可以比平常增加数倍速度恢复自身法力。

而柳鸣等五名中上评价之人，除了三颗回元丹外，还都得到了一根静心香。

此香看似和普通檀香一般无二，但是只要在心神枯竭的时候点上，就可一定程度上加快精神力恢复，并且在参悟功法秘术时使用，更有一定的奇效，故而价值之大远在那三颗回元丹之上的。

不过唯一获得上等评价的萧枫，除了回元丹、静心香外，还得到一瓶更稀有的透灵液。

据说此灵液若是在遇到强敌前喝下，可以在半个时辰内，让法力临时增加两成之多。

随后圭如泉宣布这次小比结束，弟子可以离开了。

顿时众弟子向三名灵师躬身一礼后，就纷纷驾云腾空而去。

就在柳鸣也想跟着人群离开的时候，那名钟师姑忽然开口叫住了他。

"师姑有何吩咐？"柳鸣心中有些疑惑，但面上丝毫未露，反走了过去后，恭敬地说道。

"你在实战时表现不错，若不是我修炼功法不太适合你，我都想直接收你为亲传弟子。不过你既然在实战上已经有一定基础了，就不妨抽出些时间去执事堂二层接取一些危险性不大的贡献点任务。宗内贡献点之重要，还远在你们这些新入门弟子的想象之上，修炼一途也不是光闭门苦修就可以的。"貌美道姑冲柳鸣肃然说道。

"多谢师姑指点，弟子知道了。"柳鸣听了，连连点头。

"这枚铜环就是你的符器吧，音波攻击，威力还算不错，但是在防御上恐怕效果就差了一些。这样吧，我手中还有一件早年用过的护身符器，现在就赠送给你了。虽然你不可能同时使用两种符器，但却可视情形，轮流使用它们。"道姑略一沉吟后，忽然从袖中摸出了一面巴掌大的三角形铁牌状东西来。

"多谢师姑厚爱！这符器是……"柳鸣见此，自然大喜过望。

"这面三星盾和其他符器不同，无法攻击伤人，只能用在护身上，等你稍微沟通掌握后，也就明白怎么使用了。"道姑不慌不忙地说道，将铁牌递了出去。

柳鸣接过铁牌状符器后，自然口中连声称谢。

"下去吧。我挺看好你的，不要让我失望。"道姑微微一笑，说道，就转身离开了。

柳鸣则再次恭敬一礼后，就倒退几步腾空而起了。

在云上，他目光斜瞪了一眼，发现萧枫、于诚也没有离开广场，正站在圭如泉和朱赤旁边，同样面带敬色地听着什么指点之言。

看来他这一次在小比上显露一些修炼成果的做法，果然是做对了。

否则留下之人，怎会有他在其中，更不会意外得到了一件符器。

柳鸣摸了摸袖中的三角铁牌，脸上不禁露出一丝喜色来。

那口制式符剑不算，他早就想再多弄一件顺手的符器了。

对一般弟子来说，操纵两件符器也许是白日做梦的事情，但对可以将精神意识一分为二的他来说，却是水到渠成的事情。

而有了两件符器的他，就像钟师姑所说的，也有能力去接取一些简单的贡献点任务了。

毕竟他在修炼上也会时不时遇到一些问题，而因为冥骨诀的原因，不好直接找石川儒生等九婴一脉中人询问，那花费一些贡献点去那慧天堂寻求解答，自然是最佳解决途径了。

不过在此之前，他若先将炼魂索秘术修炼一下，就更稳妥一些了。

柳鸣心中如此思量着，就不知不觉地回到了自己住处的上空，并往小院中一落而下。

他目光一转后，忽然看到了小院外一棵两丈高的小树，嘴角忽然泛起一丝笑容，蓦然口中念念有词，并在七八息内两手齐扬。

"噗——噗——"两声，有两道青色风刃从其手中一前一后激射而出，一闪之下将小树从中间斩成了三截。

"原来这就是法术小成！我说那日修炼这风刃术时候，心头一下豁然开朗，不但释放速度大增，威力也更涨三分。不过这种法术修炼，完全是靠一次次用心练习，才能熟能生巧。而既然有小成，那就应该还有大成之说了。而在此上面，九灵脉弟子恐怕也和三灵脉弟子一般，无法占据多少优势。倒是我那一心二用的天赋可以轮流用来修炼法术，用在这上面反是大占便宜的。"柳鸣自语道，脸上有一丝疑惑，又有一丝兴奋。

今天这般多老弟子中，虽然也有人将法术修炼到小成境界，但绝没有超出十指之数，而且也大都是风刃火弹等最简单的法术。

稍微高阶一些的冰锥、炎蛇等法术未见有任何人等修炼到小成境界的。

想想这也不奇怪！

高阶法术大都施法复杂，所需法力又远高于低阶法术，练习起来自然也有成倍苦难。

当然最重要的还是大多弟子都是将时间用在修炼自身功法和法力上了，罕有人太重视法术本身修炼的。

毕竟只有修为境界进阶了，才是一切的基础，才有可能成为儒生那般的灵师存在，从而寿元大增。

而对柳鸣来说，若是没有一心二用的天赋，恐怕也会做相同的选择。但现在既然知道自己的天赋可以在此上面大占便宜，一心追逐自身实力的他，自然另有一些选择偏向了。

太复杂高阶的法术不好说，但起码风刃这等简单法术，他打算以后再多多抽时间练习一下，看看能否另有什么收获。

柳鸣在小院中站着思量了一会儿后，终于进入修炼的屋子中，盘膝坐下。

他略一犹豫，从袖中摸出一根新得到的静心香，并手指一抹将其点燃，插在附近处。

随着一缕袅袅青烟浮现而出，一股有些怪异的香气当即充斥了整个屋子。

柳鸣深吸一口气后，就闭目不动，入定起来。

此刻的他，脑中赫然浮现一排排的灰色文字口诀，正是那炼魂索的修炼法诀。

原来记载法诀的皮卷，虽然早就被他还给了藏经阁，但上面记载的东西却早就深印脑中了。

以前他匆匆参悟过一些，但在看到灵徒初期必须修炼的条件后，就立刻放弃，没有再研究下去。

现在有了静心香的辅助，他打算一鼓作气将此秘术彻底参透。

时间一天天地过去，柳鸣一连五天五夜待在屋中未出门一步。

第六天一早的时候，他终于眼皮一动，睁开了双目，但脸上却尽是疲倦之意。

"原来想要修炼这炼魂索，必须用活的阴魂当场祭炼才有可能成功。我没记错的话，宗内就有一处专门培养阴魂的魂潭，只要交纳一定贡献点，就可进去一定的时间抓取阴魂的。另外，宗内还有一处灰市，是门内弟子自行交易买卖各种东西的地方，说不定也有人出售阴魂的。在身上一个贡献点没有的情形下，自然选择后面的办法了。"

柳鸣飞快地思量了一遍后，就有了决定，不过在此之前，自然还需要好好休息一下。

第二天一早，柳鸣匆匆驱云离开了住处。

他按照上次李宗所给的地图标注，直奔另外一个地方飞去。

蛮鬼宗所在山脉边缘处，有一片丝毫不起眼的小竹林，正好处于两座高峰之间。

不时有一些内门弟子，在竹林中心处一大片空地处飞起落下。

柳鸣一催身下灰云，也落在了竹林中后，当即用好奇的目光四下打量起来。

只见这片空地四周，赫然有一个个大小不一的简陋摊位，后面更是盘坐着一名名蛮鬼宗弟子，其中大半都是内门弟子，但也有一些只穿着外门弟子服饰的。

更有一些人，走到这些摊位前或拿起一两件东西看看，或直接和摊位后主人讨价还价，竟给柳鸣一种又回到世俗中某个集市中的错觉。

柳鸣定了定心神，就也学其他人从一个个摊位前慢慢走过，并偶尔拿起某个东西查看一二。

这些摊位上摆放的东西，从丹药符箓到材料符器，算是五花八门应有尽有。

更多的一些稀奇古怪的东西，他更是听都没有听过，比如什么"血尸蜂毒刺"、"食尸鹫翎羽"、"百年鱼妖精血"等。

而关于他想寻找的阴魂，作为一种常用材料，他更是在数个摊位上都看到有售的，不过略一问价格后，就让他无奈了。

低品质阴魂一条要灵石十块，普通品质一条要灵石三十，至于高品质以上的，则根本未见有卖的，反是有摊主表示愿意以上百灵石一条反收购此类阴魂。

柳鸣虽然囊中羞涩，但总算趁机见识到所谓阴魂是何种模样了，并听说了一些相关事情。

这些阴魂大都装在某个用特制符箓封印的瓷瓶中，一打开瓶盖后，就会化为一股黑气从中一冲而出，并能幻化成虎豹鬼脸等各种烟雾形态模样。

而阴魂的攻击手段，除了本身所带的刺骨冰寒外，更是能施展一些简单幻术，可以近距离直接影响人的神智。

总的来说，阴魂其实并不算一种真正鬼物，而是从阴气中诞生的一种自身没有任何主动意识的东西，就是发动攻击，往往也是一种被动的下意识的反应。

所以抓捕普通品质以下阴魂，并不是一件太难的事情。

不过若是换成了高等品质阴魂，情形就大大不同了。

首先这种品质阴魂，极其稀少，一百条中才可能诞生一条，并且大都潜伏在阴气浓重之处，不喜欢浮出活动，故而极不好寻找。

其次高品质阴魂除了上面两种攻击手段外，还拥有在危急关头自行分裂逃跑的本事，让其更难被活捉到。

传说还有极品阴魂的存在，但这也只是一个传闻，谁都没有亲眼见过。

当然这些阴魂，全都是内门弟子从魂潭处花费贡献点抓来的，才在此卖出这般高价。

柳鸣东打听一下，西问一下，不一会儿工夫，也就将以上事情打听得差不多了，最后一咬牙，还是花费了十块灵石买了一条低品质阴魂，准备回去试试手再说。

东西一买到手，柳鸣正打算驾云而走的时候，却忽然被背后的一个女子给喊住了。

"咦，这不是白师弟吗？"柳鸣一听这话，自然一愣，转身看了一眼，只见背后不知何时走过来一男一女两人。

男的是一名身穿蓝袍的二十出头模样的青年，双眉高挑，神情冷酷。女的则是一名和他年纪差不多大的白裙少妇，面容娇美，眉目含笑，赫然正是当年在开灵仪式上曾经有过一面之缘的牧仙云。

"原来是牧师姐，小弟有礼了。"虽然感到有些意外，柳鸣仍然一抱拳说道。

"白师弟，你当初可是答应过去我那里坐上一坐的。可这半年都过去了，师姐可一直未见白师弟你上门。"牧仙云朱唇带笑地言道。

"咳……牧师姐莫怪，小弟和几位师弟入门后，就一直被勒令在山中修炼，一直无暇分身的。这位师兄是……"柳鸣含糊地应对了两句后，就看向了旁边的冷酷青年。

"阴煞山杜海。"青年简短回道，面上没有丝毫表情。

"原来是阴煞一脉的师兄。"柳鸣闻言，脸色微微一变。

九婴宗内诸多分支中，阴煞可是足以排进前三的强大势力，而且其脉弟子和九婴山关系可一向不太好。

"白师弟不用担心，杜师兄是师姐我认识多年的好友，不会因为各脉间关系而影响我等间交往的。对了，白师弟这次来灰市要买什么东西，我这里也有一些认识的好友，说不定能帮上师弟一二的。"牧仙云解释了两句后，又笑着问道。

"多谢牧师姐好意，不过东西我已经买好了，就不麻烦牧师姐了。"柳鸣心念飞快一转后，婉言拒绝道。

"既然这样，我就不勉强了。对了，师弟最近可需要贡献点吗？"牧仙云先是有些意外，但马上又神色如常地问道。

"贡献点？"柳鸣一听这话，心中微微一动。

"不错。最近我、杜师兄还有其他几位好友，准备接一个重要任务，但还缺两名人手。师弟要是有兴趣的话，可以算你一个的。"牧仙云不假思索地说道。

"既然是重要任务，师弟才入门不过半年，到时恐怕帮不上什么忙的。而且到时候贡献点又如何分配？"柳鸣目光闪动几下后，缓缓回道。

"师弟放心，这次任务特殊，其实并不需要多少修为，只是需要多几个人手才能面面俱到。至于贡献点嘛，既然是一起接的任务，自然全是平分的。"少妇看出了柳鸣的意思，当即详加解释起来。

"好，既然没危险，又不需要多少修为。那就算小弟一个吧。"柳鸣思量好一会儿，觉得正好见识一下所谓的贡献点任务是何等模样，也就一点头答应下来。

"师弟如此决定可真是明智之举。这种多人的任务是最适合师弟这类新人了。三天后，师弟就到执事堂二层，我们几个到时集合一起接取此任务。"牧仙云闻言，面现一丝妩媚，轻笑道。

柳鸣想了一想，觉得没有问题，也就一口答应了下来

他随后，就向二人告辞，腾空驾云离开了竹林。

"牧师妹，不过区区一个新入门的三灵脉弟子，又何必这般拉拢他？像这样的低等弟子，本宗到处都是，一生也就顶多到达灵徒中期罢了。"杜海一等柳鸣离开后，终于开口向牧仙云说道。

"师兄可知道，九婴山小比，前几天刚刚结束了。"牧仙云却轻笑一声，回道。

"九婴山小比，我倒是听人说起过一次。怎么，难道这小子在小比中表现得不错？"杜海神色微动，竟一下就猜出了几分来。

"不错。在九婴一脉小比中，这位白聪天师弟可是唯一一名以三灵脉之身，获得中上评价之人。"牧仙云有一分凝重地回道。

"这般说，他还算是有些潜力的。"杜海若有所思地说道。

"嗯，要不是如此。我纵然想多拉拢一些人手，也不会随便找一名新弟子加入我们三天后任务的。毕竟此任务就像我说的，没有多大危险，只是稍微麻烦费时了一点而已。要不是我有些关系，也不会提前知道此任务会在三天后一早发布的。"牧仙云正色言道。

"既然这样，我就没什么可说的了。这次任务就当在这小子身上投资一次吧。希望不会让我们失望。对了，听说欧阳锌前些天又纠缠你了。"杜海点点头后，忽然目中寒光一闪，说道。

"不错。前几天去采些夺目蛛的蛛丝，没想到遇到了此獠，不过幸亏乌师姐也在旁边，让他还不敢太放肆。"牧仙云苦笑一声道。

"哼，欧阳锌不过刚刚进入灵徒中期，竟然敢多次对你污言秽语，要不是看在欧阳师叔的面子上，我早就让他知道厉害了。不过，云儿你也不用担心，顶多再过一年时间，我就可以进阶灵徒后期了，到时候我就向牧家正式提出迎娶你的要求。那时候，欧阳师叔应该也不会阻拦了。"杜海脸上浮现出一丝柔情之色。

"杜师兄，你的心意我领了。虽然我当年名义上的夫婿在我未过门前就已经意外身亡了，但毕竟已经交换过了生辰八字，牧家也收过欧阳家的聘礼了，现在再想外嫁他人的话，绝不是那般容易的事情。我当年能进入蛮鬼宗成为灵徒，欧阳师尊也是出了不少力气的。杜师兄，我们就保持现在的关系，已经不错了。"牧仙云闻言，面现一丝复杂之色，还是神色一黯地回道。

"若是灵徒后期还不行，那我就在数年后的大较中夺得核心弟子排名。不管怎么说，我一定要娶你为妻的。"杜海却面色一狞，毫不犹豫地说道。

牧仙云听了之后，娇美脸庞上浮现感动之色，最终没有再说什么。

柳鸣盘坐修炼之处地面上，正打量着手中一个被血红色符箓封印的小瓷瓶，里面装着的自然是他刚刚买到手的一条低品质阴魂。

他又默默背诵了一遍炼魂索修炼之法后，当即单手一招，将旁边一个早已准备好的木盆稳稳吸到了近前处。

木盆中装满了黑红色的刺鼻液体，并且液体表面隐约还漂浮着一些棉絮状的深紫色东西。

盆中之物，是他从九婴山外事殿花费一块灵石买来的黑狗血等一些辅助材料。

柳鸣想了一想后，就将瓶上符箓一揭而开，再将盖子一拔而开。

一声"呜呜"的怪鸣后，从此瓶中一下冲出一道黑气来，在空中滴溜溜一转后，就化为了一团模糊不清的黑色光球，悬浮在空中，无鼻无眼，只是微微地不停颤抖。

柳鸣屏住呼吸，没有任何其他动作，只是眼也不眨地盯着空中的圆球。

下一刻，黑色圆球突然发出一声怪叫，就向下方激射而去。

"砰"的一声后，这条阴魂一下扎入木盆液体中不见了踪影。

柳鸣双目一闪，当即不再犹豫，冲木盆接连打出数道法诀。

顿时木盆中黑红色液体一颤，自行飞快旋转起来，一下将躲在里面正大口喝着东西的

阴魂再次显露而出。

柳鸣手中法诀再骤然一变。

"噗——噗——"几声，液体中的那些紫红色棉絮一下活了过来般地从液体中激射而出，瞬间凝结成一张细网将阴魂一罩其下。

不可思议的情形出现了。

阴魂一接触这看似一扯就断的紫红色棉絮，就"呲啦"一声，整个身躯再次化为了滚滚黑气，但是左冲右突下，却始终无法冲出紫红色棉絮之外。

柳鸣深吸一口气，不再犹豫，两手一伸而出。

两手表面油光锃亮，赫然涂抹了一层不知名的透明油膏，并直接插入到了木盆之中。

柳鸣神色肃然，阵阵的咒语声从口中传出……

两日后，屋门一打而开，柳鸣面带一丝兴奋地从修炼之地走出。

只是这时的他，手臂上赫然缠着一根手指粗细的黑黝黝细索。

他走到院落中，目光左右一扫后，就落在了上次被其用风刃斩的只剩半截的小树上。

手中略一掐诀。

黑索一颤之后，一端顿时毒蛇般地弹射而出，一个闪动后，就绕了数圈，死死缠在小树残余主干上，另一头却仍在柳鸣手臂上。

"收。"柳鸣手臂微微一抖。

黑索又一闪弹射而出，重新回到了手臂上。

而先前被缠住的小树，主干上赫然多出了一圈圈的漆黑沟槽，足有数寸之深，仿佛被侵蚀过一般。

柳鸣点点头，露出了一丝满意之色。

这炼魂索的主要功能，原本就不是伤敌，而是困敌索拿之用的，刚才驱使起来也十分流畅，应该算是炼制成功了。当然要想使用得更加顺心如意，自然还要多多练习了。

明天就是和牧仙云约定的执行宗门任务的时间，他还有一天的时间，用来修炼功法秘术肯定没有多大用处了，看来只能先熟悉熟悉得到的那件三星盾符器。

柳鸣心中意定，转身又往屋中走去了。

第二天一早，柳鸣好好休息了一晚后，略做了一番准备，就腾云离开了九婴山，直奔执事堂飞去了。

因为时间尚早，执事堂中明显没有什么人，一层大厅的执事甚至趴在石台上正在微微小睡。

柳鸣没有在一层滞留，直接通过楼梯去了二层。

执事堂二层，他还是第一次来，目光一扫之后，脸上现出一丝讶色来。

只见二层面积和一层差不了多少，甚至也有一截石台，也有一名中年执事稳坐后面。

不过在二层大厅中间处，赫然竖立着一块四五丈高的晶莹方碑。

在晶碑上面，密密麻麻浮现着一行行的淡金色文字，前面还标注着一排编好的数字。

而牧仙云正和杜海以及其他一男一女在晶碑下说着什么话语，一见柳鸣出现，当即嫣然一笑，招呼起来。

"白师弟，终于来了。如此一来，人就到齐了。那任务也刚刚发布出来，我们一起去接吧。对了，我先给你介绍一下。这位是梅师弟和乌师姐。"

"小弟白聪天，见过二位师姐师兄。"柳鸣目光一扫那二人后，走上前几步，面带笑容地微微一礼。

梅师兄是一名十七八岁模样的内门弟子，背着一根黝黑大棍，一副十分精壮的模样。

乌师姐却是一名看起来比牧仙云还大上两三岁的美妇，神态淡然，穿着一件绿色内女弟子服饰，但是腰间有好几个鼓鼓囊囊的皮袋，也不知装着什么东西。

这两人都是第一次见柳鸣，上下打量了其几眼，也回了一礼，但都未说什么话。

但二者神态中那一丝轻视之意，柳鸣自然能清楚地感应到，但其微微一笑后，也没放在心中。

以他一个修炼不到一年的新入门弟子，不被这些老弟子放在心上，是很自然的事情。

"牧师姐，不知我们要接的是哪一个任务。"柳鸣转首向牧仙云直接问道。

"是二十三号任务，要采集一百颗血丝果，可得贡献点二十五点，灵石一百块。我们五人平分的话，也是一笔不小的收入了。"牧仙云口中说着，就带着他们向石台处走去了。

柳鸣目光往晶碑上一扫，果然找到了相同编号的任务，里面所写和牧仙云所讲一般无二，也就点点头没有说什么。

到了石台前，各人交出铭牌后，就很顺利地接取了此任务。

"好了，我们虽然接下了此任务，别人同样也可以接取的，所以要抓紧一些时间。那血丝果生长在离宗门不远的石陀山上，并不难寻找。唯一麻烦的是，这血丝果也是黑云蝶喜欢之物，所以有血丝果的地方，必定会有黑云蝶群出现。所以我特意问一位好友借来了

一瓶引灵散，可以将黑云蝶暂时引开一段时间。所以到时候，我们会分成两波行动，梅师弟乌师姐，你们负责引开蝶群，我和杜师兄白师弟抓紧时间采摘血丝果。"一等出了执事堂大门，牧仙云当即有几分凝重地说道。

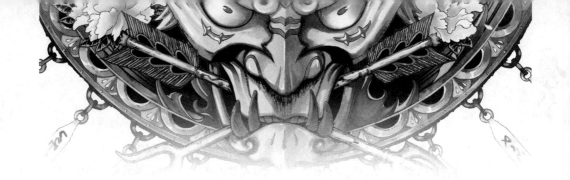

~拾叁~

妖兽

柳鸣等人听了这话，都没有什么意见。

于是一行人当即纷纷施展腾空术驱云冲天而起，直往某个方向飞去。

一飞出宗门范围，柳鸣就好奇地朝下方一个个大小山头打量不已。

这也难怪，自从他进入蛮鬼宗后，可是第一次离开山门，自然对外面一切都颇感兴趣了。

其他四人也两两地凑在一起，一边飞行一边说着什么话语。

其中乌师姐、杜海以及那位梅师兄根本没有理会柳鸣的意思，只有牧仙云偶尔还会转首和他说上一两句。

柳鸣自然一副无所谓的样子。

他这次出来，主要是想增加一些执行贡献点任务的阅历而已，好为以后独立行动积攒一些经验，至于其他人对其是何种态度，自然不会放在心中的。

几人转眼间就飞出了半个时辰之久，忽然前方嗡嗡声一响，赫然也有一团灰云迎面飞来。

牧仙云等人见此，自然微微一怔。

不过等他们一看清楚飞来之人的真面目后，杜海顿时脸色一沉，牧仙云乌师姐等人脸色也不太好看起来。

"咦，这不是牧师姐吗？师姐这是要去哪里，可要小弟相陪？"飞来灰云上，赫然站着一名身穿白袍的青年，长得还算英俊，只是一双浑浊的双眼，看向牧仙云时却尽显淫秽之色。

"哼，欧阳锌。我们去何地方，和你无关。"未等牧仙云答话，杜海就先忍不住一飞向前，两眼一瞪说道。

"杜海，你是阴煞山弟子，什么时候能管我们鬼舞一脉的事情了。我是和牧师姐说话，用得着你多嘴吗？再说要论关系远近，牧师姐也算是我堂嫂，我这个做小叔的关心一下，还不是正常的事情？"这叫欧阳锌的白袍青年，当即冷笑一声说道。

杜海一听这话，当即气得额头青筋暴起，一把按住了背后带着的一口带鞘长刀。

牧仙云也黛眉紧皱而起了。

"欧阳师弟，我和牧师妹是联手去做宗门任务的，人数也已经够了，就算再增加人手，师弟也要先去宗门接下任务才行的。"这时，乌师姐却叹了一口气，也一飞而出，冲欧阳锌缓缓说道。

"嘿嘿，这没关系。那点贡献点欧某也不在乎。那小子，看样子是新入门的吧。现在算是便宜你了，你立刻掉头回去，我自会帮你完成此任务的。到时贡献点也自会分到你铭牌上的。"欧阳锌嘿嘿一笑后，忽然用手一点人群中的柳鸣，用一种傲娇口气说道。

柳鸣一听这话，只觉眼角一挑，再一瞥牧仙云望过来的隐含哀求之色的目光，心中当即暗暗叫苦不迭。

杜海、乌师姐等人闻言，也都神色各异地朝他望来！

柳鸣更觉心中有些郁闷了。

这算不算是城门失火，殃及池鱼了？

这欧阳锌敢这般口气和牧仙云等人说话，显然是宗门中颇有势力的弟子，自己若是不答应对方要求，自然会得罪此人。但若是答应的话，显然就算彻底交恶了牧仙云几人了。

欧阳锌一见柳鸣露出迟疑之色，当即脸色一沉，呵斥道："小子，别敬酒不吃吃罚酒！你可以回去打听打听我欧阳锌是什么人，别给脸不要脸了！"

柳鸣一听这话，心中大怒，但也瞬间下定了决心，当即哼了一声地回道："虽然白某第一次听说兄台的名字，但本宗诸位师叔中并没有你这一号吧？你若真想对白某发号施令，还是等你成为灵师再说吧。"

"你说什么？"欧阳锌闻言大怒，身形一动就要冲过来。

　　但就在这时，杜海一晃挡住了其去路，并手按刃柄，森然说道："看来欧阳师弟似乎忘了本宗门规，不经许可，擅自挑起争斗的弟子，轻则鞭刑及身，重则废除法力。要不要杜某人给你再好好上一课？"

　　这时候，梅师兄也默不作声地飞了过来，和杜海一下并肩站到一起。

　　"好，很好。既然牧师姐不愿意我加入，欧某也不勉强了。"欧阳锌目光在面前两人身上一扫而过后，心念一转下，终于强忍一口气说道。

　　接着他一催身下灰云，就从众人旁边一闪而过。

　　不过当他经过柳鸣身边的时候，却用一种刻意压低但仍然能让所有人听到的声音，狠狠说道："小子，我记住你的样子了。下一次，千万别一个人让我遇到了。"

　　话音刚落，他才一下遁速加倍激射远去了。

　　其他人闻言，脸色都微微一变，但柳鸣只是眉头一皱，马上就恢复了若无其事的神色。

　　"白师弟，这次竟然连累到你，师姐真是心中不安。"牧仙云带有一丝感激地说道。

　　"没想到白师弟也是这般有血性之人。牧师妹倒是没有看错人。师弟以后若是有空，也不妨到我那里坐上一坐。"乌师姐也轻笑一声道。

　　杜海和梅师兄虽然没有说话，但从和先前不同的和善目光中，也能看出他们总算是真正接纳柳鸣了。

　　"没什么。说实话，能够不用动手就能免费得到一笔贡献点，小弟还真有些动心的。只是他后面的言语太恶了一些，白某虽然不想得罪什么人，但也绝不是任人捏搓之辈。"柳鸣悠然一笑，回道。

　　"这话说得好。我等修炼之辈，原本就是要迎难而上的。一旦连心中信条也把持不住，就算资质再好，也别想真进阶大成。"杜海点点头，称赞道。

　　与此同时，柳鸣耳中又传来他的传音声："白师弟，这一次杜某算是欠你一个人情，以后定会偿还的。"

　　柳鸣先是一怔，随之冲冷酷青年报以一笑。

　　下面，几人自然继续驱云上路了。

　　再过两个时辰后，前方连绵不多的山岭中，突然现出一座满是乱石的巨峰来。

　　此巨峰不但足有千余丈高，山上各处更是堆满了一块块青灰色山石，一个个奇形怪状，和普通山石大不一样。

　　"这就是石陀山了。大家先在附近落下来，然后步行过去，以免被山中黑云蝶发现。"

牧仙云如此说道。

其他人一听这话，自然没有反对之意，纷纷催动灰云落在了几里外的密林中。

"乌师姐，这一瓶就是引灵散，回头你和梅师弟先走一步，将黑云蝶全都从山中引开，并且至少要坚持半个时辰的时间。那血丝果喜欢生长在隐秘之地，时间太短的话，未必能凑够数量。白师弟，这就是血丝果，你也看清楚了。到时黑云蝶一旦离开，我、杜师兄还有师弟一定要以最快的速度将血丝果找出来。当然若是能有多余的，自然更好了。此果可是炼丹的稀缺材料，多余的，可以用来换些灵石。"牧仙云一一交代着所有的事情，并两手一个翻转，手中多出了一枚黄豆大小的鲜红圆果和一个乌黑小瓶。

"放心吧。我和梅师弟这次各自带了一枚神行符，半个时辰绝对可以撑到的。"乌师姐笑着回道。

柳鸣盯了红色果子几眼后，也点点头表示没有问题。

几人商量完毕后，当即开始了行动。

乌师姐梅师兄二人当即大摇大摆地腾空而起，直奔山峰一飞而去。

眼看二人就要一头撞上山峰的时候，前面的乌师姐骤然单手一个翻转，乌黑小瓶一下显露而出，但盖子也不知何时不翼而飞了。

"噗"的一声，从小瓶中一下飞出一缕淡淡白烟，但马上迎风一散消于无形了。

与此同时，一股辛辣异常的味道一下荡漾开了。

刹那间，原本静悄悄的山峰中忽然嗡嗡声大响，一只只巴掌大小的黑色巨蝶纷纷从怪石下方钻出，并马上汇聚成一团团的黑云，直奔二人追去。

乌师姐二人见此情形，没有马上离开山峰，而是各自手中亮出一枚符箓往身上一拍，青光一闪，身下灰云遁速竟一下提升了数倍之多，并引着这些蝶群围着巨峰飞快绕圈起来，引得更多黑云蝶现身而出。

不过当二人围着山峰绕了七八圈后，追在后面的黑蝶已经融合为一体，化为了直径足有五六丈之大的黑色巨云。

声势惊人之极！

这时乌师姐一声招呼，当即和梅师兄向远处激射而走。

巨大黑云发出嗡嗡声也尾随追去。

"好了，我们动手。"一见黑蝶群被引开，牧仙云果断地说道。

于是她和柳鸣、杜海等三人也腾空而起，向山峰激射飞去。

片刻后，三人就分别落在山峰不同的地方，开始在各个怪石下仔细翻找血丝果来。

一顿饭工夫后！

"砰"的一声传来，黑索将一块半人高的怪石硬生生地一拉而开，露出了下面两株数寸高的碧绿小草，上面各结着一枚血红色果子。

柳鸣微微一笑，俯身将两枚红色果子摘下，再从怀中取出一个青色木匣，将它们放入其中。

他伸了伸懒腰。

这已经是其找到的第二十四枚血丝果，想来其他两人速度应该也差不多。

看来完成任务应该没有问题了。

柳鸣正在思量的时候，忽然身下山石骤然间一抖，接着一股剧烈震动一下从山峰下传来，同时上面轰隆隆声大起，无数怪石从山峰上面滚滚落下。

柳鸣一惊，一时间再也顾不得什么血丝果，单手一掐诀，身下顿时灰云一聚而出，就要腾空飞走。

但就在这时，忽然眼前山石一下崩裂而开，一个绿色的东西从中激射而出，动作之快，让其根本无法看清楚是何物。

柳鸣心中一凛，急忙催动灰云向后倒射飞出。

但那绿色的东西，在低空中一个拐弯，竟一闪又钻入山峰中不见了踪影。

"孽障，你还想跑。给我滚出来！"一个冰冷的女子声音，蓦然在天空中回荡而起。

接着让柳鸣几乎不敢相信的一幕出现了。

看似蔚蓝空无一物的空中，忽然无数白云凭空浮现而出，再滴溜溜往同一处汇聚一起之后，从中探出一只纤细的光亮手掌，遥遥冲下方山峰虚空一按。

"轰"的一声。

即使已经离开山峰数十丈远，柳鸣仍然感天空中一股无法形容的力量一落而下，接着两耳一声嗡鸣，不远处的石陀山就瞬间寸寸碎裂，并一声闷响化为粉末倒塌下来。

柳鸣见此情形，目瞪口呆了。

就在这时，下方某棵大树下"嗖"的一声，那团绿影再次弹射而出，并毫不犹豫冲其扑来。

柳鸣只觉眼前腥风一起，一股让其魂魄为之颤抖的凶煞之气扑面而来。

他身心一寒之下，竟连一根手指都无法动弹，更无法做出躲避或什么防御举动，只能眼睁睁地看着一张血盆大口出现在自己面前，并冲其头颅不由分说地一咬而下。

"滚，你这孽障到了此时，竟然还想吸食人血疗伤。"就在这关键时候，柳鸣旁边虚空处波动一起，一个无比妙曼的身影一闪而现，只是单手一扬，一道银色雷电将那血盆大口瞬间劈得粉碎。

一声哀鸣后，绿影一个趔趄，接连翻出数个跟头，才重新站稳身形。

柳鸣才觉身形一暖，重新恢复了活动自由，并在骇然中看清楚了那绿影的真面目。

赫然是一头山羊般大小的绿毛巨鼠，两眼血红，并用一种恶狠狠的目光盯着其旁边出现的神秘人。

柳鸣干咽了一下口水，正想转首看一下旁边出现的是何人时，那绿毛巨鼠却一动，化为一道绿光向远处激射而逃了。

"孽障，竟然还想走。"旁边妙曼身影冷哼了一声，但略一犹豫后，就一把抓住了柳鸣肩头，然后体表银光一卷，竟两人一起化为一团银光破空追去了。

柳鸣只觉眼前尽是刺目银光，根本无法睁开双眼，耳边也是呼呼声大作，还偶尔有些刺耳尖鸣声传来，整个人更是轻飘飘地被某股力量束缚住，根本无法动弹一下了。

他纵然一向胆大过人，这时也不禁心中骇然了。

"砰"的一声。

不知过了多久后，柳鸣只觉耳边"呼呼"声一停，双足就重新踩在了实地上，再次恢复了自由，这才急忙睁开了双眼，四下飞快一扫，但马上吓了一大跳。

只见这时的他，赫然站在一座小山顶部的一块巨大山石上。

而对面不远的另一座小山顶部处，那只绿毛巨鼠也踩在一颗巨树顶端，正恶狠狠地看着这边。

只是这时候的它，身上赫然多出了一道深深的尺许长的伤口，并有一缕缕银色火焰在伤口处熊熊燃烧不已，隐约有烧焦的味道传出。

而那带其过来的神秘人，却踪影全无了。

面对巨鼠的恶毒目光，柳鸣纵然一向胆大，也只觉通体发寒，但一咬牙下，单手往胸前一抓，就将用细绳穿着悬挂于脖颈下的三角铁牌一把扯了出来，再单手一掐诀。

三点黑光在铁牌上一闪之后，一面黑朦朦的光盾一下在面前浮现而出，将其大半身躯都挡在了后面。

绿毛巨鼠对柳鸣举动根本不管不问，只是两眼滴溜溜地不停向附近扫视着什么。

柳鸣心中微松，但更不敢妄自动弹什么。

但是下一刻，绿毛巨鼠忽然身子一抖，当即背部有一片硬毛化为弩矢激射而出。柳鸣只听到"嗤嗤"声一响，无数绿芒就暴雨般地到了其近前处，脸色"唰"的一下，再无半点血色了。

他就算再对自己三星盾符器有信心，也知道绝对无法挡住这等犀利攻击的。

"砰"的一声。

柳鸣面前骤然浮现一口土黄色钵盂，只是滴溜溜一转后，一股五色光霞喷射而出。

所有绿芒只是微微一颤，就全被五色光霞一卷吸入到了钵盂中。

巨鼠见此情形，二话不说一个掉头，就要再次逃之夭夭，但却已经迟了。

天空中忽然一声娇叱，一道银虹席卷而下，只是一个闪动，就将绿毛巨鼠迅雷不及掩耳地卷入其中。

一声怪叫后，巨鼠庞大身躯就在无数银光搅动后化为了漫天血雨，只剩下一团近似黏稠的浓浓黑液还在其中左冲右突，苦苦支撑着。

天空中银光一闪，一名身穿银色宫装的女子浮现而出，一对美眸向下方看了几眼后，当即冷冷地说道："你这孽畜果然已经快要进入假晶期了，怪不得四处大开杀戒，但越是这样，越容不得你了。银空，给我灭！"

话音刚落，围着黑色圆珠的银光顿时光芒一盛，搅动得更加犀利起来。

几个呼吸间工夫，黑色液体骤然狂闪几下，忽然一下化为无数黑色晶片爆裂而开，一股无形波动一冲而下，竟将银光硬生生冲开一个口子。

一声怪鸣后，一股黑烟趁机逃窜而出，再"砰"的一声后，就化为上百缕黑气向四面八方逃窜而走。

"还想走！百剑术！"银光女子骤然双眉一挑，单手再一掐诀。

下方银光一颤后，从中一下弹射出近百道银色小剑，一个模糊后，全都紧追每一股黑气死死不放。

片刻后，在银光接连闪动中，所有黑气纷纷被一斩而灭，全被扫荡一空了。

"收。"宫装女子再一掐诀，所有银色小剑向其激射而回，并在一个模糊后，就化为一口尺许长的银色长剑，一闪就没入袖中不见踪影了。

此女又单手冲柳鸣这边一招。

一声嗡鸣后，那件圆钵当即朝其激射而去了。

片刻后，此女口中念念有词，单手托着圆钵冲下方一晃。

"嗖嗖"声大起，先前爆裂的所有黑色晶片和巨鼠洒落的血肉，当即冲天而起，全都一窝蜂地被收入圆钵中。

做完这一切后，此女才转首朝柳鸣扫了一眼，淡淡地说道："你是蛮鬼宗的弟子吧。你这次帮我分散此兽注意力，也算帮了我一个小忙，我叶天眉一生从不欠人，还剩下一些妖兽血肉残渣，我懒得再去细细搜寻了，就留给你当做报酬了。"

话音刚落，此女体表银光一闪，再次化为一团银光破空而走了。

这位叫叶天眉的女子，竟自始至终未给柳鸣任何开口说话的机会，只在其脑海中留下一副冰艳无双的脸孔。

柳鸣望着官装女子消失的方向，在原地足足发怔了好一会儿，才将目光收了回来。

"这恐怕才是真正的飞天遁地神通。原来修炼者能够做到这种地步，以前还真是井底之蛙了！不过她应该不仅仅是一名灵师吧。"

他喃喃几声，脸色已经恢复如常，但是目中深处却不觉有一丝火热浮现。

先前数次命悬一线的无力感，让他更增添了几分危机感，心中更有一种莫名的东西在滋生。

柳鸣在巨石上待了片刻后，才单手掐诀，腾空而起，驱云往先前巨鼠毙命的地方一飞而去。

虽然不知道官装女子口中的妖兽血肉残渣有何用处，但以对方身份，想来应该不会拿些无用的东西来应付他。

就在柳鸣在下方密林中仔细寻找那些妖兽血肉残渣的时候，名叫叶天眉的官装女子，已经在百里之外虚空中破空而行。

忽然此女神色一动，竟一下停下了遁光，并转首向下方某个山头淡淡说道："原来彦道友已经在这里等候了，我说先前闹出那般动静来，为何一直未见你现身。"

"叶仙子的修为是越发精湛了，彦某自问丝毫气息未曾外泄，竟还被仙子一眼就认出来了。"下方山头上一股灰白之气一卷冲天后，赫然从中现出一名头扎三角发髻的灰袍老者，并有些意外地冲官装女子说道。

"哼，这里是你们蛮鬼宗的地盘，除了彦道友外，还能再有其他的化晶期道友吗？"叶天眉黛眉一挑，说道。

"原来如此，我差点以为叶仙子已经进入假丹境界了。"灰袍老者长舒了一口气，苦笑一声，回道。

"假丹境界哪是这般好进入的，倒是道友鬼鬼祟祟地躲在这里，是何用意？"叶天眉不置可否地问道。

"仙子在老夫地盘弄出这般大动静来，是不是也要给老夫一个交代？我们蛮鬼宗虽然弱小，但还不至于让人欺凌至此的。"灰袍老者闻言，神色一凝下来了。

"你倒真敢说出这样的话来。要不是我发现那头鼠妖在你我两宗交界处到处杀戮，并一路追杀至此，还不知会为大玄国修炼界惹下多大的麻烦。现在未听彦道友说上一句谢，竟然先准备找我的麻烦，莫非彦兄真以为能够倚老卖老，还是准备不等仙台会，就先和我动手较量一二。"叶天眉一听这话，当即黛眉倒竖而起，面现一丝杀气。

"仙子切莫动怒，我这个老胳膊老腿的可经不起折腾。不过以仙子修炼有成的飞剑术，对付一头区区鼠妖，竟然还会让其一路跑到我们蛮鬼宗山门前处，这是不是有些太说不过去了？"灰袍老者似乎吓了一跳，连连摆手，但还是脸色一正说道。

"你知道什么？这只不知从何处跑出来的鼠妖，已经修炼到凝液期大成阶段，修为距离你我这样的化晶境也不过只有一步之遥而已。要不是此妖不太清醒，似乎陷入某种只能动用本能神通的疯狂状态中，我也不可能这般轻易得手的。"叶天眉冷冷一声回道。

"什么，凝液期大成的妖兽。仙子不是在说笑吧？鼠妖可是最低阶的妖物，一般怎么可能修炼到此种境界的？"灰袍老者闻言一惊起来。

"你认为我在说谎了。哼，也罢，你看看这是什么！"叶天眉轻哼了一声，单手一个翻转，那个黄色圆钵当即在手中浮现而出。

此女用手在圆钵下轻轻一拍，当即从中跳出一颗黄豆大小的黑色晶片，再用一根玉指轻轻一弹。

"嗖"的一声！

晶片立刻化为一道黑芒冲灰袍老者激射而去，竟丝毫不比强弓硬弩差哪里去。

老者双目一眯，身形未动一下，但是身前却怪风一起，忽然伸出一只遍布绿色鳞片的鬼爪，一把就将晶片死死抓住了。

"看来彦道友这些年也没有闲着，你的这头绿毛铁尸恐怕快要进化成银尸了吧。"

叶天眉见此情形，瞳孔微微一缩，冷冷问道。

"呵呵，仙子说笑了。铁尸要进阶到银尸，不知要花费多少资源，老夫哪有这般大的本事。"

灰袍老者嘿嘿一笑说道，才不慌不忙地从鬼手中接过黑色晶片，仔细检查了起来。

叶天眉闻言，面带一丝冷笑，却没有再多问什么。

结果片刻后，灰袍老者就脸色一变，再将晶片往鼻下轻轻一闻后，面容就越发难看了几分。

"果然是凝液期的妖物，从其真元碎片散发气息来看，也的确是鼠妖不假。这倒有些奇怪了，难道这头鼠妖是一头变异进阶的妖物？"

"我也是这么想的，不过以防万一，我准备将这些东西再拿去给冷月师姐看一看。"叶天眉缓缓回道。

"冷月师太的话，自然没有问题了。以她的阅历，想来会给一个更好的解释。"灰袍老者一听冷月二字，当即脸色一变，但马上又轻咳一声，恢复如常了。

"彦道友觉得没有问题，想来也不会责问我跑到贵宗山门前之事了。既然这样，我就告辞了。再次相见，应该就是仙台会之日了。"叶天眉淡淡地回了一句，体表银光一卷，再次化为一颗光球破空而走，转眼间就消失在天边尽头处。

灰袍老者并未阻拦，反而在官装女子远去后，眉头紧皱而起。

就在这时，忽然下方山头波动起来，竟然又一人驾驭一朵黑云腾空飞来。

"师尊！这位莫非就是天月宗那名唯一修成御剑飞行神通的叶前辈。"这人方一飞到灰袍老者面前，就恭敬地问道。

看他胖乎乎的面容，赫然正是那位应该镇守在藏经阁的阮师叔。

"嗯，不错，就是她。这丫头才几年不见，在剑修一道上走得更远了，恐怕就连其师姐冷月师太，多半也不是她的对手了。"灰袍老者轻叹一声，说道。

"不过，师尊的绿毛铁尸也快进阶了，等真进阶到了飞天银尸，想来就算对方飞剑再厉害，应该也不用畏惧。"阮师叔笑着回道。

"虽然我这头铁尸就差最后一步了，但就像我刚才说的，哪是这般好进阶的，还不知要花费我多少心血。"灰袍老者摇了摇头。

"以师尊的实力，让铁尸进阶，只是时间长短而已，绝无其他问题。"阮师叔如此说道。

"希望如此吧。对了，我听说又有一名修炼你冥骨诀的弟子，前些天在冲击灵师境界的时候爆体而亡了。难道你还对这套功法不死心吗？"灰袍老者点点头后，忽然脸孔一板起来。

"又是掌门师兄告诉的吧？"阮师叔闻言，脸色微微一变。

"哼，何必用你师兄专门相告。一旦有三灵脉弟子能进阶灵徒后期，并且冲击灵师失败，除了是修炼了你私下传授的冥骨诀，还能有其他原因吗？此事我不是对你说过了，那冥骨诀虽然是祖师爷遗物，并且留言大有来历。但他老人家当初也只得到半部，并且费尽心机才翻译出了前面三层口诀，也只能让人顺利修炼到灵徒后期而已。你自己虽然也精研青冥文，但如何能和祖师爷本事相比，擅自翻译的第四层口诀肯定某些方面不对，否则这些修炼冥骨诀的弟子，怎会全无一人冲击灵师境界成功。此事一旦传出去，你可知道本宗名声会受多大影响吗？"灰袍老者哼一声说道，脸上浮现一丝寒意。

"师尊，弟子实在不甘心啊。我为了翻译第四层冥骨诀，不知花费了多少心血，甚至还不惜耽误了修行，并刻意将自己关在藏经阁这么多年。只要真有弟子能将第四层冥骨诀修成，成功进阶灵师境界，本宗那些三灵脉弟子就大有用处了，可以从中诞生不少灵师，从而让本宗实力一下激增。"阮师叔心中一凛，但口中急忙解释起来。

"这些话语，我不知道听了多少遍了，要不是如此，我怎会容忍至此？但这已经是第七个因此自爆而亡的弟子了，虽然借口好找，真正的原因也只有我们三个知道，但恐怕还是招惹到一些有心人注意了。否则，你掌门师兄也不会刻意告诉我此事的。好了，不用再说了。冥骨诀的事就到此为止了，从此不准你再擅自将其传授给宗内弟子，否则不要怪我不念师徒之情了。"灰袍老者一下厉声起来。

"是，既然师尊有命，弟子以后一定不敢再传授冥骨诀给宗内弟子了。不过现在还在修炼此决的弟子，还有两人。他们要如何处理？"阮师叔心中一颤，忙躬身惶恐说道。

"你知道其中轻重就好，至于那两个已经传授之人，就随他们自生自灭吧。好了，你起来回藏经阁吧。我也要继续回禁地闭关去。不要将我出来之事，告诉其他人。"灰袍老者神色一缓下来，又吩咐几句道。

"是，师尊。那弟子就先告退了。"阮师叔起身，再次一礼后，就驱云向蛮鬼宗方向一飞而去了。

灰袍老者留在原处静静思量了一会儿后，一阵嘿嘿冷笑声，也化为一股灰白之气破空飞走了。

……

柳鸣眉头紧皱的看着手中捧着的一个黑色木盒。

木盒中放着一些根本看不出本来面目的血肉残渣，其中大部分都混杂着一些泥土，而其中最大的一块，也不过是一小片带着十几根笔直绿毛的拇指大小灰色皮肉。

而这些，已经是他花费了大半时辰后，才从密林中搜集到的所有巨鼠血肉残渣。

由此可见，先前官装女子催动的银色飞剑厉害到何等程度了！

柳鸣脑中再次闪过那张冷艳无双的脸孔，不禁摇了摇头，将木匣收起后，就要施展腾空术驾云而走。

但就在这个时候，忽然他足下地面中一声轻响，接着足心处微微一凉，仿佛有什么纤细的东西一下钻入其体内了。

柳鸣自然大惊失色，急忙两手一掐诀，将心神一下沉入体内，飞快内视搜索起来了。

双腿，丹田，身躯，手臂，头颅……

他飞快搜查了一番，体内赫然丝毫异像没有。

柳鸣额头有些出汗了，忽然抬手将足下一只鞋子除下，只见鞋底完整无缺，再一检查足下附近泥土，也并无丝毫的不妥。

难道刚才真的只是自己的错觉？

柳鸣脸色有些阴晴不定了，目光再向四周扫了一遍后，只觉四周草丛树木中，仿佛都有一股说不出的诡异气息，不觉背后有些微微发寒。

他狠狠一跺足后，终于不再迟疑地腾空而起，稍一辨认下方向后，就往蛮鬼宗山门方向一路飞去了。

这一飞就足足一个多时辰，才最终飞回到了原先石陀山所在的地方。

结果他方一靠近已经化为一堆乱石的此山，顿时从附近密林中腾空飞出四朵灰云来，上面赫然正站着牧仙云、乌师姐等四人。

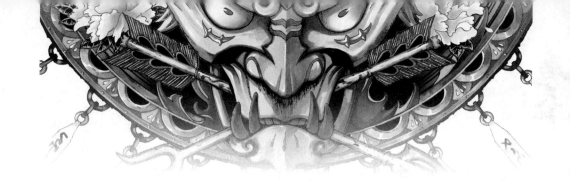

~ 拾肆 ~

异变

"白师弟，你终于回来了。"

"你没出什么事情吧，先前到底发生了什么事情，你可是被先前出现的那名前辈抓走了？"

牧仙云等人一见柳鸣，当即大喜地纷纷开口问道。

"没什么，我只是恰逢遇到一名前辈追杀一头妖兽，无意中被裹到了远处。现在妖兽已经被斩杀，那位前辈已经离去，我才马上赶了回来。"柳鸣倒也没有全隐瞒的意思，说了一个大概。

"追杀妖兽！这就难怪了。我说怎么还看到一团绿莹莹的怪东西。不过这位前辈能弄出这般大声势来，应该不是普通的灵师吧。白师弟，她可曾经告诉你姓名！"牧仙云回首看了一眼倒塌的石陀山，脸上不禁现出一丝心悸地说道。

"嗯，这位前辈好像叫叶天眉，似乎也非本宗之人，师姐可曾经听说过此名字？"柳鸣心中一动后，直接问道。

"叶天眉，这个名字还真未曾听说过。乌师姐，你曾经在宗外走动过一段时间，可知道哪一宗有这般一个出名的前辈？"牧仙云摇摇头后，转首向乌师姐问了一句。

"我也从未听说过这个名字。不过也不奇怪，大玄国不知有多少不知名的前辈高人，

我等不认得也是正常的事情。这一次遭此惊变，我等几人都安然无恙也算是大幸的事情了。"乌师姐想了一想后，如此回道。

"这倒也是。"牧仙云叹息了一声。

她们几人倒也没有仔细追问柳鸣事情经过，显然也不认为这等前辈高人会和一名区区灵徒有什么太多接触。

"对了，我离开之后，杜师兄牧师姐可凑到足够的血丝果了？"柳鸣又想起一事，问道。

"石陀山倒塌后，血丝果大都深埋其中，我和牧师姐费尽了心思，才总共凑到八十余枚血丝果。白师弟，你先前应该也已经采摘到了一些吧。"杜海缓缓说道。

"我这也有二十多枚，用来交任务是足够了。"柳鸣笑着回道。

"太好了，如此一来的话，总算没有白跑这一趟。我们现在就回宗门交下任务吧。"牧仙云嫣然一笑。

其他人闻言，也是精神一振。

于是五人再商量了几句后，当即纷纷催动灰云向蛮鬼宗方向飞去了。

数个时辰后，当柳鸣和牧仙云等人告辞，离开执事堂的时候，身上赫然多出了五点贡献点和二十块灵石。

灵石作用不说，这五点贡献却足以让他去慧天堂听取一堂灵师授课，或者进入魂潭一个时辰之久了。

不过柳鸣现在却不急着做这些事情，而是匆匆腾云往另外一处地方飞去。

一盏茶工夫后，他就在一片紫红色树林中落下，前方赫然有一座不大的白木阁楼，通体都是用木材修建而成，不见任何一块石料。

在阁楼大门上方赫然悬挂着一块写着"回春阁"的青色牌匾。

阁楼大门紧闭，但是在大门附近处有一座一人高的木架，下面悬挂着一只淡银色小钟，并有一只同样颜色的小锤放在一旁。

柳鸣大步走了过去，略一犹豫后，就一把从木架上抓起银色小锤，冲着小钟轻敲了一下。

"当"的一声清鸣响起。

原本紧闭的阁楼大门，顿时缓缓一打而开。

柳鸣深吸一口气后，大步走了进去，但方一进入一层大厅，目光一扫后，人不禁呆了一呆。

只见偌大的大厅中，除了一张红色木桌以及后面坐在一把竹椅上的青衣少女外，赫然再无第二人。

而少女此刻正低首看着手中一本薄薄书卷，头也不抬地淡淡说道："想要治病疗伤，去二层，想要拔毒驱邪，去三层。"

"多谢师姐指点。"柳鸣闻言点下头，转身向一侧空荡荡的楼梯口走去，但走到一半的时候，忽然想起了什么，转首凝神问了一句。

"请问，可是珈蓝师姐吗？"

一听此问，青衣少女身形一颤，一抬首，露出一张清秀脸庞向柳鸣望了过来。

赫然真是那位身怀梦魇之体的珈蓝。

此女不知是何原因，竟然会出现在此地。

"你是……"青衣少女脸上有一丝疑惑，显然已经不记得柳鸣这位师弟了。

"师弟白聪天，当初可是和师姐一同成为灵徒弟子的。不过珈蓝师姐不是拜入阴煞一脉门下了吗，怎会出现在这回春堂？"柳鸣微微一笑后，开口问道。

眼前少女的梦魇之体，当初曾让他吓了一大跳，如今意外再见，不觉起一丝盘问之心。

"原来是白师弟。这回春堂原本就是我们阴煞山的一位师叔在主持，我出现在此有何奇怪的。好了，师弟忙自己的事情吧。我还要继续看书。"青衣少女终于想起了柳鸣来，但只是淡淡解释了两句，就一摆手继续低首看起书来。

受到这般冷淡对待，即使柳鸣也不禁微微一咧嘴，一抱拳后，就不再多说什么，上楼了。

二层是一间散发淡淡药香的独立厢房，但门口处悬挂着一层白色珠帘，让其无法看清楚里面是否有人。

柳鸣一迟疑后，还是抬腿直接上了三层。

他双足方一踏入三层，还未来得及细看什么，耳边就一下传来一个冷冷的女子的声音："你中了什么奇毒，不去找自己一脉长辈去解毒，而要来我这里？"

话音刚落，柳鸣只觉一股白茫茫狂风一卷而至，自己身形滴溜溜一转下，竟不由自主地被一股巨力直接拉扯到了远处。

当他骇然地重新站稳身形时，已经站在了一名头戴青色斗篷的女子面前。

虽然隔着斗篷，柳鸣仍能感觉对方闪闪发光的一对明眸，竟似乎对他的到来颇感兴趣的样子。

而三层大厅布置的极为典雅，不但床铺齐全，甚至还有几盆不知名的妖艳花树摆在角落处。

"回禀师姑，晚辈不是中毒，好像染上了什么邪气，故而特来此地求助的。"柳鸣恭谨地说道。

这回春堂也是他无意中从他人口中得知的，据说这里有精通医术的灵师坐镇，专解各种疑难杂症和一些奇毒诅咒，十分有效。

而他一直对先前钻入体内的那股凉气大感不安，生怕是那头死去的鼠妖遗留下的什么邪气，故而方一和其他人分手后，就立刻奔此而来了。

他可不想体内真留下什么不干不净的东西。

"邪气！这倒有些意思了，这倒是不太常见的，我来看看吧。"斗篷女子闻言微微一怔，但目光闪动后，似乎更加感兴趣起来。

就见她一手掐诀，另一手却手臂一动，伸出一根手指点在了其额头上。

柳鸣有些骇然，只觉自己纵然想要全力躲闪，多半也无法避开这看似不快的一点。

"放松精神，不要抵抗，我来检查一下你体内是否真有邪气存在。"斗篷女子冷冷地吩咐了一声。

柳鸣心中一凛，自然不敢怠慢，忙将心神放松。

刹那间，他就感到另一股陌生能量一下从额头进入自己体内，并开始飞快扫视身体各处，每一寸地方都没有漏过的样子。

"奇怪，没有什么异常。难道是一种隐匿性极高的邪气！"斗篷女子喃喃几声后，将手指收回，袖子一抖，又亮出一面看似精致的铜镜来。

"这是辟邪宝镜，你若是中了什么诅咒或者沾染了什么不干不净的东西，绝对逃不过它的检查。不过此过程可能会有些痛苦，你要忍受一下了。"斗篷女子看似随意地说道。

"什么，痛苦？"柳鸣心念一转，正想知道对方所说的痛苦到底是什么时，忽见对方将铜镜对准其一晃，一道白色的光柱从中一喷而出，一闪就直接没入其身躯之中。

就在这一瞬间，他感到白色光柱所照地方，顿时一些血液沸腾而起，一股万虫叮咬般的剧痛随之滚滚而来。

柳鸣纵然坚毅过人，不提防下也不禁一声惨叫出口。

"住口，我很快就会检查完了。"斗篷女子却根本不管不顾，反而不耐烦地冲其虚空一抓。

当即一股无形巨力一涌而出，瞬间将柳鸣身躯束缚得无法动弹。

那白色光柱则开始一寸寸地扫描其身躯各处。

柳鸣一时间满头大汗，只觉浑身犹如千刀万剐一般，似乎比当初开灵仪式上经受的痛楚尤要剧烈三分。

　　"你竟然敢哄骗我，你体内哪有什么邪气。"忽然斗篷女子将铜镜一收，面现一丝怒意地厉声喝道。

　　"什么，这也无法发现，不如师姑再换一种手段试试！"柳鸣虽然恢复了自由，体内痛楚也一下消失得无影无踪，但闻听此言后，不禁心中一凉。

　　"哼，我的辟邪宝镜百试百灵，还从未失手过的。你难道敢怀疑我的手段不成！给我滚！"斗篷女子闻言，更加大怒起来。

　　"弟子不敢如此想！"在对方散发出的一股灵压之下，柳鸣心中一颤之后，只能连称"不敢"的倒退而走。

　　他若是走得迟了，恐怕对方真敢给其一个深刻教训。

　　"慢着，留下二十块灵石。你当我的时间是白白浪费的不成！"斗篷女子目中精光一闪后，又一声呵斥道。

　　柳鸣闻言，自然不敢有违背，急忙将刚得到还未来得及捂热的二十块灵石取出放在地上，匆匆退出了三层大厅。

　　当柳鸣有些郁闷地回到一层大厅的时候，青衣少女还正在低首看着手中的书卷，对他的回来根本视若无睹。

　　柳鸣深深看了少女一眼后，也就悄然离开了阁楼。

　　这一次，他虽然并无任何收获，甚至还将刚到手的灵石又弄没了，但既然擅长此道的灵师也说其身上并无什么异常，总算让其安心了许多。

　　也许他先前感觉到的足底凉气，真可能是一时的错觉而已。

　　他到了此时，也只能这般自我安慰一番了。

　　柳鸣再次施法腾空离开之后，就直接返回了自己的小院，并一头扎进了修炼屋中。

　　他盘膝坐好后，重新内视了自己体内一番，仍无任何异常发现后，就不再将此事放在心上，而从怀中将那小半匣巨兽血肉残渣取了出来，仔细查看了一番。

　　有关这东西的用途，他准备去九婴山的灵法阁查询一番典籍后，再决定如何处理。

　　他现在刚刚完成一次贡献点任务，短期内不准备再出去执行任务，而是要先把自己的实力提升一截后，再去领取稳妥些的任务。

　　毕竟他这次出去，虽然得到了贡献点，但也差点让自己命丧那头巨鼠口下，让其心中

更加迫切地想先提高自己的自保能力。

况且，这次出去还得罪了那叫欧阳锌的灵徒中期弟子，先避避风头也是好的。

而短期内提升实力的最好途径，自然是将新得的三星盾彻底操控熟练于心，其次则是将后来学会的几门简单法术，也修炼到小成阶段。

柳鸣心中有了主意后，就将装着巨鼠血肉残渣的木匣一收而起，又将三角铁牌往手心中一放，心神一静后，就开始慢慢地吐纳吸气。

两日后，当柳鸣从灵法阁返回，在屋中捧着一本厚厚典籍在看的时候，脸上不时显露出惊喜之极的神色。

不知过了多久，当他将典籍合上的时候，不禁兴奋起来。

按照典籍上的记载，即使低阶妖兽也一身是宝的。

妖兽血肉直接食用后，就可直接增进一些修为法力。若是用妖兽血肉炼制成的丹药，则效果会更加好了，还能避免因为直接食用妖兽血肉产生的一些隐患。

好在这种隐患指的是长期食用，偶尔直接食用一些的话，并不会对食用者有多大影响。

而妖兽的皮毛骨头内脏等东西，更是无一不是炼器的最好材料。

那名叫叶天眉的女子，起码也是灵师等阶的高人，能被其追杀的妖兽，怎么想也不会是低阶妖兽的。

柳鸣脸色一阵阴晴变化，忽然一抬手，又将那小半匣巨鼠血肉残渣取了出来。

这一次打开盖子后，他另外找来一双竹筷，却丝毫不嫌弃满匣腥味，开始一点点拨弄巨鼠血肉残渣，并将一些皮毛骨渣和血肉非常小心地一一分开。

好好忙碌了一番后，他就得到了一大三小四块鼠皮和上面附带着的二十余根绿色硬毛，另有大小十三块白色骨渣。

柳鸣另取出一个小盒后，将皮毛和骨渣专门放进其中，望着木匣中剩余的巨鼠血肉时，脸上不禁浮现一丝犹豫之色，但一咬牙，用两根手指夹起一小块鼠肉。

单手一个掐诀，当即一团清水从天而降，将鼠肉上沾着的一些泥土一冲而掉。

法诀再一变，一团火焰在两根手指间凭空浮现，瞬间就将鼠肉点燃，并马上有一股肉香之气传出。

柳鸣的手腕微微一动，就将这块半生不熟的鼠肉，直接扔进了口中，然后细细地咀嚼起来。

下一刻，他双目骤然一眯。

这鼠肉味道竟然出奇的好吃，每一口咬下去后，都有一股说不出的鲜美，而一咽下去后，更是化为一团团炙热能量直接汇聚在丹田中的灵海中。

他只要稍微一催动灵海加以炼化，一缕缕精纯之极的元力直接从这些能量团中转化过来，竟顷刻间就化为了自己的法力。

柳鸣大喜之下，再也顾不得品尝鼠肉的鲜美，几口将嘴中这点鼠肉全都吞下腹中，当即开始专心地吐纳修炼起来。

当他再次睁开双目的时候，赫然已是大半日后的事情了。

再一检查自身法力增长，赫然已经抵上他平常半月的修炼效果了。

柳鸣怔了好半天，再转首看了看放在一旁的还剩下的众多巨鼠血肉，再也忍不住地狂笑起来。

这妖兽血肉食用后并没有多少饱胀感觉，而在增进法力方面竟然这般惊人。

这岂不是说，他只要每日吞食两小块血肉，不到一个月就可将第二层冥骨诀修炼成，可以从容地进阶到灵徒中期了。

不过当笑声一停，柳鸣再往深里一思量，又不禁有些患得患失起来。

要是随便吃几块妖兽血肉，就可以轻易进阶，那他们这些灵徒弟子何必还须这般辛苦修炼，其中应该有什么地方不对吧。

他看着旁边木匣中的鼠肉，不禁又有几分疑惑。

柳鸣自然不知道，一般妖兽虽然也有增进法力的效果，但绝不可能有这般夸张的。

凝液期大成的妖兽，不要说灵徒级弟子根本不可能得到，就是一般灵师恐怕也没有这他般机缘可以食用到的。

毕竟整个大玄国，恐怕也找不出几只凝液期的妖兽，至于凝液期大成的，现在更是再没有第二只。

这种等阶的妖兽几乎将一身法力全都炼化到全身的每一块血肉中，一旦被一名灵徒初期弟子食用，作用自然显得十分了得了。

若是换了一名灵徒后期弟子服用，不会有这般惊人效果的。

至于灵师等级的食用这么一小块鼠肉，也不过和食用一碗高品质灵米增加法力差不多而已。

而对更高阶的叶天眉以及蛮鬼宗那位灰袍老者来说，食用这些血肉对他们根本没有什么意义了。

他们修炼一天稍微增加的法力，都比食用此妖兽血肉强得多。

柳鸣在原处思量了好一会儿后，虽然并没有完全想通这一切，但也隐隐猜到了那头绿毛鼠妖等阶之高应该远超自己想象之上。

光是直接食用这些鼠妖血肉，就能增加这般法力，若是再交给炼丹师炼成丹药的话，岂不是效果更加惊人了？

柳鸣不禁这般思量道，而且典籍中提及的直接食用妖兽血肉的隐患问题，让其心中也一阵犹豫。

不过话说回来了，这等高阶妖兽血肉只要露出一点风声，想来宗门也不可能给自己一个三灵脉弟子留下半分的，若是再被一些心术不正之人知道，自己更有可能有其他难料的后果。

为了万一，效果差点就差点了！

至于直接食用妖兽血肉的后患，虽然书中提得模模糊糊，但好在也只有这半匣鼠肉而已，绝谈不上什么长期隐患，应该也没有大问题的。

柳鸣也算果断异常之人，心中思量了几遍后，也就有了决定。

他当即不再浪费时间，又抬手从木匣中捏出一小块鼠肉，开始冲洗烧烤起来……

二十天后，柳鸣盘坐在地上闭目修炼。

随着他的一吐一吸，体表缠绕的一缕缕尺许长黑气也呼应般地扭动不已，竟仿佛是活物一般，显得万分诡异。

在不知过了多久后，柳鸣双目一张而开，身上黑气顿时一敛收进了体内。

他再一沉心神，检查了一番修炼效果后，脸上浮现出一丝笑容来。

这二十天的修炼可算是异常顺利，不但让其法力激增了数倍，更是离修成第二层冥骨诀也没有多远了，眼看再过三四天，就可真的进阶灵徒中期了。

这种恐怖的修炼速度，让他这二十天中几乎有一种坠入梦幻中的不切实际的感觉，好在体内每日都在激增的法力不假，整整比先前大上一圈的灵海更是确实存在的，否则他还真要以为自己身处梦境中了。

柳鸣摇了摇头，一转首看了看放在旁边的那个木匣，又露出一丝惋惜之色来。

原本小半匣的血肉残渣，此刻只剩下一点点了，恐怕也就勉强刚够其下面几天食用。

柳鸣正这般想着，手臂一抬，熟练之极地向木匣中一抓而去。

但就在这时，他忽然脸色一变，动作一下凝滞般地停了下来，同时目中也闪过一丝惊恐之色。

"这不可能，怎么会出现这种事情！"

柳鸣大叫一声后，一下惶恐万分地重新盘膝坐好，飞快掐诀吐纳起来。

一道道黑气重新从其体内一窜而出，围绕着其疯狂舞动不已……

一顿饭工夫后，柳鸣仍然盘坐地上不动，但是后背热气腾腾，一副汗流浃背的模样，其身上缭绕的黑气，明显比先前缩小了近半之多。

一个时辰后，他身上黑气赫然只剩下薄薄一层，完全恢复到了二十天前刚刚食用那些鼠肉前的水平。

一声长长的吐气后，柳鸣再次睁开了双目。

只是这时的他，脸色难看得很。

他体内原本增大的灵海赫然恢复到了原来大小，一身原本汹涌澎湃的法力比食用鼠肉前竟然还要少上半分。

而之所以会出现此种事情，罪魁祸首赫然是他灵海中心处不知何时多出的一个米粒大小的东西，圆圆的，有些透明，仿佛一个小气泡一般，丝毫不起眼。

柳鸣可以发誓，其灵海中以前绝没有这东西。

但也就是这个东西，刚刚在他灵海中疯狂转动不已，并将他新凝练出的法力全都吞噬一空后，才重新恢复平静。

"难道这东西就是先前钻入体内的那股凉气，否则就绝无法解释此种情形了。"

柳鸣将心中的一丝惊慌强行压下，心念飞快转动一遍，总算找出了一个还算合理的解释。

不过这东西看起来和典籍中记载的邪气残魂等东西模样完全不相符，否则他就更要有几分惊惶了。

柳鸣甚至连额头上的汗珠都未来得及擦，就急忙将心神再次一沉进入体内丹田中，仔细观察起灵海中的小气泡来。

这气泡看起来晶莹圆润，里面也清澈异常，但怎么看也不像刚刚吞噬如此多法力的样子。

足足一盏茶的工夫后，柳鸣仍未从上面查看出什么有用的东西来。

而此物也在他灵海中静静地不动一下，仿佛真是死物一般。

柳鸣不禁迟疑了起来，但心念再一转后，又一咬牙，当即控制精神之力往气泡表面轻

轻一碰，想看看能否进入其中查看一下。

"砰"的一声。

气泡在他精神之力方一接触到的瞬间，竟一下如同镜子般地碎裂而开。

柳鸣心中一惊，尚未来得及有何反应的时候，只觉两耳"嗡"的一声雷鸣般巨响，头颅一沉，两眼一黑，整个人就身处一片陌生的灰蒙蒙空间中了。

"这里是……"

柳鸣见此，自然大惊失色，双目四下狂扫一遍，只见四周赫然全是灰色雾壁，整个能看到的空间，也就是直径十四五丈大小的样子。

他再低首一下，天空和地面也是灰蒙蒙的雾气，但只有五六丈高的模样。

柳鸣只觉心中砰砰一阵急跳，好一会儿后才让自己镇定下来，开始思量自己出现在此的整个过程。

毫无疑问，自己会到此地来，完全是因为自己触动了灵海中的那个气泡般的东西。

但那气泡到底是什么存在，怎会在一破裂后，立刻毫无征兆地将自己送到了这个诡异空间内，这就让人实在难以理解了。

而看这个空间死气沉沉的样子，怎么看也不像是有其他生灵存在，反更像一个囚禁犯人的牢房般的存在。

柳鸣在原地脸色阴晴不定地思量了好一会儿后，仍然没有得出什么太靠谱的结论，甚至后来大声叫唤了几声后，也并没有其他任何异常出现。

他心中一横后，一俯身，小心翼翼伸出一只手掌，往足下所踩雾气徐徐一摸而去。

整只手掌只没入雾气寸许来深，就被一层坚实仿若实地的无形屏障硬生生挡住了。

柳鸣目光一闪，站起身来后，口中念念有词几句后，深深一吸气，再冲下方一张口。

"呼"的一声，

一股狂风当即从他口中一卷而出，狠狠撞到了下方雾气墙上。

不可思议的一幕出现了！

看似猛烈的劲风一接触雾气的瞬间，竟无声无息的没入其中，再无任何踪影了。

柳鸣脸色微微一变，单手一掐诀，口中咒语声也随之一变。

"噗噗"两声后，两道看似锋利的青色风刃，从其两手间接连激射而出，但是一斩到下方雾气中后，同样诡异一闪，就此无任何反应了。

柳鸣脸色有些发青了，但他还不甘心，又换用了火弹术等其他几种学到的法术攻击下方。

但是结果全都一般无二。

这看似普通的灰色雾气，竟然可以直接吸纳吞噬所有的法术攻击。

柳鸣总算停下了攻击，但在原地沉默了片刻后，又单手一掐诀，足下也有一团灰云凝聚而出，并一托而起地朝上面徐徐飞去，但一离地数丈左右后，又戛然而止。

他伸出两手没入雾气中，开始一点点检查空中的雾壁。

半晌之后，他长吐一口气，从空中一落而下，显然一无所获。

随后，柳鸣却不再迟疑地大步向一侧走去，一条手臂一抖，将手腕上的虎咬环一下亮了出来，并五指一分地就此抵在了雾壁上。

"虎啸！"柳鸣体表丝丝黑气一现之后，口中蓦然一声大喝出口。

手腕上铜环当即爆发出一团黄色光晕，一个模糊虎头现出，一股白茫茫音波当即冲雾壁飞去。

"噗"的一声。

白色音波让雾气表面微微晃动几下后，就再次消失得无影无踪了。

柳鸣见自己最强的攻击手段也无效，脸色真的异常难看起来。

现在这个样子，他岂不真被活生生困在此地了，更糟糕的是，他身上的辟谷丹也并不是太多，原本半个月后就该再去领取新份额的。

至于喝水问题，反倒很好解决，随手一个凝水术也就可以聚集一团出来。

接下来的三天时间内，柳鸣自然不会甘心就这样束手待毙，几乎检查过了整个空间的每一寸地方，更用尽了自己所知道的各种手段，但仍然拿四周雾壁毫无办法。

这一下，他也只能无可奈何地承认自己束手无策了，脸色阴沉地在空间中心处盘膝而坐，等待起来。

不过在这般狭窄空间内一个人待着，即使知道是在慢慢等死，也绝对是一种考验人心神的事情。

柳鸣只这般坐了半天，也就只能苦笑一声地开始掐诀修炼起来。

但让他吃惊的一幕出现了。

任凭他如何催动吐纳，外面的天地元力无论如何也不能汇聚在其体内，灵海中法力却根本没有一丝一毫的增加。

至于灵海中原本出现的那个气泡，更是看不到丝毫的踪影了。

柳鸣骇然之下，就更有几分郁闷了。

既然法力无法增加，继续修炼冥骨诀自然是毫无意义了。

他无奈之下，也只能开始慢慢地练习火弹术、水箭术等几种法术来。

时间一点点流逝，转眼间就过去七八天的样子。

这里没有什么日出日落，他之所以还能准确判断时间，倒是多亏了随身携带的一个粗糙的铜质小沙漏。

此沙漏是他当年在凶岛上自己特别制作的，里面细沙流落特别迟缓，足足一天时间才能将沙漏一边流沙彻底流空。

因为对其有些感情，所以才一直留在身边，没想到现在倒是派上了大用场。

不过几天后，柳鸣又大喜地发现了一件事情。

这般长时间过去，他竟然一直没有饥饿的感觉。

此事虽然有些不可思议，但对他来说却是值得庆幸的事情。

如此一来，他总算不用担心自己会短时间内直接饿死在此地了。

暂时免除了后顾之忧，又无法离开这里的柳鸣，干脆真在空间里专心修炼起那几门法术来。

在此期间，每过一天他就在带着的一个木匣盖上随手用利刃划上一道印痕，好能准确记住自己度过的时间。

而他在不用浪费时间去做其他事情，又有一心二用的天赋辅助的情形下，在三四个月内，就将其余几门法术也都修炼到了小成阶段。

接下来的时间，柳鸣则专心修炼风刃术这种在所有基本法术中出手最快的攻击法术。

要不是如此，在这种枯燥环境一直一人待着，恐怕他真要有些发疯了。

一个月，两个月，三个月，半年时间就匆匆而过了。

这一日，柳鸣从入定中醒来，感觉已经将前几天消耗一空的精神重新恢复过来后，就口中咒语声一起，两手一掐诀，再同时齐扬之。

"嗖嗖"几声后，六道青色的风刃接连激射而出，又统统一闪，没入前方雾气中不见了。

"十息之内，已经发出六道风刃了，这应该算是风刃术大成了吧。"柳鸣目睹此景，喃喃自语道。

但下一刻，他两手往身前一合，口中又有阵阵咒语声传出。

两手再一分下，一道比先前大上三四倍的光亮风刃缓缓浮现而出，但是刚凝聚到一半的时候，忽然砰的一声传来，巨大风刃又化为点点灵光消散掉了。

柳鸣见此情形，眉头微微一皱而起。

这种将数种风刃之力同时聚集一起的手段，是他在前不久将风刃术释放速度到一定快之后，自然而然产生的一种想法。

但真要想将其实现，一方面需要充足的法力，一方面风刃术释放还要更加熟练些才有可能。

柳鸣心中一边这般思量着，一边习惯性地再次双手掐诀，就要继续修炼风刃术。

但就在这时，他忽然两耳"嗡"的一声，脑袋一沉，两眼不由自主地一闭上，再一睁开后，整个人赫然出现在一个阳光明媚的小屋中。

他正盘坐在一块蒲团上，两手掐诀，整个人一动不动。

"这是……"这一次，柳鸣真的呆住了。

这个屋子以及四周熟悉之极的环境，赫然正是他半年前消失的那个修炼房。

灵果之争

他竟然就这般地回到了此地?

柳鸣只觉脑中一片空白,目光无意识地向四周缓缓扫过,一时间无法再多想任何东西。

不过当他目光一落在身旁的一木匣中时,却一个激灵恢复了几分清醒。

在木匣中,赫然还放着十来块鲜红色鼠肉残渣,颜色和其离开时一般无二,根本看不出有丝毫的改变。

柳鸣心中诧异万分起来。

虽然灵兽血肉因为含法力的缘故,保存时间远比普通肉类长得多。但若半年时间还能保持新鲜模样的话,自然是一个说笑的事情了。

柳鸣脸色连变数次,目光再往附近仍装着清水的木桶看了一眼后,手臂一动,往后背摸了一把,赫然有些湿漉漉的感觉,背上汗水还未干透的样子。

他脸色更加有些不太好看了,但下一刻又想起了一事来,猛然从怀中掏出了两物来。

一个看似普通的青色木匣,一个做工粗糙的铜质沙漏。

青色木匣看似普普通通,沙漏也是静静在其手中,细沙都集中在一端处。

"果然真是如此。"柳鸣倒吸了一口气后,脸色变得精彩万分起来。

木匣和沙漏都是其用来计算时间的工具。

而他记得清清楚楚，在离开空间的时候，此木匣表面早就被其刻上了密密麻麻的痕迹。

那铜质沙漏更是为了计时方便，一直留在那神秘空间地上的，离开时根本未曾来得及带在身上。

他先前经历的神秘空间里的一切，竟然是一场幻觉，自身根本未曾进入过什么空间中。

看似半年长的被困时间，更不过是自己的南柯一梦而已。

可是先前半年的被困生活也未免太真实了一点，他甚至能清晰记得每一天修炼法术时的种种情形。

柳鸣将心神定了一定后，又一咬牙将意识沉入体内，再次查看灵海中情形。

结果他心中微微一松。

灵海中空空如也，那个破裂掉的小气泡赫然无影无踪了。

若只是做了一场大梦，就能将这邪门东西摆脱掉，也是不幸中的大幸了。

柳鸣心中这般想道，但为了万一起见，还是一催冥骨诀，试着催动了一下灵海。

结果他神色顿时一变，并一下失声出口。

"不可能！消失的法力，怎么又恢复了？"他催动灵海后，赫然发现体内法力不知为何又恢复了许多，足有原先被那气泡吞噬掉的一半之多。

更让他吃惊的是，这股新增加的法力虽然数量远不如气泡吞噬以前，但给其感觉却似乎比以前精纯得多了。

柳鸣惊喜之下，急忙再次观察自己的灵海。

只见看似气蒙蒙的灵海还和原先一样大小，但是所散发的银光更加柔和一些，同时给人的感觉也比以前更凝实了两分。

按照典籍记载，这的确是法力提纯后才会有的征象。

不过，法力提纯不但万分危险，还是一件极其消耗时间的事情！

一般只有在灵徒灵师卡在瓶颈上多年或进阶未果，才会有人冒险加以一试的。

而修炼者法力若是提纯过的话，在同等境界下，体内可以容纳储存更多法力，并且在施展各种法术和催动符器灵器的时候，威力也会有一定的增幅。

这对柳鸣来说，自然是一种难得的好事！

不用说，这股精纯法力自然也是那消失的气泡做的手脚了。

柳鸣脸上喜色微微一收后，不禁陷入了沉思中。

这一次思量，他足足用了半个时辰，才再吐一口气，回过神来。

那气泡到底是何来历，为何会吞噬其法力，在让其做了南柯一梦后又返还部分提纯过的法力，这实在太错综复杂了一些！

他纵然脑袋想大了一圈，还是没能捋清楚其中关系。

"算了，不管怎么说，那东西已经不在了。而用损失一半法力来换取另一半更加精纯的法力，也不算吃亏的。"柳鸣也只能摇摇头，这般想到。

这时，他转首向屋子唯一开启的窗户看了一眼。

只见窗外太阳高高悬挂空中中间处，并散发着微热的阳光。

柳鸣双目一眯。他没有记错的话，他被拉入那古怪空间前的时候，太阳好像也是在空中此位置上的。看来他所经历的南柯一梦，根本就是瞬间发生的事情了。

柳鸣心中这般想着，一下站起身来，推开木门走出了屋子。

他站在小院中，在毫无遮拦的阳光中将手臂一张而开，感受着一股暖洋洋的力量照映全身上下，心境不觉渐渐平静了下来。

在那神秘空间中独自一人生活半年，实在是一件考验人意志的事情，就算他现在想起来，也阵阵的心悸后怕。

还好只是半年时间就从中出来了，若是再长一些，即使只是梦境，恐怕也会给他精神上留下不少后患的。

柳鸣一想到自己的精神，当即心中一动睁开了双目。

他才发现自己的精神力比南柯一梦前似乎真有了一些涨幅，虽然不明显，但的确有了增加。

柳鸣露出一丝苦笑之色。如此一来，自己也称得上是因祸得福了吧？他如此想着，目光随意一转后，就落在了小院外的一颗青色大树上。在此树旁边，原本有的一棵小树，早化为一根光秃秃树桩竖立在那里了。柳鸣见此情形，不禁会心一笑，几乎下意识地手臂一抬，看似随意地念念有词起来。

"噗噗"两声后，两颗拳头大的赤红火球瞬间在手上浮现而出，再一闪后，就化为两团红光击在了青色大树上。

又"轰轰"两声巨响。硕大树木当即被滚滚赤焰包裹，片刻间化为一堆黑灰。

柳鸣原本微笑的面容，一下凝滞住了。

这是他在神秘空间中修炼小成的火弹术，但此经历不是一场虚梦吗，怎么现在还能这般熟练地施展出来？

柳鸣嘴角抽搐了一下后，忽然口中咒语一变，两手一动，各有一道白线激射而出。一闪之下！

青色大树下的一颗巨大山石上，凭空多出两个拇指粗细的小孔来。

这正是他同样修炼小成的水箭术。

柳鸣舔了一下有些发干的嘴唇，目中充满了火热的神色，二话不说再次念念有词，两手再次一扬。

"噗噗"声大作，六道青色风刃在极短时间内激射而出，瞬间将那块山石斩成了七八截。赫然正是他修炼最多的风刃术。

"竟然真是如此。在那神秘空间修炼成的法术，真的全都同样有效。"柳鸣喃喃几声后，面上尽是狂喜之色了。

他又在小院中继续施展各种法术，直到将体内最后一丝法力也消耗一空后，才停手，并一下躺在小院草地上，双目紧闭，不知在思量什么事情。

"可惜啊。早知道那神秘空间还有这般神奇效用，就应该多留在一段时间了。"柳鸣发出了一声长长的叹息，睁开眼睛缓缓站起身来。

此刻的他，就算再糊涂，也很清楚在那神秘空间中的经历，绝对不是做梦这般简单的事情了。

不过纵然再是惋惜，小气泡也已经不复存在了。

他也不可能再重复此种经历，只能将神秘空间的事情，当做自己的一场机缘造化罢了。

柳鸣总算恢复平常心态，又回到了修炼屋中。

数日后，当他将最后一点鼠肉也食用炼化一空后，又在住处继续修炼了大半个月。

这一日，柳鸣自觉已经做好一切准备，终于离开了住处，直奔执事堂去了。

四个月后，在蛮鬼宗山门外数百里远的一个散发奇寒的水潭边，一根碗口粗的竹竿，一端斜插在旁边泥土中丈许之深，而另一端则挂着一根白色绳索。

绳索最下端赫然吊着一头灰色肥兔！

此兔偶尔才有气无力地蹬一下腿，也不知悬挂竹竿下多久了。

"哗啦"一声，水塘中突然冲出一条鹰口蛇身的怪鱼，张口奔肥兔一咬而去。

"噗"的一声，一条黑色绳索从竹竿附近的一个灌木中闪电般弹出，瞬间将白色怪鱼一卷其中，并一拉，扯到了灌木前。

这怪鱼在惊恐之下，发出"呱呱"的怪叫声，并在张口的同时，喷出一道道白色水线，

将附近地面打得乱七八糟。

又过一会儿工夫，怪鱼就变得无精打采起来，最终口中水线一停，只能奄奄一息地躺在地上不动了。

"这鹰嘴鱼倒还真是狡猾，但耗了两天两夜后，还是乖乖地上钩了吧。"

一声轻笑声传来，旁边灌木丛一响，一个面目普通的绿袍青年，面带笑容地从中走了出来。

正是柳鸣。

他几步走到怪鱼前，用脚踢了一踢后，才不慌不忙地从背后取出一个鱼篓，将怪鱼捡起放入了其中。

柳鸣一转身想离开的时候，目光忽然向那竹竿悬挂的灰兔扫了一眼后，不禁又自语了一句："这一次，你也算帮了大忙，就饶你一命吧。"

话音刚落，他手一抬，一道青色风刃瞬间激射而出，将绳索一斩两断。

灰色肥兔在空中自由后，当即一个蹬腿，竟然身躯一个翻滚跳到了岸边，然后以不符合其身体的敏捷迅速逃入附近草丛中不见了踪影。

柳鸣见此轻轻一笑，当即一掐诀，就要背着鱼篓腾空飞起了。

但就这时，不远处树林中脚步声一响，忽然走出了三名穿着蛮鬼宗服饰的男性弟子，全都二十来岁，一看到水潭边背着鱼篓的柳鸣，均都微微一怔，柳鸣见此，眉头也微微一皱，但只是点了一下头，就继续一催腾空术，身下一团灰云凝聚而出了。

这时，三名男弟子中间的一人，目光在水潭边斜插的竹竿以及附近地面上怪鱼遗落的几块鱼鳞上一扫，当即双目一亮，手臂一动，一只带着金色拳套的手掌一下冲柳鸣所在虚空一击而出。

"噗"的一声，一团金色的气团当即冲柳鸣激射而来。

柳鸣一惊，不假思索地双足一动，立刻从灰云上一飞而下，稳稳地落在了数丈外的地方。

而用腾空术刚刚凝聚出的灰云，却在一声闷响后，被金色气团一击而散。

"三位师兄，这是什么意思！"柳鸣盯着三名弟子，脸色一沉下来了。

"哈哈，这位师弟不用动怒。我只想问一下，此地那条鹰嘴鱼是不是已经被师弟抓住了。"中间的男子是名二十来岁的白皙青年，闻言嘿嘿一声说道。

旁边两名年纪差不多的青年，目光也望向了柳鸣身后的鱼篓，丝毫不加掩饰地露出一丝贪婪之色来。

"是又怎样，不是又怎样！"柳鸣同样打量着三人，淡淡地说道。

"是的，就好说了。凑巧得很，我兄弟三人也接取了活捉鹰嘴鱼的任务，如今人也已经赶到了这里，师弟总不能让我们三个白跑这一趟吧。"白皙青年打了个哈欠，说道。

"哦，那三位打算怎样！"柳鸣心中叹了一口气，问道。

这种情形，自从他独立一人接取贡献点任务来，已经是第三次遭遇了。

只不过前两次都只是遭遇一名被其打得鼻青脸肿的蛮鬼宗弟子，而眼前却一下出现三个，这可稍微有些麻烦了。

怪不得那些宗门弟子接取贡献点任务时，大半都是成群结伙行动了。

他通过精神力扫视，能大概感应到左右两边两人的法力波动和自己差不多，而中间白皙青年的法力波动却明显比自己要高上一筹了。

而他经过这四个多月的苦修，已经快要修成第二层冥骨诀了，说明那白皙青年十有八九是一名灵徒中期弟子，可不像旁边两人那般好对付的。

就在柳鸣暗自分析对方实力的时候，白皙青年阴沉一笑回道："很简单，这宗门任务有贡献点十个，灵石三十。师弟要么每人赔偿我们二十块灵石，要么干脆将这鹰嘴鱼交给我们，我来补偿师弟二十块灵石如何？"

"二十块灵石？看来三位是打算硬抢了。难道不怕触犯门规吗？"柳鸣面无表情地说道。

"师弟要是觉得是硬抢，那就算硬抢吧。至于门规，哈哈，师弟就更不用担心了。本门表面上是禁止弟子争斗，但是实际上却是鼓励宗内各脉弟子间施行弱肉强食的法则，只要不是在师叔师伯或者执法弟子面前直接动手，根本就不会有任何事情。哈哈，看来师弟才入门没多久，对此还没有太深的了解。不过经过今日之事后应该就会有一个深刻教训了。"另外一名脑袋略大些的弟子，当即哈哈大笑，并用略带嘲讽的口气说道。

"好了，别废话了。既然这位小师弟不愿意主动交出鹰嘴鱼，就快些动手吧。迟了的话，有其他人过来就不好办了。"白皙青年冷哼一声说道。

话音刚落，他又"呼呼"两拳再次发出飞刀，顿时又有两团金色光团奔柳鸣飞射而来。

另外两名男子也十分有默契地口中念念有词，一抬手，各有一蓬白丝激射而出。

"蛛丝术！"柳鸣双目一眯，立刻知道了白丝来历。

这种可以生擒敌手的法术，可以说是蛮鬼宗弟子间互相争斗时最常用的法术之一。

他深吸了一口气，手腕上虎咬环蓦然一亮，接着两条小腿骤然一粗，肌肤表面青筋一

跳后，整个人就化为一团绿影一冲而出。

"啪啪"两声，两蓬白丝化为数尺大丝网分别落在其原先站立处，两团金色虚影也在上方处呼啸而过，全落到了空处。

对面白皙青年当即脸色微微一变。

而就在这时，"砰"的一声巨响。

一名刚刚施展过蛛丝术的弟子，满脸通红地一下跪在了地上。

柳鸣则将一只被淡淡黑气包裹的拳头从其腹中一抽而出，又反手一掌切在脖颈上，就让他躺在地上昏了过去。

他借助轻身术外加加速秘技，竟转眼间欺近了对方身前，给了对方狠狠两击。

"吕师弟……臭小子，我要杀了你！"对面那名脑袋大些的青年，一见同伴转眼间就被柳鸣放倒，不禁惊怒地大叫，其一下抽出了腰间一把黑黝黝的铁尺，并狠狠冲柳鸣虚空一击而来。

铁尺上黄光一闪，一股无形力量顿时冲柳鸣滚滚一压而下。

但柳鸣却身躯一扭，一下躲过了这股无形力量，并一个晃动飞蹿到大头青年近前处了。

青年一惊，再想收回符器护身，却已经来不及了。

一只带着丝丝黑气的拳头狠狠在青年小腹一击后，让其两眼一翻，也直接趴在地上无法动弹分毫了。

这两名蛮鬼宗内门弟子都二十多岁，还停留在灵徒初期，可见修炼资质之差了。

二人又因见柳鸣年纪轻轻，知道是新入门的弟子，心中满是轻视之心，自然被轻身术和加速秘技同时加持的柳鸣，用一番闪电般动作一击而倒。

"你……你是体修？"对面白皙青年见到两名同伴转眼间就被柳鸣空手击倒的一幕，脸上却露出了犹如见鬼般的神色，一下失声出口起来。

"体修，也许吧。"柳鸣听了心中一动，却面无情地向对方缓缓走了过去。

"哼，就算你是体修，这般年纪又能修炼多久。"白皙青年眼珠滴溜溜一转后，又立刻恢复了几分常态，但手中金色圈套却忽然一阵模糊，化为了一面金色光盾挡了身前，同时其另一只手掐诀不已，口中念念有词起来。

顷刻间，一阵蓝光晃动，一枚半尺长的晶莹冰锥在其手上飞快形成。

柳鸣见此情形，瞳孔微微一缩，足下却忽然一用力，就再次化为一团绿影直冲而上。

白皙青年见此，脸上狠辣之色一现，手腕一动，冰锥就化为一道寒光飞射而出。

以冰锥术的威能，外加其附带的奇寒，柳鸣真要被扎中就算不死恐怕也会立刻重伤而无法动弹了。

但高速扑来的柳鸣，只是腰肢一扭，身躯仿佛无骨蛇般地猛然一晃。

冰锥当即从其肩头旁一擦而过。

就在这时，白皙青年却面现一丝狡诈之意，猛然将手中法诀一变，口中猛吐一个"爆"字。

"砰"的一声，冰锥一闪之后，立刻化为一团蓝色碎冰爆裂而开，一股奇寒之气荡漾开来。

柳鸣心中一惊，不及多想，将手腕猛然一抖，一面光亮的小圆盾浮现而出，并一闪挡在了肩头处。

但此动作仍然有些晚了。

柳鸣只觉肩头一寒，再一麻后，当即被一层白霜覆盖了一小片，原本扑出的身形不觉一下迟缓了。

白皙青年面现一丝得意笑容，咒语一变后，单手一扬，又一下喷出一道粗大白线，并模糊地在途中化为了丈许大丝网，奔柳鸣迎头一罩而下。

同样的蛛丝术，在白皙青年和其他两名蛮鬼宗弟子手中施出，威能可是天壤之别了。

柳鸣脚步戛然而止，停在了原处，盯着落下的丝网，口中却飞快地无声念动几下后，两手一扬，两颗拳头大的火球瞬间弹射而出。

一颗奔丝网激射而出，另一颗却冲数丈远的白皙青年飞射而去。

"噗"的一声，丝网尚未落下，就在滚滚火焰中化为了灰烬。

另一边的青年却吓了一跳，急忙将法力往符器所化光盾中狂注而入。

即使是一颗普通的火弹，但在如此近距离被击中的话，他也不敢保证自己的符器能够百分之百挡下。

"轰"一声巨响，白皙青年身前火光四溅。

而光盾一阵剧烈晃动和发出嘎嘣几声脆响后，立刻浮现出几道纤细的裂痕。

白皙青年见此，心中却微微一松，正想要继续施法攻击柳鸣时，却忽然感到腰间一紧，一根黑色绳索不知何时缠在了其身上。

"炼魂索！"白皙青年一见黑索，大惊失色，急忙一斗手上金色拳套符器想做些什么，却已经晚了。

黑色绳索仿佛毒蛇般地飞快一绕数圈，再猛然一勒，当即让青年腰间一阵黑气缭绕，

177

一阵剧痛，再也无法做出任何动作来。

而柳鸣却大摇大摆地走了过来，二话不说地对准其脖颈后就是一掌，让其两眼一黑，也当场昏迷了过去。

柳鸣轻吐一口气后，才一运冥骨诀，将体内法力往肩头处一聚而去。

结果在丝丝黑气卷动中，他肩头处的冰霜飞快化水消融，顷刻间就恢复如常了。

柳鸣看了看在脚下昏迷不醒的白皙青年，轻叹了一口气。

修炼者之间的争斗果然和他以前经历的其他打斗大不相同，看似一个简单的冰锥攻击，竟然也会突然出现超乎预料的变化。

而对方还只是一名看似没有修炼过多少秘术的中期灵徒。

若换做修炼时间更长的，或者修习了更高深法术秘术的其他灵徒，他岂不是应对起来更加吃力？

柳鸣心中这般想着，稍微活动了一下肩膀，就毫不客气地开始检查起地上三人身上的东西来。

一番细细搜刮后，他得到了三件符器，三十多枚灵石，以及一瓶半辟谷丹，和一些乱七八糟的材料，其中有类似药草的东西，也有一些不知名的兽骨。

柳鸣将这些东西全都打包放在了一起，往肩头一背后，就腾空而起往蛮鬼宗方向一飞而去了。

半日后，当他再次进入宗内执事堂二层的时候，大厅中熙熙攘攘的已经有不少人，但其中小半都挤在了发表任务的晶碑前，并指指点点在议论着什么。

柳鸣见此不禁觉得有些奇怪，不过倒是没有急着过去，而是走向了另一边石台前。

他将鱼篓往石台上一放。

一名中年执事当即探首往里面看了一眼，就点点头赞许道：

"不错，的确是鹰嘴鱼。白师弟虽然年幼，但最近完成的任务可着实不少啊。我看好师弟，以后再多多努力吧。"

中年执事一边说着，一边熟练异常地接过柳鸣递过来的铭牌，将一根金色棍子往上面一点，又扔出一个装满灵石的小布包。

"多谢师兄吉言了。对了，最近新出现什么任务，怎么这般多师兄都聚集在那里？"柳鸣将铭牌和布包一拿而起后，报以一笑地问了一句。

"呵呵，这是毒灵一脉的张师伯需要几名看炉弟子，贡献点多少不说了，但附加报酬是愿意指点炼丹术，所以才有许多人都动心了。毕竟张师伯可是我们蛮鬼宗第一炼丹师，万一真能从其手中学到丹术一二，恐怕终生都会受用无穷。不过也要真能让张师伯满意才行！"中年执事闻言，嘿嘿一声说道，但脸上却明显闪过不以为然的神色。

"师兄，莫非其中另有什么玄机？"柳鸣闻言心中一动，问道。

"呵呵，师弟可以回头看看任务下准备接任务的弟子都是些什么人？"中年执事微微一笑说道。

柳鸣听了心中自然有些诧异，不禁回首看了过去。

片刻后，他不禁露出一丝讶色了，而中年执事却不慌不忙地继续说道：

"以前张师伯也曾经发布过几次类似的任务，去接取任务的弟子也不知道有多少，但是从未有人真正完成。那些接取任务的弟子，除了在张师伯那里被骂了一个狗血喷头和浪费了数个月时间，全都在炼丹术上一无所得。所以后面再有此任务出现的时候，那些稍微年长些的弟子全彻底都无视了。呵呵，也只有这些年纪轻些的师弟们，才仍抱有成为炼丹师的希望愿意一试。"

"原来如此，多谢师兄指点了。"柳鸣有些恍然了。

虽然对方所说不多，但他也明显听出了这位毒灵一脉的张师伯可是不好伺候的，自然也灭了他去接取此任务的想法。

失败还好说，但白白浪费几个月时间的话，对他来说可实在不值了。

当然他此前从一些人口中已经知道，炼丹师、阵法师、灵植物、灵兽师、炼器师等一些精通特殊技能的存在，在修炼世界是非常受欢迎的，特别是其中最稀有的炼丹师，对一个宗门来说几乎是必不可少的。

不过在他心底深处，还是对炼丹师颇感兴趣，毕竟若自己就是一名炼丹师的话，上次得到的绿毛巨鼠肉就可以炼成丹药，能发挥出最大效果。

柳鸣心中这般想着，转身离开了石台，但在经过晶碑的时候，脚步微微一顿，向上面扫了一眼，很快找到了那位张师伯发布的任务。

果然就像中年执事所说，当三个月炉火弟子可以得到一百点贡献点，并可得炼丹术的指点，但是最后另附加了一条，若是得不到这位张师伯的满意认可，所有报酬将都不会支付。

柳鸣一咧嘴，当即不再停留，离开了二层大厅，走出了执事堂，驾驭云团往远处飞去了。

此后的两个月中，柳鸣再也没有离开九婴山，一心在住处苦练冥骨诀。

这一日，正在屋中修炼的柳鸣，忽然感觉身体一轻，一股让心魂都为之颤抖的感觉从

丹田处狂涌而出，当即忍不住一张口，发出长啸之声。

啸声浑厚异常，仿佛巨浪般连绵不绝，足足持续了半盏茶时间，才最终停了下来。

这时的柳鸣，满脸惊喜之色地打量着全身上下，并感受着体内充沛之极的滚滚法力。

他赫然已经修炼成了第二层冥骨诀，成为了中期灵徒。

同一时间，九婴山顶的某座大殿中，中年儒生一听殿外隐隐传来的啸声戛然而止后，当即冲盘坐在对面的披发男子，一笑说道：

"听这啸声强度，看来是本脉一名弟子进阶中期成功了，这可算是一件可喜之事了。说不定，这就是预兆我们商量之事，将会一帆风顺的。"

"希望如此吧。谁也没有想到当年的顺手而为之举，竟然会给本脉带来了这般一个天赐良机。不过越是如此，恐怕那两个老家伙越不甘心真按约履行的。"朱赤闻言，苦笑一声回道。

"哼，他们除非真不要九窍山的脸面了，否则此事是他们当初主动提出来的，现在要是反悔的话，我倒要看看这两个老家伙是如何开口的。"同样盘坐在一旁的钟姓道姑闻言，当即柳眉倒竖地说道。

"直接反悔？他们两个也是成名多年的灵师，还做不出来这等事情的。只是他们若是对分配方法另行提出条件的话，我们也不好硬生生拒绝的。"朱赤缓缓地回道。

"怎么，朱师弟，你收到什么消息了。"圭如泉闻言，目光一凝，问道。

"嗯，我来之前刚刚收到九窍山一名弟子捎来的信函，圭师兄和钟师妹不妨看上一看。"朱赤叹了一口气，说道，接着单手一个翻转，蓦然拿出一张淡黄色皮卷来，抛给了儒生。

圭如泉一把抓住后，急忙展开细看了起来。

结果他才看了片刻，面孔就不禁阴沉了下来。

钟姓道姑见此景，心中有几分诧异了。

"师妹，你也看看吧。"儒生终于将皮卷递给了道姑，并双目一闭地思量起什么事情来。

"什么，他们竟然要求斗法来分配那些灵果，而且只能是新入门不足三年的弟子参加比试。这不是欺负我们新入门弟子才修炼没多久吗？况且九窍山一向以傀儡术闻名诸宗，门下弟子只要能有一两头厉害些的傀儡，自然实力就可立刻激增。我们门下弟子，如何与他们比试！"钟姓道姑一看完信函后，就勃然大怒。

"这些灵果树已经在他们掌控之下了。而且据我所知，九窍山新入门弟子也不过比我们早上一年而已，他们也承诺参加比试弟子绝不会动用三阶以上傀儡，我们也不好完全拒绝的。"朱赤如此说道。

"但我们这一次新入门的弟子，总共才那么五人，其中又只有萧枫一人才刚刚进阶到灵徒中期，其他几人又如何与对方争斗。"钟姓道姑却大急说道。

朱赤听到此话，也眉头一皱。

"哼，既然是他们提出的条件，自然有讨价还价的余地了。和他们全部比五场这绝对不行的，就回信说比试三场吧。这样的话，我们再不济，也能有希望得到三分之一的灵果。"圭如泉终于双目一睁而开，哼了一声说道。

"比三场？这倒是一个不错的主意！以枫儿的实力赢下一场，起码有七八成的把握。"朱赤闻言，面现一丝喜色。

"但其余两场怎么办，我们派谁去，就这般直接放弃了不成？"钟姓道姑仍然不甘心地说道。

"剩下两人嘛，于诚这孩子近期修炼十分刻苦，就算上他一个吧。至于另外一人嘛，那个叫白聪天的弟子，不是在半年前就已经是初期灵徒了吗，现在再不济应该法力也另有些长进的，再加上他与人争斗经验还算不错，也算上他一个吧。他们两人就算全输了也没什么，万一侥幸有一人胜出的话，我们就算大赚了。"圭如泉略一思量后，也就有了决定。

朱赤闻言连连点头，钟姓道姑思量了一下后，也只能勉强同意下来。

于是三人又商量了一会儿，圭如泉当即取出一块空白皮卷，飞快写了一封回信，并召唤一名弟子进来，交付给了他。

片刻后，一团灰云从九婴山上一飞而出，直接离开了蛮鬼宗山门，往某个方向一路飞去了。

半个月后，正在屋中开始参悟通灵术的柳鸣，忽然听到屋外传来一声朗朗的男子声音："白师弟在吗？我奉师尊之名，特来找你上山一趟。"

这话语声，赫然正是石川的声音。

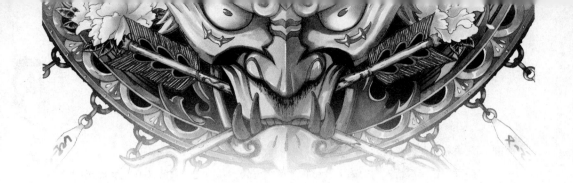

伏蛟岛

柳鸣一听这话，心中自然一怔，口中答应一声，推门走出了屋子，来到了小院中。

他一眼就看到了院门外站着的石川以及旁边的红发少年"于诚"。

于诚一见柳鸣出来，目光却有几分复杂之色。

"石师兄，圭师找我吗？"柳鸣走过去后，口中问道。

"不光是圭师，朱师叔和钟师姑也在山顶大殿中等候着你和于师弟的。咦……白师弟，你进阶灵徒中期了！"石川微笑着说道，但再仔细一打量柳鸣后，脸色突然一变，问道。

这时候的柳鸣，因为刚刚进阶没多久，还无法将自身法力收敛自如，竟一眼就被这位石师兄看了出来。

"师兄果然慧眼如炬，小弟的确是前几天才刚刚进阶灵徒中期的。"柳鸣倒也没有隐瞒的意思，坦然地承认下来了。

石川一听这话，纵然一向表现得极为沉稳，也不禁露出难以置信的神色。

至于旁边的于诚，听到这番话，有些目瞪口呆了。

"原来师弟竟是修炼奇才，短短一年时间就能修炼到灵徒中期，这等修炼速度恐怕丝毫不逊色萧枫师弟了。"石川好一会儿才将脸上惊容收敛了几分，有几分苦笑地说道。

"小弟哪算是什么修炼奇才，只不过是借助一些外力，才能侥幸这般快进阶到灵徒中期的。"柳鸣却镇定地回道。

"白师弟太谦虚了，就算师弟真食用了什么能增加法力的丹药，但是灵徒中期和初期可是截然不同的。灵徒初期只要法力够了，任谁都可以轻而易举进入，而中期开始则就会有瓶颈产生了。据我所知，许多三灵脉弟子都卡在灵徒初期境界而多年无法寸进。但是白师弟，现在就依靠丹药之力来增进法力，可不是什么明智之举，法力还是自己一点点修炼来的精纯，以后遇到瓶颈时阻力也会少上一些。"石川听了柳鸣之言后，露出几分恍然之色来，但摇摇头，又大有深意地说道。

于诚听到此话，脸上也一下露出"原来如此"的表情来。

石川显然将柳鸣修为增加这般快，一下想到了某些能增加法力的丹药上了。

而蛮鬼宗中，也的确有几种能增加法力的丹药，但只对灵徒弟子才有一定作用，并且需要换取的贡献点也着实惊人。一般内门弟子，罕有人舍得去换取的。

毕竟对大部分弟子来说，在灵徒期只要不是遇到瓶颈，花上一定时间修炼，法力总会慢慢增加的。而若是遇到了瓶颈，服用这种增加法力的丹药，自然是肉包子打狗，一点效果没有。如此一来，宗内贡献点那般珍贵，自然要留着另作他用。

当然依靠丹药增加的法力，也的确像石川说的那般，远远比不上自己修炼出的精纯。

柳鸣当初食用的那些巨鼠血肉转化的法力，倒没有此弊端。

毕竟这些血肉中法力也是这些妖兽自己修炼出来的，而能在死后还能残留在体内不散的法力，更是妖兽一身法力的精粹所在了。

但想要单纯靠妖兽血肉来增加法力，比靠丹药增加法力的手段，更加的不靠谱。

毕竟只有食用比自己境界高的的妖兽血肉才能有增加法力效果的，但真要面对这般一头强大妖兽，到时谁吃谁可是不一定的事情了。而且妖兽血肉食用多了，同样有其他一些后患的。

况且就算真有人愿意一试，大玄国妖兽也十也分稀少，灵师级高阶妖兽更是凤毛麟角。

柳鸣通过看一些典籍，自然也知道这一切，但是一见石川二人误会了自己，当即一笑也不会多嘴再解释什么。

那绿毛巨鼠的血肉虽然全都已经下肚了，再被宗门其他人知道也无可奈何，但能多一事不如少一事，自然更好了。

"多谢师兄指点，小弟一定会铭记在心的。对了，不知圭师召见我和于师弟是何事情，师兄能告知一二吗？"柳鸣含糊了应对了一句后，有些好奇地反问道。

"这个我还真不太清楚，只知道和九窍山有些关系，而且除了你二人外，萧枫师弟也被同样叫了过去。"石川略一犹豫回道。

"九窍山？"柳鸣闻言，心中大感意外。

九窍山同为大玄国五大宗门之一，无论实力排名都还在蛮鬼宗之上，而他除了知道此宗似乎非常擅长傀儡机关术外，就再不知道其他任何事情了。

柳鸣在心中仍有些诧异，三人就驾云腾空，直奔山顶而去了。

片刻工夫后，柳鸣、于诚，萧枫三人全出现在大殿中。

在他们面前不远处，圭如泉等三名灵师分别端坐椅子上。

不过，儒生望着面前超乎预料成为中期灵徒的柳鸣，眉头紧皱，半晌之后才摇摇头说道："你竟然依靠丹药之力来缩短修炼时间，这让我有些失望。不过这对我即将告诉你们的事情来说，却又是一个意外惊喜。所以我也不再多说你什么了。朱师弟，你将此事全都告诉他们三个吧。"

这时，钟师姑看向柳鸣的目光，也有些失望之色。

在九婴山三名灵师中，也就只有这位钟师姑对柳鸣颇为看重几分，在误以为他是服食丹药才这般快进阶灵徒中期后，自然有些恨铁不成钢的感觉

"这一次叫你们三个来，是因为我们当年和九窍宗大尚大智两道友曾经有过一个约定……"一旁朱赤听到儒生言语后，徐徐讲述起来。

原来七八年前，朱赤钟姓道姑曾经应九窍宗两位灵师邀请，一同去某个危险之地探秘，结果在里面发现了一株结满了不知名灵果的果树。只是这些灵果才刚刚结出来没多久，离成熟期还早得很。于是他们和对方约定，一旦成熟后，就来平分了树上的灵果。但前些天，他们却接到九窍宗弟子捎来的信函，说这些马上成熟的灵果要用新入门弟子斗法的方式，来决定归属。

而经过圭姓儒生等人和对方讨价还价后，最终决定比试三场。

柳鸣他们三人，就是儒生等人挑选出准备带去斗法的弟子。

"这种比试虽然不是生死较技，但既然牵扯到灵物，自然争斗起来都不会轻易收手的，所以也有一定性命之忧。你们要是谁不愿意参加的话，现在就可以提出来，我们三人也不会勉强的。另外，既然让你们出力，自然也会有好处给你们的。那些灵果经我们后面仔细翻查典籍后，才发现它们是传闻中的天琼果。用此果做主药炼制成的一种灵液，对低阶修炼者大有用处，涂抹身上有洗髓伐毛的惊人效果。你们若是参加比试的话，只要能赢得灵

果回来，都会有此灵液赏赐的。当然能获胜的弟子，赏赐的份额自然更多了。"朱赤最后如此说道。

"弟子愿意参加这次斗法！"朱赤话刚一说完，萧枫就毫不犹豫地说道。

才刚刚进阶灵徒中期的他，已经对自己的实力信心十足，自信绝不会逊色于任何同期弟子的。

"弟子也愿意为本脉出力！"于诚也一副跃跃欲试的模样。

柳鸣更不会说出"不愿"之类的话语，略一思量后，同样表示愿意参加。

"很好，你们是新弟子中最出色的三人。但九窍山派出的弟子，肯定也不简单的。所以下面一个月，你们就暂时留在山顶，熟悉一下与傀儡术的争斗方法。我们三人会亲自指点一二，这样，你们胜算还能再增加一两分。"圭如泉见此，十分满意地说道。

柳鸣等人听到这话，自然纷纷点头答应下来。

于是接下来的一个月时间，柳鸣三人就留在山顶的某个练习场中，每天都和一些低阶傀儡做些实战争斗。

圭如泉三人在傀儡术上虽然没有太深研究，但操纵一些低阶机关傀儡，模仿傀儡术的一些常规攻击，是毫无问题的。

而各种低阶傀儡的不同攻击方式，以及傀儡术修炼者的一些五花八门的方式，更是让柳鸣三人都大开了一番眼界。

当然在这种练习中，柳鸣自然不会动用自己全部手段，只是在三人中表现得普普通通，既不会让圭如泉三人特别注意，但也不会让他们真的失望。

一个月的时间，转眼就过。

这一日，柳鸣三人和儒生等人全都来到了广场上。

朱赤向儒生说了几句告辞言语后，才从身上掏出一张淡黄色符箓，单手一掐诀，往身前一抛。

一股白气后，一个七八丈长的绿色木舟，当即在众人前显露。

此舟通体狭长碧绿，船体内外都铭印着一些古怪的淡银色花纹，给人一种异常神秘的感觉。

"呵呵，有了朱师弟这艘碧灵飞舟赶路，这一来一回就不会耽搁太多时间了。"圭如泉一见绿色木舟，当即一捻胡须，说道。

"是啊，要不是朱师兄当年无意中发现了一株千年碧灵木，并花费偌大代价才请余大

师花费三年心血炼制而成，又如何能得到这一件飞行灵器。有此灵器在身的话，只要不是碰到少数精通遁术的强敌，就算打不过，脱身也是绰绰有余的。"钟姓道姑也嫣然一笑说道。

柳鸣三人听到此话，都不由自主地盯着眼前木舟狂看不已。

这就是传闻中的灵器，而且还是十分稀少的飞行灵器，他们真是第一次见到。

朱赤招呼他们一声，就和钟姓道姑上了木舟。

此行圭如泉不用跟去，而是留下坐镇九婴山。

片刻后，朱赤等柳鸣三人也小心登上木舟，当即单手一掐诀，一层青色光幕浮现而出，将整只木舟全都一罩其中。

接着朱赤又冲身下木舟打出数道法诀，让其缓缓地腾空而起。

一个"走"字后，木舟当即一颤，破空而走，速度之快，让站在木舟上的柳鸣三名灵徒身形一晃，差点跌跄摔倒。

柳鸣双足一用力，才让身形重新站稳下来，并向青色光幕外一望而去。

飞舟外的一朵朵白云，全都以肉眼可见速度飞快向后倒退而去，同时身下高山峻岭更是化为了一个个黑绿色小点，根本看不清楚任何东西了。

这碧灵飞舟竟然已经身处数千丈高空中，并以他们无法想象的惊人遁速，激射前行着。

"到达此行目的地，即使动用碧灵飞舟也需十几天时间。在此期间，除了会在一些地方暂时落脚一下外，你们就在舟中好好休息吧。"朱赤如此说道后，就走到木舟前端甲板上笔直站着不动，全心操控飞舟前行了。

柳鸣三人答应一声后，纷纷盘膝坐下。

而钟姓道姑自从进到木舟中后，就盘坐在木舟后面某个角落处，眼皮微闭，对外界一切不加理会了。

柳鸣并没有真的在修炼功法，而是双手往膝上一放，脑中浮现出一排排的文字口诀，正是那通灵诀的修炼之法。

如今的他，虽然没有灵香相助，但是经过前几天的努力，倒也已经领悟出此法诀大半内容来，只要参悟透彻后，就可以寻找合适的鬼物加以通灵驯服了。

这也是修炼鬼灵功的蛮鬼宗弟子用来对敌的主要手段。

旁边的于诚，在微微闭目中，一头红发微微飘动不已，同时身上竟有丝丝的炙热气息散发而出。

这可不像是修炼基础功法，而更像是在修炼某种秘术的迹象。

至于萧枫此子，身体被一层淡淡绿光淹没了，显然正在修炼圭姓儒生所传，那一门叫"木魉决"的功法。

刚进阶灵徒中期的他，和柳鸣一般都是需要多加巩固境界一二的。

时间一点点的过去，碧灵飞舟载着五人化为一团绿光，一直向西破空而行。

一路之上，除了每日夜晚时分，会找一处荒郊野岭之处停下休息数个时辰外，几人都是在灵舟上渡过的。

好在一路上无事，十来天时间一过后，飞舟终于来到了一片一望无际的巨大湖泊边，并毫不迟疑地飞入其中，往中心处疾驰而去。

此时，飞舟已经降至离湖面不过百余丈高处，甚至连下方被阵阵清风吹动的水波，舟上几人都能看得一清二楚。

一盏茶工夫后，一座黑绿色岛屿在前方隐约可见。

"好了，伏蛟岛终于到了。你们准备一下，准备降落了。"朱赤在前方一看见岛屿，当即站起身来说道。

柳鸣等人答应一声后，纷纷收起功法，跟着站起身来。

碧灵飞舟所化绿光片刻间就到了黑绿岛屿上空，在岛屿中心处上方停了下来。

柳鸣目光朝下方一扫后，就看到一片灰白色乱石堆，并且正下方隐约还有十来道晃动人影的样子。

碧灵木舟一颤，表面光幕顿时一散消失，向下方徐徐一落而去。

"哈哈，祝道友，钟仙子，你们终于来了。我们可是有好长一段时间没有见面了，今日一见，二位还是风采依旧啊。"飞舟方在一片空地上停下，早已等候在附近的十余道人影中立刻走出一名白发苍苍的老者，看似慈眉善目，并哈哈一笑，冲朱赤和道姑各打一声招呼。

"大智道友也是同样神采不减！不过，你这次怎么带了这般多弟子过来，难道他们都要参加这次比试不成？"朱赤率先走出木舟，目光朝对面一扫后，淡淡说道。

"这怎么可能。既然已经商量妥当只比试三场，我们两人自然也只会派出三名弟子参加比试的，其余弟子只是原先留在这里一直负责照看那株果树之人。他们在此一待就是七八年时间，没有功劳也算有苦劳了啊。"九窍山众人外一名头戴木冠的灰发老者，面无表情地说道。

"哼，我怎么记得，当初圭师兄可也打算留下数名弟子一同看守的，是二位道友搬出

众多理由加以拒绝的。在灵树附近修炼，修炼速度可是比服普通灵米还要快上一分。法力也能无形中得到部分精纯，看你这几名弟子一个个精气盎然的样子，全都法力大进不少了吧。"钟姓道姑听了这话，却冷哼一声，说道。

这时的她，已经带着柳鸣三人也走下了飞舟。

"仙子此话可就不对了。若非如此，灵果又怎会答应和二位道友共分的。当年这伏蛟真人所留洞府是我们二人先发现的，后来破除封印也同样出了一份大力。算了，当年的事情现在还提它做什么。我们几人也算结交多年了，总不能真因为一些灵果就翻脸吧。况且朱道友也已经答应通过斗法来决定灵果分配了，显然贵脉应该也有几分自信吧。对了，老夫闻圭兄新收了一名九灵脉弟子，不知是哪一位啊。"白发老者丝毫不见动怒，反而随口解释了两句后，目光往柳鸣三人扫来。

"大智道友所言极是，以前旧事多提无益了。萧枫，你来见过大尚大智二位前辈。"朱赤略一思量后，也就不再多说什么，冲身后一招手。

"弟子见过二位前辈！"萧枫不敢怠慢，急忙走了出来向对面躬身一礼。

"嗯，已经是灵徒中期了，果然是一表人才。"大尚大智二人上下打量了萧枫几眼，不禁称赞了几句。

朱赤一摆手，让萧枫退下去，并神色一凝，问道：

"朱某也听说，二位在上一次贵宗开灵大典中也收了一名资质绝佳的弟子，拥有一心数用的天赋，不知能否让我也见上一见的。"

"一心数用？"柳鸣一听这话，心中骤然巨震。

"哦，朱兄说的是宇儿吧。宇儿，出来见一见九婴山的两位前辈。"白发老者大智听了一笑，同样向身后众弟子中一招手。

一名身穿蓝袍，面目有些阴沉少年，面无表情地走上前几步，远远冲朱赤二人微微一礼后，就二话不说地又自行走回了人群。

这让朱赤等人全都微微一怔。

"朱道友，钟仙子，莫怪。金宇这孩子是从小一人独自在山中长大，后来又将心思全都放在修炼上，对人情世故不太懂罢了，绝对没有对二位道友无礼的意思。"白发老者急忙解释说道，但话语中对这名弟子的宠溺之意，任谁都能听得出来。

朱赤闻言眉头一皱，半晌后才展颜一笑，说道："看来这孩子的一心多用天赋，还真合两位道友心意，否则也不会这般说辞了。算了，我和师妹也是成名多年的灵师，还能和一名晚辈计较什么吗？我们先去看看那株灵果树，再来决定斗法比试的具体事宜，如何？"

"想看灵树的话，这自然没问题的。叶风，你在前面引路。"大智毫不迟疑，一口答应下来，并马上吩咐了一声。

一名二十来岁的青年当即站出来答应一声，就转身往某个高大石堆走去了。

朱赤见此，单手一翻转，亮出一枚淡黄色符箓，冲碧灵飞舟晃了一晃，从中喷出一股白光。

碧灵飞舟一个模糊后，就在白光中凭空不见了踪影。

朱赤这才将符箓收起，不慌不忙地带着柳鸣等人跟了过去。

看似足有十余丈高的巨大石堆，在一行人方一接近时，带路青年单手一扬，一道法诀打出。

一阵异样波动后，前方石堆一下凭空消失不见，取而代之出现一个看似十分破旧的巨大石屋。

在石屋旁边，还有几根残缺破旧的高大石柱，表面焦黄，并有一些模糊不清的花纹，似乎存在时间已经很久的样子。

"想不到几年没来，此地竟然还是和我们当初破开禁制时一般无二样。"朱赤看见石屋后，轻咳一声说道。

"这个自然，当年我们两个特别嘱咐留守弟子不得破坏这里的任何东西。"大智笑眯眯地回道。

"哼，看来道友还是未曾对那件东西死心啊。"钟姓道姑闻言，却冷哼一声。

"按照我们以前的探查结果，这里的确应该是伏蛟真人最后修建的一处秘府，按理说，那件东西应该藏在此地不假。"这一次，白发老者迟疑了一下后，才有些不甘心地说道。

"嘿嘿，这可不好说。虽然我们上次到此收获不小，但可未发现伏蛟真人的遗骸，也许此地只是这位前辈一处较重要的秘府而已。而且这般多年过去，二位道友也不知将这里又探查多少遍了，要是真还有什么藏宝之处，怎可能一直无法发现。"朱赤淡淡说道。

"也许真是如此吧。"白发老者叹了一口气，显然也不愿再多讨论此话题了。

这时候，一行人已经进入石屋之中，顺着里面一个斜通地下的石阶，直往深处走去了。

柳鸣一路紧跟朱赤而行，并不停打量着四周的一切。

整个石阶全都是用青石砌成，并且每隔一段距离，一侧石壁上还有一个石制灯台，将附近区域照得通亮。

他们在走到地下三十多丈深的时候，前面豁然开朗，走进一座四通八达的大厅中。

此厅四面八方各有一个打开的残破石门，不知通往什么地方。

前面带路的青年却毫不迟疑地往左一拐，进入到一条通道中。

但一行人再走了没有多远，前面又出现另外一个一般无二大厅，同样各有数个通道相连在一起。

此地竟是一个人造的小型地下迷宫。

不过九窍山弟子显然早已将这地方探得一清二楚，带路弟子只是带着柳鸣等人左一拐，右一绕后，就在不久后出现在一扇紫红色铜门前。

朱赤和钟师姑一见此铜门，都神色微微一动。

"嘎嘣"一声。原本紧闭的铜门，在两名九窍山弟子抢着用力一推后，缓缓打开了。

看他们吃力的模样，竟仿佛重逾万斤的样子。

铜门方一打开的瞬间，一股炙热气息滚滚而出，让后面紧跟的柳鸣等蛮鬼宗弟子都吓了一跳。

而朱赤一感应到门后的炙热气息后，也眉头一皱，但下一刻就和道姑毫不迟疑地走了进去。

柳鸣紧跟着走进了铜门，四下打量一遍后，脸上现出一丝吃惊的神色来。

这是一个数亩大小的地下洞窟，地上全是青色石板，四周隐约可见一些淡红色晶石，中心处则有一颗丈许高的赤红色果树，上面结满了拳头大小的翠绿色圆果，足有三十多枚的样子。

整棵果树都被一层淡蓝色光幕罩在其中，但根部下方数丈范围内的暗红色泥土中，赫然一团团的炙热气息不停涌出，让洞窟中人都仿佛身处一个大火炉旁一般。

但是无论朱赤还是钟姓道姑，目睹此景，都没有露出太意外的神色。

而朱赤更是盯着果树片刻后，就缓缓地说道："看来当初预料的果然没错，灵果成熟后不久，就是下面地火喷发之日。真是可惜了这一株灵树了，否则只要再多等一些年，就可再得到一些天琼果的。

"要不是都看出此情形来，你我都不会轻易放手此灵树的。哪还有今日客客气气分配灵果的时候。"大智笑眯眯地说道。

"等地火一喷发，伏蛟岛就不复存在了，而灵树已经在此种下多年，一旦没有地火滋养灵根，瞬间就枯萎成灰了，又有何争抢的！好了，我已经查过了，树上灵果一共三十三枚，和当初一般无二，并没有缺少。下面就商讨斗法比试的事情吧。"钟姓道姑开口了。

"我等弟子斗法比试，自然不需要太复杂的。这样吧，既然有三十三枚灵果，那就将灵果分成三批，每批都有十一枚灵果，由获胜者亲自去摘取如何。当然这只是比试，若是斗法中出现哪一方弟子可能重伤毙命的事情，你我都可出手阻拦。不过一旦出手，也就自动承认门下弟子在比试中失败了。"很少说话的木冠老者，也开口了。

"大尚道友看来已经考虑得很周全了，朱某都没有意见。但是二位也已经应允不会给弟子高阶傀儡使用，若是贵门出场弟子一旦动用了三阶和三阶以上机关傀儡，也算输了比试。"朱赤却目光一闪说道。

"这个自然没有问题。"大智满口答应了下来

于是二人再商量了几句后，木冠老者单足一踩地面，足尖一下深入地面数寸之深，接着骤然身形一动，在附近一阵模糊的晃动后，就在看似坚硬无比的地上划出了一个亩许大的圆圈。

这看得柳鸣等人都心中骇然。

此老看似满脸皱纹，苍老异常，双足却似乎不是血肉之躯一般。

"好了，主动认输者，出圈者，丧失行动能力者，均都算输！现在可以各派一名弟子进入圈内了。"木冠老者退出圈外后，木然说道。

而在他话音刚落的瞬间，就从九窍山弟子中走出一名十五六岁的短袖少女，腰间挂着一个黄色皮袋，梳着七八个小辫，双目晶莹，小嘴微翘，十分俏皮的样子。

"于诚，对方也是灵徒初期，你先上试试吧。"朱赤看了少女样子，当即点名说道。

这种时候可不是用什么心计的时候，若是他们敢一开始就派萧枫或者柳鸣这样的灵徒中期弟子，虽然第一场十有八九肯定能拿下，但也相当于放弃了下面两场胜利，这种既坏自己名声又无法将利益最大化的事情，自然不是朱赤和钟姓道姑想要的。

于诚答应一声后，面带一丝兴奋走了出去，并在方一走进圆圈的瞬间，气身上息一涨，体表骤然就有一层黄光浮现而出。

对面少女见此，抿嘴一笑后，忽然单手往腰间一掏，就抛出一个黄乎乎的圆球来。

一阵"嘎嘣"乱响后，黄色圆球在着地的瞬间，一阵巨涨变形后，就化为了一条六尺以上的黑色蟒蛇，从一节节黑黝黝身躯和体表泛着寒光的鳞片来看，明显就是一只傀儡兽。

"去。"少女单手一掐诀，另一手往自己额上一点后，口中一声娇叱。

"噗"的一声。傀儡兽只是尾巴往地面狠狠一拍，就仿佛弓弩般的冲对面激射而出了。

"来的好！"于诚在经过儒生他们的一段时间指点后，已对傀儡兽不太陌生了，见此倒也丝毫不惧，反而俯下身子，一手往地面猛然一按，手臂上当即数条黄色灵纹一闪而现。

一声闷响，一块硕大青石地板，从地面浮起，并一横后，化为石墙般挡在了身前处。

少女见此，神色微微一动，黑色蟒蛇却不闪不避地一头就撞在了石板上。

"轰"的一声巨响，石板瞬间爆裂粉碎，化为一团尘雾弥漫而开，黑色蟒蛇也一弹反落地面上。

但是在傀儡兽方落地的瞬间，忽然张口，一蓬寒芒激射而出。

赫然是一根根牛毛般的银针，并以难以置信的速度洞穿尘雾而过，"砰砰"的钉在了某个物体之上。

少女闻听此声，脸上一喜，手中法诀一变，就要操纵傀儡兽再次发起攻击，其头顶上空黄光一闪，一颗头颅大小土黄色石块凭空出现，并狠狠落下。

少女一惊，腰肢一扭，石块顿时擦着其肩头从旁边落下。

但就在这时，"呼"的一声。

一颗赤红色火球从尘雾中没有丝毫征兆地弹射而出，瞬间就到了九窍山少女身前。

少女脸色一慌，只来得及将一条手臂猛然往身前一挡。

"轰"的一声，火弹一下爆裂而开，将少女身形淹没进了其中。

"哈哈。"于诚发出一阵大笑声，从对面尘雾中走了出来，只是这时的他，身上全被一层厚厚黄土覆盖，犹如穿上了一件土甲一般。

先前傀儡兽射出的银针，全都一根根插在土甲上，一副安然无事的样子。

柳鸣见此情形，双眉微微一挑，心中又有一分暗暗可惜。

这门土甲术算是地灵功的独门法术，修炼其他功法之人即使想要修炼此术，也效果不佳。

"这位师兄，你笑的未免太早了吧。"火焰中同样传出了一丝怒意，"嗖"的一声，火焰在一阵狂风作用下，全都被卷空。

在原地重新显露出少女的身影。只是这时的她，那条横在身前的手臂上多出了一面朱黄色小盾，另一手中则捏着一张赤红色符箓，散发出一层淡淡红光，将其护在其中，身上哪有丝毫被火焰烧伤的样子。

柳鸣看到少女手中符箓，不禁现出一丝惊讶。他虽然加入修炼世界没有多久，但也知道这可以将法术储存其中的东西，是何等的珍稀。

除了几种可以反复使用一定次数的符箓外，这种一次消耗的攻击防御符箓，即使一般灵师手中也没有多少的。

　　"避火符！二位道友为了这次比试，还真舍得下本钱！此符需要用的材料非常难找，一般符师更是百次也不知道是否能制成一枚，你们竟然也会给门下弟子配有。"朱赤一见九窍山少女手中符箓后，脸色不禁有些难看了。

　　"呵呵，二位道友可误会我二人了，这符箓可不是我们给的。你可知道，这丫头姓什么吗？"大智见此情形丝毫不觉意外，反而呵呵一笑地反问一句。

　　"姓什么？"朱心中有几分诧异了。

　　"她姓南！"白发老者摇头晃脑地回道。

　　"姓南，难道此女和南大师有什么关系？"朱赤怔了一怔后，忽然一下想起了什么，失声出口了。

　　"哈哈，朱道友终于想明白了。此女的确是南大师十分钟爱的一位孙女，只是因为从小喜欢傀儡术，才会拜在我二人门下的。所以这丫头身上有些符箓护身，可是平常之极的事情。"大智悠然地回道。

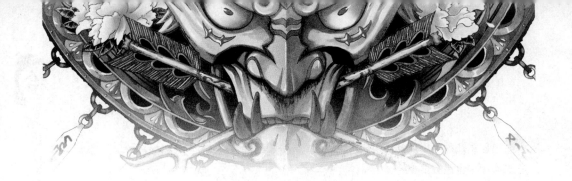

~拾柒~

斗法

"南大师最钟爱的孙女？"

一听大智此话，朱赤和钟姓道姑互望了一眼，均都露出一分苦笑之色来。

柳鸣在旁边听的好奇，不知他们口中的"南大师"到底是什么样的人物。

于诚一见少女无恙，意外之下倒也没气馁，但口中当即念念有词起来，同时两手一扬，各有一道青色风刃一甩而出，接着再一握拳，就直奔少女扑来。

对面少女见此，没有催动那条傀儡蟒蛇，反而一声冷哼，手中竹黄圆盾和赤红符箓，同时一模糊消失不见，取而代之的是各自多出了数枚黄色符箓，只是迎风一晃后，当即有六颗火球连成一串，激射而出。

于诚见此大惊失色，再想闪避却已经迟了。

他身上的厚厚黄土，足以让身形比以前凝滞了倍许不止，前两颗火球应声和两道风刃撞击一起，一闪而灭，第三、第四颗火球就硬生生砸在其身上厚土上，当即在两团火光中，将他身躯震得连连后退不已。

不过当第五颗火球和第六颗火球几乎同时到达的时候，于诚才勉强从袖中摸出一柄短刃硬生生劈开了其中一颗，剩一颗火球则又狠狠砸在了其身上。

这一次，他一下发出一声惨叫，身上厚土终于在火光中碎裂，身体被熊熊火焰包裹了

进去。

"咳，这一局，我们认输！"一声长长叹息！

圆圈外的朱赤，身形一晃，出现在了红发少年身边，大袖一抖后，顿时狂风骤然一起，将所有火焰都卷灭了。

朱赤深深望了少女一眼，转身而走。

此刻的于诚，因为相救及时，虽然头发眉毛全都被火焰烧掉大半，全身上下一副黑乎乎的模样，但除了肌肤上被烫出一些水泡外，实际上并未真的烧伤多厉害。

但他跟着披发男子回去的时候，一脸垂头丧气的模样。

他这一次失败，一方面是因为南姓少女出人预料的拥有这般多符箓，另一方面自然是因为施法错误，竟然没有及时取消自己身上的土甲术，让身形一下笨重无比，否则也绝不会败得这般快。

要知道在九婴山练习的时候，他可从未施展过土甲术，原本想在真正比试中当做杀手锏来用的，没想到最后反成了落败的原因。

这让朱赤对红发少年也有一分不快之意了。

第二场比试，九窍山那边并未马上派人上场，显然这一次对方是先等他们派出弟子后，才会再挑选弟子应战的。

"聪天，你……"

"慢着，师妹！这一局直接让枫儿上吧。"钟姓道姑原本刚想招呼柳鸣上去的时候，朱赤却忽然打断道。

"师兄的意思是……"钟姓道姑有几分意外了。

"若是一连两局都失利的话，恐怕给枫儿的压力太大了。反正看对方样子，是打算三局全都拿下来的，一定会让那叫金宇小子用来对付枫儿的，不如现在就一搏更有利一些。"朱赤这般说道。

"师兄此话也有道理。枫儿，你的意思呢……"钟姓道姑思量了一下，点下头，又转首问萧枫一句。

"师叔师姑放心，不管那个叫金宇的家伙的傀儡兽是什么，我都不会失败的。"萧枫十分自信地回道。

"嗯，你已经修炼成了那一门秘术，此战的确应该大有优势。那你就先上场吧。"钟姓道姑终于也同意了。

于是萧枫一笑后，就胸有成竹地走了上去。

朱赤和钟姓道姑，目光紧随，也往对面望了过去。

只见九窍山弟子，从中走出来的果然是那个名叫金宇的阴沉少年。

二人的心，都不由自主提了起来。

据他们得到的消息，在九窍山开灵大典的时候，这位叫金宇的少年，虽然只是六灵脉之身，但因为一心多用的天赋却比一般九灵脉弟子还受众多灵师争抢，拜入大尚大智二人门下后，更是受重视之极，几乎已经视作钵传弟子般的样子。

柳鸣见到这二人的关切神情，心中不由苦笑一声。

看来这两位真对他最后一局的取胜不抱太大希望，而将一切都寄托在了萧枫身上了，否则也不至于自始至终都未问过自己一句。

这种不要被人太重视的效果，虽然大部分是他特意在九婴山营造出来的，但此刻心中自然也有些不太舒服。

"你有什么手段，尽管施展出来吧。否则，我一动手，你就没有机会了。"阴沉少年一走入圆圈中，就淡淡说道。

"哼，这话也正是我想对你说的。"萧枫一听这话，大怒，手臂一动，手中一个模糊后，顿时多出一口淡青色长刃，一声冷哼地回道。

"既然这样，那我就不客气了。"阴沉少年面容丝毫不变，袖子一抖，一颗拳头大青色圆球一抛而出，并在一个滚动间涨大变形，化为了一头三尺来高的青色螳螂傀儡。

此傀儡兽和那条蟒蛇傀儡不同，除了两只寒光闪闪的前臂看似锋利异常外，其他地方都青光亮起，给人一种轻盈异常的感觉。

"青光螳螂！你们竟然敢将此傀儡给一名新入门弟子，他恐怕根本无法发挥此傀儡的实力！"朱赤一见此螳螂傀儡，当即脸色大变起来。

钟姓道姑也面露凝重之色。

"呵呵，这青光螳螂虽然炼制得复杂特殊了一些，但也并未超出二阶傀儡兽的范围，至于操纵的问题，朱兄就更不用担心此事了，金宇这孩子的一心多用天赋，一会儿就能让二位道友大开眼界的。"白发老者呵呵一笑，说道。

"是吗，那我们就拭目以待了。我倒也看看这在贵宗中号称最难操纵的二阶傀儡兽到底如何厉害法。"朱赤哼了一声，随之就不再言语，继续观看了下去。

萧枫一见对方亮出傀儡兽，手臂一动，手中青色长刃符器就朝对面接连劈出，与此同时，另一只手则一掐诀，一连数种不同法诀瞬间打入自己身体之内，让其浑身肌肤一下变得碧绿一片。

"砰——砰——"几声。

青光螳螂傀儡两只前臂只是微微一动，就将几道符器攻击一磕而飞。

但就在这时，萧枫手臂再一抖，手中青色长刀嗡嗡声大响，面色一狞后，竟一声大吼，再冲前方劈出。

惊人的一幕出现了。

青色长刀灼热一黯后，一道数尺长寒光从中卷射而出，声势惊人之极。

而同一时间，萧枫将手中符器一抛之后，两手再一掐诀，身体一下变得朦胧不清起来，双足再一踩地面后，就化为一道虚影，沿着圆圈内侧狂绕起来，速度之快，让人一看，都几乎有头晕目眩之感。

柳鸣见此情形，却双目一眯起来。

其他灵徒也许没有注意，但他却隐约看到飞奔中的萧枫，竟然从袖中不时掉出一些肉眼几乎无法看清的小颗粒来。

"轰"的一声。

金宇面对飞射而来的青色刃芒，只是和傀儡兽略一晃动，就轻易地躲开了这看似惊人的攻击，并在身后地面上留下一道惊人之极的沟槽，然后看了一眼远离自己绕圈狂奔的虚影，忽然笑了起来："竟然和我比速度，真是可笑。青光，上吧。"

话音刚落，他身前青光傀儡兽的两只前肢忽然"嚓嚓"两声互擦了两下，就化为一道青影，也激射而出，速度之快，竟然还在狂奔中的萧枫之上。

萧枫见此情形，心中一惊，但还未来得及作何反应时，螳螂傀儡就已经到了其近前处，并且前肢只是一动，顿时破空声大起。

一道道寒芒迎头一劈而下。

青光螳螂傀儡竟一瞬间就冲其砍出了十几刀下来，动作之快，真堪称是电光火石了。

纵然萧枫一向自傲，见此情形也不禁心中一寒，忙一边躲避，一边慌忙一掐诀。

其袖中"嗖嗖"声一响，两只数寸青色光矢从中激射而出。

"当当"两声，傀儡兽斩出的寒芒只是往回一缩，就将两只青色光矢斩成了无数碎片。

但萧枫也趁此机会一个晃动，拉开了和傀儡兽的距离，并手中法诀一变，冲阴沉少年狂笑起来："小子，你现在输定了，荆雨术！"

话音刚落，他圆圈内跑过的地方，忽然绿光大放，一根根手指粗细的黑色尖刺从石板内一冲而出，足有上百根之多，并在一个掉头后，暴雨般的冲中心处激射而去。

"这就是你的手段，真是可笑。"

金宇见此情形，却叹了一口气说道，将一根手指往额头上一点。

"嗖"的一声响，那头青光螳螂傀儡竟一下回到了其身边，随之背后双翅一展而开，围着阴沉少年狂奔而起。

而那些黑色尖刺也已经发出破空声，到了近前处。

金宇面对此景，身躯却仍然纹丝不动，只是专心催动自己的傀儡兽。

绿影骤然一停！

阴沉少年身旁赫然出现了四只一般无二的螳螂傀儡，每只各守一边，并且前肢只是一动，就幻化出一堵堵森然寒光，将激射而至的黑刺纷纷一兜其中，并瞬间斩成了无数小截。

萧枫面露得意的笑容，顿时一下凝滞住了。

而当所有黑刺全都被斩尽后，青色螳螂傀儡"嗖"的一声，仿佛鬼魅般出现在了萧枫面前，前肢一动，两道寒光蛟龙般的左右一剪而来。

萧枫大惊，来不及施展其他手段防御，只能心中一横，两条手臂绿光一闪，直接往两侧一挡而去。

"住手，你的木魁功才刚炼成第二层，无法用肉身直接攻击的。"

"当——当——"两声！

朱赤就面色阴沉的一下出现在了萧枫面前，一根手指左右一弹下，就将两道寒光一弹而散。

不光如此，连那头傀儡也在一股巨力一震后，接连后退数步去。

金宇见此情形，目中凶光一闪，那头青光螳螂两只前肢再次一擦，竟又想欺身上前。

但就在这时，他身旁人影一晃，大智也一下出现在那里，并一拍他肩膀，阻止其继续催动傀儡兽，同时笑眯眯地望向对面朱赤。

"这一局，我们也认输。一心多用天赋果然很适合贵门的傀儡术，以他之表现，恐怕你亲自操纵这头青光螳螂傀儡，也不过如此吧。你们果然找到一位最适合的传人。"朱赤重新打量了一下阴沉少年，才深吐一口气说道。

圆圈外的钟姓道姑，见此情形，也长叹了一口气。

刚才萧枫表现也不能说不好，只是阴沉少年操纵的螳螂傀儡实在太惊人了，以其速度之快，若是主动先攻击之下，恐怕一般对手连施法时间都没有的。

难道这一次比试，他们九婴山一脉真的要全军覆没不成！

钟姓道姑想到这里，心中苦笑一声，不禁转首看了一旁的柳鸣一眼，然后有几分意外。

这时的柳鸣，竟然并没有她想象的中不安或者惶恐，只是一脸平静地站在那里，仿佛前面两局的失利对其丝毫没有影响一般。

"不错，现在还能保持心境不乱，算是难得了。最后一场，你也不要有太大压力，尽自己最大力量就行了！"朱赤带着满脸不甘之色的萧枫回来后，一看到柳鸣这般镇定，也在一怔后，称赞了柳鸣一句。

"是，朱师叔，我会尽力的。"柳鸣一躬身，恭敬地回道。

这时，对面九窍山人群中也走出了一个十五六岁的精壮少年，额头有一道长长的血红色疤痕，身后背着两把长剑，往圆圈中一站后，就给人一种异常凶悍的感觉。

"这股气息……不对，这是体修。大智大尚，他真是你们门下弟子吗？"钟姓道姑稍一感应精壮少年身上传来的气息后，顿时脸色一变说道。

"钟仙子尽管放心，乌飞是我当年在开灵大典上亲自收下的，也是依靠肉身强横就能承受开灵痛楚，而没有被压倒在地上的弟子之一。虽然本门以傀偏术出名，但门下弟子有人选择体修一道，似乎也是很平常的事情吧。"白发老者一摸胡须后，满脸笑容地说道，但目中的那一丝得意之色，任谁都能看出来的。

体修可不是一般灵徒可以选择的道路，无一不是肉身比一般人强横，并且能够忍受常人无法忍受的痛苦，经过对肉体的各种千锤百炼后，方可能诞生出这么一位来。

而且对灵徒弟子来说，同阶体修更是一种近似克星的存在。即使到了灵师阶段，体修在一些特殊场合，也能发挥出一般灵师所没有的特殊威力，所以纵然体修极难培养，各大宗门还是在每届弟子中都会尽量挑选几人专门走体修道路的。

大智大尚二人这一次挑选的比试弟子，虽然都真是入门没多久的新弟子，但每一个都大有来历的，否则又怎敢提出斗法决定灵果的要求来。

朱赤见如此情形，也只能苦笑一声，不再说什么了。

若说原先他和钟姓道姑见柳鸣镇定模样，还有几分期望之心的话，现在可就直接掉落到最后一丝了。

柳鸣一感应到精壮少年的凶悍气息后，也眉头一皱，不过马上展开后，就不慌不忙地走了上去。

精壮少年一见柳鸣双足一踏入圆圈中，面上厉色一闪，两条手臂一动，就将背后两口长剑一抽而出，同时口中念念有词，身体泛起一层金属光泽，并在一个模糊后，个头一下比原先高大了半头有余，手脚也分别粗了一圈有余，猛一看，竟然和柳鸣所用的激发潜力秘技有几分相似的样子。

柳鸣见此情形，目光一闪，也口中念念有词地开始掐诀起来，同时从体内飞出一缕缕的黑气。

精壮少年一声低喝，两口长剑就车轮般的在其手中狂舞起来，再单足狠狠一踩地面，就化为一道寒森森狂风，直冲而来。

"噗"的一声。一颗比普通火弹大上一圈的火球从对面弹射而出，瞬间击在了根本不躲不避的狂风上。

柳鸣体内法力大半都是精纯过的，即使同样的火弹术，威能也比一般灵徒施展明显强上一筹。

一声轰鸣后，火焰翻滚，狂风被击得微微一颤。

但精壮少年一声冷哼后，利刃狂风一盛，竟将火焰全都卷灭，仍然直奔柳鸣这边急冲而来，并转眼间冲至了十丈之内。

圆圈外的朱赤和钟姓道姑一见精壮少年表现的这般彪悍，不禁互望一眼，再次苦笑起来。

此刻的二人，对柳鸣能取胜真的再也不抱丝毫希望了。

"噗——噗——"，又有两颗赤红火球从柳鸣手中一弹而出，再次击在了狂风上。

如此近的距离，即使精壮少年身体强横远超一般人想象，在眼前滚滚火焰一卷而开后，也感到舞动长剑的两条手臂一沉，有些不堪重负了。

少年心中一惊，但也知道自己这时只能进却不能退，一声大喝后，两条手臂用尽全身力气的使劲一分，竟将眼前火焰再次一劈而开，同时身形猛然一跃，化为一道虚影，直奔柳鸣飞扑而来。

在他的想象中，如此短时间内接连放出这般多火球的对手，自然不可能再有时间施展任何法术，而对体修来说，一旦近身后，此场战斗自然也就结束了。

当精壮少年两个起落，一下冲到了柳鸣近前处时候，却没从对方脸上看到任何惊惶之色，反而对手嘴角翘起，隐带一丝讥讽的笑容。

"不对……"精壮少年几乎第一时间就察觉到了不妥，刚想做出防护的姿势，却已经迟了。

柳鸣嘴唇微动，两手再一扬，赫然又有两颗赤红火球一闪射出。

"轰——轰——"两声后，精壮少年两口长剑散手飞出，身躯也硬生生的一击而飞，被滚滚火浪一下卷入其中。

"火弹术小成，不对，如此快施法速度，似乎进入小成境界也有不短时间了。"

这骤然急转的一幕，让圆圈外观看的大智一下失声，而旁边的木冠老者却已经一晃直接冲到了圆圈中，大袖一抖后，将精壮少年身上的火焰卷灭。

但是两颗火弹术叠加力量岂是这般简单的，纵然这位大尚出手也算及时，但精壮少年已经一身漆黑，趴在地上昏迷不醒了。

"好，很好。没想到一个区区的新入门弟子，也能将火弹术掌握到这等程度，这局倒也输的不冤枉。他体内法力也经过一番精纯了吧，否则普通灵徒火的弹术，也不可能有这般大威力的。朱道友钟仙子，你们果然还是留了一手。"木冠老者看了地上的少年一眼，目中有一丝痛惜的神色，再转首一看柳鸣的时候，目光却一下冰寒下了几分。

"哈哈，道友这话可就冤枉我二人了，这弟子什么时候将火弹术修炼到这等境界的，我二人事先也不知道。"柳鸣身旁人影一晃，朱赤也一闪而现，抬手一拍柳鸣肩膀，满脸都是大喜的神色。

后面望过来的钟姓道姑，同样是惊喜异常的表情。

柳鸣这一局竟能够如此意外的取胜，真是太出他们预料了，而且如此一来，他们一行人总算没有空手而归了，否则不光是灵果一颗得不到，以后九婴山一脉也无法在大智大尚面前抬起头了。

至于柳鸣究竟将火弹术修炼到几成，体内法力是否精纯一些的事情，相比起来却全是小事了。

他们此刻看向柳鸣的目光，也满是赞许欣慰的表情。

"好，三局两胜，你们可以摘取三分之一的灵果。不过，老夫还有一个建议，不知二位道友可有兴趣再对上一局。"大智等门下弟子将精壮少年抱出圆圈，喂药疗伤后，再看了柳鸣一眼后，忽然又开口说了一句。

"这话什么意思？"朱赤脸上喜色一收，脸色一沉下来。

钟姓道姑也不说话，走了上来，和披发男子并肩站立在一起，凝神望向对方。

"很简单。我看你这名弟子实力也不错，不如让他和宇儿再争斗一场如何！若是宇儿胜了，你们的灵果就要留下了。而若你们弟子取胜，我们手中的三分之二灵果则全归你们了，二位道友意下如何？此事怎么看，也是你们占便宜的！"大智和大尚互望一眼后，白发老者十分有默契地缓缓说道。

"什么，用三分之二的灵果来赌我们三分之一的灵果！"朱赤闻言心中一跳，真有些怦然心动了。

"不用了，对此结果我二人已经很满意了，不用再比试了。"钟姓道姑却忽然开口说道。

"的确，聪天这孩子这一场只是侥幸获胜，但若对上金宇的话，怎么看胜率也太低了一些。"朱赤这时也一下恍然了，直接出口拒绝了。

他们就是在赌注上再占便宜，若是无法取胜，自然还是竹篮打水一场空的。

"既然这样，我这边再加上一百斤铁精如何？"大智眉头一皱后，竟然又一下加大了赌注。

这话一出，朱赤真的怔住了，钟姓道姑表情也一下凝滞了。

"我没听错吧，二位道友为了这剩下的三分之一灵果，竟然还愿意再加上百斤铁精。百斤铁精的价值恐怕已经不逊色此地所有灵果了。"朱赤回过神来后，有些不信地说道。

"不瞒朱道友，钟仙子，我二人此次对这些天琼果是势在必得的，要么一颗都没有得到，要么就全部得到。至于其中缘由，却不能相告的。不过二位道友放心，即使令弟子比试失败，我二人也愿意留下这百斤铁精当做补偿的。"白发老者同样肃然地回道。

朱赤和钟姓道姑互望了一眼，都看出了对方眼中的一丝讶然之色。

"二位稍等一下，我和师妹恐怕要商量一二，才能做出决定。"朱赤只能先如此回道。

"这个自然，二位道友尽管商量，这点时间老夫二人还是等得起的。"白发老者自然满口答应下来。

"聪天，你抓紧休息一下吧，一会儿说不定还真要你再比试一次。"钟姓道姑没有反对，反一转首，异常凝重地冲柳鸣说道。

"是，弟子知道了。"柳鸣答应一声，真的原地盘膝而坐，开始默默运功恢复起法力来，不过心中自然是同样的万分惊讶，不知九窍山两位灵师到底打什么主意。

朱赤和钟姓道姑，这时却已经走到了另一边处，嘴唇微动不已，却没有任何声音传出，正是极为玄妙的传音术。

此术只有到了灵徒后期以后才能学习，故而柳鸣也是第一次见到，看了一眼后，不禁心中大感好奇起来。

于诚和萧枫自从柳鸣意外获胜后，两人脸色就变得异常复杂起来，特别是萧枫更觉自己难堪之极。

他一个九灵脉弟子都无法赢得一场，结果却让柳鸣一个三灵脉弟子拿下一局，并且似乎还要再和对方再比试一场的样子，其心中的不甘可想而知了。

他望向柳鸣的目光，不禁带有一丝嫉妒之色来。

足足一盏茶工夫后，朱赤和钟姓道姑才商量完事情，重新走了过来。

大智大尚见此情形精神一振，露出准备凝听的神色来。

"既然二位道友无论输赢，都愿意赠送百斤铁精，我二人自然也不好拒绝的。不过我二人还有一个条件！"朱赤面无表情地说道。

"有什么条件，二位道友尽管说就是了。"大智大尚互望一眼后，白发老者缓缓回道。

"这场比试，我们门下弟子若是输了，我二人自然二话不说，带着铁精立刻离开此地，灵果全都归二位道友所有。但是若是赢了的话，二位道友则需要如实告诉我们看重这些天琼果的真正原因。"朱赤不假思索地说道。

"告诉你们原因？好，若是输掉了这些灵果，我自然也没有保守此消息的必要了。"大智闻言脸色微微一变，但略一思量后，也就一口答应下来了。

"好，那就如此约定了。"朱赤双眉一挑，伸出一只手掌去。

"啪——啪——啪——"三声后，白发老者和朱赤各击了一掌，然后四名灵师各自向圆圈外走去。

"聪天，我不知你是否还另有什么手段，但下一场比试尽可全部施展出来，只要能赢了这叫金宇的小子，比试所得的所有好处，我二人做主全都分你十分之一。"当朱赤经过柳鸣身边的时候，忽然转首冲其郑重地说了一句。

"不错，只要你赢了比试，我也可做保此承诺的。"钟姓道姑也肃然加了一句。

"弟子知道了，一定会尽全力的。"一听可以得到十分之一的好处，柳鸣也不禁心中骤然一跳，忙低首回道。

这时，大智大尚二人也郑重地嘱咐了阴沉少年几句，才放其离开。

金宇面无表情地走进了圆圈中，袖子一抖，青色圆球一滚而出，又一下化为了一只青光螳螂傀儡。

"师妹，你觉得聪天能有几成胜算？"朱赤站在圆圈外，蓦然向钟姓道姑问了一句。

"若是在上场比试前，我只能说只有半成了。但他既然火弹术已经小成了，并且上场

比试赢得那般轻松，想来应该还有其他手段未用出的。但就这样，胜算应该也顶多只有三成吧。毕竟金宇此子的一心多用天赋和那头青光螳螂傀儡兽配合后，实在厉害之极。"钟姓道姑沉默了一下后，才回道。

"三成啊。这也够我们赌上一把了。看大智大尚样子，我们若不比试这最后一场，恐怕也不会让我们这般轻易离开的。"朱赤冷笑一声回道。

"嗯，我倒是更好奇他二人为何这般重视这些天琼果。"道姑却缓缓说道。

"嘿嘿，若是聪天能取胜的话，我们自然就能知道了，若是不能的话，拿着百斤铁精回去，也算是满载而归了。"朱赤嘿嘿一声回道。

"的确如此，我们现在能做的，也只有静等结果了。"道姑微点下头。

这时候，柳鸣已经站起身来，一缕缕黑气从体内飞出，再单手一掐诀，手腕上铜环一亮后，一道法诀飞快打入到了自己体内。

与此同时，铜环嗡嗡声一响，一面圆形光盾也紧贴手臂，浮现而出，

"这就是你的符器，看起来不怎么样嘛！"金宇望了柳鸣手上的铜环一眼，冷冷言道。

"是不是厉害，阁下亲自来试试不就知道了。"柳鸣凝望着对方，口中淡淡说道。

"是吗，那我就来试一试了。"金宇目中凶光一闪后，当即一根手指往额头一点。

青光螳螂傀儡当即两只前肢猛然一磕后，双翅骤然一展而开，带着一连串虚影，直扑对面而去。

柳鸣见此，口中飞快一念诀，两手往胸前一合，当即阵阵青光一闪，一枚枚青色薄片飞快浮现而出，手腕再一抖。

"嗖——嗖——嗖——"声一响！

三道风刃就几乎连成一条直线，激射而出，速度之快，远非此前用过的火弹术可比，竟比青光螳螂傀儡速度丝毫不差哪里去。

阴沉少年见此微微一惊，忙一催傀儡兽。

"当——当——当——"三声后，螳螂前肢飞快一舞下，虽然磕飞了三道风刃，但也不由得连退数步出去。

金宇脸色一沉，空着的手掌骤然一阵掐诀，再虚空冲螳螂一点。

当即此傀儡再次一冲而出，不过同时双翅一震后，却以一化四的变化出四头模糊不清的虚影来，让人无法辨清真假的同时冲柳鸣扑来。

柳鸣瞳孔一缩，但口中法诀念动得更加急促，再次两手一扬。

破空声大起！

又有四道风刃激射而出，并瞬间一闪，将其中三只螳螂虚影一斩而灭，只有最后一只前肢一动，才将风刃一磕而飞，但身躯在半空不受力的情形下，不由自主向后倒飞出去。

就在这时，柳鸣忽然大袖冲空中一扬，黑影一闪，一道黑索毒蛇般的直奔螳螂傀儡一卷而去。

"噗"的一声。

眼看螳螂就要被黑索出其不意地缠上，傀儡兽却忽然背后翅膀一振，身躯顿时向一侧斜着激射出去。

黑索顿时一卷落空。

不过就趁金宇略一分心的时候，另一边的柳鸣却再次两手一扬，破空声又起，竟又有两道风刃激射而出，不过这一次目标并非螳螂傀儡，而是一个闪动后，就鬼魅般到了阴沉少年面前。

柳鸣先前出手，其实还没动用全力。

他精纯法力外加大成后的风刃术，全力施展之下，速度之快竟比先前还要快上了三四分。

金宇纵然一向性子狂野，一见此情形也不禁吓了一大跳，想要躲避却根本来不及了。

只听"砰砰"两声。

风刃结结实实的斩在了阴沉少年的前胸上，黄光一闪，发出了枯木般的闷响声。

"机关战甲。大智大尚，你们二人竟然赐给他此宝，这场比试不能算数！"原本要狂喜跳起的朱赤，一见此幕，当即惊怒交加，冲白发老者二人厉喝起来。

钟姓道姑见此情形，也脸色难看异常。

"哼，你看清楚了。宇儿所用的机关之物，可不是我们上次的机关战甲，而是其自己制作机关护镜而已。"

白发老者却勉强一笑回道，其脸色微微发白，显然刚才一幕，让其也吓了一大跳。

"护镜。"朱赤闻言，微微一怔了。

这时，金宇一身冷哼后，猛然将身上衣服一扯而下，露出了里面紧贴的另一套白色衣服，但衣服前后赫然各有一面镜子般的圆形木片紧紧护住前胸后背。

两块木片表面光滑异常，并铭印有一些黑色灵纹，四周边缘处却另有密密麻麻的细绳，将它们紧紧绑在了阴沉少年身上。

而两道风刃所斩之处，也只在前方木片上留下两道寸许深印痕，根本无法一斩而开。

对面柳鸣见此情形，自然也是一愣，显然也没有想到先前攻击竟也会失手。

金宇一只手掌往胸前木片上一拍。

"砰"的一声。

看似普通的两块木片，突然变形伸展起来，转眼间就化为一件简单木甲覆盖了上半身各个要害处。

"你还说这不是你们赏赐的机关战甲！"朱赤见此情形，顿时大怒起来。

"这东西真不是我们所赐，这点我二人可以发下心誓。而且即使这机关护镜变化后，也非常简陋，远远称不上是机关战甲的。啧啧，宇儿这孩子竟然已经可以炼制这般复杂的机关灵具了。"白发老者急忙解释了两句，又满脸欣慰之色地说道。

一旁的大尚，也是满是惊喜的表情。

似乎金宇的表现，远超乎他们的预料。

一听他们二人连心誓此等言语都说出来了，朱赤一呆后，倒也不好再说什么了。

这时，被木甲覆盖半身的金宇，一手往额头上再一点而去，另一手一个翻转后，却多出了一根拇指粗细的短棍，并二话不说，冲对面点了一两下。

"噗噗"几声。

两道青芒从棍中一端激射而出，几个闪动后就到了柳鸣近前处。

赫然是两根寸许长竹钉，表面青光一片，十分诡异。

与此同时，空中青光螳螂傀儡，翅膀一振后，也发出一阵呜呜怪响，奔柳鸣一冲而去了。

"砰砰"两声，柳鸣几乎下意识地将手腕上的光盾一抬，两根竹钉被挡了下来，但瞬间爆裂而开。

一股白色液体在爆裂中冲天而起，再一凝后，竟化为一张白乎乎的丝网，一落而下。

"蛛网术！"柳鸣心中一凛，口中飞快一念诀，再单手一扬，一颗赤红火球瞬间激射而出，一下打在了白色丝网上，滚滚火焰一下爆裂而开。

但让他吃惊的一幕出现了。

原本认为应该一下化为灰烬的丝网，在火焰中根本毫发未伤，并且微微一荡后就让火焰飞快熄灭，顺势再次罩下。

柳鸣脸色一变，猛然手中法诀一变，头顶处波动一起，忽然死死灰气凭空浮现后，竟幻化出一团丈许大的灰云来。

正是所有灵徒都会的腾空术召唤来灵云。

白色丝网罩下后，顿时被这灰云托住，而无法落下了。

这一幕，不但对面金宇一愣，就连圆圈外观战的朱赤大智等人，也不禁面面相觑起来。

用腾空术当做防御手段，即使他们也是第一次见到。

不过柳鸣这般手忙脚乱了一阵后，那头螳螂傀儡在几个闪动后冲到了其一侧处，两只刀刃般的前肢一动之下，就化为十几道寒光劈下。

"噗"的一声。

柳鸣带着铜环的手臂冲螳螂傀儡一抖，光盾瞬间消失，取而代之的是一只黄色虎头，张口冲对面喷出一股白茫茫音波。

"咕咚"一声。

傀儡螳螂前肢所化刀网纵然锋利无比，但是面对音波这种近似无形的攻击根本无法抵挡，竟被后发先至的音波击中了身躯，被硬生生轰退数步远。

但下一刻，傀儡兽又一闪地冲了上来。

柳鸣脸色一沉，体内法力一催，从虎头口中又喷出一道音波，再次将螳螂兽击退。

可惜这音波攻击虽然颇为玄妙，但攻击威能会随着距离拉远而极大减弱，纵然一连两次击中目标，螳螂傀儡的模样却丝毫没有受损，反而在阴沉少年的催动下冲柳鸣狂奔而去。

显然金宇知道虎咬环这种符器攻击虽然发动时间极短，但极耗真元，纵然一名中期灵徒也无法支撑这种攻击太久的。

柳鸣自然也知道这种事情，再一次击退青光螳螂傀儡后，忽然一声低喝，两条小腿一下粗大了一圈，再狠狠一踩地面后，身躯就弩箭般冲金宇激射而去。

以柳鸣修成第二层的冥骨诀法力加持，外加先前又用虎咬环施展过了轻身术，并动用了激发潜力秘术，这一蹿速度纵然还比不上那青光螳螂傀儡，但也绝不会逊色太多。

故而螳螂傀儡在一耽搁下，再想追赶时已经有些迟了。

但金宇哼了一声，站在原地不躲不避，只是手腕一抖，手中短棍前端青光一闪，又有两枚青色竹钉冲柳鸣激射而来。

"嗖嗖"两声。

柳鸣两手一扬，两道白线从手中激射而出，一闪之下，就将两只青色竹钉击飞。

竹钉在一股柔力的巧妙作用下，却并没有爆裂。

那两根白线，赫然是两道水箭术所化。

这时，柳鸣两个起落后，离阴沉少年不过三四丈远了，单手一掐诀，口中念念有词，隐约一道风刃已经在其手中瞬间形成。

金宇见此，仍然站在原地未动一下，反而将手中短棍一抛之后，再往腰间飞快一抓，手中一下多出一个手臂粗细的金属圆筒，并将黑乎乎筒口一下对准了前方。

虽然柳鸣不知道这圆筒中有何东西，但多次生死之间锻炼出的经验还是让其瞬间有了危险之极的感觉。

他想都不想，单手猛然往胸前一拍，三点黑光一闪之后，一个黑色的光盾一下在体外浮现。

几乎同一时间，对面圆筒表面几个赤红符文一闪而现后，从中一下喷出赤红色的滚滚烈焰，瞬间就冲过来把柳鸣一下淹没其中。

而在烈焰喷出的瞬间，一颗黑色圆球也从金宇手中一滚而出，一根手指往额头上再一点后，就嘎嘣一声化为一只半人高的巨龟傀儡。

此巨龟一个倒转站起后，就仿佛一面黑乎乎的巨盾将少年护在了其后。

阴沉少年一步上前往巨龟上飞快一拍。

嘎嘣声一响！

巨龟厚厚的背壳上当即浮出数十个小孔，里面破空声一起，数十根半钢矢像暴雨般从中激射而出，将前方数丈内的一切笼罩在了攻击范围之内。

圆圈外观看的大智大尚见此，顿时大喜，而朱赤和钟姓道姑，则心全都一沉。

"嗖"的一声。

火焰中一道人影一闪，向一侧激射而出，瞬间就躲开了钢矢的攻击，接着在一股无形力量牵引下方向骤然一变，以不可思议的速度划了一个圆弧向金宇一侧激射而去。

这出其不意的一幕，让阴沉少年大惊，急忙一转身，再想使出什么防御手段，却已经迟了。

他才转过一半的身躯，忽然耳边风声一起，双肩一沉，两只闪动青光的手掌一下搭了上面，同时一个淡淡的声音传来："别动，再动一下，我就割下你的脑袋。"

在那两只手掌间，赫然有两个若隐若现的风刃在闪动不已。

金宇脸色一下变得铁青。

他就算有机关战甲护身，但脖子处没有丝毫防护，如今近距离地被风刃一斩，就算有天大本事也肯定小命不保了。

纵然如此，他还是一点点地转过头颅，目中凶光闪动地看向站在旁边的对手。

这时的柳鸣，一身淡绿色衣服早已变得灰扑扑一片了，身上满是烟熏火燎的味道，裸露在外的脖颈手腕等地方能看到成片的通红水泡，明显一副被火烧伤不轻的样子，但仍然面带笑容地看着他。

当阴沉少年目光再往下方一扫而过后，顿时恍然大悟。

只见柳鸣一只小腿上不知何时缠绕着一根长长黑索，另一端深深插在其立足处地里不知多深处。

刚才他之所以能够速度大增，并能改变方向，突然绕到其一侧来，显然是借助了此黑索的力量。

只是对手什么时候将此索布置在如此近距离处的，他竟然丝毫都没有察觉到！

"好心计！不过要真是一对一的正面较量，你绝不是我对手。"金宇瞪着柳鸣，一字字地说道。

"正面较量？我若是有这般多机关物品，并能拥有两三头傀儡帮手，倒可以考虑一下的。"柳鸣微微一笑地说道。

"哈哈，聪天，你做得好。果然没有让我二人失望。大智大尚二位道友，这一局怎么说？"圆圈外的朱赤见此情形，再也按捺不住心中的兴奋，笑了起来。

旁边的钟姓道姑，自然也是满脸笑容了。

"哼，输了就输了。难道朱兄还怕我们反悔不成？宇儿，回来吧。你这名弟子倒是心计百出，让你们捡了一个好苗子。"大智哼了一声，脸色有些难看地说道。

金宇竟然在此比试中输掉，这实在让他们太为意外了。

"那赌注的事情……"朱赤不假思索又问道。

"这些灵果全都归你了，那百斤铁精稍后我二人也会派门下弟子亲自给你送过去的。"大智几乎有些咬牙切齿地说道，大尚也面沉似水地在原地一语不发。

"呵呵，那就多谢二位道友厚赐了。"朱赤闻言，大喜说道。

"不过，二位道友是不是也该告诉我们，为何对这些天琼果看重到这般地步了吧。"钟姓道姑却目光一闪地问道。

"既然灵果都已经输给二位道友了，这消息对我们来说自然没用了。二位道友可知道，海族坊市再次开启了。海族这次指定兑换的东西中，天琼果就是其中之一。"大尚淡淡地说道。

"什么，海族坊市出现了！二位道友不是开玩笑吧，是在哪一国？我二人为何丝毫风声都未收到！"朱赤闻言，大吃了一惊。

"哼，是在海岳国境。要不是我们有门下正好去此国办事，也不可能知道此消息的。"大智哼了一声。

"海岳国，这就难怪了。哈哈，多谢二位道友如实相告！"朱赤哈哈大笑起来。

钟姓道姑听完这番对话后，脸上也满是惊喜交加的神色。

"朱兄也别高兴太早了。海族坊市虽然各种天材地宝不计其数，但也要有足够的运气才能得到想要的东西，否则很可能白白便宜了那些海族，反而一无所获而回的。"大智没好气地说道。

"这一点就不劳大智道友操心了。既然得此良机了，我等自然会好好谋划一番，才会过去的。"朱赤脸上笑容一敛地回道。

包括柳鸣在内的所有弟子，都是第一次听到海族坊市的名字，均都一头雾水。

"好了，聪天，你用这东西，将所有灵果打落，全装入篮中吧。记住，天琼果是火属性灵果，千万别用身体直接接触，否则全都会化为火灵力凭空消散的。"这时钟姓道姑将面上笑容一收后，忽然从袖中掏出两张符箓，往身前一抛，顿时在白气中化为一个赤红色竹篮和一个同样颜色的小锤。

"是，弟子明白了。"柳鸣一听此话，当即低首答应一声，手臂一动，捡起了两物，但一下触动了身上的各处烧伤，不禁一咧嘴。

"慢，我这有一瓶灵药，你擦在伤处再过去吧。"钟姓道姑见次，神色一动，从身上拿出一个小瓶，递了过来。

"多谢师姑。"柳鸣自然一喜回道，当即接过小瓶，从中倒出一些清澈透明灵液往烧伤处一涂抹后，一股清凉之意顿时遍布全身，身上痛楚顿时减去了大半。

他精神一振，将药瓶收起，就提着竹篮和小锤向那棵灵树走了过去。

柳鸣走到果树外笼罩的那层蓝色光幕前时，略有犹豫，见朱赤和钟姓道姑都没有任何表示后，就继续大步向前。

眼前蓝光一闪！

他只觉体表一凉，就一下走进了光幕内，一股比外面还要炙热倍许的热气滚滚而来。

柳鸣眉头一皱，体内法力微微一催后，丝丝黑气从体内一冒而出，炙热之感顿时减去了不少。

他这才几步走到灵果树下，抬手举起小锤对着一颗绿色灵果敲下。

"噗"的一声。

天琼果仿佛已经熟透多时，从枝头应声滚落，掉入了下面等待多时的红色竹篮中。

柳鸣见此，再没有任何迟疑，将手中小锤舞动而起。

一颗颗灵果滚落，转眼间就将竹篮填满了大半。

外面的朱赤和钟姓道姑见此，不禁相视一笑。

大智大尚则只能苦笑不已。

"走吧。既然灵果没有我们的，留在这里也无用。"白发老者这般说道。

木冠老者闻言，自然没有反对的意思。

于是两人招呼一声，就要带着一干门下弟子离开这地下洞窟了。

而这时，柳鸣刚好将最后一枚天琼果一打而下，微微一笑后，就想提着竹篮返回朱赤两人身边。

他方往回走了几步，身后地面猛然一震，他不禁一呆的急忙回首一看。

只见灵树所在地表处，竟一下浮现十几个斗大赤红符文，接着轰隆声一响，一道水缸般粗大火柱从泥土中一喷而出，瞬间将灵树淹没进其中，化为灰烬。

滚滚火焰一下向四面八方狂卷而来。

柳鸣大惊失色，不及多想便身形一动，就要逃离此地，但是其身形方一跳起，忽觉两侧身影一晃，朱赤和钟姓道姑竟然同时一闪而现。

其中朱赤单手一掐诀，大袖冲对面一抖，顿时面前火焰一个倒卷而回。

而钟姓道姑却一下挡在了柳鸣身前，口中说了一声小心后，目光闪闪地盯着火焰处不语了。

这时附近破空声再起，原本已经走到出口处的白发老者，竟也飞了过来，满脸讶色地看着赤红火焰。

片刻间，从土中喷出的火焰就一敛而空，但在原地留下一个丈许大的赤红法阵，四周十几个赤红符文微微闪动不已，还散发着丝丝热气。

"小挪移阵！"朱赤一看清楚法阵样子后，神色一变说道。

"不错，的确是此法阵。嘿嘿，这真是柳暗花明又一村，伏蛟真人果然在此地还设置了藏密之处，只是我等都没有想到，灵树被毁后，这入口才会显现的。"大智也盯着赤红法阵，嘿嘿一声说道。

钟姓道姑和木冠老者虽然没有说话，但其吃惊之色，任谁都能看得到。

"看来二位道友打算要现在进去一探！但我等不做些准备，现在就进去的话，是不是太冒失了一些。"朱赤转首过来，冲白发老者迟疑地问道。

"做什么准备？既然灵树被毁，地火应该很快就会爆发而出，到时候整座岛屿都被一起毁掉了，上哪再寻伏蛟真人的宝物呢？这样吧，先让我门下弟子退出岛外，然后我们两家再联手一探如何？至于谁能得到什么宝物，全靠各自机缘了。"白发老者连连摇头。

"好，那朱某也就冒一次险了。"朱赤神色变化了好一会儿后，一咬牙答应了下来。

大尚和钟姓道姑略一犹豫后，也没有什么意见。

于是在四人吩咐下，所有弟子纷纷退出了洞窟。

而柳鸣在离开时，将手中竹篮和灵果留给了朱赤，才和其他人一同离开了。

一顿饭工夫后，柳鸣于诚三人以及九窍山十来名弟子就驾云停留在岛屿中心处的乱石堆上空，静静等候着朱赤等人。

不过他们自然阵列分明的分成两排，各自遥遥相对着。

时间一点点地过去，转眼间就过去了半个时辰，下方仍然静悄悄的无任何动静。

众弟子都有些不安，有些人甚至开始窃窃私语起来。

就在这时候，忽然下方一声轰鸣，石屋丝毫征兆没有地爆裂而开，一道红光从中一飞而出，化为无数赤红光丝，向四面八方激射而去。

"快闪，这些是剑气，不是你们能抵挡的。"一声厉喝忽然从下方传出，接着数道人影一晃，朱赤等人四人也各驱云从中一飞而出，但一个个衣衫褴褛，满头大汗，仿佛先前也全都经过一场恶战一般。

但他们的警示还是晚了，几声惨叫后，在红丝一闪而过后，还有数人被直接洞穿身躯。

其中竟然就包括于诚这位九婴山弟子。

萧枫和柳鸣算是反应快的弟子，但刚躲过一闪而过的红丝后，也不禁惊得满头大汗。

尚未等他们再有反应时，各自身侧人影一晃，朱赤和钟姓道姑就分别到了面前，各自一把将二人提起。

朱赤袖子一抖，一道符箓激射而出，在白气滚滚一散后，碧灵飞舟就一下出现在了眼前。

二人身形一闪，带着柳鸣萧枫进入了飞舟中。

"噗"的一声后，朱赤二话不说地一掐诀，碧绿飞舟就化为一团绿光激射而走。

同一时间，九窍山那边，大智大尚两名灵师也飞快放出了一个阁楼般的飞行灵器，将剩下的弟子一卷而进，朝另一方向拼命逃走了。

双方所用都是飞行灵器，全力施展之下，速度之快可想而知了，几乎顷刻间就到了岛屿边缘处。

下方岛屿忽然发出轰隆隆的巨响声，一道道火柱冲天而起，顷刻间整座岛屿化为了一片火海。

与此同时，火海中心处传来了一声长长的鸣叫，声音刺耳异常，让人听了不由得头皮发麻。

"不好，师兄。它已经快完全苏醒了，再快一些，千万别被追上了。"钟姓道姑一听此鸣叫，脸色一下子白了几分，慌忙说道。

"师妹，你助我一臂之力，我这就动用血禁之术。"朱赤听见鸣叫声，同样面现一丝惊惧，一咬牙后，如此回道。

"好，我知道了。你们两个也快快坐好了。"钟姓道姑不假思索地答应一声，并飞快吩咐了萧枫和柳鸣一声。

萧枫明显还未从于诚毙命和眼前混乱的一幕中回过神来，只能下意识地点点头。

柳鸣听了心中一凛，急忙盘坐舟中，并一下死死抓住了飞舟的侧壁。

钟姓道姑虽然看出萧枫有些不妥，但眼下却根本无暇顾及太多了，只是身形一晃，就一下站到了朱赤身后，两只手掌抵在了其后背上，同时体表开始散发出一层层的白光来。

而朱赤一身低喝，张口喷出一团精血，再两手飞快一掐诀。

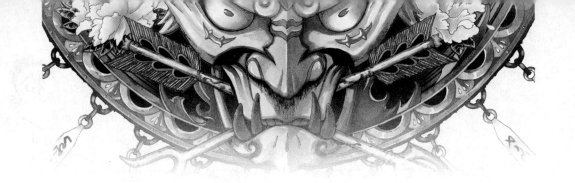

～拾捌～

通灵赤蛟

精血当即迎风化为一团血雾钻入木舟之中。

呜呜声一响。

碧灵飞舟一下速度大增，化为一道绿芒破空而去。

萧枫心神未定之下，当即一个滚动，后背狠狠撞在了木舟侧壁上，痛得一声低呼。

柳鸣双臂一用力，倒是稳稳坐在原处未动一下。

施法完的朱赤，一屁股坐在了甲板上，脸色苍白之极。

钟姓道姑将双手收回，仍满脸担心地向后望去。

片刻间，碧灵飞舟已飞出了十几里外，眼看后面火海终于渐渐消失不见，始终未见有任何东西追来。

朱赤和钟姓道姑见此，神色这才为之一松。

"看来那孽障刚刚苏醒，并不愿自损实力来追杀我等。我们四个总算是侥幸逃过一劫了！"钟姓道姑轻吐一口气说道。

"回去后，此事一定要马上通知掌门师兄，必须马上派人将它除掉。看这孽障样子，明显是刚进阶化晶期不久，若是再过了百年，让它巩固了境界后，恐怕真的要有大麻烦了。"朱赤面容阴沉地说道。

"当年谁都知道伏蛟真人身旁有一头凝液期的通灵赤蛟，可是在其坐化前几年，此蛟突然消失不见，当时谁都以为是伏蛟真人忍痛出手将其除掉，以防它会为恶世间。谁知道，此蛟竟然会潜伏在此岛下面地火中一直苦修不出，并且还悄悄进阶到了化晶之期，还在偷偷炼化伏蛟真人当年遗留的几件灵器。"钟姓道姑也心有余悸地说道。

"也幸亏我们进去时，此蛟正在半睡半醒之间，还凑巧正在炼化那口伏蛟剑，逼得其不得不自爆此宝，否则，若让其拥有了灵剑以后就更没有制服的希望了。"朱赤苦笑了一声。

"不过诚儿却没有逃过此劫，回去后还不知如何向师兄交代。"钟姓道姑又神色一黯下来。

"诚儿的事情，的确让人痛惜。但这也是没办法的事情，谁知道此蛟强行收取功法之时，还有余力让这口伏蛟剑飞出地下，让其自爆的不光是我们，九窍山那边似乎损失更大，大智那名准备走体修的弟子，似乎同样没有逃过此劫。"朱赤轻咳一声回道，目中闪过一丝无奈。

柳鸣和萧枫这才隐约听明白了怎么一回事。

好像朱赤钟姓道姑等人进入那小挪移阵后，非但没有找到宝物，反而碰到一头可怕之极的蛟龙，竟逼得四名灵师都不得不落荒而逃。

这时，朱赤和钟姓道姑似乎没有了继续交谈的兴趣，一个只是闷头狂催灵舟，一个则盘坐地上开始打坐休息起来。

十来天后，一行人终于返回了蛮鬼宗。

一回到九婴山，朱赤让柳鸣等人先回住处，就和钟姓道姑先去山顶找圭如泉去了。

而片刻后，儒生带着二人又匆匆离开了九婴山。

一个时辰后，蛮鬼宗祖师堂所在的山脉主峰上，突然响起了一声声的钟鸣。

各个山头的灵师，无论在闭门修炼，还是收徒讲课，都纷纷一惊，停下手中事情，纷纷驱云往主峰飞去了。

蛮鬼宗其他灵徒外门弟子，更是大为吃惊，一时间均议论纷纷。

同一时间，回到住处的柳鸣，正将脸深埋被褥中，在床上呼呼大睡起来，对窗外隐约传来的阵阵钟声，完全一副犹如未闻的样子。

第二天一早，柳鸣再次醒来的时候，一名外门弟子已恭候在了外面，并告知儒生等人找他过去的事情。

柳鸣对那外门弟子称谢一声后，当即腾空驱云的直奔山顶而去。

等进入大殿的时候，儒生、朱赤、道姑三人早已等候在了那里，并且似乎刚刚议论完什么事情，人人都满腹心事的样子。

"拜见圭师，朱师叔，钟师姑！"柳鸣上前一步，躬身见礼。

"起身吧。聪天，你这次在伏蛟岛上的表现，我已经听你师叔师姑说过了，你算是为本山立下了大功。"儒生一见柳鸣，面露出了一丝笑容，一摆手让其起身。

"不敢，这都是弟子应该做的事情。"柳鸣自然连连谦逊不已。

"你也不用说这些话。我们九婴山虽然在宗内势弱一些，但是在赏罚分明上自问还做得不错。而且我听朱师弟说，他们二人在最后一场关键比试前，已经答应将这次所得好处的十分之一赏赐给你。如此的话，我这边也不会加以反对的。朱师弟，你将东西拿出来吧。"儒生微微一笑后，转首冲朱赤说了一句。

朱赤点了下头，单手往腰间一个皮袋中一抓，就从中拿出了几样东西，并一一摆放在了旁边的桌子上。

赫然是一个装着三颗翠绿圆果的赤红木匣和三块寒光闪闪的黑色金属。

"这里有三颗天琼果和三块一斤重上品铁精，价值正好是这次收获的十分之一左右，现在它们都是你的了。不过，在此之前我有两个建议给你，你可以听一下。"儒生缓缓地说道。

"请圭师指点！"柳鸣强压心中喜意，口中恭敬地说道。

"一个建议是，你可以将这三枚天琼果和三块铁精直接卖给我们三人，大概能够换取六七千灵石，有这般多一大笔灵石，足够你十几年内在宗内的一切开销了，故而此后可以专心修炼，不必再为灵石事情奔波什么。第二个建议，我可以帮你将这三枚天琼果送到宗内最好的炼丹师那里，并且其他辅助材料也可以帮你凑齐，从而炼制成三瓶洗髓灵液给你，不过作为代价，这三块铁精我们就要收回了。聪天，你觉得如何？"儒生面带笑容地问道。

"弟子选第二条！"柳鸣闻言，想都不想地立刻做出了决定。

"你不再好好想想了。"圭如泉见柳鸣回答得这般快，倒有几分意外，再问了一句。

"不用。弟子自知资质低劣，这灵液既然可以有洗髓易经效果，弟子自然不会放弃此良机的。"柳鸣毅然回道。

"好，既然这般说了，那就十天后再到此领取此洗髓灵液吧。"儒生点点头，不再劝说下去了。

柳鸣欣喜，连连称谢。

下面，儒生问了问柳鸣一些修炼上的事情后，就打发其先回去了。

"师兄，现在诚儿已经不在了，你真不打算将此子收入亲传弟子之列吗？"一等柳鸣身形在大门处消失不见，钟姓道姑忍不住问道。

"此子虽然在伏蛟岛上表现不错，但毕竟只是三灵脉啊，再加上已经服用了增长法力的丹药，以后恐怕再没有多少潜力了。他就算再用洗髓灵液，此生应该也只能在灵徒后期而已，实在不值得再多花力气培养了。而且山上资源有限，还是集中在枫儿等其他几名资质最好弟子身上较好，这样我们九婴山一脉才有重新崛起的希望。毕竟只有灵师的多少，才能决定一脉的真正强弱。"儒生摇摇头说道。

"但这样做，还是有些可惜了。此子在斗法上的表现实在惊人，若是他能真进入灵徒后期的话，说不定还有希望为本门争得一个核心弟子席位的。"朱赤这般说道。

"仅仅一个核心弟子席位有什么用处，相比之下，本脉若是能多出一名灵师的话，声势自然就完全不同了。"圭如泉闻言，仍坚持说道。

听到儒生都这般说了，朱赤和钟姓道姑互望一眼后，倒不好再说什么了。

"对了，海族坊市的事情，要怎么去做。除去赏赐给聪天的三枚灵果外，我们手中还有三十枚，应该刚好够进入海族坊市中挑选一样东西了。"朱赤目光一闪后，话题一转问道。

"嗯，海族坊市开启，这的确是一次天赐良机，决不能放过的。说不定有可能从中换取比天琼果强上十倍百倍的东西。不过那些海族也一个个狡猾异常，近几年已经很少有人能从坊市大获而归了。这样吧，回头我请一位拥有灵目天赋的好友同行，这样把握就能大上几分了。"儒生想了一想后，如此回道。

朱赤和道姑听了，自然点头没有意见。

"圭师兄，听说师叔已经出关了，并连夜向伏蛟岛赶去了。"再聊了一会儿后，道姑神色一凝，向儒生问道。

"的确如此。蛟龙原本就是妖兽中珍稀存在，浑身上下无一不是宝，更何况还是一头化晶期赤蛟。若是师叔真能得到一些此蛟精血，再找炼丹师炼成传闻中丹药，说不定真能借此修为更上一层的。不过现在知道此蛟存在的还有九窍山之人，恐怕那位灵玉上人也会立刻闻讯出马的。"儒生闻言，缓缓地回道。

"既然有两大化晶前辈出马，那恶蛟想来难逃一死了。"钟姓道姑却长吐了一口气。

"哼，师妹你未免高兴得太早了。同阶相比的话，高阶妖兽原本就比我们人族修炼者要强上一筹。而那头恶蛟跟在伏蛟真人身边那般长久，想来也应该学到了一些其他本事，

况且听你们说，伏蛟真人的几件随身灵器也已落在此蛟手中，并且被炼化得差不多了。这样的话，纵然是师叔和那灵玉上人同时出马，也不一定有十成把握能斩杀此蛟。"儒生哼了一声回道。

"若真是如此的话，我们大玄国可就不得安宁了。以此蛟化晶期实力，我等普通灵师碰上是绝无幸存的。"这道姑脸色大变起来。

"师妹放心。师兄虽然所说不错，但不要忘了天月宗和血河殿两家的化晶期长老都不止一人的。那赤蛟纵然能逃过师叔和灵玉上人追杀，可一旦惹出了天月宗、血河殿两家的长老出手，它就算神通再大，也只有死路一条。特别天月宗的飞剑之术，厉害异常。这头赤蛟在没有伏蛟剑的情形下，纵然再凶恶，也是无从抵挡的。"朱赤却有不同意见。

"天月宗的飞剑术一旦真正修成，的确是大杀器。不过血河殿的血刀秘术，也是歹毒无比，一旦被大成血刀及身，哪怕只是划破丁点油皮，也会一命呜呼。但话说回来了，何止这两家，我们几大宗门哪一家没有压箱底的东西。就算是我们蛮鬼宗，若是能召唤出当年祖师爷威震数国的蛮力鬼王，也足以横扫诸宗的。不过现在说这些又有何用。这蛮力鬼王自从祖师爷去世后，就消失得无影无踪，再无人能召唤出来了。"钟姓道姑闻言，也叹息了起来。

儒生和圭姓儒生相视一眼后，不禁有几分苦笑之意。

蛮鬼宗当年也曾称霸诸宗过，但以后却是一代不如一代了，若不是现在还有一位化晶期师叔勉强支持，恐怕连五大宗门位置都有些不稳了。

这让他们这些不肖后辈何等的惭愧了。

"好了，那头恶蛟虽然是个大麻烦，但有师叔等人在，也翻不出太大的风浪。我们现在讨论一下本脉的一些事情。"儒生轻咳一声说道。

朱赤和钟姓道姑闻言，自然不会反对，当即开始另一话题。

十天后，柳鸣盘坐在修炼的屋子中，正把玩着一个洁白无瑕的玉瓶。

而同样的瓶子，在其一侧地面上赫然还放着另外两个。

这正是他今天刚从儒生那边领回来的三瓶洗髓液。

按照儒生所说，这些灵液使用的时候，最好先激烈运动一番，然后在数天内一口气全部用掉，这样才能起到最佳的洗髓易经效果。

当然其过程，自然绝不会让人太舒服的。

柳鸣默默的思量了一会儿后，忽然将手中瓶子也放在地上，就大步走到了门外小院中。

"呲啦"一声。

他随手将上衣一扯而开，露出了还算健壮的上身，轻吸一口气后，就开始打起一套看似古怪的拳法来。

一遍接一遍！

拳声呼呼作响，正是那套以前种植灵田时学来的锻体拳。

随着时间一点点过去，柳鸣肌肤渐渐发红起来，后背在一层晶莹汗珠浮现之后，也开始散发出腾腾的热气，并且越来越浓，几乎连看似凶猛的拳风都无法驱散干净。

柳鸣手中动作忽然一收，带着微微喘息，向屋中大步走回。

他飞快将裤子也一脱干净，从地上捡起一个小瓶，将盖子一打而开后，从里面倒出一种乳白色灵液，往身上各处开始直接涂抹起来。

灵液方一倒入手中，立刻有一种冰寒刺骨的感觉，再往赤红肌肤上一抹之后，却变成一种刀割般的剧痛。

柳鸣一咧嘴，但手中动作却丝毫不停，飞快将全身每一寸地方都涂抹了一遍，然后赤裸身体就地盘坐而下，默默运功修炼起来。

他体内每一次法力运转，肌肤上刺寒就越发冰冷一分，一个大周天循环过后，几乎有一种连血液都被冻住的感觉。

不过柳鸣先前经儒生提醒过，知道此时才是最关键的时候，故而仍然咬牙切齿地强行催动体内法力继续运转不停，并在身躯近似麻木中闭上了双目，渐渐忘却了时间和其他一切。

不知过了多久后，他肌肤上的冰寒总算消去了，同时其肌汗毛孔中开始分泌出一种黑乎乎类似油脂般的东西，并散发出一种难闻之极的味道。

但与此行相反的是，柳鸣脸上却红润异常，并有一层晶光隐约闪动不已。

一声长长叹息后，他终于睁开了双目，但往自己身上一看之后，立刻眉头一皱，口中念念有词几句后，往头顶处掐诀一点。

"噗——噗——"几声后，几团清水凭空浮现，顺势而下将其身躯冲洗了一遍，将肌肤上的黑色污垢全都冲洗一空。

柳鸣将满头黑发往背后一归后，忽然想起了什么，双目一眯，将心神再次沉入身体内，并飞快查看了一遍。

骨骼肌肉经脉灵海等东西，似乎有些说不出的变化，法力也增加了一些，虽然不是很多，

但也足以抵他半个月的苦修效果了。

柳鸣眉头一皱，忽然手臂一抬，五指略微用力一握，好像力气似乎比以前大了一些，再低首上下打量了一下全身，好像个头也长高了一点。

不过话说回来，他自从修炼这冥骨诀以来，即使没有动用法力加持，力气也好像一直都在慢慢增加中。虽然每次增加不多，但这般一年积累下来也非同小可，足可堪比他进入蛮鬼宗前的两倍以上了。

一开始，柳鸣还以为是自己经常在修炼前习惯性练习几遍那套锻体拳的效果，但后来找其他他早入门的几名九婴山弟子旁敲侧击问了一下后，才知道那套锻体拳虽然有改善体质增加力气的效果，但绝对没有这般夸张了。

如此一来，他的力气一直在诡异增加的事情，十有八九是因为修炼的这套冥骨诀的缘故了。

说实话，这套法诀虽然看似和蛮鬼宗的鬼灵功十分类似，但是在具体修成效果上提及的却寥寥无几，甚至原本在功法后附带的一些专属秘术、法术也一个都没有，起码是藏经阁的那位胖老者，在给其翻译的锦书中上面没有写出来。

这也就是说，他除了从蛮鬼宗内找一些属性相同可以修炼的法术秘术外，别指望在冥骨诀上有什么可以用于实战的特殊手段了。

柳鸣自从发现此事，心中就一直大为郁闷。

如此一来，他要在几种法术上都修炼有成，岂不看起来越来越像一名体修了。

柳鸣心中这般想着，摇了摇头，重新盘膝坐下，再次拿起小瓶开始涂抹全身起来。

同样的刺寒，同样的剧痛，让少年再次一咧起嘴来……

三天后，当柳鸣从屋中一走而出的时候，肩膀明显比三天前宽厚了一些，个头也比以前长高了半头有余。

这时候，若不是他面孔上还有着一些稚气存在，恐怕任谁都会将其当成一名十八九岁的青年了。

而这些天，每一次涂抹后改变得不算太多，但是叠加一起后的效果，却惊人之极。

柳鸣活动了一下手脚后，又在小院中打了一遍锻体拳。

结果四溅的拳风，就将附近地面硬生生刮去了一层泥土。

这种骇然效果，他三天前自然绝无法做到的。

柳鸣自己也对这三瓶洗髓液的效果满意之极。

他将动作一收，又重新回到了修炼屋中收拾了一下，再静一静心神后，就开始参悟通灵术。

此秘术在蛮鬼宗弟子中，算是修行最多的秘术之一，毕竟可以驱使一头鬼物的话，就相当于身边凭空多了一个帮手，而且遇到一些险境时，还可代替自己探查一些未知的危险。

故而即使一些弟子所修功法不适合修炼通灵之术，也会勉强加以修炼一二的。对他们来说，哪怕只能召唤最低级的鬼物，也总比没有的好。

而柳鸣经过前段时间的参悟，将此秘术参透了十之八九。

按照通灵术上面所说，一名灵徒想要用此术得到能够驱使的强大鬼物，一般有两种途径。

一种就像在小比赛中见到的那位同样修有通灵术的师兄一般，自己通过其他秘术炼制一些类似白骨人魔的鬼物傀儡，然后再用通灵术收服一些孤魂野鬼，将它们祭炼成一些拥有战斗意识的战魂，直接附体在鬼物傀儡上加以驱使。

这种做法，因为一些低阶战魂很容易祭炼，故而只要能炼制出鬼物傀儡，很快能拥有实力不弱的鬼物。

但是此种鬼物后面实力的增长就极其缓慢了。毕竟无论是战魂的训练，还是不停祭炼鬼物傀儡都是一种极耗费时间和心血的事情。

不知有多少蛮鬼宗弟子因为此种选择，而荒废了自身修炼，从而弄的得不偿失。

第二种做法，就更简单了，那就是借助蛮鬼宗内的一个六阴真人当年亲手建立的神秘法阵，可以直接去一个叫"幽冥鬼地"的神秘空间，自己去寻找一些真正的悍鬼厉魄加以降服。

按这种做法降服的鬼物一般灵性十足，只要将它们放在阴气充沛之地，就会自己修炼，一点点自行增加实力的。

不过幽冥鬼地万分凶险，一般灵徒级弟子根本不敢真深入此地之中，故而能抓的鬼物也大都不过是最低阶的卒级鬼物，若想通过后期培养一点点变强，所花费时间之长也可想而知了。

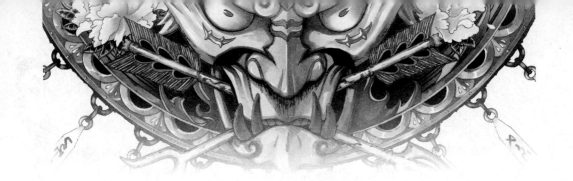

符弩和射阳箭

这两种方法各有利弊，至于采用何种方式，自然要看各人自己选择了。

不过一般来说，通灵术无法修炼到高深处。手中不缺灵石的蛮鬼宗弟子，大都会采用第一种。

毕竟除了需要花费大价炼制一只鬼物傀儡，祭炼操控一只低阶战魂，对他们来说还是十分简单的一件事情。

而那些精通通灵术，手中灵石不多的弟子，则大都会选择第二种方式来寻找鬼物。

此种方法除了进入幽冥鬼地需要交纳一定贡献点外，并无其他太多花费。而若是机缘巧合，找到一只潜力大些的鬼物，说不定还真能进化出一只悍将级鬼物，若是真能如此的话，这些弟子实力能立刻激增倍许甚至数倍，在宗内地位也会马上出现翻天覆地的变化。

这样的例子，在蛮鬼宗还真出现过不少的。

所以现在凡是在通灵术上稍微有些自信之人，十之七八都会选择进入幽冥鬼地寻找合适的通灵鬼物。

柳鸣除了前段时间做宗门任务得来的数百灵石酬劳外，手中也算不得富裕，自然也打算选第二种方法。

不过他一想到使用幽冥鬼地传送法阵一次所需的一百贡献点，心中也大感惋惜。

这一百贡献点，一般说来需要做个三十多次贡献点任务，并且次次都能成功，才能积攒出来，这可几乎占据了他手中所有贡献点的大半了。

柳鸣想到这里，心神再次放回到正在参悟的通灵术法诀上。

整个通灵术修炼，并没有明显划分层次，就像其他法术修炼那般，只要多加练习，就可自然提升其和鬼物的沟通威慑之能。

再过七八天，他可将整部法诀都参悟明白，并可将其中所含咒语念得一字不差了。

在接下来的数月时间内，柳鸣一边苦修冥骨诀，一边一遍遍地修炼通灵术。

等他自觉已经真正初步掌握此术后，终于驱云离开住处，直奔蛮鬼宗主峰飞去了。在他选择进入幽冥之地前，自然需要先试验通灵术实际效果才行。否则万一参悟法诀有误，到时不灵验的话，岂不是白白浪费了一百贡献点。

而蛮鬼宗中也的确有这一处地方，关押着一些抓来的低阶鬼物和妖兽，专门让门下弟子用来实验法诀和检验实战效果用。

半日后，柳鸣从主峰上一处灰扑扑的大殿中一飞而出，脸上已经满是满意的神色了。

他在花费三个贡献点，一连试过三种不同鬼物都能顺利压服后，其修炼的通灵术显然是没有任何问题的。

不过纵然这样，他也没打算就这般直接进入幽冥鬼地中。

毕竟那幽冥鬼地可不是什么善地，通过法阵进入的蛮鬼宗的弟子虽然众多，并且大都不会太深入，但也时常会发生碰到特别厉害的鬼物，反被鬼物吞噬掉的事情。

柳鸣绝不希望成为鬼物腹中的点心。

所以他现在又向天机一脉所属的一个小山谷一飞而去。

一盏茶工夫后，他就出现在谷中一面异常平滑的峭壁下方，而前方不远处则有一个带有两个巨大铜环的赤红色大门，仿佛直接镶嵌在石壁中一般。

虽然大门紧紧关闭，但从里面却不时传来阵阵敲打声。

柳鸣目光一闪，直接大步走了过去。

一抬手，抓着大门上的一枚铜环敲打了两下。

"当当"两声后，里面敲打声骤然一停。

"有事吗？"一小会儿工夫后，大门一打而开，从中走出一名身材异常高大的巨汉，冷冷地冲柳鸣说道。

此大汉一头粗硬的棕色短发，给人一种面对猛兽般的压迫之感，而通过其身后一个充

满燥热气息的走廊，隐约可见一个墙壁上挂满各种兵器的大厅，里面隐约红光闪动不停。

"我是李宗师兄介绍来的，想要一具小型的精良符弩，另外再配一些专门克制鬼物的特制符箭。"柳鸣将目光一收后，不慌不忙地说道。

"小型符弩，射阳箭十三根，总共灵石一百八十！"大汉闻言神色一缓，再上下打量了柳鸣几眼，才又说道。

柳鸣对此价格却似乎早有预料，二话不说，将腰间一个鼓鼓囊囊的皮袋一摘而下，直接扔给了大汉。

大汉一把将皮袋接过，当场打开往里面扫了几眼后，就点点头，转身而回，并顺手将门关上。

柳鸣倒也并不意外，静静地在门外等候着。

结果再等了片刻后，大门再次一打而开后，大汉就提着一个兽皮卷着的包裹现身而出。

"东西都在这里了，你查点一下！"大汉将包裹往柳鸣手中一放，就双手抱臂，在原处等候起来。

柳鸣将兽皮扯下，里面当即露出了一具半尺长的青色符弩和旁边十几枚差不多同样长短的赤红弩箭。

"这具符弩我打造的时候，在里面掺入了一些风铜进去，你若是能在上面镶嵌一块风晶石，可以让其射的更快更远，至于这十三枚射阳箭，我也只能保证其中一半完全有效的。毕竟我炼制这些东西全是兴趣所在，并不是专门的炼器师。否则将这些东西卖给宗内同门的时候，也不会这般便宜的。"大汉用手指一点符弩一端某个不起眼的凹槽，淡淡说道。

"能有一半有效，就已经足够了。不过风属性晶石可不好找，师兄这里可有剩余的，我愿意高价收购一颗。"柳鸣将符弩一拿手中，略微试了一下后，就点点头冲大汉说道。

"风晶石，我这里也只剩下一颗了，而且元力已经用掉了一半。师弟若真想要的话，就三十颗灵石吧。"大汉略一犹豫后，才说道。

柳鸣这些修炼者平常用来交易的灵石，一般都是天地间没有属性的纯粹元力凝聚而成的。但也有一些灵石在凝聚过程中，会机缘巧合下吸入一些属性力量，如此一来就形成了和普通灵石不同的属性晶石。

而这些属性晶石可以用在一些特殊地方，相比普通灵石来说更加稀少，特别一些不在五行之内的晶石，价值更要翻上几番的。

这些属性晶石和灵石一般，同样有等阶划分。

不过对柳鸣和大汉这样的灵徒来说，他们口中所说的晶石自然指的都是低阶晶石。

柳鸣对这一切十分清楚，听后，毫不迟疑地从身上掏出另一个皮袋，从中点出了三十颗灵石交给了对方。

大汉则从袖中掏出一个脏兮兮的小口袋，扔了过来。

柳鸣从口袋中摸出一个青光闪闪的拇指大晶石后，露出了满意的神色，并向大汉告辞离开了。

接下来，他又去了一趟灰市，从一名正在学习制符术的弟子手中收集了几张据说对鬼物有克制作用的残旧符箓。

虽然此名弟子拍胸表示这些符箓肯定有效，但柳鸣根据这些符箓的那点售价，可实在不抱太大希望，只能抱着姑且一试的念头买下了。

除此之外，柳鸣还从另一名弟子处收购了黑狗粉，天葵血等一些对鬼物有退避作用的东西，并再购买了十几瓶辟谷丹后，才返回了住处，开始养精蓄锐起来。

三天后一早，柳鸣出现在了蛮鬼宗一处隐秘的殿堂中，并在空荡荡的大厅中老老实实束手而立，似乎在等候着什么人。

结果等了一会儿后，殿门外又传来了脚步声，有一男一女走了进来。

柳鸣下意识抬首望过去后，不禁微微一怔。

这一男一女和柳鸣差不多大年纪，但那名面目英俊的少年，赫然是和他一同入门的那名身具雷灵脉的雷震。

至于旁边那名少女，长得娇小温婉，看起来也有几分眼熟，好像也是当初和雷震一同拜入天机一脉门下的弟子。

雷震一见殿中已经有人，也是微微一怔，但目光在柳鸣脸上转了两圈后，闪过一丝疑惑的神色，似乎未能认出柳鸣来。

这也很正常。

柳鸣上次和此子相见是一年多前的事情了，并且再加上最近使用了洗髓液，让身形骤然拔高大变，对方一时无法认出来也是正常的事情。

雷震满脸傲气，没有和柳鸣打招呼的意思，和旁边少女低声说了两句后，就同样在附近等候了起来。

随着时间一点点过去，殿门外脚步声一响，赫然又有两人走了进来。

前面一人是个满脸煞气的美妇，虽然生有满头白发，但脸孔却娇美犹如少女。

在美妇身后处，则跟着一名看似十分文静的青衣少女。

"珈蓝。"雷震一看清楚女子面容后，一下露出惊喜之色。

"原来是雷师弟？"青衣少女一见雷震，却只是淡淡说了一句，但目光一落在柳鸣身上时，目中却闪过一丝意外之色。

"雷师弟？你就是雷师兄的那名亲侄？"前面美妇闻听此言，目光如刀般的冲少年一扫而去，冷冷地问了一句。

"弟子拜见冰师叔！"雷震一听这话，再看青衣少女一眼，有些恍然地急忙一礼。

旁边的娇小女子，也慌忙同样躬身一礼。

"起来吧，我和雷师兄关系还算不错，你们倒也不用多礼。"美妇神色微微一缓，抬手让二人起身了，接着目光自然而然地向柳鸣这边也看了一眼过来。

"九婴山弟子白聪天，拜见冰师叔！"柳鸣虽然不清楚美妇是何人，但也只能硬着头皮微一躬身。

"九婴山！"美妇微点下头，就带着珈蓝向大殿一角走去，随后在原地不动，一同等候起来。

因为有美妇在场的缘故，雷震和那名娇小女子自然不敢再随便交谈什么。

一时间，整座大殿变得静悄悄的。

这一次仅仅过了一盏茶的时间，大殿一侧某个偏门就一打而开，从中走出来一名四十来岁的黑袍男子，生有一个硕大鹰钩鼻子，面目看起来颇为阴沉。

"冰师妹，你怎么会在这里？"黑袍男子一看见大殿中的美妇，顿时一怔。

"李师兄，小妹为何不能来。我这次带珈蓝去幽冥鬼地，是有些事情要做的。"美妇淡淡说道，似乎和黑袍男子十分熟悉。

"原来如此。不过师妹应该很清楚，传送进入幽冥鬼地，灵徒和灵师的消耗截然不同，所需贡献点更是天差地别。"黑袍男子闻言，露出了几分凝重之色。

"这一点我自然清楚，好在我前段时间也攒够了足够多的贡献点，应该够我进去一次了。"美妇毫不在意地回道。

"师妹愿意支付这般多贡献点的话，自然就没有问题了。"黑袍男子闻言，神色一松下来。

美妇淡淡一笑，不再多说什么。

这时，黑袍男子目光在雷震柳鸣等三人身上一扫后，就再说道："既然这边还有三人，正好够一次传送了。你们都跟过来吧。"

话音刚落，他就不再理会三名灵徒，袖子一抖，取出了一面黑乎乎的鬼头铁牌在手，自顾自向大殿正面一堵高大墙壁走了过去。

美妇带着珈蓝不慌不忙走了过去。

雷震柳鸣三人见此，自然也跟了下去。

黑袍男子手臂一动，用铁牌冲着近在眼前的墙壁晃了几晃，当即一道黑光激射而出，一闪没入墙壁中不见了踪影。

下一刻，墙壁一阵模糊后，赫然凭空浮现出一扇白色的光门来。

黑袍男子毫不犹豫地大步走了进去。

其他人自然也尾随走进了光门中。

柳鸣只觉眼前白光一敛，就已经身处一个不大的密室中。

此密室除了过来的那扇光门外，四周全都是反射金属光泽的厚厚墙壁，并且上面印着许多看似玄妙的艳丽灵纹，让整间密室都充满一种说不出的神秘味道。

在密室中间处，则是一个大小不过丈许的银色法阵，边缘处则有整整一圈的用来放晶石的专门凹槽。

黑袍男子将手中铁牌一收而起后，身后光门一闪，凭空消失了，手中却多出一根淡金色的短棍来。

其他人见此，纷纷将自己的铭牌一一递上，开始缴纳各自的贡献点。

黑袍男子将贡献点收完后，当即金棍一收而起，又从身上取出一颗颗拇指大小的晶石，往法阵边缘处凹槽中一一安上。

这些晶石和柳鸣以前见到的截然不同，竟然散发着淡黑色的光芒，仿佛一颗颗黑色星辰一般。

青衣少女看到这些晶石，神色微微一动。

"这些是空间晶石，就算在五行属性晶石之外，也算是非常稀有的东西。否则传送你们去幽冥鬼地，又何必要收这般多的贡献点。不过平常传送你们的话，只要三四颗就够了，现在加上我的话，恐怕要耗费十倍以上了。"美妇似乎看出了自己徒弟的好奇之心，淡淡地解释了两句。

听了这话，不光青衣少女点了下头，柳鸣和雷震等人也有些恍然大悟。

空间晶石的名字他们虽然都早已听说过了，但是实物可是真正第一次看到。

柳鸣更是仔细打量了这些晶石几眼，仿佛要将它们的样子全都深印脑海中一般。

黑袍男子就像美妇所说的那般，一口气在法阵四周安上了三十多颗空间晶石，转身冲众人神色一肃说道：

"好了，可以进入法阵了。虽然你们都应该已经知道幽冥鬼地的危险之处，但我还要例行再提醒几句。那边是真正的阴气鬼物之地，无论修为高低都最多只能在那边滞留一个月时间，一旦超出此时间，肉身精魂就可能被阴气同化，有很大几率也会成为鬼物中一员。所以你们必须在一个月内，通过那边法阵回到这里来。迟了的话，后果只能自负了。"

黑袍男子一说完这话，就单手一掐诀，冲法阵虚空一点。

嗡嗡声一响，整座法阵开始泛起五颜六色的光芒。

美妇、柳鸣等人见此，自然不敢迟疑，纷纷站入到金色法阵中。

在一阵剧烈波动中，美妇柳鸣等人的身影一闪就全都消失不见了。

黑袍男子轻吐出一口气，在附近的地面上盘膝坐下不慌不忙地双目一闭，开始打坐起来。

柳鸣在一阵剧烈眩晕后，终于重新睁开了双目。

只是这时的他，赫然和美妇等人都站在另一座密室般的屋子中，脚下也是另一个乍一看非常相似的金色法阵。

而屋子四周墙壁却是用一种不知名的黑色石头砌成，并且还有一扇虚掩的石门，而屋中除了他们几人外，赫然再没有其他人了。

"走吧！"美妇淡淡一句后，就带着青衣少女走出了法阵，推开石门飘然离去。

雷震和娇小少女互望一眼后，也同样走了出去。

此地转眼间就只剩下柳鸣一人了。

柳鸣轻吸一口气后，感觉附近虚空中元气比蛮鬼宗明显稀少了许多，并有一股说不出来的阴寒能量掺杂其中，多吸几口后，甚至让身体有一种微微的不适之感。

他摇了摇头，也从容走出了石门。

石门外，赫然是一片十余亩大的巨型广场。

广场地面全都用同样材质的黑色石头砌成，并且边缘处竖立着一根根高大的青铜圆柱，外面却又被一层凝厚异常的乳白色光幕笼罩其中，

而广场中心处，还有一排排的黑色石屋，足有三四十座的样子。

石屋之间，隐约有十来名蛮鬼宗弟子三三两两的聚集一起，正在交谈着什么。

"小家伙，第一次来幽冥鬼地吗？"

柳鸣看得出神的时候，忽然听到身后传来一个尖尖的声音。

柳鸣吓了一跳，急忙一转身，才发现在石门附近竟盘坐着一名穿黄色皮袍的绿发老者。

这老者手中托着一个淡银色圆盘，一边摆弄着上面几个类似指针般的鲜红东西。而如此近距离，他先前竟然丝毫都没有发现。

"刚才我看到冰丫头竟然也来这里了，啧啧，这丫头自从进阶灵师后，可还是第一次回到这里，这可很难得啊。"老者头也不抬地继续说道。

"前辈是……"

老者低着头，柳鸣自然看不到其面容，但听其口气这般大，不敢怠慢的一礼问道。

"你可以叫我鬼老，是专门负责此地传送法阵，将你们送回宗内之人。"老者悠然回道，终于缓缓抬起头来。

柳鸣一看清楚老者面容后，纵然一向胆大过人，也心中微微一寒起来。

这位老者其他地方都看似和平常老者无异，唯独原本应该装有眼珠的地方，赫然空洞一片，只有两团豆粒大小的绿焰在微微闪动不已。

"晚辈拜见鬼老！"柳鸣心念飞快转动一下后，总算强行压住心中惧意，再次一礼说道。

"不错，在第一次见我的那些小家伙中，你算是胆子比较大的了。看在此份上，我有一件事情交给你，只要完成后，我自然有好处给你的。"鬼老目中绿焰一闪说道。

"不知是何事情，晚辈法力低微恐怕帮不了什么大忙。"柳鸣闻言，略一犹豫。

"嘿嘿，只是小事一桩，根本无须你有多大法力的。我这有一面阴罗盘，可以显示百丈内鬼物的准确位置，只要你在附近的阴河中找一些鬼脸鱼来，我就将此盘赠给你如何？"鬼老嘿嘿一声说道，并将手中银盘冲柳鸣晃了一晃。

"可以显示鬼物位置？此话当真！"柳鸣一听这话，当即心中一动。

"以我身份，难道还能骗你不成。你快去快回，那个方向三里外就有一条阴河，你快去快回吧。"鬼老仿佛有些不耐烦了。

"既然只是在十里外地方，那晚辈就试上一试吧。"柳鸣心中隐隐觉得有些奇怪，但一听如此近的距离，又看了看对方手中的那面银盘后，还是点头答应了下来。

柳鸣单手一掐诀，直接施展腾空术往鬼老所指方向一飞而去。

当他一飞出乳白色光幕外的时候，入目则是一片黑色的荒凉之地，整个天空也是乌云密布，不见有丝毫阳光，给人面一种异常压抑的感觉。

柳鸣略一运行冥骨诀，顿时感到丝丝的阴寒往其体内狂涌而来，虽然让身体大为不适，但是灵海中的法力却似乎瞬间就有了一丝跳动的感觉。

柳鸣暗叹了一口气。

这幽冥鬼地果然就像其他人说的那般，在修炼鬼灵功等阴属性功法的时候有不小的加成效果，但身体却是无法承受阴气的反噬之力。

他也只能熄了借助阴气修炼些法力的念头。

一连飞出三里之后，柳鸣并未碰到任何鬼物，终于看到了鬼老所指的阴河。

但等他飞近了一些后，不禁苦笑了一声。

眼前的出现的阴河，与其说是河流，倒不如说是一条大些的小溪更加确切一些。

阴河才不过丈许宽，河水也并非清澈透明，而是异常浑浊的淡黄之色，并河面上还有一些白色雾气盘旋不散，给人一种诡异的感觉。

柳鸣驱云落在阴河旁边的一块黑色石头上，还未来得及想如何才能找到鬼脸鱼的时候，突然"噗"的一声响，一个白乎乎东西就从前面河水中一跳而出，直扑其而来。

柳鸣一惊，下意识袖子一抖，一条黑索就从袖中弹射而出，一个模糊舞动后，就将扑来的东西狠狠一抽落下。

而这白乎乎的东西一声怪叫后，就只能在地面上扑腾不已了。

柳鸣这才来得及一望而去。

赫然是一只模样十分奇特似鱼似兽般的东西，大约半尺来长，后半身和一般青鱼一般无二，但是前半截却是毛茸茸的缩小数倍的青色鬼头，并还在腹部生有两只纤细黑爪。

此刻这怪鱼嘴巴张合不停，隐约可见两排锋利碎牙，显得十分凶恶。

"看来这东西就是那鬼脸鱼了。"柳鸣心中惊异一去后，反而一笑起来。

炼魂索再次冲怪鱼狠狠一抽，准确无误地砸在其鬼头上。

鬼脸鱼再一声怪叫后，就此一挺地昏迷了过去。

柳鸣这才从怀中取出一个折叠好的网状鱼篓，用炼魂索将鬼脸鱼一卷而起，放进鱼篓中。

随后，他才从石头上走下，面带一丝小心地往阴河处靠前了几步。

这一次，河水中再没有什么东西跳出来。

但柳鸣眉梢一挑后，再次将炼魂索一弹而出，让前端在阴河中浅浅一点后，又飞快的一收而回。

只见炼魂索前端，赫然已经覆盖了一层淡白色寒霜。

柳鸣微吸了一口凉气！

这阴河竟然奇寒无比。

如此一来，柳鸣自然不会再太靠近阴河了，就保持原来距离，沿着河流向上流徐徐走去。

结果，他每走过一小段距离，就会有一条鬼脸鱼从河中一蹿而出，大的足有一尺长，小的则只有数寸大小。

柳鸣自然一条不放的用炼魂索抽晕，全都收进了鱼篓中，不过半个时辰就，就抓到了十七八条鬼脸鱼，将整个鱼篓都装满了。

他当即不再迟疑，驱云往回一飞而去了。

"不错，这些就是我要的鬼脸鱼，这阴罗盘归你了。"鬼老一见从天而降的柳鸣，和其手中提着的满满一鱼篓的鬼脸鱼后，当即大喜地说道，并主动将手中的银色圆盘先抛了过来。

柳鸣虽然有些意外，但一接过银盘后，自然也将手中鱼篓同样扔给了对方。

"噗"的一声。

原本盘坐的鬼老竟一下站起身来，双足赫然并非人腿，而是一对乌黑发亮的巨大鹰足，并一抬足就将整只鱼篓全都踩住，接着大手一捞，将一条最大鬼脸鱼一把抓住，直接往口中一塞而进，发出脆声地生吞活咽起来，

"不错，这鬼脸鱼的味道还是那般鲜美，真是回味无穷啊。"鬼老一边口中咀嚼不停，一边面现陶醉之色，自语起来。

柳鸣自己虽然手中抓着阴罗盘，却不禁看得目瞪口呆起来。

"哈哈，白师弟，看来你也上当去抓那鬼脸鱼去了。"从不远处的一座石屋中新钻出一名青年，一看见柳鸣这边情形，竟哈哈一笑走了过来。

"咦，原来是杜师兄。师兄刚才说的上当，是怎么一回事！"柳鸣转首一望之下，有些意外起来。

说话青年一身蓝袍，背着一口狭长弯刀，面容冷酷，正是那阴煞山的杜海。

自从那一次，柳鸣和他们几人共同进退，得罪另外一个名叫欧阳锌的弟子后，和他们就算真正交好起来，后来又联手做了几次贡献点任务，每次合作也十分圆满。

如此一来，柳鸣和杜海等人走得自然更近了一些。

"这位鬼老，其实是当年六阴祖师收服的一头低阶鬼物，除了精通一些幻术，可以将

自己上半身化为和我们常人无异外，并没有什么真正本事。故而六阴真人当年将其施法锁在传送阵附近，让其专门负责法阵维护和传送本宗弟子回去等一些简单事情。毕竟这里阴气太重，也只有鬼物可以长时间驻留的。至于他手中的阴罗盘却是一种十分简单的制式符器，只要是第一次进入此地的弟子，都可以免费赠送一件的。不过这位鬼老因为喜欢食用阴河中的鬼脸鱼，故而经常假借赠送此盘为借口，让一些新来的弟子帮其抓捕一些食用。其实就算你不去抓鬼脸鱼，他也不敢不给你的。"杜海微笑说道。

"原来如此！"柳鸣有些恍然了，目光再向鬼老一扫后，发现其一只鹰足上果然缠着一根淡银色细链，并一直没入石屋墙壁中。

而这时的鬼老，对柳鸣和杜海的交谈置若罔闻，只是捞着一条条鬼脸鱼，继续狼吞虎咽个不停。

这让柳鸣看了，心中又微微一动。

"对了，白师弟，你连此事都不知道，不会是一个人到此的吧。"杜海笑容一收后，又眉头一皱，问道。

"小弟这次的确是打算一人行动的。杜师兄在此，难道也打算抓些鬼物？"柳鸣坦然回道。

"我可没在通灵术上下什么功夫，怎会去抓什么鬼物。而是打算和仙云一起寻找几种此地特有的灵草，回去另有大用的。"杜海摇摇头回道。

"牧师姐果然也来了，不知现在何处！"柳鸣闻言没有觉得惊讶，但目光四下一扫后，并未看到有熟悉的女子身影。

"仙云正在租用的灵屋中休息，我现在带你去见一见吧。师弟也别急着离开此地，这幽冥鬼地颇为凶险，师弟最好听我二人给你讲述一些事情，再离开也不迟。"杜海很热心地言道。

"师兄这般说了，小弟自然恭敬不如从命。"柳鸣略一思量后，也就点点头答应下来。

杜海见此，自然一喜，带着柳鸣冲一座石屋走去了。

片刻后，当杜海叩开石门后，从里面走出来的果然是牧仙云这位美貌少妇。

此女一见柳鸣，也是微微一呆，再上下重新打量柳鸣几眼后，就有些吃惊地问道：

"白师弟怎会出现在此地，难道你已经进阶到了中期灵徒，还修炼好了通灵术。师弟现在的样子和以前相比，也有不少变化的。"

按照普通弟子的修炼速度，柳鸣现在就能进阶灵徒中期，的确是让人十分吃惊，相比此事来，其洗髓后的外在变化，反能让不少人很快接受的。

　　毕竟蛮鬼宗也有不少功法修炼后，都可让人外貌变得和以前截然不同的。

　　"师弟也是不久前得了一场机缘，才侥幸突破到中期灵徒的。否则也不会这般急着到此找一头合适灵鬼，好能快些增加自己的实力。"柳鸣自然口中谦逊了几句。

　　"啧啧，不管用何办法，三灵脉弟子能突破到灵徒中期的虽然不能说没有，但也绝对不会太多的。更何况还是在这般短时间内，看来我和杜师兄真要对白师弟刮目相看了。"牧仙云深深看了柳鸣两眼后，嫣然一笑说道。

　　"师姐说笑了！牧师姐和杜师兄看样子已经不是第一次到幽冥鬼地了，应该对此地十分熟悉，可能指点小弟一二？"柳鸣神色肃然了起来。

　　"既然师弟这般心急，我们就先将此地事情先告诉一些吧。我知道师弟在未来前也许听人说过一些此地事情，但我可以保证，幽冥鬼地的实际危险远比你所知的还要高上数倍以上。光我亲眼目睹的丧命在此的本宗弟子，就足有七八名之多的。而远不是外面传闻的，偶尔才会有弟子陨落在此的。"牧仙云闻言，也玉容一凝起来。

　　"不错，虽然本宗在幽冥鬼地弟子时刻都会保持在十到二十人间样子，但每一次有新人进来，都会有不小几率再也回不去的。而其中一半是被厉害鬼物直接吞噬掉，另一半却是葬送在了此地的两大天灾之中了。"杜海也缓缓说道。

　　"两大天灾？"柳鸣听到前面的话语，就心中有些讶然，再一听后面的言语，更是微微一怔。

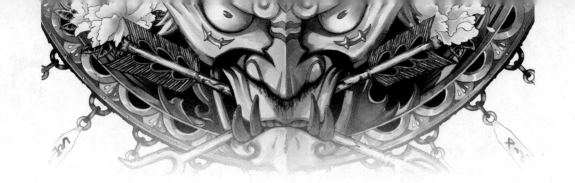

~贰拾~

幽冥鬼地

"不错，就是魂云和鬼蜂。一旦碰到这两种幽冥鬼地的天灾，就算我们这样的老弟子一个不小心，也会葬身其中的。尤其魂云之灾，爆发时丝毫征兆都没有，就算有心避开也避无可避的。"牧仙云解释道。

"还望师姐详加讲述一二。"柳鸣见二人说的这般郑重，不禁心中一凛起来。

"所谓的魂云，其实就是由幽冥鬼地一种叫"魂尸"的低阶鬼物引起的。此种鬼物也是阴气中诞生的，但自身一点实力没有，并且行动迟缓，仿佛尸体一般，唯一能够让人不愿招惹的，就是此种鬼物一旦死后，所化尸云足可笼罩数丈之广，并且剧毒无比。而这种魂尸寿命极短，若不能出现异变进阶成其他高阶鬼物，一般只有数年寿命，并且非常喜欢群体行动。所以一旦这种魂尸群数目达到千只以上，而寿命都到了尽头后，便会群体化为可怕的毒云，并在阴风吹动下，足以无声无息葬送碰到的所有生灵，并且会一直持续到毒云全部消失殆尽为止，所以也会被称为葬云。鬼蜂之灾，也是由此地一种类似毒蜂的鬼物形成。此种鬼蜂群每隔一段时间喜欢从一个地方向另一地方迁移，而一旦开始往往数以万计行动，一旦遇到自然也根本无法力敌过的，好在这种鬼蜂群大都有固定的迁移路线，只要小心一些的话，倒是可以提前避开的。而除了魂云、鬼蜂外，幽冥之地还有其他几种极可怕的危险，师弟也要多加留意，比如说师弟若是碰到类似沼泽般的地方，千万要小心一种叫做腐鬼的中阶鬼物，它们……"牧仙云一一讲述着。

柳鸣自然更加凝神用心听着。

牧仙云足足讲述了一盏茶工夫，才嘴巴一闭，停了下来。

"多谢师姐相告，小弟还真不知道幽冥之地还有这般多危险之处，看来真要多加小心了。"柳鸣听完之后，一抱拳，连连称谢不已。

"白师弟也不用太担心。这幽冥鬼地虽然危险重重，但只要不离开祖师爷设立此据点的百里之外，应该还是十分安全的。毕竟太强大鬼物，早就被本宗前辈们一扫而空了。师弟既然是刚刚学会的通灵术，也不可能降服强大鬼物，在百里之内应该还是有一定希望找到合适的目标！就算一次不行，师弟也可以多来几次的，总能够如愿的。"牧仙云秋波流动地说道。

"希望如此吧。对了，牧师姐和杜师兄既然不是来找通灵鬼物的，可有什么地方需要小弟效劳的。"柳鸣苦笑了一声后，反问了一句。

"多谢白师弟好意了。我二人在这里已经待了大半月时间了，想要找的东西也已经有些眉目了，倒不用师弟多费心了。"牧仙云一笑回道。

"既然这样，小弟也祝二位能够马到成功。我也不再多耽搁时间，先去附近探探路了。"柳鸣点了点头，就打算告辞离开了。

"对了，白师弟若是还有灵石的话，可以去鬼老那里买一份附近区域的地图和一本专门介绍幽冥鬼地独有鬼物的典籍。有了这两种东西，相信师弟行动起来会更方便几分的。"杜海开口提醒道。

柳鸣听了一喜，再次称谢一声，就和二人告辞，离开了石屋。

"将刚才那些事情告诉白师弟之后，我们也总算是还了当初那份人情。"杜海一等柳鸣走出屋子后，转首冲少妇松一口气说道。

"不错。要不是如此的话，这些情报也是我们出生入死多次才收集来的，哪能这般轻易告人的。可惜的是，也只能是差不多刚刚抵消而已，要不，能让他多欠一份人情的话，就更好了。"牧仙云沉吟了一下后，这般说道。

"哦，仙云难道很看好白师弟吗？"杜海闻言，露出一丝诧异的神色。

"不光是看好白师弟这般简单的，我若是给我那兄长去信，将明珠许配给白师弟，你觉如何？"牧仙云忽然这般说道。

"什么，要将明珠妹子许配给白师弟，这不太可能吧。据我所知明珠似乎对具有地灵

脉的小子很有好感，你兄长怎可能会答应这种事情。"杜海却吓了一大跳。

"哼，我兄长是被高冲那小子地灵脉的名头冲昏了头，还想招人家为婿。也不想一想，以高冲那小子资质，以后不知道会有多少女性灵徒盯着，想做其双修伴侣的，怎可能会娶一名连灵脉都没有的外门弟子为妻。说一句不好听的话，明珠恐怕甚至连做他侍妾的希望都没有多少的。那小子之所以现在还和明珠纠缠不清，一方面年纪还轻，习性还算比较单纯，二来是掌门师伯管束严厉，根本不给他有多少机会接触其他女弟子。至于明珠现在能偶尔接触这小子，恐怕也是掌门师伯刻意为的。你别忘了那小子现在正修炼的是何功法！"牧仙云面容一沉说道。

"什么，难道师伯是想把明珠妹子当做……"杜海脸色大变，忽然一下失声。

"不错，掌门恐怕是想将明珠当成那小子心境修炼上的预备炉鼎了。"牧仙云这一次连"师伯"二字都省去了，直接冷声说道。

"听你这般一说，到的确有几分此可能。若是这样的话，将明珠许配给白师弟，倒是一个不错的主意。虽然白师弟也是灵徒，但只有三灵脉，以后进阶后期的希望也不是太大，而以牧家的势力来说，相信白家那边十分乐意促成此事。而白家有了白师弟这位中期灵徒，以后势力也壮大不少，足以作为你们牧家一支强援了。不过明珠妹个人那边，恐怕还不好说服。"杜海轻吐一口气后，变得十分赞同起来。

"明珠现在还小，自然不会明白其中轻重的。我会找机会加以劝说的，不过向白家说亲的事情却不用耽搁，可让兄长立刻着手进行此事。毕竟明珠没有成为灵徒，婚嫁之事还是要家族做主的。"牧仙云缓缓说道。

"也只有这样做了。可这样一来，明珠恐怕会记恨你一辈子了。"杜海叹息一声说道。

"就算如此，我也一定要如此做的，我决不能让她落个生不如死的炉鼎下场。"牧仙云一咬牙说道。

这一次，杜海向前一步，握住牧仙云的手，没有再说什么。

而牧仙云则轻叹一声，轻靠在杜海肩上，同样不再言语。

二人间一时变得静悄悄，但又有一种说不出的暧昧气氛浮现而出。

……

柳鸣手中捧着一块绘制在兽皮上的粗糙地图，在离地三四十丈的高空徐徐向前飞着。

此时的他，已经离开广场十几里外了，并小心翼翼地四下不停打量着。

虽然牧仙云说过百里之内不会有太大危险，但以他的性子，自然不会真大大咧咧地当真了。

一路上除了几头四脚蛇般的低阶鬼蜥外，并没有发现其他的什么鬼物。

柳鸣对这种情形，倒也不觉奇怪。

毕竟数千年来，蛮鬼宗门人弟子也不知将附近区域鬼物扫荡了多少遍，要是这般容易碰到一只合适的通灵鬼物，反倒是一件奇怪的事情了。

柳鸣一口气飞出了三四十里外后，才在一片赤红色低矮树林前停了下来。

这片阴枫林虽然面积不大，但却是一种低阶通灵鬼物"双骨牛"最喜欢吃的食物，虽然这里早被人不知察看了多少次，但也有人运气不错，偶尔会有所收获的。

柳鸣驱云飞快地在这片红色树林上空绕了数圈后，面带一丝失望之色离开了。

他的下一个目标，是十几里外的一处阴潭，那里是另外一种低阶鬼物尸鳄常出现的地方。

但一个时辰后，他又满脸悻悻之色地离开了被灰气缭绕的黑色水潭，又向其他地方驱云而去。

就这般，接下来的三四天内，柳鸣按照地图上的标志，一一检查百里内最容易出现通灵鬼物的各处地点，结果全都一无所获。

这一天，当他站在一处低矮土包上空，看着附近地面上一个空荡荡的巢穴般大土坑时，不禁眉头紧皱。

他可没有想到一头合适些的低阶鬼物这般难找，总不能真去找鬼蜥这般连普通野兽都不如的东西当自己的通灵鬼物吧。

但这里已经是地图上标注百里范围内最后一个可能出现通灵鬼物的地点了，若想还按照地图寻找下去了，只能去更远些的地方才有可能了。

柳鸣心中这般想着，又一翻手掌将地图拿出，目光重新在上面大概扫了一遍。

此块兽皮地图，离据点越近的区域标注得越详细，越远的地方标注得越粗糙，而一旦超出了千里之外的范围，则是空空一片了。

"看来只能冒些风险了，否则这一次的一百贡献点就要白白浪费了。"柳鸣将地图一收后，喃喃一句。

这可是他承受不起的损失！

就算他再凑足贡献点下一次再来的话，也不能保证肯定会有收获的。

柳鸣心中计定后，当即将地图一收，向远处继续驱云飞去了。

七天后，一片黑色怪树林中，柳鸣一动不动地站在一棵十几丈巨树下，双目微眯地望着树上三只仿佛猴子般的绿毛鬼物。

这三只鬼物一大两小，其中两只小的只有尺许来高，身上绿毛是浅绿之色。而大的那一只，则足有四尺高，浑身是墨绿之色，头上还生出一只绿乎乎的短角，不时冲柳鸣做出呲牙咧嘴的恐吓低吼。

这正是幽冥鬼地的一种低阶鬼物"腐角猴"。

成年的腐角猴行动迅捷，力气不小，并且口吐腐气，只要稍加培养便可拥有卒级鬼物的实力，算是一种不错的通灵鬼物的选择。

柳鸣袖子一抖，炼魂索如毒蛇般直冲大一些的腐角猴而去。

几声怪叫后，两只小些的腐角猴，当即几个跳跃，蹦向了其他大树逃走，唯有最大的那只，却面上凶光一现，一闪避过黑索后，手臂一张，化为一道绿影从树上直扑而下。

它十指尖甲乌黑锋利，尚未扑到柳鸣面前，口中就有一股腐臭气息一卷而至。

柳鸣见此却不闪不避，反而口中念念有词，再一扬手，一团赤红火球呼哧一声激射飞出。

火球的炙热气息瞬间将腐臭气息一扫而空，也让飞身而下的腐角猴有些惧怕，一声怪叫后，数尺长的尾巴猛然一个摆动，竟向一侧横挪尺许，避开了火球。

但就这时，黑索却无声无息地一卷而回，猝不及防地将它一下捆了个结结实实。

"砰"的一声！

这头腐角猴无法动弹，狠狠砸落在了柳鸣面前，并且因为炼魂索勒紧后的侵蚀，浑身皮毛都冒出一股股青烟，不禁发出痛楚难耐的怪叫。

柳鸣二话不说，一抬足，冲其头颅就是一点。

"轰"的一声！

腐角猴在一股巨力之下，大半头颅都深陷土中了，两眼一翻，当场昏迷了过去。

柳鸣轻吐一口气，这才俯身将腐角猴一把抓起，往肩上一背后，开始掐诀施法。

顿时，一团灰云在足下浮现，再一催后，就飞出了树林，向更远处飞去了。

小半个时辰后，柳鸣出现在离黑色树林颇远的一个土洞中，并将肩上腐角猴往地上一抛。

这个土洞入口被修在一块巨石下方，颇为隐秘，里面足有数丈大小。

柳鸣发现它时，里面空空如也，也不知是何种大型鬼物开辟，又再抛弃不用的。

他自从一天前发现那几只腐角猴后，就先在附近寻找了这般一个隐秘之处，才在今天动手的。

柳鸣看了看地上腐角猴，确定其仍在昏迷中后，就从袖中取出一个淡黑色葫芦，将塞子一拔，往地面一倒，从中流出一些淡黄色粉末。

他只是拿着葫芦围着腐角猴走了一遍后，就在附近划出一个淡黄色圆圈，接着大步走进圈中，盘膝坐下，双目一闭，开始静心调息起来。

过了片刻，柳鸣再次睁开双目，两手开始飞快掐诀凝气。

一缕缕黑气从其体内冒出，并且越来越多的样子。

与此同时，柳鸣脸颊和裸露在外的脖颈手臂等地方，开始浮现出一些淡灰色灵纹，并很快蔓延到了全身每一寸地方。

"噗"的一声。

柳鸣手臂一动，一手将腐角猴提到了近前处，另一手指一分，按在其天灵盖上。

他口中念念有词，身上黑气也一下化为触手状狂舞而起，身上的灰色符文更是在微微闪动，诡异地往其手中狂涌，最后没入腐角猴头颅中不见了踪影。

原本静静不动的腐角猴，顿时一下惊醒，并双目通红，开始不停地挣扎。

但柳鸣两手却仿佛钢箍一般，将此鬼物牢牢抓住不放，并且身上灰色符文涌出速度也越来越快。

片刻后，腐角猴就开始吐绿沫，挣扎变得虚弱无比。

柳鸣目睹此景，脸上一喜，口中咒语声更加急促起来。

但是下一刻，腐角猴头颅两侧骤然凸起无数黑筋，竟一声闷响地爆裂而开。

一片绿色液体当即向四面八方飞射而出。

柳鸣一惊，身上黑气猛然一盛后，顿时将射向他这边的东西全都隔开。

但就是这样，仍然有一团黑气从腐角猴无头尸体内蹿出，并滴溜溜一转后，就向洞口处逃去。

黑气方一接触那道淡黄色粉末圆圈后，就像碰到什么无形障壁般被弹回，此后就仿佛苍蝇般到处乱撞，但是始终无法离开圆圈一步。

"噗"的一声。

一颗赤红火球飞射而来，瞬间将黑气淹没在滚滚火焰中，将其化为了乌有。

柳鸣将手中腐角猴尸体一扔后，面色阴沉地出手了。

"这已经是第三次失手了。没想到想降服低阶鬼物也这般困难！看来当初在宗内实验

的那些鬼物是因为不知被人测试多少次了，丝毫凶性没有的，故而才一用通灵术就能轻易降服的。而这幽冥鬼地的鬼物却凶性十足，才这般难以降服。"柳鸣喃喃几声，话语中满是失望。

这也难怪！

他已经冒险离开据点五六百里之遥了，但是包括眼前腐角猴在内，能入目的低阶鬼物也只见到三只而已，并在降服的时候，全都失败了。

看来只能继续向前了。好在他虽然已经离据点颇远了，但那兽皮地图上还记载几处有低阶鬼物出现的地方，下面未必没有机会的。

柳鸣也只能这般想了。

于是他稍微收拾了一下土洞，再次驱云离开了。

三天后，柳鸣出现在一片荒凉的高地上，正在低空缓缓飞行着。

忽然身后天空传来轰隆隆的声音，开始还只是一点点，但马上就变得震耳欲聋起来。

柳鸣心中一凛，急忙回身一看，脸色"唰"地一下变得苍白无比。

只见十几里外灰蒙蒙的天空，竟一下变成了赤红之色，并且正飞快地向他所在方向压来。

"见鬼，竟然真碰到了迁移的鬼蜂群！不对，这条路线应该不在附近蜂群的迁移路线上才对。"

柳鸣一下失声，但马上就将其他想法抛置脑后，猛一催身下灰云，向一侧狂飞而去。

他记得清楚，这鬼蜂群虽然可怕，但只要能远远避开其迁移路线，就能保住一条小命。

不过当他一口气向一侧飞出数里远后，发现身后红色天空越来越近，丝毫没有能逃脱其围追的迹象后，心中顿时暗暗叫苦不迭。

之所以会出现这种情形，只能说明他遇到的是超大型的鬼蜂群了，否则一般的万余只的小型鬼蜂群，绝不会如此的。

没有办法，柳鸣只能一咬牙，飞快给自己加持了轻身术，再将灰云一收，向远离红色天空方向狂奔而逃了。

腾空术虽然用起来方便，但是全力催动也不可能飞得太快，自然不如步行能多节省些法力的。

柳鸣全力狂奔之下，速度甚至比飞行时还要快上三分，转眼间就在前方化为一个小黑点般存在了。

这时，后面赤红天空才到了附近处。

所谓的赤红天空，赫然是一只只拇指大小的红色怪蜂，身躯干瘪无比，但尾部却都带着一根白森森的巨大骨刺，给人一种不寒而栗的感觉。

……

三天后，柳鸣站在一片一望无际的黑色沙丘间，望着四周黑乎乎的沙粒，不禁苦笑不已。

他两天前虽然用尽各种手段，终于从鬼蜂群追杀下逃脱，但是慌不择路之下，一头扎进了这片未知的诡异沙漠中。

此沙漠明显是在距离据点千里外的地方，所以未在地图中标注出，但它从虚空中传来丝丝阴寒和压抑之感，这是一处阴气十分浓稠之地，很可能会有一些鬼物存在了，当然也可能会有一些未知的危险。

柳鸣略一思量后，还是觉得不应急着按原路返回，先找一找此沙漠中是否有合适的鬼物再说。

不过在此之前，他需要先恢复几近灯枯油尽的法力再说。

于是，柳鸣在一个大些沙丘下方找了一处避风处后，再将那个黑色葫芦拿出，倒出一些黄色粉末划了一个圆圈后，自己就盘膝坐在了其中。

一天后，当他双目精光闪动睁开后，体内法力也恢复得差不多了。

柳鸣没有再迟疑什么，再次召唤出灰云，腾空飞起后，就手掌一翻将阴罗盘拿在手中，然后随意找了一个方向，缓缓向前飞去了。

百里外的地方，一头半身都是白骨，只有几块腐肉沾在身上的人形鬼物，正沙漠中缓缓行走着。

忽然它足下沙粒骤然一分，两只黝黑巨螯闪电般伸出巨钳夹住其两只小腿，再猛然往下一扯，就将人形鬼物瞬间拉进了下面一个虚掩的大坑中。

四周沙粒滚滚而下，人形鬼物就消失得无影无踪了。

柳鸣在离黑沙十几丈的高度小心飞行着，并时不时看着手中托着的银盘。

忽然灰云一顿，他停了下来，然后低首再仔细看了看手中银盘几眼，忽然口中一念法诀，再冲下方单手一扬。

一颗赤红火球当即冲下方地面激射而去。

"轰"的一声巨响后，火焰翻滚下，一个尺许深的沙坑一下显现而出，同时从中飞出一具面目全非的鬼物残骸来。

柳鸣低首凝望了好一会儿，才终于认出其几分。

"竟是尸蟹这种低阶鬼物。以成年尸蟹的实力，也足以列入卒级鬼物之列了，竟然还被猎杀掉，难道此地还有更强大的鬼物。"

柳鸣喃喃几声后，脸上现出一丝惊喜交加的神色。

喜的，自然是此地果然有低阶鬼物；惊的，是附近可能有一头实力惊人的强大鬼物。他一个不小心，也可能落得和眼下这头尸蟹同样的下场。

他驱云在附近转了一圈后，还是继续沿原来方向前进，只是行动间，更加小心了几分。

半日后，柳鸣飞出了数十里外，但诡异的是，除了一开始的那头尸蟹残骸外，再没有发现其他鬼物。

柳鸣面对此等情形，心中有几分阴影闪过。

会出现这等情形，岂不是说明附近的那头鬼物强大还在预料之上的，否则也不会占据这般大的一块区域了。

突然，他手中银盘上的鲜红指针一颤，在疯狂转动几圈后，蓦然指向某个方向，并开始狂闪起来。

柳鸣脸色一变，身下灰云一下停止不前了。

他突然单手一拍胸前，三点黑光在附近一现后，蓦然浮现一面黑色光盾挡在了身前。

而几乎同一时间，下方沙土中"嗖"的一声，一道黑线激射而出，速度之快，即使以柳鸣的眼力也只能勉强看到一个模糊虚影而已，他大惊，想要躲避更是来不及的事情。

"砰"的一声。

黑线击在了身前的光盾上，竟将其打得狂闪不已，差点碎裂。

而这黑线前端赫然是一只长不过数寸的乌黑尖钩，并且上面还隐约有一股让人闻之欲呕的腥气散发而出。

但就是这样，柳鸣也在一股巨力影响下，无法站稳身形地倒飞出去，并无法维持腾空术向沙漠直接坠落而下。

这还是柳鸣修炼了冥骨诀和用了洗髓液后，身躯强横已不是普通灵徒可比的后果，否则换了一个同样境界的蛮鬼宗弟子，这一下恐怕就要吐血重伤了。

"噗"的一声，沙地下方突然鼓起一大块沙包，并一下活过来般直奔柳鸣落下之处快速移动而来。

柳鸣虽然还在半空中，并被刚才巨力震得有些头晕眼花，但一眼看到此幕后，来不及多想，猛然袖子一抖，一根黑索闪电般向下抽去。

一声闷响。

柳鸣借助黑索反弹之力，身躯一颤，再次向高空弹射而去。

而就在这时，那个靠近的土包突然炸裂而开，从中一下飞出一团绿气，从柳鸣身下一掠而过，并落到了另一边沙地上。

要不是柳鸣刚才急中生智反弹而起，恐怕这一下就被那团绿气正好扑了个正着。

柳鸣惊惧之极，借此机会单手飞快地一掐诀，身下灰气滴溜溜一凝，再次施展腾空术往高处一冲而去，一直飞到三十多丈处，才稍松一口气。那团绿气中鬼物虽然厉害，但似乎并无飞行之能，这让他忌惮之心稍去几分，也凭空生出一分希望来。

否则以此鬼物一开始展现的厉害程度，他早就逃之夭夭了，哪还敢继续留在原地。

柳鸣也终于看清楚下方绿气中鬼物模样，赫然是一只三四尺长的扁平怪物，身躯全都是由一节节的灰白色骨头组成，前面有两只黝黑发亮的巨螯，后面却有一个高高扬起的黑色钩尾，不大的三角白骨头颅两侧有两团绿焰微微闪动，给人一种异常冰冷的感觉。

不过，这鬼物骨制身躯一侧有一个拳头大小的乌黑孔洞，有丝丝黑气缠绕不说，竟还有一副有伤在身的样子。

"不可能，这……这好像是悍级鬼物中的白骨蝎！不对，好像和一般的白骨蝎还有些不同！"柳鸣先一下失声出口，但再仔细看了几眼后，又不太确定地露出了疑惑的神色。

但他随之从怀中掏出一本厚厚典籍，并飞快地翻动起来，当翻过两三页后，才动作戛然一止，停了下来。

只见典籍中的这一页面上，赫然也印着一个栩栩如生的蝎子般鬼物图像，同样是一截截骨头组成，只是颜色却是白森森的，甚至前螯和后面钩尾也是同样的颜色，并且头颅也是四方形状的，尾巴看起来也粗短了一些，图像旁边标注有"悍级鬼物白骨蝎"，再下面还有数排细小文字，分别介绍了白骨蝎的一些习性和攻击手段等。

"难道这是一只有些变异的白骨蝎，或者只是一只幼蝎！"柳鸣对照手中图像再打量下方鬼物几眼后，也只能得出这般一个似是而非的结论。

按照典籍上所说，若是正常状态下，此蝎虽然无法飞得太久，但也能够腾空一小段距离，看来是现在受创太重，丧失了飞行能力。若是这样的话，这对其来说可是一个天赐良机。

此蝎虽然没有太多说明，但在重伤情形下对其的攻击仍然这般可怕，全盛时岂不更加

恐怖，恐怕在悍级鬼物中也是名列前茅。他若是能降服当做通灵鬼物的话，可远胜那些低阶卒级鬼物不知多少倍了。

纵然柳鸣一向稳重，一想到此点也不禁怦然心动。

就在这时，下方绿气中的白骨蝎突然身形一动，竟然向下方沙漠中钻去。

柳鸣一惊，几乎不假思索地口中一念诀，单手一扬，青光一闪，一道风刃激射而下。

"噗"的一声。

下方白骨蝎一闪之下，瞬间躲过了风刃，但是受惊之下，却也不再钻入附近沙土中，身形一动，向所来方向飞奔而去。

柳鸣双目一亮，当即一催灰云，尾随急追而去。

白骨蝎一口气跑出数里远后，尾巴一动，又一下钻入黑沙之中，动作奇快无比，顷刻间身躯已经钻入大半之多。

但就在这时，空中飞落下一颗赤红火球。

"轰"的一声。

火焰滚滚一散而开后，一个巨大沙坑在下方浮现而出，白骨蝎显然也被波及了，但它一个翻滚后，却又若无其事地继续狂奔。

就这般，在剩下时间内，柳鸣驱云在高空死死跟着下方的鬼物，一旦对方有入地打算，就立刻一道风刃或火球扔下，将其惊走。

这白骨蝎虽然实力不弱，但显然没有太高灵智，竟这般被柳鸣一路惊吓得赶了百里之远，并且在连串攻击之下，身躯终于也多出了一些伤痕来，缠绕绿气也少了一些。

空中的柳鸣见此，自然心中大喜，可惜其体内法力也消耗了不少，除非鬼物打算入地，否则还是不敢太频繁用法器法术攻击的。

这时候，柳鸣又有些后悔自己炼制的炼魂索品质太低了。

若是用品质好些的阴魂去炼制，炼魂索攻击距离可以更远一些。这样的话，他就不用惧怕对方的尾钩攻击，只要降低一些飞行高度，用黑魂直接攻击即可。

而且，也不知是这白骨蝎气息可怕，还是这片沙漠真的没有太多鬼物。

他和白骨蝎一追一逃之下，竟然再没碰到其他鬼物。

……

半日后，白骨蝎终于在空中一颗火球落下后，一个翻滚，身上绿气终于一散而空，但是足下动作丝毫未停，仍然向前方飞快爬去。

空中柳鸣见此，不禁一咧嘴。

这时的他，体内法力已经不多了。除了需要维持腾空术的必要法术外，甚至也不敢再发出法术攻击了。

"难道就这般功亏一篑了？"柳鸣脸色阴晴不定一会儿后，忽然一咬牙，将灰云往下方一落近半，重新在十几丈高度紧紧尾随着。

不过下一次，当白骨蝎再次想钻地的时候，柳鸣身形却猛然往下一冲，同时袖中黑索一抽而下。

"砰"的一声。

白骨蝎一个翻滚躲开了，头也不抬地继续夺路而逃，竟然丝毫没有动用尾钩反击的意思。

柳鸣一只原本按在胸前的手掌顿时一凝，随后有些恍然大悟起来。

显然这只白骨蝎被他追赶了这般久，一切行为已经成了下意识的动作了，竟一时间忘记了反击的事情。

柳鸣见此，自然心中大喜。

下面的时间，他就不再动用法术攻击，而是时不时地冲下用炼魂索直接抽打此鬼物一下，仍然让其不能钻入黑沙之中。

当然，为了以防万一，他一直把手掌始终按在胸前的那枚三星盾符器上，万一真有意外，立刻就会激发光盾加以防护。

这一次，白骨蝎再跑出十几里后动作变得迟缓无比起来，甚至连偶尔抽两下的黑索，有时都躲闪不及。

此鬼物终于在又一次翻滚倒地后，再也无法爬起来。

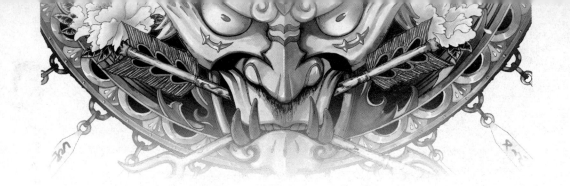

～贰拾壹～
异变再现

柳鸣见此情形，双目一眯，并没有从空中马上降落，而是围着下方鬼物盘旋了一会儿后，才袖子一抖，黑索直接脱手激射而下，同时单手一掐诀。

黑索黑光一闪后，顿时将白骨蝎缠绕了七八圈之多，再一下死死勒紧。

随之柳鸣又单手一个翻转，顿时多出了四张淡黄色符箓，法力往其中微微一注，手腕再一抖。

"噗"的一声，四张符箓却只有一张化为一枚色符文激射而下，一闪即逝后，清晰如初地出现在白骨蝎头颅正上方，仿佛直接铭印在上面的一般。

白骨蝎身躯微微一颤后，就此的僵直不动起来。

"这个奸商！"柳鸣见此情形，嘴角抽搐一下地嘀咕一句。

当初那名出售符箓弟子。拍胸给其保证这几张符箓全都管用的情形，可还历历在目的。

幸亏他多买了几张，否则现在岂不是麻烦大了。

做完这一切后，他似乎也终于放心了下来，单手一掐诀，催动灰云降下，落在了白骨蝎丈许远处，并准备走过去。

忽然，他手中一直托着的银色罗盘发出"嗡嗡"的声音。

柳鸣动作一凝，但下一刻另一只缩在袖中的手掌忽然探出，手中赫然紧扣一只半尺长青色小弩，上面还有三枚早已上好的赤红色弩箭，并在破空声中闪电般的冲白骨蝎激射而去。

"轰——轰——"两声。

三支红色弩箭击在白骨蝎身上，其中一支反弹而起，另两支却化为滚滚火焰而爆裂。

这火焰竟和柳鸣平常所用火弹术不同，赫然是炙白之色。

一声怪叫发出！

原本看似已经僵硬不动的白骨蝎，在火焰中拼命挣扎起来，与此同时，其黑色钩尾只是微微一动，就化为一道黑线冲柳鸣激射而来。

但这时，柳鸣早已将三星盾符器激发而起，黑线一闪击在光盾上，只是将其身形撞得后退两步，就只能无功而返了。

柳鸣见此情形，不惊反喜起来。

他一边用不多法力维持身前的光盾，一边将罗盘一收，又从身上飞快地取出三枚赤红箭矢放在青色小弩上，一晃再次激射而出。

这一次，却只有一枚赤红弩箭爆裂开来。

柳鸣心中再腹诽一句，手中动作却丝毫不停，继续取出弩箭攻击白骨蝎不停。

当他终于将手中的十五枚射阳箭全用射完后，白骨蝎在头颅上银文狂闪之后，终于无法动弹了，甚至连眼眶中两团绿焰也变得黯淡之极。

不过原本捆绑它的炼魂索，也赫然出现一些断裂的痕迹，显然受损不轻。

柳鸣脸色微微一变，没想到这白骨蝎已经落得这般地步，仍有这般惊人力量。

不过这也好，耗尽了这白骨蝎的最后力量后，他降服此鬼物的希望就会多上两分。

柳鸣心中这般想着，将身上光盾一收而起，单手冲白骨蝎虚空一抓。

炼魂索的一端顿时弹射而起，准确无误地落在其手心中。

柳鸣一提之后，口中念念有词地再次施展腾空术飞天而起。

这一次，他仅仅飞了数里远，就在两座丘陵中间找到一处比较隐秘的地方落了下去。

以他现在的法力，根本不可能飞出太远的，而在法力和一身手段用尽的时候，再碰到其他鬼物的时候，恐怕也只能肉搏了。

柳鸣先匆匆取出黑色葫芦，在自己和白骨蝎周围各自划出一个淡黄色圆圈后，就马上开始盘膝打坐起来了。

他这一次法力消耗，比上次遇到鬼蜂群逃亡后还要厉害，故而才盘坐下来，四周天地元气和丝丝阴气顿时往其身躯中狂涌而入。

片刻间，柳鸣心神就沉浸在入定之中了。

时间就此一点点过去。

不知过了多久后，他再次睁开双目的时候，体内法力已经完全恢复了。

柳鸣站起身来，活动了一下手脚后，目光往另一个圈中白骨蝎望去。

此鬼物仍然被捆束得结结实实，似乎在其入定期间也并没有什么挣扎的行为。

当然，这头白骨蝎真的已经没有一丝反抗力气了，眼中的绿焰更是黯淡得若有若无。

柳鸣不敢再耽搁什么，从自己怀中取出一个白色瓷瓶，并用其中装着的一种刺鼻黑血，在附近画了一个更大的圆圈，就单手一掐诀冲鬼物虚空一点。

黑索微微一闪后，一端忽然变得细长起来，再十几个缠绕后，就将白骨蝎那条已经耷拉下来的黑色尾钩也和身躯一同捆束一起。

如此一来，柳鸣才放心地走到骨蝎近前，盘膝坐下。

咒语声一起！

柳鸣体内黑气滚滚而起，同时一个个灰色符文也从肌肤上浮现出来，流转不已。

他手臂一抬，两只手掌同时按在了骨蝎头颅上。

顿时所有灰色符文就犹如遇到甘美食物般一涌而出，再纷纷一闪消失在骨蝎头颅之中。

白骨蝎身躯微微一颤后，终于再次挣扎起来，但是以它此刻的情形，这种反抗自然无力，几乎可以忽略不计。

不过即使如此，片刻后，柳鸣脸色也变得不太好看。

这头白骨蝎不愧为悍级鬼物，即使在这般衰弱的情形下，神识仍然拼命抗拒其通灵术的震慑威能，不肯有丝毫的臣服之意，并且这种反抗还越来越强的样子。

柳鸣暗惊之下，只是一遍遍不停地催动通灵之术。

既然这头白骨蝎神识这般强大，他倒不用太顾忌会像前面几头低阶鬼物那般给逼得头颅自爆开来，因此可放开一些手脚了。

转眼间，一盏茶时间过去了。

从柳鸣身上涌出的灰色符文无穷无尽，而白骨蝎神识中传来的反抗之力也是坚韧异常，丝毫不见减弱迹象。

两者，一时间竟形成了僵持局面。

柳鸣这时倒不着急起来了，凭借体内充沛的法力，哪怕接连催动通灵术大半日都没有问题，自能将此鬼物意志一点点削弱瓦解的。

就在他胸有成竹的时候，忽然身躯一颤，脸上表情一下变得恐惧之极。

几乎同一时间，他体内的法力一下沸腾而起，灵海更是在疯狂旋转中，突然涌现出一个米粒大小的晶莹气泡。

此气泡方一现出，就在微微闪动中，仿佛黑洞般疯狂吞噬起灵法力来。

转眼间，柳鸣体内的法力就直线下降起来。

这种十分熟悉的异变，自然让柳鸣惊得差点魂飞魄散，急忙手臂一动，就想从白骨头颅上收回双手，好应对此情形。

但他猛然摆动两下后，赫然发现自己双手竟不知何时产生了一股诡异吸力，让十指根本无法从白骨蝎头颅上离开。

这让他更加骇然了。

不过，他毕竟心智非同寻常，在尝试数次无法摆脱白骨蝎后，干脆心中一横不再去管双手，只是将心神一沉，开始尽量平息体内法力的沸腾，好让诡异气泡吞噬速度能够稍缓一下。

大半个时辰转眼间过去！

他体表黑气已经只剩下薄薄一层了，体内法力也只剩下十分之一左右了，但灵海中的气泡吞噬仍然丝毫不见减缓，明显比上一次吞噬速度要快上许多。

这一下，他不禁大慌起来了。

要知道到现在为止，柳鸣被吞噬法力之多，已经远超上次了。

可惜的是，他尽管知道情形不妙，却没有办法阻止法力不停下降的事实，只能眼睁睁看着体内最后一丝法力也被吞噬一空。

随之，柳鸣身躯骤然一缩，只觉某种东西从体内飞快剥离而出，并化为一股股热流，被气泡吞噬。

但几乎同一时间，他十指微微一颤，从白骨蝎那边也传来了同样的不知名热流。

如此一来，柳鸣体内热流被吞噬的速度一下子变缓了。

但这时，原本动也不动的白骨蝎，突然发出一声垂死般的怪鸣，眼眶中已经若有若无的绿焰突然一下大盛，同时从其背部喷出一股墨绿色雾气，滴溜溜一凝后，竟幻化成一只

模糊的墨绿色鬼头形象。

鬼头方一出现，只是无声地张口，附近虚空中阴气顿时一下疯狂涌来，并拼命往白骨蝎体内灌注。

柳鸣在一旁看到此情形，吓了一大跳，但下一刻就感到从白骨蝎体内传来另外一种冰冷的能量，并飞快没入气泡之中。

第三种能量方一出现，柳鸣和白骨蝎体内被剥离的热流变得更加缓慢，甚至若不用心神感应，都不易察觉到的。

柳鸣心中大感不安，一百二十分的期盼此种情形马上结束。

可与此相反的是，气泡吞噬仍丝毫不见减弱。

白骨蝎吸收阴气的速度也越来越快，从四面八方涌来的阴气越来越多，甚至在附近形成了一个巨大的浅黑色雾球。

柳鸣甚至都能感受到黑雾中传来的丝丝刺骨冰寒，却根本无计可施。

随着时间一点点过去，再过小半个时辰后，他体内气泡终于戛然而止，停止了吞噬。

与此同时，柳鸣也感到从手中传出的那股诡异吸力一下消失不见，当即一喜就要将双手从白骨蝎头颅上拿开。

但就在这时，灵海中那个气泡在微微一闪后，仿佛镜子般自行碎裂。

柳鸣只觉双耳"嗡"的一声，头颅一沉，两眼一黑后，就赫然出现在一个灰蒙蒙空间中了。

"这是……"他目光朝四周一扫后，脸上浮现出复杂之极的神色。

此地就是曾经困过他半年之久的那个神秘空间。

不过此空间范围似乎比原先要大了一些。

但当他的目光再往身旁一看的时候，又不禁吓了一大跳。

那被炼魂索捆束的白骨蝎，赫然在足旁，并且还在拼命地挣扎，仿佛已经恢复了些许力气。

"这是怎么回事？自己因为那个气泡的缘故，进入此空间还算不太意外，但这头骨蝎怎么也能一起出现在这里……难道是因为先前施展通灵术的缘故？"柳鸣心念飞快一转后，也只能这般想了。

不过不管此事有多诡异，他自然不能让这头白骨蝎从黑索中挣脱而出，当即身形一动，一只手掌就稳稳按在了白骨蝎头颅上，手腕上所带虎咬环更是一声嗡鸣，一个黄色虎头凭

空浮现，一股音波一喷而出。

这白骨蝎纵然厉害异常，但在如此近距离地被贴身攻击之后，也顿时发出一声哀鸣之声，但偏偏一时无法挣脱黑索和额头上银文的束缚，只能拼命地摇晃身躯。

在此种情形下，柳鸣自然不会客气什么，不停地催动虎咬环下，一道道音波接连发出。

一盏茶工夫后，白骨蝎就再次变得衰弱无比。

柳鸣这才心中微微一松，再略一思量后，干脆心中一横，在附近盘膝坐下，口中念念有词，催动起通灵术来。

虽然他也不知道白骨蝎在这神秘空间是否还能被降服，但既然当初修炼的法术是有效的，自然是值得一试的事情。

柳鸣身上再次黑气翻滚，密密麻麻的灰色符文翻涌而出，再次向鬼物头颅中纷纷没入。

白骨蝎虽然变得有气无力，但神识抵抗仍然和外界一般坚韧，丝毫没有降服的意思。

柳鸣知道自己要被困此地很长一段时间，自然不会担心时间问题，况且在这里安全无比，更不用担心会有什么意外发生，便安心地施起法来。

不过，随着时间一点点流逝，他面上神色渐渐凝重起来。

半日之后，柳鸣发出一声轻叹，停止了口中咒语，开始闭目养神恢复起法力来。

一日后，当他双目睁开之后，白骨蝎似乎也恢复了一些力气，并有些蠢蠢欲动起来。

柳鸣毫不客气地一抖手腕铜环，将手按在白骨蝎头颅上又一阵痛击，随后又施展起通灵术来。

就这样！

剩下的数日中，柳鸣每天先是对白骨蝎一阵摧残，接着施展通灵术，然后打坐恢复法力，第二天再这般重复一遍。

三天之后，此鬼物神识中的抵抗之力才终于出现削弱的迹象。

这让原本以为要没希望的柳鸣，一下信心百倍。

再经过两天的不停摧残后，这头白骨蝎神识中传出了愿意降服的意念来。

柳鸣大喜之下，立刻以最快速度用通灵术对白骨蝎神识施法一遍，在其中留下了自己的一个神念标志，并确定真能和此鬼物心灵沟通后，才将秘术收起。

接着他一根手指冲白骨蝎身上一点，黑索一松而开，激射而回，同时其头颅上的那枚银文，也一闪凭空消失了。

但白骨蝎经过这些天的不停折腾，纵然没有了捆束，也一副奄奄一息的样子。

柳鸣微微一笑，对此倒是不太在意，知道过了不几天，这鬼物就能慢慢自行恢复，而开始思量着下面的时间在这神秘空间里要如何度过。

在前几天，他私下里也抽时间尝试催动了一下冥骨诀，结果仍然无法增加一丝法力。

如此一来，他对此方面彻底死了心，也只能去打修炼那几种法术和通灵术的主意了。

至于炼魂索这个秘术，虽然通过练习可以掌握其细微之处，从而更加指挥由心，但因为阴魂品质问题，每一条炼魂索都有惊人的差异。

柳鸣自然不会将时间浪费在此上面。

至于那通灵术若是修炼到高深处，却可以明显增加威慑和沟通的效果，修炼到大成层次后，应该连鬼将级鬼物都有降服的可能。

不过现在的柳鸣，一番衡量后，同样没打算去修炼通灵术，还是决定将时间花在那几门简单法术上。

以他现在的修为，自然可以去学冰锥术等高阶些的法术，之所以没有如此做，一是因为先前已经将风刃术等几门法术修炼到极高层次了，不愿意半途而废。二是那些稍微高阶的法术虽然威力惊人，但是大都施法时间较长，并且提升非常困难，对现在的他来说，能用到的机会应该不会太多，而那几门简单法术却更实用一些。

当然若是有充足的时间，他也会选择一两门高阶法术修炼到大成甚至更高层次。毕竟在一些场合，高阶法术还是能发挥超乎想象的威能的。

柳鸣心中计定后，当即在剩下的时间内开始日复一日地修炼起风刃术来。

此术已经被他修炼到大成层次了，但似乎还有提升的余地，这让他心中越发好奇起来，不知若再提升一个层次，风刃术会达到何种威能。

不久后，白骨蝎就恢复了行动能力，并且此后的时间，除了身上那一个大洞外，其他伤势都渐渐地消失了。

而柳鸣练习风刃术的时候，此鬼物就静静地趴在一边看着，一副十分乖巧的模样。

柳鸣休息之余，也会用通灵术和白骨蝎意识沟通，并且还会时不时训练此鬼物和自己的各种配合，效果也十分显著，让其渐渐地有灵性起来。

在一心二用之下，时间转眼间就过去了大半年。

如此长时间，他还未能从这空间脱身而出。

这让他除了隐隐有些想法外，倒也并没有过于惊慌。

风刃术更是已经被修炼到了数息内就可一口气放出十余道的地步，但柳鸣还是感觉仍差了一些什么，仍然每日练习风刃术不止。

这一日，柳鸣正站在空间一头，对着二十丈外的灰色雾壁释放着风刃术。

就在他单手一扬，想要念动法诀的时候，突然脑中猛然一震，神识中蓦然凝聚出一个奇怪异常的淡青色符号，接着破空声骤然一响，两道风刃同时在其手中激射而出。

这可不是事先凝聚好了两枚风刃，再同时放出，而是货真价实地瞬间释放而出，咒语明明还未曾念出口的。

"这是……"柳鸣先是一怔，随之面露狂喜之色，再次嘴唇微动，单手一扬后，脑中那个青色符号又一闪而现，两道风刃从手中同时激射而出。

"果然修成了下一层，效果竟然是可以做到瞬发此术！"

柳鸣大笑起来，两手齐扬，一道道风刃化为一条直线笔直射出，全都打在对面雾壁上，并发出"砰砰"的闷响声。

下一刻，他嘴唇仍然微动不已，但风刃术一停，两只手掌骤然一合，再往外缓缓一分。

"刺啦"一声。

一道足有半丈长的巨型风刃赫然凝聚而出。

柳鸣手腕一抖，巨型风刃化为一道青光激射而出，速度之快，几乎比普通风刃快上一倍，几乎这边刚一放出，那边就斩到了对面雾壁之上，并在一声巨响后，震得附近灰雾都微微散开。

"果然，这一招先前之所以未能成功，还是风刃术没有修炼到家的缘故。不过这个青色符号是什么东西，回去后倒要好好去打听一下了。"柳鸣面带喜色地喃喃几声。

接下来的数日内，他继续练习风刃术却没有丝毫提高了。

见此情形，柳鸣当即果断改修火弹术了。

当四五个月时间一过，柳鸣终于将火弹术也修炼到了大成层次。

他此时释放火弹术不但速度比原先快了一些，放出的火球大小更几乎是初学者的一倍以上。

这其中固然有他法力精纯的增幅作用，但其中大半还是因为火球术进入大成后才展现的恐怖威能。

正当柳鸣心中欣喜，打算继续修炼此法术的时候，这一日他忽然两耳"嗡"的一响，眼前白光一亮后，人就回到了黑色沙漠之中。

这时的他，赫然还盘坐在圆圈之中，附近虚空中还有淡淡的阴寒黑气未曾散去，甚至

双手还按在身边的白骨蝎头颅之上。

此鬼物身上仍然紧紧绑着那根炼魂索。

他果然回到了幽冥鬼地中，只是这一次的时间明显延长了一倍以上。

不过柳鸣却顾不得此事，而是如临大敌般口中念念有词，用神念和白骨蝎沟通。

白骨蝎虽然身上还是伤痕累累，但柳鸣非常轻松地沟通了其神识，甚至在里面找到了自己所留的神念标志。

他这才放松下来。

果然和他原先想的一般，这白骨蝎既然也是神识进入了那神秘空间，在空间中降服了它后，返回外面后，通灵术还是同样有效的。

柳鸣当即单手一点，将白骨蝎身上黑索松开，同时额头银文也破空消散，微微一笑，就要站起身来。

但就在这时，他忽然感到原本枯竭的灵海一震，一股精纯至极的能量从中狂涌而出，让体内法力以难以置信的速度狂涨起来。

柳鸣先是一惊，但马上大喜，双手一掐诀，就在原地吐纳调息起来。

一小会儿工夫后，他体内法力就恢复到了进入神秘空间前的近半之多，但灵海涌出能量骤然一变，变得阴寒至极。

柳鸣只觉这股寒能在体内散开后，整个身躯一下如同坠入冰窖中僵硬无比。

他大惊之下急忙想改换法诀，但是就这瞬间工夫，却连手指都无法动弹一下了，体内寒能却如同泄洪之口般继续狂涌而出。

他面色苍白之极，目光勉强朝下方一扫而过后，却赫然发现原本饱满光泽的双手竟以肉眼可见的速度飞快萎缩，同时身上其他地方肌肤也开始干瘪起来，并隐约发青起来。

"鬼体转化！"柳鸣大骇之下，脑中瞬间浮现一个从典籍上看到的字眼，同时心中也恍然大悟这股阴寒能量的来历。

它们十有八九是先前被气泡吞噬的、从白骨蝎那边吸来的大量阴气，如今和其他法力一样，经过一番提纯后，再次反噬而回。

但是这些阴气对他来说，虽然也可以增进法力，但其中蕴含的阴寒之力更能将其血肉之躯转化为纯阴属性的鬼体，从而成为鬼物中的一员。

柳鸣转眼间想通这些事情后，心却直往下沉去。

他感到体内奇寒能量越来越多，浑身法力也仿佛冻住一般，根本无法做出任何举动。

"是你！"清秀少女面色苍白异常，但看清楚近处的柳鸣后，不禁低呼一声。

"的确是在下，珈蓝师姐，没事吧。"柳鸣苦笑一声说道。

"我没事，我只是刚才法力一时失控，现在无事了。"清秀少女面上的诧异很快消失不见，但马上从身上取出一枚淡青色符箓，往肩头血洞处只是一拍。

"噗"的一声，一团暖洋洋的青光浮现而出，血洞中流血不止的现象当即停了下来，并且周边徐徐地开始凝固愈合起来。

就在这时，天空中一声充满煞气的大吼传来，那团黑云方向一变之后，蓦然向柳鸣这边激射而下。

"白师弟，帮我争取一点时间。这头悍级骨尸的骨矛有毒，我必须一次全都驱逐干净，才能再动手。"珈蓝少女目光一闪，脸上隐现一丝焦虑之色。

"骨尸，是那种由修炼者尸体直接转化成的有灵智鬼物！好，我知道了。"柳鸣先是一惊，但马上眉梢一挑，点了下头。

他有那头同样身为悍级的白骨蝎在身边，面对同样的悍级鬼物，倒也真没有太大的惧意。

而这时，白骨蝎早已无声地潜入黑沙之中，珈蓝此女匆忙之下都未曾发现附近还有另一头鬼物。

不过此蝎还无法飞行，自然需要让黑云中鬼物落下才能应对。

故而柳鸣面对激射而下的黑云，除了单手往胸前一拍，激发出一面淡黑色光盾挡在了身前，丝毫没有主动攻击的意思。

黑云中鬼物自然不会客气什么，借着向下飞来的惊人速度，"嗖嗖"两声，又是一根黑色骨矛激射而下。

不过这次目标，赫然换成挡在少女前面的柳鸣。

柳鸣见此情形，双目一眯，口中一念诀，单手一扬，一颗火球冲骨矛激射而去。

"噗"的一声。

火球直接从骨矛处洞穿而过，竟然只是一道虚影而已。

而下一刻，柳鸣只觉眼前波动一起，另一根黑色骨矛没有丝毫征兆地就在近处显现，并一闪地狠狠扎下。

他脸色一变，不及多想，单手冲身前光盾一点，此盾猛然一涨护住了全身。

"轰"的一声。

他大急之下，忽然心中一横，冒着法力反噬的危险，仅靠神念之力猛然一催灵海。

原本近似凝固的灵海微微一荡之后，一些法力终于从中波动而出。

柳鸣借助这些法力瞬间催动了冥骨诀，打算冒着让体内各处经脉受重创的危险，也要将这股寒能全都强行纳入掌控之中。

当冥骨诀勉强运行的时候，不可思议的事情出现了。

一部分奇寒能量骤然间一分为二，一部分化为了精纯法力，另一部分纷纷自行地没入各处骨骼之中，消失得无影无踪。

柳鸣心中一惊，但眼下这种情形，只要能阻止自身化为鬼物，自然也顾不得其他了，当即心念略一转动，继续拼命催动冥骨诀。

诡异的一幕出现了。

一边是柳鸣灵海中不停涌出的奇寒能量，一边是在冥骨诀催动之下，奇寒能量纷纷化为法力，融入骨骼之中。

两者之间，一时间形成了一个临时的平衡。

不过柳鸣正在转化的鬼体，终于停止了下来。

一盏茶的工夫后，他灵海微微一颤，涌出的奇寒能量戛然而止了。

柳鸣一发现此事，大喜之极，更加狂催冥骨诀不止。

不知过了多久，当他体内最后一丝阴寒也被冥骨诀消融掉时，身躯也恢复了正常。

柳鸣将法诀一停，再打量了一下重新变得饱满光泽的双手，长吐了一口气，心中后怕不已。

刚才他若是稍微有所迟疑，恐怕就真要成为鬼物中的一员了。

不过冥骨诀竟能够化解阴寒之力的侵蚀，这实在是让他大感吃惊的事情。

若是如此的话，岂不是说他以后即使在这幽冥鬼地长时间修行，也可以无恙？不对，若是真能如此的话，他刚来幽冥鬼地的时候，催动冥骨诀尝试修炼的时候，为何未出现此种情形。可见出现他体内的这股精纯阴寒，和普通阴气还是大不一样的。

毕竟那阴气所化能量先是从白骨蝎那边传送过来，然后再经过那神秘气泡吞噬吸纳，又加以精纯再吐纳而回，属性早已改变。

柳鸣摇摇头思量着。

况且刚才一番经历差点让自己真变成了一头鬼物，实在是惊险万分，就算在此地修炼能有一些增幅作用，他也不想再去尝试一下。

柳鸣一想到白骨蝎，不禁转首看了过去，随后微微一怔。

只见这时的骨蝎，被一大团滚滚绿气彻底淹没了。

以这团绿气的浓厚几近凝实程度，即使以柳鸣眼力，都无法看清里面的骨蝎在做什么。

他眉头一皱后，当即就想起了刚才反馈的那股阴寒能量。

这头骨蝎既然进入了那神秘空间，难道也有此种能量反馈给它，若是如此的话，对其自然只有好处而没有坏处的。

如此一想后，柳鸣心中略松，就在一旁静静等待起来。

结果这一等，就是一顿饭时间之久。

当一声怪鸣传出，绿气就此散开后，骨蝎身形才重新显现。

柳鸣仔细一看，不禁有一丝讶然。

只见这时的白骨蝎，双目绿焰闪动，钩尾乌黑发亮，体表一些伤痕全都消失不见，甚至身躯比先前长了半尺之多，只是身侧那个大洞仍然存在，同时身躯处骨骼颜色似乎有些微微灰白起来，似乎不是当初的白森森模样。

柳鸣见此，自然大感诧异，但再施法沟通了一下骨蝎神识后，又大喜起来。

原来这时的骨蝎，虽然还没有其全盛时的实力，但也恢复了七八成，只要再将最后的伤势治愈后，就可真正无恙，也能拥有腾空飞行的能力。

不过，当他弄清楚白骨蝎神识中传来的治愈伤势需要的东西时，却不禁一咧嘴。

它因为这次身躯受损太严重，竟然需要吞噬其他一些鬼物骨头，才能自行慢慢恢复。

但如此一来的话，他就不能现在返回了，必须先收集一些鬼物骨头，才能放心带着白骨蝎返回宗门。

柳鸣一番衡量后，只能做出这般决定了。

好在他先前虽然耗费不少时间，但还有半月之久，再找到几只低阶鬼物应该还不算太困难。

柳鸣心中计定后，吩咐白骨蝎先在附近警戒，自己则趁此时间，开始仔细检查起自己的身体情况来。

灵海中那个气泡果然再次不见了踪影，法力比以前更加精纯了一些。但法力并没有掉落太多，显然是因为那些阴寒能量也转化了不少法力给他的缘故。

当他的神识一扫体内各处骨骼时，脸色不禁微微一变。只见体内各处骨骼赫然比以前

更加洁白几分，隐约还有一层晶光在上面流动不已，明显比以前更结实了几分的样子。

"这是……"他用神识稍微接触体内一根骨骼，当即感到丝丝的冰寒之意，但当运转冥骨诀的时候，又感到一切正常，并无丝毫凝滞不灵之处。

柳鸣再一检查其他地方，发现也并无任何不妥后，也就彻底放下心来。

他将神识抽回，开始思量那个神秘气泡的问题。

这个气泡太诡异了，明显还隐藏其体内，说不定什么时候还会爆发而出，并且似乎一次比一次吞噬的法力多。

这一次，他要不是身处幽冥鬼地，并且有骨蝎这头鬼物不知动用何种天赋吸纳的阴气补充给他，还不知会落个什么下场。

假若是下次爆发时，碰到他正与人斗法的时候，岂不是死路一条。

当然，此气泡可以精纯的法力以及让其能够在梦中进入那神秘空间的能力，也让他怦然心动。

柳鸣一想到这里，大感头痛起来。

好在从前两次爆发间隔来看，气泡激发似乎也是一次比一次时间长，或者必须满足某种条件才行，短时间他还不用太担心此事。

柳鸣心中反复思量了好久，一时间也想不出什么解决的办法，只能先将此事放在脑后，准备等返回宗门后再来思量一番。

现在最重要的，还是寻找其他一些鬼物。

于是，柳鸣先平静了一下心神，一下站起身来，并单手一掐诀。

一朵灰云当即在足下凝聚而出，将其一托数丈之高。

柳鸣这才冲下面骨蝎一招手。

"噗"的一声。

白骨蝎从地上一蹿而起，稳稳落在了灰云之上。

柳鸣再一催法诀，灰云当即向远处破空而去了。

……

两天后，黑色沙漠边缘处，一头似羊似牛的鬼物，体表覆盖着一层薄薄绿焰，正在黑沙上拼命地奔跑着，看起来十分耀眼，在其后面不远处，一个凸起的沙包飞快地追逐着。

两者转眼间就跑出了数里之远。

"嗖"的一声。

后面的沙包突然激射出一道黑线，瞬间洞穿了前方鬼物的身躯，并猛然往后一扯，赫然是一根纤细黝黑的蝎尾。

一声惨叫。

前面鬼物当即摔了一个四蹄朝天，就在这时，后面的沙包爆裂开来，一团白影从中激射而出，并往前一扑，压在了鬼物身上。

两只巨螯亮出，只是一阵狂舞，就将鬼物分成了数截。

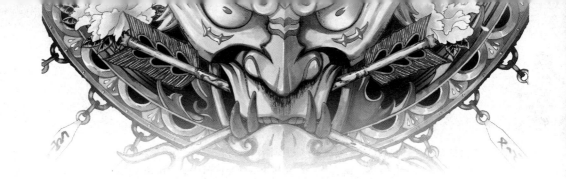

骨 尸

随后白影纵身一跳，就从鬼物身上跳开。

正是那条白骨蝎。

"噗"的一声。

天空中一颗淡红色火球落下，瞬间将鬼物尸体全都笼罩在熊熊火焰之中。

柳鸣正在三十多丈高空中的灰云上，一边提着一个不大的兽皮包裹，一边面无表情地看着下方的一切。

他刚才发射火球，赫然是刻意控制了大半威能，故而当下方火焰一敛而灭后，沙地上还留下几截晶莹的骸骨。

白骨蝎再一动，又一下飞扑而来，抓住其中一根骸骨大口啃咬起来。

柳鸣这才缓缓落而下，将手中包裹打开，将其他几根骸骨全扔了进去。

此刻包裹中，总共不过十余根鬼骨的样子。

柳鸣看了这些鬼骨几眼，不禁轻叹了一口气。

一走出白骨蝎的狩猎范围，此沙漠的确有不少低阶鬼物，这已经是他击杀的第三头了。而之所以才得到这么一点骸骨，自然是因为后来发现并非所有鬼物骨头都对白骨蝎伤势有用，必须是那些特别坚韧，似乎蕴含鬼物一定精华的骨头。

而这种骨头，一只低阶鬼物体内也不过三四根而已。

如此一来，让柳鸣暗暗叫苦不迭。若是按照现在这种速度搜集鬼物之骨的话，剩余时间恐怕还真不够用的。

他一等白骨蝎将嘴中骸骨吞噬完后，当即一提包裹，就要带其再次腾空而起，去寻找其他鬼物。

但就在这时，他忽然听到远处天边破空声一响，一灰一黑两团云雾竟从天边飞射而来。

柳鸣一怔，急忙双目凝神望去。

前边灰云上隐约站着一道苗条身影，后面黑云却腥风阵阵，不时传出阵阵低吼声。

明显前面灰云速度没有后面黑云快，但每当黑云快要追上前面目标时，灰云上的苗条身影便会扬手向后射出一道刺目赤芒，后面黑云被逼得不得不避开躲闪，似乎对赤芒十分忌惮的样子。

二者一追一逃下，转眼间就到了黑色沙漠上空处。

"咦，竟是她？"柳鸣双目一眯后，终于看清楚了前面灰云上的苗条身影的清秀面容，赫然是珈蓝此女，不禁一怔起来。

不过看此女被追得这般狼狈的样子，明显后面鬼物起码也有悍级实力，也就说只有灵徒后期弟子才能抗衡一二的。

柳鸣心中略一犹豫，一时间也不知道是否该插手此事。

而就在这时，天空中异变骤然发生。

黑云再一次躲过前方珈蓝射出赤芒后，忽然从中也射出一根丈许长的黑色骨矛，一闪之下，就流星赶月般到了灰云后面数丈远处。

珈蓝似乎对此早有预防，单手一掐诀，灰云骤然方向一变，就向一侧横移出丈许远，正好可以避开后面骨矛。

但就在这时，后面黑云中突然传出一声鬼物低吼，骨矛当即一个模糊后，竟一分为二地另化出一道黑矛虚影。

此虚影一个拐弯后，就用不可思议的速度从珈蓝肩头处洞穿而过。

一声闷哼后，此女肩头顿时多出一个血洞来，并似乎丧失了对法力的控制，身下灰云一散而灭，就从天空中直直坠落而下。

柳鸣见此情形，再也顾不得多想什么，单手一扬，一根长长黑索弹射而出，将离地不过七八丈的少女一卷其中，再袖子一抖，就硬生生地将她拉到了自己身前。

骨矛化为无数碎片四溅飞射，但刚刚巨大化的光盾也寸寸碎裂，同时一股巨力向柳鸣涌来。

柳鸣一声闷吼，身体不由得向后倒退了半步，但马上就重新站稳了。

这一幕，似乎让黑云中的鬼物有些意外，一声低吼后，竟停下了继续向前，一个盘旋后，落在了三十丈外的另一个黑色沙丘上。

这时黑云一散，露出了里面鬼物的真面容。

赫然是一个身高足有两丈的巨大人形骨架，只是身体各处长满了长短不一的黑色骨刺，同时两手各提着一根丈许长骨矛，眼眶中两团血红色火焰跳动不已，给人一种仿佛在思考的诡异感觉。

柳鸣也第一次见到骨尸这种人形鬼物，上下打量不已。

下一刻，骨尸突然大步一迈，竟向柳鸣这边奔了过来，每一步都在黑沙中留下一个半尺深的脚印，可见其身躯十分沉重。

柳鸣见此，目光微闪，斜瞥了身后的珈蓝一眼。

只见清秀少女肩头的血洞，此刻只有原先三分之一大小了，看来还需要为其争取些时间。

柳鸣心中这般想着，二话不说，口中一念法诀，两手一扬，两颗火球一前一后地冲骨尸激射而去。

"轰轰"两声。

骨尸只是上半身微微一个晃动，就轻而易举地避开两颗火球，让它落在其身后沙地上爆裂而开。

这时，此鬼物猛然扬首发出一声类似哭泣的低吼后，两条大腿一用力，就爆发出惊人的气势来。

速度之快，只见其身躯几个模糊，就冲进了二十丈之内。

柳鸣也被对方这种奔跑的速度吓了一大跳，来不及多想，口中飞快念念有词，袖子一抖，炼魂索就化为一条毒蛇般冲对方一飞而去，另一手再一扬，三道风刃连成一条直线激射而出。

明明二者是同时射出，但三道风刃却后发先至，几乎只见青光一闪，就一下到了骨尸近前处。

鬼物显然也没想到这些风刃攻击竟然如此之快，目中血焰一跳后，只来得及将两根黑

色骨矛慌忙往身前猛然一挡。

"砰砰"两声，前两道风刃被两根骨矛一磕而飞，第三道风刃却趁一震而开的机会，结结实实斩到了骨尸上。

一声闷响。

它两根肋骨当即被青色风刃一斩两截，但风刃也就此耗尽，一闪而灭。

骨尸的奔跑一下戛然而止，似乎有些吃惊地低首看了自己身体一眼。

此刻炼魂索才飞到了其面前，并一卷而上。

两声爆鸣骤然响起。

骨尸手中两根黑色骨矛闪电般一冲而出，竟将炼魂索两端死死钉在了沙土上。

接着此鬼物抬首看了柳鸣一眼后，两手一下松开骨矛，四肢猛然一缩，再身躯一个卷缩，竟化为一颗巨大无比的骨球，表面遍布锋利异常的骨刺，骤然一跳而起，就化为一股狂风，奔柳鸣狂滚而来。

骨球所过之处，黑沙纷纷四溅而起，尘土弥漫飞扬，声势惊人之极。

柳鸣脸色一变，口中咒语声一起，两手再一掐诀，顿时一颗颗赤红火球从其两手中接连射出，但一接近高速滚动的骨球后，全都一一弹开，并纷纷在数丈远处爆裂而开。

巨大骨球没有丝毫停顿，转眼间就冲到了离柳鸣不过数丈远的地方。

柳鸣一看骨球表面那些骨刺所化的模糊黑芒，心中也顿时一凛，一手掐诀，点点青光在手指间浮现而出，另一手却手腕一抖，虎咬环嗡鸣声大起，一个黄色虎头浮现而出。

但未等他发出手中攻击，从身后处却"嗖"的一声，一道尺许长赤芒抢先一步激射而出，正好击在了骨球之上。

"轰"的一声巨响。

赤芒爆裂而开后，一下化为赤红光焰，将骨球淹没进了其中。

骨球滚动之势一下戛然而止，并发出一声痛楚之极的低吼声，当周围光焰一闪而逝，就出现了一个模糊的恢复了的人形状态。

骨尸身上伤痕累累，显然刚才那一击让其吃了不小的苦头。

这时的鬼物，双目绿血焰跳动，恶狠狠地看向柳鸣这边，却似乎又有什么顾忌，如此近距离竟没有马上扑过来。

柳鸣目光微微一闪，飞快转首看了一眼。

只见珈蓝正手持一柄淡绿色长弓对准这骨尸所在，上面搭着另外一根赤红箭矢，一副

蓄势待发的冷冷模样，其肩头那个血洞此刻已经彻底愈合了，只剩下一条淡淡红线了。

"白师弟别分心，这头骨尸灵智很高，并且非常狡猾，和一般悍鬼大不相同的。但我二人联手的话，还可和他周旋一二的。"清秀少女一见柳鸣回首分心看她，黛眉一皱地提醒道。

"周旋一二！如此厉害的鬼物，师姐难道不打算降服吗？"柳鸣闻言虽然将心神重新放回骨尸上，却有几分奇怪地问道。

"这种天生有灵智的人形鬼物虽然极其厉害，和其他由阴气中自行诞生的鬼物是大不相同的，光靠通灵术的震慑是无法降服的，除非实力真的远远超过它们，否则就算暂时被你收服，也很可能日后遭受反噬的。本宗有不少师叔都是这般陨落的，我等就更别想打此主意了。"珈蓝一听这话，淡淡回道。

"原来如此，那就只能将它给彻底拆掉了。"柳鸣听了这话，心中大感可惜，叹了一口气说道。

"拆了？"纵然珈蓝此女一副云淡风轻的模样，听了这话，她也不禁微微一怔。

对面骨尸似乎也能听懂柳鸣的话语，一听完此话，顿时目中血焰一盛，暴怒起来，两手一动，就从自己身上拔下两根黑色骨刺，再一晃后，就化为了两根丈许的骨矛，接着大步一动，就再冲了过来。

清秀少女瞳孔一缩，手中一松，长弓上赤芒顿时激射而出。

"轰"的一声！

在滚滚光焰中，骨尸原本已经冲到近前的庞大身躯，又被硬生生击退到丈许远处。

但此鬼物似乎也彻底被激发了凶性，竟然不顾身上再次增添的众多伤痕，二话不说，将手中两根骨矛狠狠一投而出，自己一声大吼后，又张牙舞爪地飞扑而来。

"嗖嗖"两声，柳鸣单手一扬，两枚青色风刃瞬间激射而出，正好站在了激射而来的骨矛前，让它们方向微微一偏，从其两侧一闪而过。

后面珈蓝脸色一沉，长弓中赫然又是一根赤芒飞出。

同样的一声巨响，但这一次，骨尸只是身躯微微一颤，竟然就顶着爆裂威力，从光焰中一冲而出。

柳鸣目光一凝，就看清楚了骨尸身前不知何时多出了一块不知名的巨大骨片，竟一手抓着仿佛盾牌般的骨尸冲了过来，只是几个大步，就已经冲到了他面前，一股腥气一卷而至。

"师弟，快退。"珈蓝见此情形，脸色一沉，口中低喝说道，同时袖子一抖，手中长

弓一下消失不见，却多出了一枚淡银色符箓，准备立刻激发。

但让她马上一惊的是，柳鸣对其刚才话语犹若未闻，根本站在原地不闪不避，反而手臂一抬，虎咬环上浮现的虎头一张口，一道白茫茫音波就冲骨尸头颅卷去。

骨尸只是头颅一偏，就躲过了虎咬环的音波攻击，眼中血焰猛然一跳后，两只大手就狠狠地冲柳鸣抱来。

以此鬼物浑身骨刺的狰狞样子，哪怕灵师在此被其抱住，恐怕也会一命呜呼的。

清秀少女这一下真的脸色大变了，再想采取什么补救措施，却根本来不及了。

"噗噗"两声。

骨尸身下沙土中突然飞出两只黑色巨螯，一个模糊后，就夹住了两根白骨森森的足腕，虽然没有将其一剪两段，但也让骨尸冲过来的身形一下戛然而止，并差点一个趔趄摔倒在地。

此鬼物大惊下，一手急忙从胸前抽出一根黑色骨刺，一模糊就冲一只黑色巨螯一扎而下。

但就在这时，又"噗"的一声。

一根黑线从也从沙土中激射而出，一个闪动后，就闪电般洞穿骨尸抓着骨矛的手臂，让其一个颤抖后，骨矛无力地落下，同时一股墨汁般的黑色迅速从其手臂上洞穿处蔓开。

黑线赫然是一根黑黝黝的狰狞钩尾。

骨尸痛楚之下，顿时感到一股无力之感从手臂上蔓延开来，心慌之下，仅剩一只手臂舞动不停地向那根钩尾狂抓。

但此钩尾坚韧异常，鬼物十指纵然锋利，也不过在上面留下一些淡淡白痕而已。

而就在此时，柳鸣口中念念有词，两手一合，再缓缓一分后，一道半丈长的巨型风刃顿时一现而出。

"去！"柳鸣一声低喝，两只手腕只是一抖，巨型风刃就化为一道青光，从骨尸腰间一闪而逝。

"砰"的一声。

骨尸原本挣扎的身形顿时凝固起来，接着上半部分身躯只是微微一晃后，就从腰间分为两截掉落而下。

柳鸣轻吐一口气，脸上露出一丝笑容来。

但就在这时，"轰"的一声传来。

骨尸上半截躯体竟一下爆裂而开，数十根黑色骨刺，顿时化为密密麻麻的黑芒冲柳鸣和珈蓝这边激射而来。

如此近的距离，纵然是柳鸣也根本来不及做出任何防御了，顿时心中一沉，只能将两条手臂飞快往身前一挡。

但在这时，一声闷响，一层宽广的白色光幕忽然在他身前浮现而出。

那些黑芒一打在上面，顿时发出雨打篱笆般的闷响声，然后无力地纷纷掉落一地。

柳鸣微微一怔，这才回首看去。

只见珈蓝赫然两手夹着一张散发白色光晕的银色符箓，正口中念念有词。

此女一见柳鸣望过来，口中咒语声一停，淡淡一笑说道："这些骨尸最为凶悍不过，一旦身死的话，往往会自爆与敌同归于尽的。看来白师弟对此还不太了解。"

"多谢师姐相助，小弟还真不知道此事。"柳鸣深吸一口气后，才苦笑一声说道。

"我也是听家师所说的，否则也不会知道此种事情。不过师弟实力真是远超预料，竟然几乎以一己之力，就将这头悍级鬼物斩杀掉了。对了，这只白骨蝎是师弟新收服的吗？"珈蓝将符箓收起，说了两句后，目光一下落在正在柳鸣附近啃噬骨尸残骸的白骨蝎身上。

"小弟这点实力算得了什么，要不是有师姐最后相助，恐怕我还真要和这头鬼物同归于尽了。这头白骨蝎的确是小弟侥幸降服的。不过师姐怎会招惹这头骨尸的，你没和冰师叔在一起吗？"柳鸣反问起来。

"家师进入这里后，碰到一件意外事情，暂时我和分开了。至于这头骨尸也是我无意中碰见，后来就死追我不放。对了，我在这头骨尸附近处，还捡到一件本宗弟子的铭牌，这头骨尸说不定就是本宗陨落此地的前辈尸身所化而成的。"珈蓝说了两句后，就抬手将一个玉牌扔了过来。

柳鸣一把接住后，仔细看了两眼，果然是蛮鬼宗的特制铭牌，不禁轻叹一声，又扔回给了清秀少女，说道："幽冥鬼地人形鬼物极少，看来多半是如此了。我们若陨落在此，多半也是这般下场吧。"

"这里的确危险之极，小弟是准备就此返回据点了，师姐有何打算？"柳鸣看了一眼骨尸散落一地的残骸后，平静地问道。

"我另有一点事情，还要多滞留这里两日的，就不和师弟一同返回了。对了，这一次多亏白师弟相救，我这里一件东西相赠，酬谢救命之恩。"清秀少女缓缓说道，并在目光一闪后，忽然将腰间一个黑色皮袋一抓而下，扔了过来。

"这……这是养魂袋！"柳鸣将皮袋抓住后一怔，立刻感到手指接触间一股阴凉之意一传而出，当即失声出口。

"不错。有了此物后，白师弟的这头白骨蝎就可以长期随身携带，而不用担心阴气不足，让其实力慢慢退化掉了。"清秀少女微微一笑说道。

"这养魂袋可是近似灵器的东西，一只起码也要上万灵石，未免太贵重了一些，小弟恐怕承受不起的。"柳鸣闻言，脸上一阵阴晴变化，但还是苦笑一声说道。

"再贵重，能有我性命重要吗。再说，此物我还另有一只更好的，我看师弟也不是那种婆婆妈妈之人，何必说出这样的话来。"珈蓝却不在意地说道，随手又从身上摸出另外一个更为精致的皮袋冲柳鸣一晃。

"既然这样，那小弟就不客气了。"柳鸣闻听此女如此一说，略一思量后，也就不客气地说道。

珈蓝见此，脸上露出一丝淡淡笑容，和柳鸣交谈了几句后，就告辞了。

片刻后，清秀少女驱云腾空而起，朝远处天边一飞而走了。

柳鸣一直看着少女身影彻底消失不见了，才低首看了看手中的养魂袋，露出一丝凝重的神色来。

此女竟然能将如此贵重的东西赠送给他，就算是想报答他的相救之恩，还是大方得令人难以置信。

毕竟养魂袋这等东西纵然比不上那些真正灵器，在蛮鬼宗中恐怕也只有那些灵师才能做到人手一只的，一般灵徒能够拥有的实在没有几人。

而珈蓝竟然随意就能拿出两只之多，看来其身份来历不像表面上的那般简单。一个梦魇之体纵然稀有，蛮鬼宗能赏赐其一个养魂袋已经算是破例了，两个的话，想想也是不可能的事情。

不过如此一来，她不但抵消了自己的相助之恩，自己似乎反欠对方一个不小的人情了。也不知此女是有意如此，还真是随心而为的。

柳鸣心中这般想着，但再一打量手中之物，脸上还是露出一丝笑意来。

这养魂袋是接近灵器的宝物，自然拥有不可思议的效力。

其中之一就可以无视鬼物大小重量，将鬼物缩小，轻易装入袋中随身携带。

另一个功效，只要催动袋子中铭印好的一个特殊纹阵，就可一次大量吸取阴气储存其中，让里面鬼物不因为缺少阴气而实力减退。

两个功效相比，自然后一个功效更加难得。

毕竟如果只有单独第一个功效的话，蛮鬼宗另有一种叫"鬼袋"的符器，同样可以做到吸取鬼物，随身携带的。

那些驱使鬼物的弟子，也大都会购置此种符器用来装带这些鬼物。

不过这种鬼袋可没有吸取阴气的功能，并且大都具有一定使用时间，按照能收纳鬼物大小的不同，价格也是天差地别的。

柳鸣自己也打算抓到鬼物后，回去就花上一笔灵石再购置一只鬼袋，如今看来自然不必如此了。

他心中想着，用手检查了手中养魂袋一番，就忽然将其往地上一放，单手一掐诀，再冲其一扬。

一道白色法诀飞出，一闪即逝没入皮袋中不见了踪影。

下一刻，皮袋表面浮现出一道道银色灵纹，并诡异的组成一个迷你纹阵，与此同时，一股吸力从袋口中狂卷而出。

附近阴气一震后，全都往皮袋中狂涌而去。

同时附近虚空中嗡嗡声大作，一缕缕黑气浮现而出，并且越来越多，仿佛方圆数里内的阴气都在朝此地涌来。

柳鸣微微一笑，就此后退几步，任凭这只养魂袋吸取四周阴气。

这时，白骨蝎则在吞噬完一根骨尸遗留的手骨后，就小狗般的将其他骸骨一块块全用前螯夹着送到了柳鸣身边处，堆起了高高一大撮。

柳鸣随手扔出一颗火球，熊熊烈焰将这堆骸骨包裹其中，片刻后大部分骨头都化为了灰烬，只留二十多根晶莹骨头遗留在原处。

柳鸣见此一喜，这骨尸不愧为悍级鬼物，能用鬼骨竟然如此之多。这样一来的话，白骨蝎修复身体之物总算是凑齐了。

他将这些骨头全都一收而起，就在原地盘膝坐下，闭目养神起来。

半日后，当皮袋中一声轰鸣后，表面浮现的银色纹阵就此一闪，消失不见，附近显现的黑色阴气也随之纷纷溃散消失。

柳鸣见此，当即单手一抓，将皮袋凭空吸到了手中。

用手掂了掂，重量没有什么变化，只是皮袋颜色似乎更加黝黑了几分。

柳鸣也不迟疑什么，先用心神沟通白骨蝎，接着一托皮袋冲其一晃。

"噗"的一声！

一片黑霞从袋口中飞出，瞬间将白骨蝎卷入其中。

随之，骨蝎身形滴溜溜转起来，飞快缩小，并最终被霞光一卷，吸入了皮袋中。

柳鸣再沟通了此鬼物一下，发现并无任何不妥，也就放心将皮袋往腰间一放，单手一掐诀，腾空而起，往蛮鬼宗据点所在飞去了。

同一时间，正在往某个地点驱云飞去的珈蓝，耳边响起了一阵传音声，当即大喜，方向一变，朝下方某片树林中落去。

一会儿工夫后，此女就出现在一个树洞中，近前处盘坐着一名面色苍白的美艳妇人，赫然正是那位冰师叔。

美妇一见到珈蓝，大松了一口气，并有些惭愧地说道：

"蓝儿，你没事，真是太好了。师傅被那头鬼物死死缠住，实在没有办法分身，幸亏你没事，没有被那头骨尸真正追上。"

"师傅，蓝儿的确被那头骨尸追上了，并且要不是被人所救，恐怕真要回不来了。"清秀少女却苦笑一声说道。

"什么，有这种事情。不知是被何人所救，师傅一定要重重相谢。"美妇闻言吓了一跳。

"师傅不用担心，徒儿已经重重谢过此人了。对了，师傅有没有得手，可从鬼物身上得到那东西了？"珈蓝十分含糊地说道，并话题一转问道。

"没有。那头鬼物已经有不下于我的鬼将级实力，外加还有几名悍级鬼物帮手，虽然你先前用梦魇之体破了它最擅长的幻术，但还是让其逃掉了。不过它已经身负重伤，我们下一次再来时，就是它的死期了。"美妇闻言，声音骤然一冷说道。

"师傅，这头鬼物灵智这般高，下一次不会就此逃离老巢了吧。"清秀少女却一皱眉地问道。

"放心吧，此鬼物必须要靠吸取鬼煞之气滋养，才能让自身实力缓缓增加，而拥有鬼煞的地方哪是这般好寻找的。不到最后万不得已了，它绝不会离开的。嘿嘿，谁能知道当年六阴祖师用来横扫诸宗的蛮力鬼王，竟然会落得这般下场。要不是为师花费数十年时间查询各种典籍，并且最近被你一语点破，恐怕至今还和其他人一般，一直被祖师爷蒙在鼓中。"美妇嘿嘿一声说道。

"祖师爷的确智慧过人，徒儿也是侥幸才猜出来的。"珈蓝在一旁听到这话，轻笑一声回道。

......

　　七八日后，柳鸣提着一只兽皮包裹，出现在了蛮鬼宗据点的广场上，并大步向传送阵所在石屋走去。

　　让他有些意外的是，等一走进石屋之后，里面赫然已经有一男一女两人等在了那里，竟是和他一同来的雷震以及那名娇小女子同伴。

　　雷震身边赫然多出一只背后生翅的猴子般鬼物，正是柳鸣曾经见过雕像的卒级鬼物夜游鬼，不过尺寸却似乎小了许多，只有尺许高的样子，同时尾巴不是黑色，而是火焰般的赤红之色，给人一种十分怪异的感觉。

　　看来此子同样没有空手而归，倒是那名娇小女子身边空空如也，不知道是真的没有抓到通灵鬼物空手而归，还是已经收进了鬼袋之中。

　　柳鸣想到这里，不禁看了此女腰间一个灰白色皮袋一眼。

　　此女显然也认出了柳鸣，冲其笑了一笑。

　　旁边的雷震一见柳鸣，先是微微一怔，目光在其手中提着的兽皮包裹上扫了一眼后，就一撇嘴，根本没有招呼的意思。

　　柳鸣自然也不会主动说什么话，但心中却有些疑惑，二人为何只是待在这里，而没有传送而回。

　　就在这时，石门外脚步声一响，鬼老不慌不忙走了进来，目光一扫三人后，当即说道："好，总算凑足三个人了。如此一来，也可勉强传送一次，不算太浪费空间石了。"

　　一说完这话，鬼老当即走到传送阵边，自顾自地开始安装起黑色晶石来。

　　柳鸣闻言，这才有几分恍然大悟。

　　而片刻后，鬼老就将几枚空间石装好，示意几人可以进入法阵。

　　雷震柳鸣三人见此，自然全走入了其中。

　　鬼老单手一掐诀，冲传送阵虚空一点，一道法诀射入其中。

　　下一刻，法阵嗡嗡声一响，柳鸣三人身影就此消失得无影无踪。

　　鬼老这才不慌不忙地朝石门外走去。

　　片刻后，门外忽然传来几声仓促脚步声，同时一个无比兴奋的男子的声音传来：

　　"鬼老，马上激发传送阵，我要回宗门。"

　　"等着吧，现在人数不够！"鬼老懒洋洋的声音传来。

柳鸣在一阵眩晕后，四周白光一敛，就出现在了当初出发时的那个金属密室之中。

而当他足下法阵嗡声停止的时候，对面墙壁中就光芒一闪，浮现出一座光门来，同时一个不耐烦的男子声音传来：

"快些出来，还有其他人要去幽冥鬼地。"

一同回来的雷震二人一听这话，慌忙走了出去。

柳鸣眉头一皱后，自然也跟了出去。

半个时辰后，他终于回到了自己的住处，但方一走进小院，立刻就看到一封看似普通的信函，稳稳的插在屋前的门缝之中。